AF482546

Karl Döhring, Ravi Ravendro

Flucht aus Buddhas Gesetz - Die Liebe der Prinzessin Amarin

e-artnow 2018

Alexandre Dumas
Die Gräfin Charny: Historischer Roman

Charles Sealsfield
Der erste Amerikaner in Texas (Abenteuerroman)

Julius Wolff
Das schwarze Weib (Historischer Roman aus dem Bauernkriege)

Eugene Sue
Die Geheimnisse von Paris (Historischer Roman)

Franz Treller
Verwehte Spuren (Historischer Abenteuerroman)

Elisabeth Bürstenbinder
Vineta

Sophie Wörishöffer
Onnen Visser: Der Schmugglersohn von Norderney (Historischer Abenteuerroman)

Sophie Wörishöffer
Gerettet aus Sibirien (Abenteuerroman)Erlebnisse und Abenteuer einer verbannten deutschen Familie

Eugenie Marlitt
Das Geheimnis der alten Mamsell (Liebesroman)

Eugenie Marlitt
Amtmanns Magd (Liebesroman)

Karl Döhring, Ravi Ravendro

Flucht aus Buddhas Gesetz - Die Liebe der Prinzessin Amarin

e-artnow, 2018
Kontakt: info@e-artnow.org
ISBN 978-80-268-8750-8

Inhaltsverzeichnis

Mit weichem, melodischem Rauschen wiegten sich die Äste einer mächtigen Tamarinde im leichten Monsun, und daneben breiteten große Hibiskussträucher mit brennendroten Blüten ihre Zweige schützend wie zu einem Zelt.

Unter dem starken Baum saß ein Buddhamönch in dunkelgelbem Gewand und schaute mit verhaltenem Blick von der Höhe auf den See zu seinen Füßen nieder. Die kristallglatte Fläche strahlte das klare Silberblau des wolkenlosen Himmels um so leuchtender zurück, je näher sich die bewaldeten, düsteren Berge heranschoben. Traumhaft spiegelten sich die schimmernd weißen Klostergebäude mit ihren phantastischen Umrißlinien in den ruhigen Fluten.

Langgestreckte Grenzmauern, von heiligen Semazeichen bekrönt, dehnten sich am Ufer aus, und die schlanken Lotossäulen der weiten Wandelhallen strafften sich, um malerische Dächer mit reichem Ornament zu tragen, in dem sich in tropisch wuchernder Üppigkeit Darstellungen von Elefanten, Schlangenleibern, Dämonen, Drachenköpfen, Göttern und Heroen mit Blumen und Ranken verwoben.

Die Strahlen der späten Nachmittagssonne lagen über der alten Tempelstadt Kandy, und ringsum herrschte friedvolle Ruhe. Nur von der Küste kam eine erfrischende Brise und umspielte zart und kosend den siebenfachen, duftigen, blütenweißen Schirm, unter dem der Oberpriester in innerer Versenkung verharrte. An einer Kette aus starkduftenden, schneeigen Dok-Keo-Blumen war dieses Ehrenzeichen kunstvoll in den Ästen aufgehängt.

Plötzlich drang jedoch ein fremder Ton in die Harmonie dieser Stille; zuerst leise und fern, dann kühn und vorwärtsdrängend surrte der Propeller eines schlanken Flugzeugs, das unaufhaltsam seinem Ziel zustrebte.

Über die feingezeichneten, durchgeistigten Züge des Oberpriesters Somdet Akani legte sich ein Schatten, als ob er von innerer Unruhe gequält würde. Er sah empor und schaute dem Doppeldecker nach, der von Westen kam und langsam nach Osten entschwand.

Ja, von Westen stürmten die neuen Ideen heran, von Westen kamen die Vertreter der weißen Rasse, die mit ihrer technischen Überlegenheit und ihren neuen Erfindungen die Welt zu erobern suchten. Sie hatten keine Achtung vor der Tradition und den inneren organischen Zusammenhängen des Lebens mit den vier Weltrichtungen. Osten war die Gegend des Aufgangs, des neuerwachenden Lebens und der Geburt – im Westen aber verschwanden die Sonne und das Licht, er war das Symbol des Untergangs und des Sterbens. Sollte von Westen das Ende des buddhistischen Zeitalters kommen? War die Weltenwende hereingebrochen? Sollte tatsächlich die vieltausendjährige Kultur des Ostens dem Ansturm des Westens erliegen?

Somdet Akani senkte den Blick wieder und richtete seinen Willen darauf, aufs neue in tiefe Meditation zu versinken. Aber es gelang ihm nicht.

Auf dem Weg, der zu dem Sitz des Oberpriesters führte, erschien ein junger Tempelschüler, der es eilig zu haben schien. Hell leuchtete sein goldgelbes Gewand aus dem Dunkelgrün der Büsche.

Warum eilte der Nen herauf und störte die Ruhe? Sicher war etwas Besonderes geschehen. Somdet Akani hätte es gern gewußt – aber weltliche Neugierde sollte einen erfahrenen Maha aus der Gemeinde der Jünger Buddhas nicht beunruhigen. Wie kam es nur, daß er sich heute durch äußere Einflüsse in seinen religiösen Übungen stören ließ, daß seine Seele zur Sansara, dem Schein- und Trugbild der bunten Welt, niedergedrückt wurde? Sonst schwang sich doch sein Geist, frei von jeder irdischen Fessel, von einer Stufe der Kontemplation zur anderen, bis er die Vollkommenheit und höchste Vollendung des vierten Ihan erreichte...

Der Tempelschüler kam nur langsam näher, da sich der letzte Teil des Weges steil nach oben zog. Schwer atmend stand er jetzt auf der obersten Stufe der steinernen Treppe, die am Ende des Pfades angelegt war. Er schob das Gewand wieder über die rechte Schulter, die sich bei dem mühevollen Anstieg entblößt hatte, dann näherte er sich dem Oberpriester mit bescheiden zu Boden gesenktem Blick. Als er vor ihm stand, sank er mit unnachahmlicher Grazie in die Knie, legte die Hände zusammen, erhob sie zur Stirn und verneigte sich dreimal tief bis zur Erde.

Somdet Akani öffnete die Augen, die er während der Meditation halb geschlossen hatte, neigte leicht den Kopf und erwiderte den Gruß mit gefalteten Händen.

»Der Erhabene möge entschuldigen, daß ich von der Wohnstätte der Mönche heraufkomme zu seinem hohen Sitz unter dem siebenfachen Ehrenschirm und die köstliche Ruhe seiner Meditation störe. Aber ein besonderer Eilbote brachte eben dieses Schreiben aus Bangkok, der Hauptstadt des Königs von Siam, des obersten Buddhafürsten und des Herrn der weißen Elefanten.«

Bei diesen Worten überreichte der Tempelschüler Somdet Akani auf flach vorgestreckten Händen einen Brief, der in ein reichgesticktes, gelbseidenes Tuch eingeschlagen war.

Langsam löste sich die rechte Hand des Oberpriesters aus der durch Tradition geheiligten Meditationsstellung und nahm das Schreiben entgegen. Schon hob sich auch die Linke aus dem Schoß, aber dann hielt Somdet Akani in der Bewegung inne und gab den Brief zurück.

»Nen Vinai, öffne den Umschlag.«

Der Nen setzte sich mit untergeschlagenen Beinen in derselben Haltung wie der Oberpriester auf den Boden nieder. Da Somdet Akani öfter hier weilte, hatten ihm die frommen Laienbrüder des Klosters einen vergoldeten Sitz aus Teakholz errichtet, der mit einer Matte aus Reisstroh bedeckt war. Neben ihm standen eine Silberschale mit mehreren Geräten, eine Teekanne und eine Tasse, aus demselben edlen Metall getrieben. Wie ein Götterbild thronte der Oberpriester vor dem Nen, so daß durch den erhabenen Sitz auch rein äußerlich seine überragende Stellung zum Ausdruck kam.

»Lies das Schreiben vor«, sagte er freundlich.

»An Seine Heiligkeit den erhabenen höchsten Oberpriester des buddhistischen Ordens der Thammajut-Mönche, den Bewahrer und Erhalter der rechten und reinen Lehre Gautama Buddhas, den königlichen Prinzen Akani in Kandy auf der Insel Ceylon.

Gruß und Ehrerbietung zuvor dem Erhabenen von seiner Schwester, der Prinzessin Chanda Rajavong in Bangkok, der Stadt des großen Engels.«

Es folgten die feststehenden, langen Begrüßungsformeln, wie sie unter Persönlichkeiten hohen Ranges in Ostasien und besonders in Siam üblich sind.

Als schließlich der eigentliche Inhalt des Briefes begann, hob Somdet Akani fast unmerklich den Kopf.

»Deine Tochter, Prinzessin Amarin, ist vor einigen Tagen aus Europa hierher zurückgekehrt, nachdem ihre Ausbildung beendet ist. Es traf sich günstig, daß der siamesische Gesandte in Paris, Pia Sri Tamma Sasan, mit seiner Frau in besonderer Mission gerade über Amerika und Japan nach Hause reiste, so daß sich Amarin ihnen anschließen konnte.

Die Prinzessin ist schön geworden und erblüht wie eine goldene Lotosblume im Himapan, sie hat viele Länder gesehen und fremde Sprachen, Künste und Wissenschaften erlernt. Zur Vollendung ihrer Erziehung besucht sie jetzt in Bangkok den ehrwürdigen Abt des Klosters Bovoranivet, der sie in den Lehren des erhabenen Buddha unterweist. In den wenigen vergangenen Wochen hat sie schon große Fortschritte gemacht.

Besondere Freude aber erfüllt mein Herz, daß ich meinem erhabenen Bruder eine wichtige Nachricht von großer Bedeutung mitteilen kann. Der König hat in der letzten Zeit wiederholt mit mir über den Erhabenen gesprochen, und als wir gestern bei dem großen Fest im Tempel des Smaragdbuddhas das Wasser der Treue tranken, sagte er bedeutungsvolle Worte zu mir. Er erklärte, daß sich die alten Mißverständnisse wegen der Pariser Verhandlungen endlich aufgeklärt hätten, und daß der Erhabene nun vollkommen gerechtfertigt wäre...«

Abwehrend hob der Oberpriester die Hand und unterbrach den Tempelschüler, der in gleichmäßig singendem Ton vorlas.

»Es ist gut, Nen Vinai. Geh zur unteren Terrasse und warte dort, bis ich dich rufe.«

Wieder legte der junge Mönch die gefalteten Hände an die Stirn und verneigte sich dreimal so tief, daß er den Boden berührte. Dann machte er noch eine Verbeugung und entfernte sich mit gemessenen Schritten.

Fünf Jahre lang hatte Prinz Akani in stiller Zurückgezogenheit gelebt und sich durch Gebet und Meditation von allen äußeren Einflüssen abgeschlossen. Und nun kam wie ein Ruf aus der Welt des Trugs und Scheins dieser Brief, der die Vergangenheit wieder lebendig machte.

Rückschauend wandte Somdet Akani den Blick nach innen.

Wie sehr hatten die »Mißverständnisse«, die seine Schwester in dem Schreiben erwähnte, vor Jahren sein Leben verbittert!

Auch er hatte, wie alle anderen Prinzen des Königlichen Hauses, eine sorgfältige Erziehung erhalten und war in dem Glanz und der Pracht des Hofes aufgewachsen. Aber schon von früher Jugend an fühlte er sich zu Meditationen und stillen Betrachtungen hingezogen. Er mied die lauten, rauschenden und prunkvollen Feste und widmete schließlich sein Dasein ganz der Buddhareligion. Ähnlich wie Gautama Buddha entsagte auch er der Welt und wurde Mönch im Tempel Bovoranivet, in dem auch andere Angehörige seiner Familie längere oder kürzere Zeit zu frommen Übungen verweilten.

Er fühlte sich glücklich im Schutze des Klosters, und seine glänzende Begabung fiel bald auf. Mit der größten Auszeichnung bestand er alle Prüfungen in der heiligen Palisprache und erwarb schon in jungen Jahren den Titel eines Maha der höchsten Ordnung. Aber erst auf besondere Bitten seines Bruders, des Vaters des jetzigen Königs, verließ er mit sechsundzwanzig Jahren den Orden und trat in den diplomatischen Dienst.

Schon nach kurzer Zeit zeigten sich seine Klugheit und sein Takt auch in weltlichen Dingen, und bald wurde er Botschafter in Paris. Damit stand er auf dem wichtigsten Posten, den Siam damals im Ausland unterhielt. Mit Umsicht, Scharfblick und Geistesgegenwart verhütete er, daß Frankreich und England bei den diplomatischen Verwicklungen sein Vaterland gefährdeten, und nur seiner persönlichen Geschicklichkeit war es zu danken, daß Siam ein selbständiges Königreich blieb.

Aber nachdem er die Hauptgefahr abgewandt hatte, vergaß man seine Verdienste sehr bald. Sein Bruder, der große König Paramin, starb, und ein Neffe des Prinzen Akani kam auf den Thron. Eifersucht und Neid regten sich, andere strebten nach dem begehrenswerten Posten in Paris und stürzten Akani durch Verleumdungen. Vor sechs Jahren rief man ihn aus Frankreich ab und forderte ihn auf, sich in Bangkok vor dem König zu verantworten.

Diese bittere Erfahrung wurde zum Wendepunkt seines Lebens. Müde von all dem Hader und den Intrigen, blieb er auf der Rückreise in Ceylon, nahm wieder das gelbe Gewand, kehrte zu dem Gesetz Buddhas zurück und ging aufs neue ins Kloster.

In der ersten Zeit sehnte er sich oft nach Rechtfertigung, und in seinem Herzen brannte der Wunsch, daß die Wahrheit und seine Unschuld ans Licht kommen möchten. Aber allmählich überwand er den Ehrgeiz und fand Frieden und Ruhe in der Abgeschiedenheit seines Lebens.

Die Oberpriester von Ceylon beurteilten ihn richtig, und er stieg von Stufe zu Stufe. Vor einem halben Jahr war er höchster Oberpriester von Ceylon, dem alten Glaubensland der Buddhareligion, und damit das Haupt der südbuddhistischen Kirche geworden.

Es war nicht außergewöhnlich, daß man einen Siamesen zum höchsten geistlichen Würdenträger Ceylons wählte. Häufig wurden auch Ceylonesen Äbte in siamesischen Hauptklöstern, und es bestand von jeher ein reger Verkehr zwischen der Insel und dem hinterindischen Königreich. Der Überlieferung nach sollen die ersten buddhistischen Missionare aus Ceylon nach Siam gekommen sein.

Nicht wegen seiner königlichen Abstammung, sondern um seiner Persönlichkeit willen hatten die ceylonesischen Oberpriester Somdet Akani zu dieser hohen Stellung berufen.

Und jetzt, nachdem ihn Wunsch und Sehnsucht kaum noch berührten, kam die Rechtfertigung, auf die er früher so schmerzlich gewartet hatte.

Langsam öffnete er die Augen und las weiter.

»Der König erhofft nichts sehnlicher als die Rückkehr des Erhabenen in die Heimat. Er klagte über die Unzuverlässigkeit und Unfähigkeit der höchsten Beamten, und er würde sich freuen, wenn Prinz Akani sein hohes, kirchliches Amt niederlegen und den Posten eines Ministerpräsidenten von Siam annehmen würde. Wenn der Erhabene dies aber nicht mit seinen Pflichten gegen die Buddhareligion vereinbaren könne, möge er doch seinen Wohnsitz nach Bangkok, der Stadt des großen Engels, verlegen. der König würde sich glücklich fühlen, wenn er zu ihm als Oberpriester von Siam und der ganzen südbuddhistischen Kirche die Hände erheben dürfte, und wenn er in wichtigen Fragen den Rat des Erhabenen einholen könnte...«

Somdet Akani war weit vorgeschritten in der Erkenntnis, und das Schicksal hatte ihn gelehrt, daß alle irdischen Ehren und Würden eitel und vergänglich sind. Der Hauch eines schmerzlichen Lächelns glitt über seine ebenmäßig schönen Züge, als der Brief seiner Hand entsank.

Die Sonne zog auf ihrer Bahn weiter zum Westen und neigte sich zum Horizont. Die Zeit der Abendkühle brach an, die leichte Brise von Westen frischte auf und brachte lieblichen Wohlgeruch aus den Gärten von Peradenya.

Als sich Somdet Akani endlich aus seiner vorgebeugten Meditationsstellung aufrichtete, drang die mahnende Stimme der Glocken zu ihm herauf. Unten standen Tempeldiener mit nacktem Oberkörper und sehnigen Armen und schlugen mit schweren, gekrümmten Bambuswurzeln von außen an den Rand der gewaltigen Bronzeglocken, weit ausholend, wuchtig und in langen Abständen. Dann wurden die Schläge immer schneller und nahmen an Kraft ab, bis sie endlich in einem langen Wirbel verebbten.

Zum erstenmal seit langen Jahren kam dieser Ruf zum Abendgebet dem Oberpriester überraschend. Heute fehlte ihm die innere Ruhe, heute konnte er nicht im Haupttempel auf seinem hohen Thron zur Linken des großen, goldenen Buddhabildes die Versammlung der Mönche leiten und mit erhobener Stimme den Chorgesang beginnen...

»Nen Vinai!«

Der Tempelschüler erschien wieder, um das Gebot seines Meisters entgegenzunehmen.

»Geh zum Abt Rajakanat und sage dem Ehrwürdigen, daß er den Vorsitz beim Abendgebet führen möge. Ich habe meine Meditation noch nicht abgeschlossen und bleibe auf dem Berge. Später komme ich zum Kloster hinunter.«

Die Natur atmete auf nach der Sonnenglut des Tropentages, und die Vögel sangen und zwitscherten, während im Tal die gelbgekleideten Gestalten der buddhistischen Priester einzeln und in Paaren aus den Kudis, ihren Wohnungen, über die gepflasterten Straßen der Mönchsstadt zu dem Haupttempel pilgerten. Im Abendwind klangen die Glöckchen an den Kanten der Dächer fein und silbern wie an den Palästen der dreiunddreißig Götter im Dusitahimmel.

Von der Spitze des Berges sah man unten den großen Tempel mit den ausgedehnten Klostergebäuden und den Wohnungen für viele hundert Mönche. Der wohldurchdachte Plan der Bauten mit der strengen Durchführung der Achsen war genau zu erkennen. Wie bei den meisten buddhistischen Tempeln verlief auch hier die Hauptachse von Westen nach Osten, und alles gruppierte sich um das gewaltige Buddhabild aus Bronze, das auf einem Schlangenthron nach Osten schaute. Darüber erhob sich der Haupttempel, der Mittelpunkt der ganzen Anlage.

Die Tempelstadt mit ihren vielen Bauwerken und das Kloster bildeten eine Welt für sich, genau ausgerichtet nach den vier Ecken der Erde. Wenn sich die Sonne erhob, fielen ihre Strahlen durch das große Portal im Osten des Haupttempels und ließen die mächtige Goldstatue des Gautama Buddha in rötlichem Feuer erglühen.

Drei Mauern und Wandelgänge umgaben den Haupttempel, damit ihn die Gläubigen durch dreimaliges Umwandeln zur Rechten ehren konnten. Rechts vom Hauptbuddhabild, im Süden – der Gegend des Lebens –, lag die Wohnstadt der Mönche, im Westen, im Rücken des Buddhabildes – der Gegend des Untergangs und des verlöschenden Lebens –, sah man die Verbrennungsanlage für die Gestorbenen, und links, im Norden – der Gegend des Todes –, erhoben sich zahlreiche spitze, turmartige Grabmäler, in denen die Asche der toten Äbte und Mönche beigesetzt worden war. Dies entsprach genau dem Gang der Sonne, des Jahres und des Lebens.

In ewigem Kreislauf reihte sich Wiedergeburt an Wiedergeburt, bis der einzelne Mensch durch rechten Wandel auf dem achtteiligen Pfad Buddhas das Nirwana erlangte, die Erlösung aus der ewigen Verstrickung der Wiedergeburten.

Der Blick des Oberpriesters fiel auf einen großen, schneeweißen Prachediturm im Westen des Klosters, den die Strahlen der sinkenden Sonne in flammendes Rot hüllten. Diesen schönen Bau hatte Somdet Akani während der letzten Monate nach eigenen Plänen zu Ehren der Buddhareligion errichten lassen, und an diesem Morgen hatte er selbst die Weihe vollzogen. Weit und mächtig luden die Profile des Sockels aus, der die gewölbte Glocke, den Hauptteil des Gebäudes, trug. Hier hatte der Oberpriester mit eigener Hand die kostbaren, echten Buddhareliquien beigesetzt, die die Farbe vertrockneter Pikunblumen hatten und die er auf einer Pilgerfahrt aus den Tempelruinen von Nordindien geholt hatte.

Es war wie eine Ironie des Schicksals, daß ihn gerade an diesem Abend die Rückberufung an die Spitze der siamesischen Regierung erreichte, denn am Morgen hatte er alle seine prächtigen, mit Brillanten geschmückten Orden und Großkreuze und all die leuchtenden Seidenschärpen in einer Nische unter der Glocke des Prachedis eingemauert. Durch diese Handlung hatte er symbolisch zum Ausdruck gebracht, daß er der Welt für immer entsagen wolle.

Hellgrüne Lichter durchzogen in glühendem Farbenspiel das Purpurrot des Abendhimmels. In der kurzen Zeit vor dem Untergang der Sonne wirkte die wundersame Schönheit der Tropennatur wie ein phantastisches Märchenbild. Die Luft erschien durchsichtig und rein, und selbst ferne Orte und Städte rückten näher und zeigten sich dem Blick in eigenartiger Klarheit.

Der Nen mußte unten im Kloster angekommen sein, denn der Chorgesang der Mönche tönte herauf, getragen von der Fläche des Sees – uralte Sanskritworte, die schon vor Hunderten und Tausenden von Jahren die Buddhagemeinde täglich bei Auf- und Untergang der Sonne zum Preise des Vollendeten betete.

Immer berückender dufteten die Blüten, und da und dort tauchte aus dem Dunkel der Büsche und Sträucher das magisch phosphoreszierende Licht eines Glühkäfers auf. Die grauvioletten Schatten wurden tiefer, aber Somdet Akani bemerkte es nicht.

Die feierlichen Gebete der Mönche verhallten, und der leuchtende Tag erstarb. Die Dunkelheit brach herein, und Finsternis löschte die tanzenden Lichter auf den wildverschlungenen Goldornamenten der Tempeldächer aus.

Die große Stille der tropischen Nacht senkte sich über die Erde.

Und es war, als ob Mara, der böse Teufel, der Fürst der Hölle, an Akani heranträte und ihm alle Schätze der Welt und ihre Herrlichkeiten zeigte, wie er einst den erhabenen Gautama Buddha selbst versucht hatte.

Lange hatte der Erhabene als Aszet die Vollendung gesucht. Als Prinz im Palast seines Vaters hatte er sie nicht gefunden, und auch später nicht, als er in die Heimatlosigkeit hinauszog, um als Bettelmönch zu leben. Aber dann erlangte er in einer Nacht unter einem großen Feigenbaum die Erkenntnis von Gut und Böse, von Leben und Tod, von Werden und Vergehen. In jener Nacht wurde ihm der Urgrund aller Dinge klar, der Zusammenhang und die logische Verkettung von Geburt, Leben, Sterben, Tod und Wiedergeburt. Auch das Gesetz von Ursache und Wirkung erkannte er: daß Sehnsucht und Begierden, daß Haften an diesem Dasein nur neues Leiden erweckt, und daß alles Leben nur zum Leiden führt.

Als er sich dann zur höchsten Erkenntnis, dem Weg zur Befreiung vom Leiden, durchrang, wurde er der Buddha, und alle Himmel erdröhnten. Mara aber, der Böse, wußte, daß es mit seiner Herrschaft zu Ende sein würde, wenn der Erhabene die Menschheit durch seine Lehre erlöste. So trat er zu ihm und versuchte ihn.

Und auch Akani glaubte aus dem Dunkel der Nacht Maras betörende Worte zu hören:

»Bist du nicht ein Prinz aus dem Geschlecht der Mahachakri, der Königsfamilie von Siam, die von dem allgewaltigen, strahlenden Gott Wischnu selbst abstammt? Dich hat man in der höchsten Not gerufen, als alle anderen versagten, du hast dein Vaterland vor dem Zusammenbruch und dem Verderben bewahrt. Was wäre heute die Königsfamilie, was wäre ganz Siam ohne dich?«

Tief lagen die Schatten über Baum und Gebüsch, über Berg und Tal, und aus der Finsternis tönten die Stimmen der Tropennacht. Ein hastiges Rascheln, ein halberstickter Schrei – herrschte nicht überall Kampf, galt nicht immer das Recht des Stärkeren? War er, Prinz Akani, nicht der Stärkste von allen, die durch Abstammung ein Recht auf den Thron Siams hatten? Er allein konnte die großen Aufgaben lösen, die das Schicksal seinem Lande gestellt hatte.

Die Einwohner des heutigen Siam waren nur ein kleiner Teil der Thairasse. Viele ihrer Stämme standen unter englischer, französischer und chinesischer Herrschaft. War nicht er von der Vorsehung dazu auserwählt, alle Thaivölker unter dem Zepter einer buddhistischen Dynastie zusammenzubringen?

Was war aus dem Reich des großen siamesischen Königs Pra Ruang geworden, der im dreizehnten Jahrhundert fast alle Thaivölker geeint, dessen Macht sich auf die südliche Hälfte Jünnans und große Teile Sumatras und Javas erstreckt hatten? Schmachteten nicht viele Millionen Laoten unter französischer Herrschaft? Sandten nicht die unterworfenen Laosfürsten aus Französisch-Hinterindien jährlich heimliche Tributgesandtschaften an den König von Siam? Warteten nicht alle Völker im Südosten Asiens auf die Befreiung von den weißen Teufeln?

Mußte der Buddhismus unter der Knechtschaft fremder Staaten verkümmern? Leistete Prinz Akani seiner Religion nicht einen viel wertvolleren Dienst, wenn er wieder in die Welt zurückkehrte und sich eine äußere Machtstellung schuf, um Buddhas Lehre und die Gemeinde seiner Jünger zu schützen? Rechtfertigte das nicht die Flucht aus Buddhas Gesetz?

Mit angehaltenem Atem und ein wenig vorgebeugtem Oberkörper, unbeweglich wie eine Statue, saß der Oberpriester. Seine Hände ruhten im Schoß, die rechte lag flach in der linken. Seine Augenlider waren halb geschlossen, und er hatte den Blick nach innen gewandt.

Erst während der zweiten Nachtwache erhob er sich und stieg mit rüstigen Schritten zu Tal. In der großen Löwenstellung, in der auch schon der Vollendete geruht hatte, ließ er sich auf seinem Lager nieder und stützte den Kopf in die rechte Hand. Eine Lampe, deren Docht mit Kokosöl gespeist wurde, verbreitete nur spärliches Licht in dem einfachen Raum.

Nach hartem Widerstreit seiner Gedanken und Gefühle hatte sich Akani zu dem Entschluß durchgekämpft, auf Ceylon zu bleiben. Seine Lippen brannten, und er tastete nach der Schale kalten Tees, die neben seinem Lager stand. Eine köstlich kühle Nachtbrise wehte zum Fenster herein, milderte die Hitze und verscheuchte die in hohen Tönen summenden Moskitos.

Bei dem flackernden Schein des Lichtes las Akani den langen Brief seiner Tochter Amarin, der dem Schreiben seiner Schwester beigefügt war. Sechs Jahre lang hatte er sie nicht mehr gesehen, und er liebte sie sehr.

Welche Kämpfe und Irrungen mochten ihr in dieser Daseinsform noch bevorstehen? Wie gestaltete sich wohl ihr Schicksal? Würde auch sie das köstliche Nirwana erlangen, geläutert durch die Erkenntnis vom Leiden?

Aber für den Jünger Buddhas gibt es keine Familie. Er ist hinausgezogen aus der Heimat in die Heimatlosigkeit, und er darf selbst seiner nächsten und liebsten Angehörigen im Gebet nur wie aller anderen Menschen und der gesamten leidenden Natur gedenken.

* * *

Als Nen Vinai in der Mitte der dritten Nachtwache leise den Raum betrat, um neues Kokosöl auf die Lampe zu gießen, weilten die Gedanken des Oberpriesters nicht mehr bei Prinzessin Amarin oder der politischen Zukunft seines Landes. Er war den verführerischen Einflüsterungen des Bösen nicht erlegen und hatte sich wieder tief in die erhabene Lehre des Vollendeten versenkt.

Erst im Morgengrauen beendete er seine Meditation und legte das Haupt zu kurzer Ruhe auf die harte, hölzerne Stütze. Eine runde Vertiefung hielt den Kopf auch während des Schlafes, damit er nicht zur Rechten oder zur Linken sinken konnte, sondern stets in der vorgeschriebenen Richtung nach Osten gewandt blieb.

»Hallo, Ronnie!«

Im dichten Menschengewühl drehte sich ein junger Mann um, dessen schlanke, sehnige Gestalt sofort den Engländer verriet. Er schüttelte dem Freund aus Cambridge vergnügt die Hand.

»Warwick, alter Junge, warum kommst du denn erst jetzt auf die Rennbahn? Hast mich ja schön warten lassen!«

»Kaufleute in Bangkok haben eben mehr zu tun als so ein reicher, träger Globetrotter wie du, der nur zum Spaß in der Welt herumreist, um sich andere Länder und Leute anzusehen. Sei zufrieden, daß ich dich heute morgen in diesem wildfremden Land vom Dampfer abgeholt und sicher im Dusit-Hotel untergebracht habe!«

Ronnie Maynard schlug Warwick Warbury geräuschvoll auf die Schulter.

»Ja, das hast du fein gemacht, alter Luftbrummer und Kriegskamerad, aber ich würde deshalb den Mund nicht zu weit aufreißen, denn sich selbst zu loben schickt sich nicht. Aber du hast mich wirklich glänzend versorgt, wie eine Amme ihr Baby, das will ich gern anerkennen«, entgegnete er und lächelte den Freund mit seinen offenen blauen Augen strahlend an. Schon auf der Universität hatte er zu dem älteren Kameraden aufgeschaut. »Ich freue mich ja so unbändig, daß ich dich einmal wiedersehe und wie früher mit dir reden kann, Warwick, altes Haus!«

» **Pai läo – pai läo** – sie sind ab!« ertönten plötzlich laute Rufe aus der Menge.

Das Feld war eben gestartet, und wie elektrisiert folgten die Zuschauer dem Verlauf des Rennens. Aber nirgends herrschte unangenehmes Gedränge, die Leute nahmen Rücksicht aufeinander.

»Wir wollen doch lieber auf die Tribüne gehen, damit wir auch etwas sehen«, schlug Ronnie vor und schaute sich nach der Bahn um. Er nahm Warwicks Arm, und sie stiegen die breite Holztreppe hinauf. Überall bewegten sich festlich geschmückte Menschen unter den farbigen Sonnensegeln.

Warwicks imponierende Gestalt zog viele Blicke auf sich. Seine sonnengebräunten, scharfgeschnittenen Züge sprachen von langem Aufenthalt in den Tropen. Er war nicht schön im landläufigen Sinne des Wortes, aber sein glattrasiertes Gesicht fesselte durch den ruhigen Blick seiner blauen Augen, die sich reizvoll von den schwarzen Haaren abhoben.

»Fast könnte man denken, wir seien in Epsom«, meinte er. »Die Rennbahn ist genau so ellipsenförmig und langweilig. Auch hier Pferde, Schiedsrichter, bunte Jockeis, Waage, Totalisator, Sattelplatz, Buchmacher –«

»Die Menschen machen aber doch einen ganz anderen Eindruck«, unterbrach ihn Ronnie lebhaft, der seine Umgebung neugierig musterte. »Soviel Brillanten, Rubinen und Smaragde, wie heute nachmittag hier getragen werden, gibt es ja kaum in ganz England! Die Leute müssen unheimlich viel Kröten haben! Und wieviel verschiedene Volkstypen man hier beobachten kann – die reinste Arche Noah!«

»Ruhe, Ronnie! Hier versteht fast jeder Englisch, und wir Europäer sind sowieso nicht besonders beliebt. Das Selbstbewußtsein der Asiaten ist in den letzten Jahren bedeutend gestiegen, und sie sind für Kritik doppelt empfindlich geworden. Du mußt dich mehr in acht nehmen.«

Die Menge verfolgte gebannt das Rennen, und alle Blicke waren auf die große Kurve gerichtet, in die das Feld jetzt einbog.

Auch Ronnie hatte sein Glas eingestellt.

»Ramesuen liegt vorn!« rief er aufgeregt.

»Das hat noch nichts zu sagen.«

»Doch – ich habe auf den Gaul hundert Tikals gesetzt! Er muß unbedingt zuerst durchs Ziel gehen.«

Warwick, den das Rennen weniger interessierte, lächelte nur und grüßte dann zur Loge des englischen Gesandten hinüber.

Sir John Brakenhurst dankte. Seine vornehme, etwas hagere Gestalt mit der leicht vorgeneigten Haltung ließ den alten, erfahrenen Diplomaten erkennen.

Reges Treiben herrschte auf der nach englischem Muster angelegten Rennbahn der siamesischen Hauptstadt, deren Einwohnerzahl schon seit einigen Jahren die Millionengrenze überschritten und Peking überflügelt hatte.

Auch der König und die Königin waren erschienen und schauten von einer besonderen Tribüne aus dem Rennen zu. Darüber war in altsiamesischen, prunkvollen Formen eine offene Halle errichtet. Die Sonnenstrahlen spiegelten sich in dem kunstvollen Mosaikwerk und den herrlichen Schnitzereien der übereinandergetürmten Dächer wider, die von schlanken Teakholzsäulen mit Lotoskapitellen getragen wurden. Strahlend hob sich das flammende Gold des königlichen Pavillons von dem tiefblauen Tropenhimmel ab.

Auch die verschiedenen Gesandten der europäischen und exotischen Staaten, der ganze Hof und der siamesische Adel hatten sich zu dem Rennen eingefunden, und es bot sich den Blicken ein farbenprächtiges Bild von brokatdurchwirkten Seidengewändern und kostbaren Juwelen. Man konnte Vertreter fast aller Völker bemerken, die innerhalb der Grenzen Siams wohnten. Die ernsten, schweigsamen Laoten trugen ihre alte Landestracht: schwarzseidene, enganliegende Gewänder mit Goldknöpfen aus Filigranarbeit. Die Birmanen erschienen in ihren typischen Kopftüchern. Auch Peguaner waren zu sehen und schöne Monmädchen mit langem, blumengeschmücktem Haar und heiteren, allzu bereit lachenden Augen.

Brillantengeschmückte Goldknöpfe zierten die enganschließenden Leinenröcke der siamesischen Adeligen, die ihre bauschigen, blauseidenen Panungs in der malerischen Form weiter Pluderhosen geschlungen hatten. Viele Damen der siamesischen Gesellschaft hatten elegante europäische Kleidung angelegt, aber manche trugen auch noch das alte Nationalkostüm und dieselben Panungs wie die Männer.

»Warum haben eigentlich alle Siamesen dunkelblaue Beinkleider?« fragte Ronnie interessiert.

»Weil heute Donnerstag ist«, antwortete Warwick.

»Aber das ist doch kein Grund! Das soll ich mir einreden lassen?«

»Du wirst es gleich verstehen. Der Donnerstag steht unter der Herrschaft des Planeten Jupiter, der nach siamesischer Auffassung dunkelblaue Farbe hat. Deshalb tragen die Leute hierzulande an diesem Tag dunkelblaue Panungs.«

»Fabelhaft!« rief Ronnie begeistert. »Und wie ist es an den anderen Wochentagen?«

»Das erzähle ich dir später einmal genauer, jetzt führt es zu weit. Aber sieh dir einmal die reichen chinesischen Kaufleute dort an, die mit ihren herrlichen Kostümen prunken. Die haben sie den Staatskleidern der höchsten Mandarinen genau nachbilden lassen, und hier in Bangkok, außerhalb der Grenzen des Chinesischen Reiches, können sie diese Gewänder ungestraft tragen.«

In der Menge der Zuschauer befanden sich verhältnismäßig nur wenig Europäer; in ihren schneeweißen Anzügen, Schuhen und den breitrandigen Tropenhüten wollten sie nicht recht in die bunte Farbenpracht der Tropen passen. Außer der besten siamesischen Gesellschaft waren auch Parsenkaufleute und Inder erschienen, die sich in der Hauptstadt des Landes niedergelassen hatten und dort heimisch geworden waren.

Viele Siamesen trugen Uniform. Das Nationalbewußtsein war seit dem Weltkrieg bedeutend gestiegen, das Volk war stolz auf das Heer, die Marine und besonders auf die Luftwaffe.

Zahlenmäßig waren die Chinesen neben den Siamesen an erster Stelle vertreten, aber auch die Japaner fehlten nicht. Früher hatte man die Siamesen geringgeachtet, aber seitdem sich ihr Land als Macht neben den anderen asiatischen Mächten fühlte, gewannen sie immer größeren politischen Einfluß.

»Es ist unglaublich!« Ronnie hielt nervös das Glas und packte seinen Freund mit der anderen Hand am Arm. »Ramesuen hält nicht durch!«

Die Reiter kamen jetzt von der anderen Seite her in Sicht, und unter den ersten fiel ein feuerroter Jockei auf einem schwarzen Pferd auf.

»Hanuman!« schrien einzelne, dann schwollen die Rufe immer lauter an.

Die Pferde fegten vor der Tribüne vorbei und passierten das Ziel.

»Hanuman! Hanuman hat gewonnen!« ertönte es begeistert von allen Seiten.

»Verdammt, und ich hatte doch auf Ramesuen gesetzt!« brummte Ronnie ärgerlich.

Alles strömte nun zum Totalisator. Warwick ging mit Ronnie zur Waage, wo die Pferde einzeln vorbeikamen, zuerst der von der Menge umjubelte Hanuman.

»Schade, daß du mich nicht eher gefragt hast, Ronnie. Du hättest natürlich wissen müssen, daß Hanuman aus dem königlichen Marstall kommt. Gegen den darf doch kein anderes Pferd gewinnen.«

»Also eine ganz gemeine Schiebung!« erklärte Ronnie empört.

»Ruhe, sei doch nicht so unvorsichtig! Und sprich nicht so laut. Wir sind hier in einem absolut regierten Land. Eine Schiebung kannst du das außerdem nicht nennen. Wenn ein Pferd aus dem königlichen Marstall an einem Rennen teilnimmt, wagt eben niemand, ein besseres und schnelleres aufzustellen. Die Leute sind hier monarchistisch-loyal.«

Indische Buchmacher zahlten die Gewinne aus, die diesmal sehr niedrig ausfielen, da in Siam nur Ausländer gegen ein Pferd des Königs wetten.

Am Totalisator drängten sich Vertreter aller Nationalitäten: reiche Chinesen in violettseidenen Anzügen und großen, breiten Panamahüten, persische Kaufleute in Gehrock oder schwarzem Kaftan, Malaien von der südlichen Halbinsel mit edelsteingesckmückten Dolchen im Gürtel, und Inder mit ihren Frauen, die in auffallend bunte Seide gekleidet waren und reichen Brillantschmuck trugen.

Dazwischen blitzten die feuerroten, goldgestickten Uniformen der Gardekapelle auf, die in der Pause konzertierte und die neuesten amerikanischen und englischen Schlager spielte. Die Musiker waren mit den dazu nötigen Instrumenten und allen Arten von Saxophonen ausgerüstet.

»Weißt du, wer von unseren Bekannten aus Cambridge noch hier ist?« fragte Warwick. »Dort hinten in der Loge des Königs steht Prinz Surja.«

»Donnerwetter, das ist er wirklich! War eigentlich früher ein ganz netter Kerl. Kommst du oft mit ihm zusammen?«

»Nein. Das ist hier anders als in England. Er hat übrigens gute Karriere gemacht – zur Zeit führt er das Kommando über die Torpedobootflottille, außerdem untersteht ihm das Marineflugwesen.«

»Ich muß ihm sofort die braune Männerpranke schütteln«, sagte Ronnie freudig. »Wir wollen gleich zu ihm gehen.«

»Ich möchte nicht zur Hofloge«, wehrte Warwick ab. »Ich muß noch einige andere Bekannte sprechen.«

»In die Hofloge selbst gehe ich auch nicht, ich lasse ihn herausbitten. Wir können uns ja nachher bei dem Musikpavillon wiedertreffen.«

»Nimm dich aber in acht mit ihm – er ist ein eifriger Vorkämpfer für den Zusammenschluß aller asiatischen Staaten unter Japans Führung, und er haßt die Europäer«, warnte Warwick leise.

Ronnie Maynard nahm die Ermahnung aber nicht besonders ernst, denn seiner Meinung nach war sein Freund immer zu vorsichtig und zu skeptisch.

Als er in seinem hochmodernen, etwas auffälligen Anzug davoneilte, schaute ihm Warwick lächelnd nach. Schon in England war Ronnie dafür bekannt gewesen, daß er seine Freunde häufig zur Unzeit überfiel und gewöhnlich dort erschien, wo man ihn am wenigsten erwartete. Was für ein Gesicht würde Prinz Surja wohl machen, wenn Ronnie plötzlich vor ihm auftauchte?

Warbury richtete sich zu seiner vollen Größe auf und sah sich auf den weiten Tribünen um. Er blickte oft mit verengten Augen, wenn er in die Ferne sah, wie Leute, die häufig der blendenden Tropensonne ausgesetzt sind.

Plötzlich bemerkte er den englischen Gesandten, der auf ihn zukam und ihn freundlich begrüßte.

Sir John Brakenhurst trug einen rohseidenen Anzug von dunkler Tönung. Sein Tropenhut war mit demselben Stoff überzogen und geschmackvoll mit einem dazu passenden braunen Band garniert. Trotz eines fast dreißigjährigen Tropendienstes hatte er sich vorzüglich gehalten, und man sah ihm seine fünfzig Jahre nicht an. Ein starkes, etwas vorspringendes Kinn betonte die energischen Züge seines glattrasierten Gesichts, und sein Auftreten verriet den vornehmen Weltmann.

»Ich kann Ihnen gratulieren, mein lieber Warbury, die siamesische Regierung hat die Konzession für Ihre Reisplantagen bewilligt.«

»Auf Ihren Rat hin konnten wir die Sache ja auch glänzend vorbereiten. Sie sind ein Menschenkenner, Sir John. Kleine Geschenke – zur rechten Zeit, am rechten Platz!«

»Ich habe immer wieder die Erfahrung gemacht, daß man in solchen Fällen durch Großzügigkeit zum Ziel kommt. Und das Geschenk an den Prinzen Murapong wird wohl nicht zu unbedeutend ausgefallen sein«, entgegnete Sir John. Ein humorvoll ironisches Lächeln spielte um seinen Mund, und in seinen Augenwinkeln zeigten sich viele Lachfältchen. »Aber für die Firma Breyford sind das natürlich nur Kleinigkeiten.«

Aus vielen Gründen war der Gesandte Warwick besonders gewogen. Er schätzte in ihm einen der besten Vertreter der englischen Nation auf diesem vorgeschobenen Posten, und er achtete ihn, weil sich Warwick im Weltkrieg als verwegener Kampfflieger ausgezeichnet hatte. Abgesehen davon, war Warbury ein vorzüglicher Sportsmann, mit dem man ausreiten, Polo und Golf spielen konnte. Auch über siamesische Verhältnisse war er sehr gut unterrichtet und hatte Sir John schon manche wichtige Nachricht zukommen lassen.

»Ihre Stellung bei Breyford wird sich ja jetzt wohl bald ändern, wenn ich recht gehört habe?«

Warwick lachte nur, und nach einigen liebenswürdigen Worten verabschiedete sich der Gesandte wieder von ihm.

Gleich darauf fühlte Warwick, daß ihn jemand am Arm packte, und als er sich umwandte, sah er Ronnie in Gesellschaft des Prinzen Surja vor sich. Er begrüßte den Siamesen mehr höflich-formell als herzlich.

Der Prinz war kleiner als Ronnie. Seine etwas weichen, regelmäßigen Züge machten einen sympathischen Eindruck, und unter seinen Landsleuten galt er als Schönheit. Wenn er den Mund öffnete, blitzten seine weißen Zähne herausfordernd zwischen den braunroten, bogenförmig geschwungenen Lippen. Die Uniform bedingte eine militärische Haltung, aber seine Bewegungen wirkten abgerundet und gleitend. Seine dunklen Augen hatten einen leicht melancholischen Ausdruck, doch leuchteten sie manchmal in der Erregung leidenschaftlich auf.

»Mir scheint, daß erst ich nach Siam kommen muß, um die alten Kameraden von Cambridge wieder einmal zusammenzubringen!« erklärte Ronnie gönnerhaft.

Surja und Warwick lachten über seinen Eifer; beide kannten ihn gut genug.

»Ronnie Maynard hat mir eben erzählt, daß er ein Tagebuch über seine Weltreise herausgeben will. Wer hätte früher gedacht, daß er einmal unter die Schriftsteller gehen würde!« sagte der Prinz.

»Ihr Siamesen müßt euch ordentlich anstrengen, damit ihr gut abschneidet. Ich habe eine seltene Beobachtungsgabe, und man fürchtet meine scharfe Feder. Oh, ich kann Zustände geißeln!« erwiderte Ronnie überzeugt.

»Nun, dann wollen wir uns dementsprechend in acht nehmen«, entgegnete Surja verbindlich. Aber er warf ihm einen lauernden Blick zu, der Warwick nicht entging. »Siam wird ausgerechnet auf dich gewartet haben«, bemerkte Warwick belustigt, um Ronnies überhebliche Worte etwas abzudämpfen.

»Das hoffe ich. Ein Land wie Siam muß erst entdeckt werden, ich meine, richtig entdeckt werden von einem Mann, der Bücher schreibt, ein unbestechlicher Beobachter ist und ein umfassendes, weitschauendes Urteil hat«, erwiderte Ronnie, ohne den leisen Spott seines Freundes zu fühlen.

»Damit meinst du wohl dich selbst?«

»Natürlich! Übrigens gibt es unter den Siamesinnen Mädels von außerordentlicher Schönheit. Zu Anfang wollten Sie mir allerdings gar nicht gefallen«, versicherte Ronnie und sah sich wohlwollend um.

Surja warf unmerklich den Kopf zurück, und seine feurigen Augen blitzten warnend unter den kühngeschwungenen, schwarzen Brauen. Das anmaßende Wesen des jungen Engländers kränkte sein Nationalgefühl, und Ronnies letzte Äußerung konnte er nicht unerwidert lassen.

»Es gibt auf der ganzen Erde schöne Frauen – warum sollten denn die Siamesinnen eine Ausnahme machen?« fragte er kühl.

In diesem Augenblick kamen einige Mitglieder des Hofes vorüber, und Ronnie vergaß zu antworten. Neben einer würdigen älteren Dame in mattblauem, silberdurchwirktem Panung ging eine jüngere, die allgemein auffiel. Ihre Erscheinung hatte nichts Europäisches, und doch mußte jeder Europäer ihren rassigen siamesischen Typus als schön und harmonisch empfinden.

Mehrere junge Dienerinnen folgten den beiden. Sie waren in denselben Farben gekleidet wie ihre Herrinnen, und auch sie trugen reichen Schmuck.

Warwick wunderte sich, daß er dieses schöne junge Mädchen noch nicht gesehen hatte, da er doch die höhere siamesische Gesellschaft kannte. Er wußte nur, daß die ältere Dame die Prinzessin Chanda Rajavong war, eine Tante des Königs. Fragend blickte er auf Surja, als ob er von ihm eine Erklärung erwartete.

»Wer war denn dieses entzückende Kind?« erkundigte sich Ronnie hastig. »Bei einer Schönheitskonkurrenz würde ich ihr als Preisrichter alle meine Stimmen geben.«

»Ihre Königliche Hoheit Prinzessin Amarin, die Tochter des Prinzen Akani. Sie ist erst kürzlich aus Paris zurückgekehrt«, erwiderte Surja steif und von oben herab.

Das letzte Rennen war beendet. Die drei schlossen sich dem Strom der Menge an und wandten sich dem Ausgang zu. Vor dem Hauptportal hielt ein großer Rolls Royce, dahinter ein anderer Wagen. Beide hatten dunkelblaue Farbe und trugen dasselbe feine Silbermonogramm an den Türen. Chauffeure und Diener hatten dunkelblaue Samtuniform mit Silberstickerei, im Ton genau zu den Wagen abgestimmt.

Prinzessin Amarin stieg mit ihrer Tante in das vordere Auto, während die Dienerinnen in dem zweiten Platz nahmen.

Unwillkürlich sah Warwick zu ihr hinüber. Ihre Gestalt und ihr Gesicht wirkten ungewöhnlich fremdartig und reizvoll, und ihre märchenhaft tiefen Augen hatten einen rätselhaften Ausdruck.

Als der Wagen anfuhr, sah sich Amarin um, und die Blicke der beiden trafen sich in kurzem Verweilen.

Es war Warwick, als ob dieses Mädchen plötzlich eine schlummernde Sehnsucht, ein Verlangen nach ungeahnten Wundern in ihm weckte. Traumverloren schaute er ihr nach.

Surja bemerkte es und verabschiedete sich kurz.

Ronnie blieb ihm den Gegengruß schuldig, weil er nur Augen für die junge Prinzessin hatte.

3

Die Menschen, die auf dem Rennplatz zusammengeströmt waren, drängten dem Ausgang zu, und die Polizei hatte Mühe, die Ordnung aufrechtzuerhalten. Aber im Fernen Osten ist eine Menge leichter zu lenken als in Europa. Ein Polizeioffizier hob von einem erhöhten Stand aus plötzlich die Hand und gab ein kurzes Kommando. Darauf bildete sich wie durch einen Zauberschlag eine breite Gasse.

Der König und die Königin verließen den Rennplatz, aber niemand drängte sich neugierig vor. Geduldig und ehrfürchtig warteten die Leute, verneigten sich tief und legten wie betend die Hände zusammen, als die Palastwachen in prunkvoller alter Tracht vorausschritten und das Herannahen des Herrscherpaares ankündigten.

Der König war verhältnismäßig klein. Er trug einen leichten, weißen Leinenrock und einen dunkelblauen Seidenpanung, Schwarzseidene Strümpfe, schwarze Halbschuhe und einen Panamahut. Nicht das geringste Abzeichen seiner hohen Würde war an ihm persönlich zu entdecken, aber hinter ihm gingen Hofbeamte in reichgestickten Uniformen, und einer von ihnen trug den großen, blauseidenen Königsschirm.

»Wozu braucht denn der König einen Schirm?« wollte Ronnie wissen.

»In den Tropen ist es nicht nur angenehm, sondern auch ehrenvoll, unter einem Schirm zu wandeln, und je mehr Absätze dieser hat, desto größere Ehre kommt seinem Besitzer zu. Die Anzahl dieser Stufen muß aber immer ungerade sein.«

»Hat er auch einen blauen Schirm, weil heute Donnerstag ist?«

»Nein. Ich sagte dir doch schon, daß Blau die Farbe des Planeten Jupiter ist, und Jupiter war doch der König unter den Göttern. Also ist seine Farbe auch die des Königs.«

Als die Hofwagen abgefahren waren, wurde die Sperre am Ausgang aufgehoben.

Warwick sah sich nach Marbin, seinem Chauffeur, um und hob die Hand, um sich bemerkbar zu machen. Der Malaie verstand es auch, trotz des starken Verkehrs im richtigen Augenblick vorzufahren. Gewandt steuerte er den offenen Lincoln durch das Gedränge und hielt kurz vor der Stelle, an der Warwick und Ronnie warteten. Dann sprang er behende vom Führersitz und öffnete die Tür.

Warwick nahm am Steuer Platz, und Ronnie setzte sich neben ihn, während sich Marbin hinter den beiden niederließ.

Geschickt brachten die Polizisten vor dem Ausgang des Rennplatzes Ordnung in das Gewimmel der Wagen, aber trotzdem bedurfte es Warwicks voller Umsicht, um in dem Gewühl einen Weg zu finden.

»Glänzende Autostraßen«, meinte Ronnie anerkennend, als sie endlich in die breite Windmill Road einbogen und unter stattlichen Teakbäumen dahinfuhren. »Bin ganz erstaunt über den fortschrittlich modernen Straßenbau in Bangkok. Ich dachte, ihr hättet hier nur armselige Wege für Büffelkarren.«

»Ganz so schlimm ist es doch nicht. Früher waren die Straßen allerdings auch in der Nähe der Hauptstadt entsetzlich schlecht, aber als sich der Vater des jetzigen Königs für den Autosport zu interessieren begann, änderte sich das sehr schnell.«

»Zu schlimm! In diesem absolut regierten Land dreht sich natürlich alles nur um die geheiligte Person des Königs, und an das Wohl des Volkes denkt kein Mensch. Höchste Zeit, daß diese unmöglichen Zustände gegeißelt werden! Ihr Kaufleute könnt das natürlich nicht tun, denn ihr wollt Geld verdienen und müßt deshalb überall Rücksichten nehmen und den Mund halten. Dazu gehört eben ein freier, unabhängiger Schriftsteller, wie ich es bin.«

»Ich weiß wirklich nicht, warum du den Mund aufreißt und was du geißeln willst. Die Straßen in der Hauptstadt und der nächsten Umgebung sind wunderbar gepflegt und stehen der Allgemeinheit zur freien Verfügung. Bei der Ausdehnung dieser Millionenstadt ist das eine Annehmlichkeit, die du nicht unterschätzen darfst. Wie du siehst, fahren zur Zeit der Abendkühle ja auch alle Leute spazieren.«

»Gut und schön. Aber ihr habt keine Landstraßen! Ihr könnt wohl mit euren Autos in der Nähe der Hauptstadt herumkutschieren, aber damit ist es auch aus!«

»So darfst du die Sache nicht auffassen, Ronnie. Gewiß, in Südsiam gibt es keine Landstraßen wie in anderen Ländern, aber dafür haben wir ein ausgedehntes Kanalnetz. Das ist eben durch die Natur der Landschaft bedingt. Die große Menamebene ist durch den Fluß angeschwemmt und vollkommen flach. Kilometerweit erhebt sich der Boden kaum vier bis fünf Meter über den Meeresspiegel. Wenn wir hier Fahrstraßen bauen wollten, müßten sie so gut fundiert sein und so hoch liegen, daß sie nicht überschwemmt werden könnten. Dadurch würden sich aber die Wasserverhältnisse in der Menamebene ändern, und der Reisbau würde darunter leiden.«

Ronnie hörte erstaunt zu.

»Kanäle sind schon das einzig Richtige für Südsiam«, fuhr Warwick fort. »Große Lasten lassen sich auf dem Wasser in Booten viel leichter fortbewegen als auf Landstraßen. Bei der Reisernte stehen außerdem alle Felder unter Wasser, und man kann mit dem Boot überall bequem hinkommen.«

»Das ist ja die verkehrte Welt«, meinte Ronnie lachend, gab sich aber zufrieden.

Bei einer Wegkreuzung stockte der Verkehr. Ein großer, uralter Bo-Baum stand etwas abseits der Straße und reckte seine starken Äste zum Himmel empor. Der dicke, breite Stamm und auch die Zweige waren mit roten Tüchern behangen, und viele Leute machten sich eifrig an dem Baum zu schaffen. Manche standen, manche saßen, aber Ronnie konnte nicht erkennen, was Sie machten.

»Was tun die denn? Beten Sie etwa den Baum an?« fragte er neugierig.

»Nein, Sie wollen in der Lotterie spielen und holen sich hier Rat. Dies ist ein heiliger Feigenbaum, wie sie vielfach auch in den Tempelhöfen stehen. Die graubraune Rinde ist von vielen verschlungenen Adern durchzogen, und die Leute reiben so lange daran, bis sie Zahlen oder Buchstaben in der Maserung zu erkennen glauben.«

Ronnie hatte das Notizbuch aus der Tasche genommen und schrieb schnell, während Warwick weitersprach.

»Diese Zahlen setzen sie dann in der Chinesenlotterie, und wenn sie gewinnen, bringen sie aus Dankbarkeit dem Baum Spenden dar. Manchmal zünden sie auch Kerzen davor an, oder sie hängen Blumengewinde und Kränze in die Äste, oder auch rote und weiße Tücher. All die vielen Goldflitter und Puppen, die du in den Zweigen siehst, sind Opfergaben.«

»Also wird auch dieses arme Volk von der Spielleidenschaft verdorben?« ereiferte sich Ronnie. »Tut denn die Regierung nichts dagegen?«

»Sie ist sehr fortschrittlich, aber Siam ist ein merkwürdiges Land«, entgegnete Warwick nachdenklich. »Du findest hier finsterstes Mittelalter und modernste Einrichtungen dicht nebeneinander. Kein Land des Ostens – mit Ausnahme von Japan – besitzt zum Beispiel ein so vorzüglich ausgebildetes Flugwesen; auch ist das ganze Land von einem Netz von Wetternachrichten- und Meldestationen für den Luftdienst überzogen, die ausgezeichnet arbeiten. Und doch ließ sich Surja, dem auch dieser Dienstzweig untersteht, vom Hals bis zu den Fußgelenken mit magischen Ornamenten tätowieren, um hieb- und schußfest zu werden. Und dabei hat der Mann in Cambridge seine Examina glänzend bestanden und denkt in anderen Dingen ebenso modern wie wir.«

»Nicht möglich! Das ist ja interessanter Stoff für mein Buch!«

»Ich weiß nicht, ob es ratsam ist, eine so hochgestellte Persönlichkeit wie den Prinzen in deinem Buch bloßzustellen. Aber ich kann dir etwas anderes erzählen. Neulich kam zu unserem Gesandtschaftsarzt ein siamesischer Marineoffizier, der eine Schußwunde in der Hand hatte. Der Doktor verband ihn und erkundigte sich dabei, auf welche Weise er die Verwundung erhalten hätte. Der betreffende Offizier ist bei der englischen Marine ausgebildet worden, also schließlich kein Dummkopf.

Zuerst wollte der Mann nicht mit der Sprache heraus, aber schließlich erzählte er doch, daß er sich von einem Beschwörer durch einen Zauber hatte unverwundbar machen lassen. Er hatte ihm dafür achtzig Tikals gezahlt – das sind sechs bis sieben Pfund nach unserem Geld und für einen Siamesen eine beträchtliche Summe. Hocherfreut nahm er, als er zu Haus angekommen war, seinen Browning aus der Schublade, um eine Probe zu machen, und schoß sich durch die Hand. Das Geschoß schlug natürlich glatt durch Fleisch und Knochen.«

»Hoffentlich ist er jetzt von dem Wahnsinn geheilt?« erwiderte Ronnie erregt.

»Die Sache kam dem Marineminister zu Ohren, der sehr aufgeklärt ist und den weitverbreiteten Aberglauben ausrotten möchte. Er ließ den Zauberer und den verwundeten Offizier kommen und wollte den Beschwörer bestrafen.«

»Sicher hat er den Betrüger ins Gefängnis gesteckt!«

»O nein.«

»Aber warum denn nicht?«

»Der Mann sagte ganz einfach, dieser Zauber wäre vor Jahrhunderten, ja vor Jahrtausenden entstanden, und damals hätte es noch keine Browningpistolen gegeben. Für alle anderen Waffen genügte er. Nach Ansicht der Eingeborenen hatte er sich damit gerechtfertigt und konnte nicht bestraft werden.«

Ronnie lachte.

»Hat der Offizier nachher auch noch eine Probe mit einem Dolch gemacht?«

Warwick schüttelte den Kopf und fuhr langsamer, da er dauernd grüßen mußte. Er nannte seinem Freund auch die Namen der Diplomaten und der großen Kaufleute, die an ihnen vorüberkamen. Ronnie hörte aber nur halb hin, denn ihn interessierten viel mehr die schönen Siamesinnen und die Monmädchen, die in einfachen Rikschas ihre abendliche Spazierfahrt machten. Flinke, sehnige Chinesenkulis zogen die leichten Gefährte. Mit erstaunlicher Geschicklichkeit bahnten Sie sich einen Weg durch den dichten Verkehr und schlängelten sich wie Aale zwischen den schnellfahrenden Autos durch.

»Sag mal, Warwick, hast du eigentlich eine braune Frau?« fragte Ronnie plötzlich.

»Wie kommst du denn darauf? Hier in Bangkok haben manche Leute, wenn sie nicht auf europäische Art verheiratet sind, eine Mia, das heißt eine eingeborene Frau. Aber über solche Privatangelegenheiten spricht man selbstverständlich nicht, und man mischt sich auf keinen Fall ein.«

»Ist deine Mia hübsch?«

»Ich sagte dir doch eben, daß man nicht über diese Dinge spricht. Wenn du es aber unbedingt wissen mußt – ich habe keine Mia.«

»Warum denn nicht? Wenn doch die anderen eine haben? Es muß sich eigentlich hier in Siam sehr nett mit einer Mia leben. Ich habe schon auf dem Dampfer gehört, daß sie sehr unterhaltsam sein sollen. Mir kannst du es doch ruhig beichten. Du hast bestimmt eine kleine, hübsche Siamesin, wenn du es auch jetzt abstreitest.«

»Aber nein, ich habe wirklich keine. Außerdem habe ich mich auf meinem letzten Urlaub verlobt.«

Ronnie Sah den Freund verblüfft an.

»Davon weiß ich ja überhaupt nichts! Mit wem denn? Kenne ich Sie auch?«

»Das müßtest du doch erraten – Evelyn Breyford.«

Ronnie verstummte plötzlich, und es dauerte einige Zeit, bis er sich wieder gefaßt hatte.

»Ich gratuliere dir aufrichtig«, sagte er dann feierlich und resigniert.

Warwick erwiderte nichts darauf, und beide schwiegen eine Weile.

Ronnie hatte seine eigenen Gedanken. Er bedauerte sich und fühlte tiefes Mitleid mit sich selbst. Nun wußte er, warum Evelyn seinen eigenen Antrag abgelehnt hatte. Sie liebte einen anderen! – Und ausgerechnet Warwick Warbury, sein bester Freund, war dieser glückliche andere!

Ronnie hatte die beiden nur für gute Sportkameraden gehalten. Allerdings hatte er sich im stillen immer darüber gewundert, daß Evelyn sich so sehr für den Flugsport begeisterte. Nun löste sich dieses Rätsel.

Sie fuhren unter großen, mächtigen Salabäumen dahin, deren weiße Blütenpracht den grünen Blättern fast keinen Raum gönnte, und ein zarter Duft umfing sie. Durch eine breite Wasserfläche von ihnen getrennt, erhob sich zu ihrer rechten Seite der Tempel der Lotosteiche.

Feierlich klangen die Glocken des Klosters, die die Mönche zum Gebet riefen. Die Stunde der Abendkühle war herbeigekommen, und alles atmete erleichtert auf nach der Tropenhitze des Tages. Hell glänzten die prachtvoll geschwungenen Dächer der Tempelbauten mit ihren schönverzierten Schlangen- und Drachengiebeln, und in weiter Ferne grüßte der Goldene Berg, der höchste Tempelturm der Hauptstadt. Er war nach dem Weltberg Meru benannt und sollte andeuten, daß Bangkok den Mittelpunkt der Welt bedeutet.

Warwick erklärte all das seinem Freund, und Ronnie, der sich mit größter Begeisterung allen neuen Eindrücken hingab, tröstete sich bald wieder.

»Ein seltsames Volk«, sagte er etwas sprunghaft, als einige Mönche in malerischen, gelbseidenen Gewändern vorübergingen, die sie nach Art einer Toga umgeschlagen hatten. »Ich verstehe nicht, daß hier so viele Männer ins Kloster gehen, wenn es eine Unmenge von schönen Frauen gibt. Es ist nicht zu begreifen, daß ein vernünftiger Mann sein ganzes Leben als buddhistischer Priester vertrauern mag! Ich wäre jedenfalls nicht dafür zu haben.«

»Du machst dir falsche Vorstellungen. Die meisten Siamesen gehen nur vor ihrer Verheiratung einige Jahre ins Kloster, um sich für das Leben vorzubereiten. Man ist nicht wie bei uns für immer durch das Mönchsgelübde gebunden, man kann jeden Tag wieder aus dem Orden ausscheiden.«

»Das ist allerdings etwas anderes. Alle Achtung, die Leute sind wirklich schlau!«

»So darfst du es nun auch wieder nicht beurteilen«, entgegnete Warwick ernst. »Zuerst ist es mir auch sonderbar vorgekommen, wenn ein Angestellter unserer Firma auf vier Wochen Mönch wurde und ins Kloster ging. Aber als ich dann länger im Land war, sah ich ein, daß der Buddhismus in der Beziehung den Bedürfnissen des Volkes entgegenkommt. Wir könnten nur froh sein, wenn es in Europa ähnlich wäre. Wie viele Mönche und Nonnen würden gern wieder ins Leben zurückkehren, wenn sie sich nicht durch strenge Eide gebunden fühlten! Aber es gibt natürlich auch in Siam Mönche, die ihr ganzes Leben lang im Kloster bleiben und sich dort glücklich fühlen.«

Ronnie überlegte einen Augenblick.

»Wie ist es denn nun bei verheirateten Leuten? Können die etwa auch ins Kloster gehen, und was wird in dem Fall aus der Ehe?«

»Ja, Sie können auch auf längere oder kürzere Zeit das gelbe Gewand nehmen, wenn Sie wollen. Die Ehe wird dadurch geschieden. Später kann Sie wieder aufleben, aber es ist nicht unbedingt nötig.«

»Großartig! Da haben es die Siamesen aber leicht, sich aus unangenehmen Fesseln zu lösen!«

»Ja, es kommt aber selten vor«, erklärte Warwick, »hier sind die Lebensbedingungen noch so günstig. Kinder werden in Siam noch nicht als Last, sondern als Zuwachs an Vermögen, Macht oder Reichtum angesehen.«

Die Fahrt in der Abendkühle war wunderbar erfrischend. Ronnie nahm seinen Tropenhut ab, und der Wind spielte mit seinen strohblonden Haaren. Die Brise trug den süßen Duft der Maliblüten vom Dusitpark herüber.

Plötzlich fühlte Warwick wieder Ronnies Hand auf seinem Arm.

»Hattest du denn wenigstens früher eine Mia? Das möchte ich doch zu gern wissen.«

»Du bist wirklich ein aufdringlicher Mensch und ein schrecklicher Plagegeist!«

»Aber Warwich, sage es mir doch!«

»Ja, ich hatte früher eine Mia.«

»War es eine schöne – au!«

Ronnie empfand plötzlich einen Schmerz an der Schulter, als ob ihn ein Stein getroffen hätte, aber es rollte nur ein großer Nashornkäfer in seinen Schoß, der bei der schnellen Fahrt des Wagens mit ihm zusammengestoßen war.

»Siamesinnen sind viel zu Stolz, um mit einem Europäer zusammenzuleben. Aber es gibt ja so viele Mädchen aus anderen Volksstämmen hier. Wenn ein siamesischer König früher einen Krieg gewann, führte er einen Teil der Feinde in die Gefangenschaft und siedelte sie mit ihren Familien in der Nähe seiner Hauptstadt an, als bleibendes Denkmal seines Sieges. So haben wir rings um Bangkok eine ganze Anzahl fremder Völker, unter anderen auch die Mon in Paklat. Die Monmädchen stellen einen großen Teil der Mias. Im Volksmund nennt man deshalb auch die Gegend von Paklat ›das Land der Liebe‹.«

Warwick fuhr über eine Brücke und bog links in die Sapatumstraße ein.

»Übrigens ist meine Verlobung mit Evelyn noch nicht veröffentlicht, also sprich bitte nicht darüber. Es soll vorläufig nicht bekanntwerden.«

»Die Türme des Schweigens, in denen die Parsen ihre Toten den Geiern aussetzen, sind Plapperpappeln gegen meine versiegelten Lippen«, erklärte Ronnie mit feierlichem Pathos.

Warwick lächelte.

An der Brückenrampe kam ihnen das große Luxusauto des reichen Kiam Hoa Heng entgegen, in dem mehrere Frauen und Kinder saßen. Der dicke Chinese grüßte Warwick ehrerbietig. Die Straße war an dieser Stelle durch einen großen Schotterhaufen eingeengt.

»Dieser Kerl scheint auch ein feistes Trüffelschwein aus der Herde Epikurs zu sein«, bemerkte Ronnie.

Im selben Augenblick überholte ein großer, dunkelblauer Rolls Royce den Chinesen.

»Verspare dir solche Stilblüten lieber für dein –«

Plötzlich sah sich Warwick in der engen Durchfahrt dem anderen Wagen gegenüber, der mit großer Geschwindigkeit auf ihn zukam.

»Oha!« brüllte Ronnie und sprang kurz entschlossen in großem Bogen in den Straßengraben. Der Chauffeur hatte dasselbe mit richtigem Instinkt schon eine halbe Sekunde früher getan.

Bremsen kreischten, Scheiben klirrten, platzende Pneus knallten wie Revolverschüsse...

Ronnie landete etwas unsanft auf dem feuchten Boden, aber Marbin war gleich darauf an seiner Seite und half ihm auf die Beine. Ronnie betastete sich vorsichtig und war froh, daß er außer einigen Abschürfungen keine Verletzungen erhalten hatte.

Als er sich verwundert umsah, entdeckte er Warwichs Wagen auf der anderen Seite des Schotterberges. Das Auto war umgeschlagen und schien schwer beschädigt zu sein. Warwick selbst lag jenseits des Straßengrabens mitten unter den dichten, braunroten Stauden leuchtend roter Wasserlilien. Dahinter lief eine Gartenmauer entlang, und wenige Schritte davon entfernt erhob sich ein großes, prächtiges Parktor.

Unweigerlich wäre es zu einem furchtbaren Zusammenstoß mit dem dunkelblauen Rolls Royce der beiden Prinzessinnen gekommen, wenn Warwick nicht im letzten Augenblick den Wagen herumgerissen hätte und kurz entschlossen in den hohen Schotterhaufen hineingefahren wäre.

»So ein sträflicher Leichtsinn von dem Siamesen! Ich habe alles genau gesehen. Der Kerl allein hatte Schuld!«

Ronnie schimpfte und humpelte zu Warwick hinüber.

Der Rolls Royce hatte ebenfalls in der vornehmen Villenstraße angehalten. Prinzessin Chanda und Amarin stiegen hastig aus und eilten auf Warwick zu, der reglos am Boden lag.

Ronnie und der Chauffeur knieten neben ihm nieder. Blut strömte über Warwicks Gesicht, Schnittwunden klafften an den Händen und am Kopf, und die Stirnader war durchschnitten.

»Ist er schwer verletzt?« fragte Amarin entsetzt.

Ronnie drehte sich um und sah die beiden Prinzessinnen neben sich, die sich ängstlich vorbeugten. Hinter ihnen stand ihr Chauffeur und starrte mit glasigen Augen auf Warwick nieder.

»Hoffentlich hat er keine inneren Verletzungen«, erwiderte Ronnie besorgt.

»Hier kann er unter keinen Umständen liegenbleiben«, sagte Prinzessin Chanda. »Hole Decken, Krabu«, befahl sie dann ihrem Chauffeur und warf ihm einen bösen Blick zu.

»Krabu wird in letzter Zeit immer nachlässiger. Ich habe ihn im Verdacht, daß er Opium raucht«, sagte Me Kam, Amarins Amme, die zu der älteren Prinzessin trat. Sie war seit langer Zeit mit dem Chauffeur verfeindet und benützte jede Gelegenheit, um ihn bloßzustellen.

Ronnie stand wieder auf. Er sah etwas schmutzig und zerzaust aus, aber er riß sich zusammen.

»Mein Name ist Ronnie Maynard – Mr. Warburys Freund«, stellte er sich den Damen vor.

Amarin nannte leise ihren Namen und den ihrer Tante.

Der siamesische Chauffeur brachte eine blaue, silbergestickte Plüschdecke, zögerte aber, sie auf den feuchten Boden auszubreiten.

Prinzessin Chanda nahm sie ihm ab.

»Mr. Maynard, helfen Sie doch bitte, Ihren Freund auf die Decke zu legen. Er muß sofort drüben ins Haus gebracht werden, die Chauffeure können ihn dorthin tragen.«

Zahlreiche Wagen hatten angehalten, verschiedene Leute stiegen aus und betrachteten die Gruppe neugierig. Einige Europäer traten näher und boten ihre Hilfe an. Inzwischen wurde Warwick von den Chauffeuren nach dem Gartentor getragen. Ronnie ging nebenher und hielt bedrückt und niedergeschlagen die Hand seines Freundes in der seinen.

Auf einen Wink der Prinzessin Chanda kletterte Krabu über den Zaun und riegelte die beiden Flügel von innen auf.

»Man kann aber doch nicht einfach in ein fremdes Grundstück eindringen?« fragte Ronnie betroffen.

»Das ist kein fremdes Grundstück – das Haus gehört dem Vater der Prinzessin Amarin«, wies ihn die Amme Me Kam vorwurfsvoll zurecht. »Es steht nur leer, weil Prinz Akani zur Zeit in Ceylon lebt.«

Chanda ging schnell zum Hause voraus, das eine Reihe hoher, starkstämmiger Saketbäume von der Straße aus wie eine Kulisse gegen Sicht schützte. Sie waren aber so geschickt angeordnet, daß sie die Seitenfronten nicht gegen den erfrischenden Monsunwind absperrten.

Die Prinzessin ließ eine Couch auf die Veranda bringen, und sie legten Warwick darauf nieder. Ronnie wollte sich wieder über ihn beugen, aber Me Kam schob ihn energisch beiseite und untersuchte mit sachkundiger Hand die Verletzungen. Sie hatte Übung und Erfahrung in der Wundbehandlung, wenn ihr Wissen auch reichlich mit Aberglauben durchsetzt war.

Mit Hilfe der anderen Dienerinnen verband sie Warwick und legte heimlich einen mit Segens- und Zaubersprüchen beschriebenen Palmblattstreifen, den sie aus ihrem Brusttuch zog, zwischen die Leinen. Sie war fest davon überzeugt, daß der Zauber mehr helfen würde als alle Arznei.

Prinzessin Chanda ließ sofort an einen englischen Arzt und an das englische Hospital telefonieren, während Amarin stumm in einem Sessel saß und unverwandt auf Warwicks bleiches Gesicht blickte. Die schwarzen Locken waren mit Blut verklebt und hingen wirr in seine Stirn. Sie schauderte zusammen. Daß von all den vielen Tausenden in Bangkok gerade dieser eine Mann durch ihren Wagen verunglücken mußte! Während der Spazierfahrt hatte sie dauernd an ihn denken müssen. Seine männlich schönen Züge kamen ihr so vertraut vor, als ob sie ihn seit langem kennen müßte.

»Dr. Hayes ist nicht zu Hause«, meldete der Chauffeur Marbin, der zu einer der nebenan liegenden Villen geeilt war und von dort aus telefoniert hatte.

»Dann muß Dr. Pois gerufen werden«, erwiderte Prinzessin Chanda.

»Ich habe bereits versucht ihn zu erreichen – ebenso noch drei andere europäische Ärzte. Aber Sie Sind um diese Zeit alle unterwegs, um Krankenbesuche zu machen.«

»Vielleicht kann Pra Nivet helfen«, sagte Amarin hastig. »Er ist doch unser alter Hausarzt.«

»Du hast recht – aber er hat kein Telefon. Am besten fahre ich selbst hin und hole ihn«, entgegnete Prinzessin Chanda kurz entschlossen.

»Kann Krabu das nicht besorgen^«

»Nein, der darf nach diesem Unfall heute kein Auto mehr steuern. Ich nehme den Chauffeur von Mr. Warbury. Aber der weiß nicht, wo Pra Nivet wohnt, deshalb will ich selbst mitfahren. Ich werde auch gleich dafür sorgen, daß Pra Nivet alles Nötige mitbringt.«

Rasch erhob sie sich und winkte Marbin. Die Dienerinnen und Me Kam blieben zurück.

Prinzessin Amarin wollte sich erheben, aber im selben Augenblick fühlte sie, daß jemand ihre Waden streichelte. Sie wandte sich um und sah, daß die Amme vor ihr kniete.

»Der schöne Farang Angkrit (Engländer) hat seinen Wagen geopfert und ist in den Steinhaufen gefahren, sonst wäre ein großes Unheil geschehen, und wir wären alle schwer verunglückt oder tot. Wir wollen alles tun, Herrin, daß er gerettet wird und am Leben bleibt.«

Amarin sah sie erschrocken an.

»Ist er denn so schwer verletzt?«

»Die Wunden bluten weiter, aber ich weiß ein Mittel. Wir müssen einen Zauber machen, der wird ihm helfen.«

Die junge Prinzessin schüttelte abwehrend den Kopf.

»Doch, wir müssen es tun, sonst wird er zu schwach, und wenn Pra Nivet kommt, ist es zu spät. Ich habe Ma Di schon fortgeschickt – sie hat Wachslichter, Blumenketten und Weihrauchstäbchen geholt.«

Amarin war unentschlossen und wußte nicht, was sie dazu sagen sollte.

»Aber ihr könnt doch nicht seine Wunden besprechen! Sein Freund ist hier – er wird darüber lachen.«

»Ach, Herrin, auf den kommt es nicht an. Mit dem werde ich schon fertig.«

Amarin erinnerte sich an ihre Kindheit, und in ihrer Not und Angst brachte sie es nicht übers Herz, ihrer Amme den Wunsch abzuschlagen. Schaden konnte Me Kam mit einer Beschwörung ja nicht anrichten. Sie war dann außerdem bis zur Rückkehr der Prinzessin Chanda beschäftigt und störte nicht durch dauerndes Reden. Amarin wußte aus Erfahrung, daß die Amme sie immer wieder mit Bitten bestürmen würde, wenn sie ihr nicht nachgab.

»Gut. Mache es aber kurz, damit ihr fertig seid, wenn Prinzessin Chanda mit Pra Nivet zurückkommt.«

Me Kam warf ihr einen vorwurfsvollen und traurigen Blick zu. Immer wieder das alte Leid! Wenn die Prinzen und Prinzessinnen nach Europa gingen und dort von den Farangs unterrichtet wurden, glaubten sie nicht mehr an die alten Lehren.

Me Kam trug stets die altsiamesische Tracht, die sie selbst während ihres langjährigen Aufenthaltes in Europa, als sie Amarin nach Paris begleitete, nicht abgelegt hatte, obwohl sie ihre etwas behäbige Gestalt nicht gerade vorteilhaft kleidete. Sie war die einzige siamesische Dienerin, welche die Prinzessin begleitet hatte, und nahm daher eine bevorzugte Stellung ein.

Amarin erhob sich und trat zu Ronnie, der sich auf einem Stuhl in der Nähe seines Freundes niedergelassen hatte. Sie versuchte, ihm Me Kams Absicht zu erklären.

Er erschrak, als sie zu ihm sprach, verstand aber sofort, was sie ihm sagen wollte, und zu ihrem größten Erstaunen interessierte er sich lebhaft dafür. Er erbot sich sogar, zu helfen, aber sie schüttelte lächelnd den Kopf.

Inzwischen hatten die Dienerinnen Warwicks Lager mit Ketten aus starkduftenden weißen Blüten behängt. Nun traten sie aus dem Nebenzimmer heraus. Me Kam führte die Reihe der Frauen an, die hintereinander gingen. Jede trug eine Lotosblüte und eine brennende Wachskerze zwischen den gefalteten Händen. Mit gleitenden, feierlichen Schritten umkreisten sie das Lager, während Me Kam mit singendem Ton alte Beschwörungsformeln sprach, in die die anderen einstimmten.

Dreimal umwandelten sie Warwick im Sinn des Sonnenlaufs, so daß sie die rechte Seite dem Kranken zuwandten. Dann kniete Me Kam am Kopfende nieder, während die anderen einen Kreis um ihn bildeten und ebenfalls auf die Knie sanken. Wieder begann sie mit eintöniger Stimme zu singen, und die anderen fielen im Chor ein. Dann nahmen sie die Lotosblumen und die Kerzen in die linke Hand und wehten mit der Rechten den Rauch zu dem Verunglückten hin.

Das dauerte einige Minuten. Darauf brachte Krabu auf einen Wink der Amme eine Schüssel mit Wasser, die er zu Warwicks Füßen niedersetzte. Me Kam und die Frauen kamen herbei und klebten ihre Kerzen an den Rand der Schüssel, so daß die Flammen über die Wasserfläche geneigt waren und das Wachs in die Schüssel tropfte. Die Lotosblumen hatten Sie auf das Lager gelegt.

Nach einigen Minuten nahm Me Kam die brennenden Kerzen vom Rand des Gefäßes und wand sie, ohne sie auszulöschen, zu einer einzigen zusammen. Dann trat sie noch einmal an das Kopfende des Lagers, murmelte wieder einige Beschwörungsformeln und wehte mit der rechten Hand den Rauch der Kerze dicht über Warwicks Wunden.

Inzwischen hatten die anderen Dienerinnen die Wasserschüssel herbeigetragen. Eine reichte Me Kam eine Anzahl von Makblättern, mit denen diese die brennenden Dochte auslöschte. Eine andere brachte eine sonderbar geformte Silberflasche aus dem Haus, und Me Kam füllte sie mit dem Wasser. Die wenigen Tropfen, die übrigblieben, sprengte sie auf Warwick, der immer noch nicht zu sich gekommen war. Dann trat sie mit der Flasche zu Amarin und Ronnie.

»Herrin, sage dem Nai Farang, daß dies ein starkes, zauberkräftiges Weihwasser ist. Jeden Tag muß etwas davon in die Speisen des Kranken gegossen werden, auch sollen immer ein paar Tropfen davon in das Wasser geschüttet werden, in dem er sich wäscht und das er trinkt. Dann wird er bestimmt wieder gesund.«

Unten fuhr das Auto der Prinzessin Chanda vor, und gleich darauf trat Pra Nivet an Warwicks Lager, ein mittelgroßer, älterer Siamese von schmächtigem Körperbau. Seine Bewegungen waren ruhig und gemessen, und er sprach nur wenig.

Me Kam war der Prinzessin entgegengeeilt und hatte ihr berichtet, daß sie die heilkräftige Beschwörung mit dem Weihwasser und den Kerzen vorgenommen hatte.

Prinzessin Chanda war befriedigt, denn sie gehörte noch zur alten Schule und glaubte fest an diese Beschwörungsformel. Sie sah Me Kam dankbar an und lobte sie.

»Sie müssen nicht denken, daß ich auch diesem Aberglauben verfallen bin, Mr. Maynard«, Sagte Amarin leise zu Ronnie, »aber Me Kam und die Dienerinnen glauben fest daran, und ich muß sie gewähren lassen.«

»Königliche Hoheit, es war ein großes Erlebnis für mich«, entgegnete Ronnie schnell. »Wenn auch das Wasser und der Kerzenrauch keine Wunder tun und helfen können, so ist doch der intensive Wunsch und Glaube dieser Leute eine gewisse Macht, und wir sind heutzutage weit davon entfernt, nur hochmütig über diese Dinge zu lächeln.«

Er war seltsam gepackt von dieser eindrucksvollen Feier.

Amarin nickte ihm dankbar zu. Aber dann fiel ihr Blick auf Pra Nivet, der den Verband gelöst hatte, und sie sah, daß die Wunden aufs neue bluteten. Traurig setzte sie sich wieder in ihren Sessel. Es war ja klar, daß Me Kam nichts hatte ausrichten können.

Minuten vergingen, während der alte, erfahrene Siamese Warwick behutsam, aber sehr eingehend untersuchte.

Amarin hielt den Atem an, und als sich der Arzt endlich aufrichtete, preßte sie die Finger krampfhaft in die Armlehne des Stuhls.

Eine Dienerin reichte ihm eine Schüssel mit Wasser, in der er die blutigen Hände wusch.

»Wie steht es mit Mr. Warbury?« fragte Prinzessin Chanda, die näher trat.

»Ich werde ihn aufs neue verbinden und vor allem die durchschnittenen Adern abfangen. Das ist im Augenblick alles, was ich tun kann. Später, wenn die Blutung zum Stillstand kommt, muß er ins Krankenhaus gebracht werden. Dort müssen die inneren Verletzungen untersucht werden.«

»Wird er am Leben bleiben?« fragte Amarin. Sie versuchte sich zu beherrschen, aber ihre Stimme zitterte vor innerer Erregung.

Pra Nivet zuckte die Achseln.

4

Üppige Schlinggewächse mit breiten, farbenprächtigen Blütendolden rankten sich vom Erdboden her an den Mauern des Palais Akani in die Höhe und formten sich über der Dachkante zu hohen, langen Laubengängen, die sich nach den Seiten hin in großen Bogen öffneten. Ein Dachgarten, der zu den Wundern moderner Architektur und orientalischer Gartenkunst gehörte, zog sich über das große, flachgedeckte Gebäude in seiner vollen Ausdehnung hin.

Im Schatten der dichtblättrigen Lianen ging Prinzessin Amarin in früher Vormittagsstunde dort oben spazieren. Sie trug ein schlichtgeschnittenes Sportkleid aus feinster chinesischer Rohseide, das ihre schöngeformten Arme frei ließ. In der leichten Brise umspielte der zarte, weiche Stoff schmeichelnd ihre anmutige Gestalt.

Ihr Gesicht war von Sorgen beschattet. Seit dem Autounfall, der sich vor einigen Tagen zugetragen hatte, lebte sie in steter Unruhe. Immer wieder sah sie Warwicks fahles Gesicht mit der blutenden Wunde und den schwarzen, in die Stirn fallenden Locken vor sich.

In der vergangenen Nacht hatte der Arzt die Krise erwartet. Wie jeden Tag hatte sie sich auch heute im Hospital nach dem Ergehen von Mr. Warbury erkundigt. Doch konnte sie aus den vorsichtigen Auskünften der Oberschwester nur entnehmen, daß der Patient nach einer schweren, unruhigen Fiebernacht gegen Morgen eingeschlafen war. Deshalb hatte sie Me Kam Schon seit längerer Zeit ausgeschickt, damit diese direkte Nachrichten einholen und womöglich mit den Krankenwärtern sprechen sollte, was die Prinzessin selbst nicht tun konnte. Me Kam war nicht furchtsam, sie verstand es, überall das zu erfahren, was sie wissen wollte.

Große Teakbäume wuchsen dicht an der Hinterfront des Palais aus dem Park empor. Die Gärtner hatten von Anfang an stets die unteren Äste fortgenommen und dadurch das Wachstum der Stämme gesteigert, so daß die Kronen jetzt viele Meter über den Boden des Daches hinausreichten und köstlichen Schatten verbreiteten. Weithin streckten sich selbstbewußt die riesigen Zweige aus, und man wandelte auf der Parkseite des Dachgartens wie in einem Teakwald.

Amarin ließ sich auf einem schwebenden Ruhelager nieder, das von vier Seilen getragen wurde. Im Hintergrund waren ihre Dienerinnen mit Blumenwinden beschäftigt. Sie verehrten die junge Prinzessin abgöttisch und folgten ihr unauffällig mit den Blicken. Um ihre innere Unruhe zu beschwichtigen, rief Amarin zwei von ihnen zu sich.

»Me Tong, lies mir ein Kapitel aus dem Ramakien vor«, sagte sie freundlich, während das andere Mädchen auf ihren Wink an einem Seile zog und dadurch die prachtvolle Schaukel langsam in Bewegung setzte.

Mit halbgeschlossenen Lidern gab sich die Prinzessin ganz dem Zauber ihrer Umgebung hin, und die Stimme Me Tongs klang nur wie das Plätschern eines fernen Springbrunnens in ihre Gedanken, die bei Warwick Warbury weilten. Immer wieder fühlte sie seinen tiefen, fragenden Blick, der ein seltsam beunruhigendes Verlangen nach Glück in ihr ausgelöst hatte. Je länger sie aber darüber nachsann, desto mehr kam ihr zum Bewußtsein, daß sie sich schon von jeher danach gesehnt hatte, ohne es zu ahnen und zu wissen.

Warburys Blick hatte etwas Wesensgleiches in ihr berührt und geweckt, und sie hatte das Gefühl, daß sie ihn schon von früheren Leben her kennen mußte.

Auch in den Wiedergeburtsgeschichten der heiligen Schriften begegneten sich zwei Menschen in verschiedenen Daseinsformen stets aufs neue und standen in gleichen oder ähnlichen Beziehungen zueinander. In Europa hatte sie all die buddhistischen Vorstellungen im Licht der strengen Logik und der modernen Naturwissenschaften nicht mehr geschätzt und aus ihrem Denken ausgeschaltet. Aber jetzt erwachten sie plötzlich um so stärker.

»Me Tong!« rief sie leise und traumverloren. »Lies die Geschichte von König Rama und seinen Kämpfen um Langka nicht weiter. Berichte mir lieber von dem Korallenbaum, dessen starker Duft die Macht des Wiedererkennen und der Rückerinnerung an frühere Wiedergeburten gibt, und dann erzähle mir auch von dem Paradies des Westens, wo sich die Liebenden wiederfinden, die sich auf dieser Welt nicht angehören dürfen und durch böse Schicksalsmächte getrennt werden.«

Amarins mandelförmige Augen leuchteten freudig auf, als Me Tong die schönen, alten Liebesgeschichten der Jatakas rezitierte. Sie lehnte sich zurück und lauschte. Wenn sie diese Märchen hörte, glaubte sie alles selbst mitzuerleben. Immer trug der Prinz Warburys Züge, und sie war die Prinzessin, die er liebte. Sie schwebte nicht mehr in der Schaukel, sondern war in ferne Zeiten entrückt und atmete den Duft des Korallenbaums. Seine Kraft erschloß die Tiefe ihrer Erinnerungen: es war ihr, als ob sich vor ihr viele hintereinanderliegende Tore auftaten, die in immer weiter zurückreichende Zeiten und Daseinsformen führten.

In feinen Wellen durchzitterte der süße Hauch zarter, weißer Kakteenblüten den Garten, und wie Segel zogen große, weiße Wolken über das tiefe Samtblau des Himmels dahin. Amarins Gedanken wanderten mit ihnen ... Me Tong sah, daß ihre Herrin eingeschlummert war, setzte sich behutsam zu ihren Füßen nieder und bewachte ihren Schlaf, während die andere Dienerin mit einem großen Fächer aus Pfauenfedern Amarin Kühlung zufächelte und die leise summenden Moskitos fernhielt.

Im Traum aus Zeit und Wirklichkeit entführt, durchwanderte Amarin ihre früheren Leben. Bald wohnte sie in Palästen, bald lebte sie in ärmlichen Hütten. Aber ob kostbare, seidene Brokatgewänder oder einfaches Leinen sie kleideten, immer begegnete ihr der fremde, schöne Mann mit den tiefen blauen Augen, und immer sehnte sie sich nach ihm und seiner verstehenden Liebe. Bald waren sie glücklich vereint, bald getrennt durch feindliche Lebensschicksale oder jähen, unerbittlichen Tod.

Die Dienerinnen merkten, daß die Prinzessin fest eingeschlafen war und nicht so leicht aufwachen würde, und als Me Kam kurze Zeit später zurückkam, gaben sie ihr einen Wink, Amarin nicht zu stören.

»Wir wollen die große Punka in Bewegung setzen, so daß wir nicht mehr zu fächeln brauchen«, sagte Me Tong leise zu den anderen.

»Ach ja, und dann erzählst du uns die Geschichte vom Riesen Nontuk, Me Kam«, bat Me Wong. »Du hast es uns schon gestern versprochen.«

Me Kam sträubte sich erst ein wenig, aber schließlich gab sie nach. Sie gehörte noch zu der älteren Generation und war vertraut mit den siamesischen Märchen und Sagen, ja, sie lebte noch ganz in diesen alten Vorstellungen und glaubte auch fest an alle Götter und Helden. Für sie waren die großen Wälder wirklich mit Riesen, Unholden, unheimlichen Fabeltieren und Ungeheuern bevölkert.

Die Mädchen rückten eng zusammen, und Me Kam begann zu erzählen.

»Im Mittelpunkt der Welt erhebt sich der große Berg Meru, und auf seinen Abhängen liegt der Himapanwald, in dem viele wunderbare Ginari und Ginara leben. Das sind eigenartige Wesen mit Menschenleib und Menschenkopf. Am unteren Teil des Körpers und an den Füßen gleichen sie großen Vögeln. Auch hausen dort schreckliche Gilen, starke Tiere, so groß wie Wasserbüffel, aber nicht so plump und träge wie diese. Sie haben einen Panzer von goldenen und schwarzen Schuppen und Köpfe wie chinesische Drachen, sonst aber sind sie wie Hirsche gestaltet und tragen zackige Geweihe auf ihren Häuptern. Flink und behende sind sie, und sie können unheimlich schnell laufen ...«

»Du wolltest uns doch aber vom Riesen Nontuk erzählen«, unterbrach sie Me Tong. »Die wunderbaren Tiere im Himapanwald kennen wir doch genau. Sie sind ja auf den Wandmalereien in den Tempeln abgebildet.«

»Du mußt mich nicht unterbrechen. Wenn du schon alles weißt, brauche ich ja nichts mehr zu erzählen.«

Die anderen Mädchen warfen Me Tong mißbilligende Blicke zu und machten ihr Zeichen, daß sie schweigen sollte.

Me Kam sah es wohl, tat aber so, als ob sie es nicht bemerkt hätte.

»Also, auf dem höchsten Gipfel des Berges Meru«, fuhr sie fort, »erhebt sich ein gewaltiger goldener Thron. Der Götterbaumeister Pra Wetsukam selbst hat ihn aus eitlem Gold errichtet, und der Nagakönig hat viele kostbare Steine aus seinem Schatz dazu hergeben müssen. Darüber wölbt sich ein Baldachin von elf Stockwerken, und über dem Thron ist ein weißseidener, goldgestickter Ehrenschirm mit ebenso vielen Etagen aufgehängt.

Auf dem Thron selbst aber sitzt der oberste und höchste Gott Sajompuvanat und regiert die Welt mit hoher Weisheit und unendlicher Güte. Alle Götter kommen von Zeit zu Zeit zu seinem Thron, um ihre Ehrerbietung zu zeigen und um ihm Geschenke zu bringen. Wenn sie sich dann einige Zeit mit ihm unterhalten haben, machen sie sich wieder auf den Weg, steigen den Berg hinunter und wandern zu ihren Palästen zurück, die in allen Gegenden der Welt stehen.

Nun wohnte vor vielen, vielen tausend Jahren der Riese Nontuk am Fuß des Berges Meru in einem Holzhause, das mit vergoldeten Schnitzereien geziert war. Davor stand eine prächtige Halle. Wenn nun die Götter von den Enden der Welt kamen, um Pra Sajompuvanat ihre Aufwartung zu machen, hatten sie auch manchen sumpfigen Weg zurückgelegt. Dann setzten sie sich in die Halle und riefen den Riesen Nontuk herbei. Der mußte ihnen die Füße waschen, damit sie vor dem obersten Gott sauber erscheinen konnten.

Nontuk war früher ein böser und gefürchteter Rakschasa gewesen und hatte sich einst mit anderen Riesen aus dem Geschlecht der Asuren gegen den obersten Gott empört. Als dann die Unholde der Finsternis von Sajompuvanat und den anderen guten Göttern besiegt worden waren, erhielt Nontuk zur Strafe am Fuße des Weltenberges eine Wohnung zugewiesen und mußte seine Freveltaten dadurch abbüßen, daß er den Göttern diente.

Jahraus, jahrein versah Nontuk sein Amt und hoffte, in einer späteren Wiedergeburt auch als ein schöner Tevada auf die Welt zu kommen.

Aber die Götter, die in sein Haus eintraten, waren übermütig und demütigten Nontuk. Wenn er sich bückte, um ihnen die Füße zu waschen, packten sie ihn an den Haaren und zausten ihn. Dabei rissen sie ihm immer einige aus, und so kam es, daß er schließlich einen kahlen Kopf hatte.

Darüber ärgerte er sich gar sehr und dachte nach, wie er diesem Elend abhelfen könne. Nachdem er manche Nacht in Meditation zugebracht hatte, fiel ihm ein, daß der große Gott Sajompuvanat ein gütiges Herz besitzt, und so machte er sich denn am nächsten Morgen auf den Weg zum Gipfel des Berges Meru.

Als er dort angekommen war, ließ er sich auf die Knie nieder, grüßte den obersten Gott ehrerbietig durch Aufheben der gefalteten Hände und verneigte sich dreimal tief vor ihm bis auf die Erde.

Sajompuvanat saß schon seit vielen Stunden auf seinem Thron, war in tiefes Nachsinnen versunken und sah den Riesen Nontuk nicht. Darüber wurde dieser sehr traurig und seufzte so laut, daß Sajompuvanat die Augen ein wenig öffnete und endlich den Besucher entdeckte.

›Was ist dein Begehr?‹ fragte Sajompuvanat.

›O du oberster Gott unter den Göttern des Lichts, der du die ganze Welt beherrschest! Schon viele hundert Jahre lang wohne ich nun unten am Fuße des Berges Meru, am Rande des Himapanwaldes, wo die große Treppe mit den diamantenen Stufen beginnt, die zu deinem Thron emporführt, und immer habe ich nach deinem Befehl gehandelt und den Göttern die Füße gewaschen, wenn sie von weit her durch sumpfiges Gelände kamen. Aber zum Dank haben sie mich nur verspottet und mir die Haare ausgerissen, so daß ich kahl geworden bin. Und so ist mir jede Lust und jede Freude genommen, und mein Leben hat keinen Zweck mehr. Ich bin so todtraurig, elend und verzweifelt, daß ich nicht mehr weiß, was ich tun soll.‹

Als er diese Worte gesprochen hatte, sank er in sich zusammen wie ein Häuflein Asche, und bittere Tränen rollten über seine Wangen.

Sajompuvanat, der mit allen Wesen auf dieser Welt Mitgefühl hatte, tat der Riese Nontuk leid, und er beschloß in seinem Herzen, ihm zu helfen und ihn zu trösten.

›Was soll ich denn tun, damit du wieder froh wirst?‹ fragte er voll Güte.

›Ich habe eine große Bitte‹, entgegnete Nontuk arglistig. ›Wenn du mir die erfüllen willst, wird mein Herz wieder freudig in meiner Brust schlagen, und ich kann dann wieder frohgemut mein Amt am Fuße des Berges Meru verrichten.‹

›Nun, dann sprich deine Bitte aus, und wenn ich sie erfüllen kann, so soll sie dir gewährt sein.‹

Nontuk, der in seinem Herzen frohlockte, machte sich noch kleiner und armseliger, kroch näher herbei und legte die Füße des obersten Gottes auf sein Haupt.

›O großer Sajompuvanat, So wie ich dich mehr verehre als sonst etwas auf der Welt, so bitte ich dich in tiefer Demut: Lasse den Zeigefinger meiner rechten Hand zu Diamant werden, und lasse jeden Gegenstand, auf den ich mit dem diamantenen Finger zeige, durch den Zauber meiner Macht zu Staub zerfallen.‹

Zum Zeichen der Bejahung hob Sajompuvanat leicht das Haupt und gewährte dem ränkevollen Nontuk diese große Bitte.

Der Riese dankte untertänig und ließ sich nicht merken, wie sehr er sich darüber freute, daß seine List gelungen war. Den ganzen Weg bis zur Treppe ging er rückwärts und verneigte sich bei jedem Schritt dreimal vor dem obersten der Götter, um seine Ergebenheit zu zeigen.

Als er aber an eine Biegung kam, eilte er die Treppe schnell hinunter. Sobald er in seinem Haus angekommen war, schaute er erwartungsvoll den Weg entlang.

Bald kamen auch wieder einige Götter in heiterem Gespräch daher und setzten sich auf die hohen Thronsessel, die in der Halle standen.

›Heda, Nontuk, wo bleibst du denn?‹ riefen sie. ›Warum läßt du uns so lange warten?‹

Nontuk verbarg ein grimmiges Lächeln, holte Wasser und Tücher herbei und beugte sich nieder, um den Göttern die Füße zu waschen. Als aber eine schöne Göttin ihn an den letzten drei Haaren zauste, die hinter seinen Ohren stehengeblieben waren, sprang er plötzlich auf.

›Wißt ihr nicht, wen ihr vor euch habt, ihr Hochmütigen? Bin ich nicht der gewaltige Riese Nontuk aus dem Geschlecht der Asuren? Glaubt ihr, daß ihr mich ungestraft verspotten und verhöhnen könnt?‹

Einer der Götter hob seinen Stab und schlug nach ihm, aber Nontuk machte sich riesengroß.

›Jetzt werde ich mich an euch rächen, ihr Schwächlinge, die ihr vor dem Thron des großen Sajompuvanat auf dem Bauche kriecht!‹

Er öffnete blitzschnell die rechte Faust, in der er den diamantenen Finger verborgen hatte, und zeigte damit auf die Götter, die elend umkamen und in Staub zerfielen.

Nontuk aber führte frohlockend einen wilden Tanz vor der Halle auf.

Pra In, der Herr der dreiunddreißig Götter im Dusitahimmel, der eine strahlend smaragdgrüne Körperfarbe hatte, schaute gerade aus dem Fenster seines dreiunddreißigstöckigen Palastes und sah, was unten am Fuße des Berges Meru geschah. Er erschrak heftig, rief alle Götter zu sich und hielt einen großen Rat mit ihnen ab.

›Sajompuvanat hat in seiner großen Güte dem entsetzlichen Riesen Nontuk eine furchtbare Macht gegeben, die dieser mißbraucht. Wehe uns! Alle Götter werden durch ihn vernichtet werden. Wir müssen beraten, wie wir das Unheil von uns abwenden können.‹

So sprachen die Götter untereinander, und endlich faßten sie einen Entschluß. Auf Wegen, die nicht am Hause des Riesen Nontuk vorbeiführten, wanderten sie zu dem Thron Sajompuvanats, knieten dort nieder und erhoben große Wehklage.

Als der höchste Gott erfuhr, was der Riese Nontuk getan hatte, wurde er sehr traurig, aber er konnte sein Wort nicht zurücknehmen. Nachdem er lange und tief nachgedacht hatte, wandte er sich an Pra In, der auf seinem dreiunddreißigköpfigen Elefanten Eirawan zu ihm geritten war.

Der Riese Nontuk hat gewaltige Macht, und es wird schwer sein, ihn zu besiegen. So fliege denn mit dem Gefolge deiner Götter durch die Luft zum Westen des großen Weltenmeeres und rufe meinen Sohn, den strahlenden Gott Wischnu, zu Hilfe.‹

Kaum hatte Sajompuvanat diese Worte ausgesprochen, so verneigten sich alle Götter vor dem goldenen Thron mit den blitzenden Edelsteinen und flogen unter Führung des Gottes Pra In auf das weite Weltenmeer hinaus. Lange flogen sie nach Westen, und endlich erblickten sie den Gott Wischnu, der mitten in den Wellen auf seinem großen Schlangenthron ruhte. Seine beiden Gattinnen hüteten seinen Schlaf und wollten ihn nicht wecken.

Pra In beriet sich mit den anderen Göttern, und schließlich stimmten sie eine herrliche Musik an und streuten weiße Maliblüten auf den schlafenden Gott, so daß er davon aufwachte. Nun richtete Pra In den Befehl des höchsten Sajompuvanat aus.

Wischnu ließ sein Reittier, den Vogel Krut, herbeikommen und flog mit Pra In und dessen Gefolge zur Spitze des Berges Meru.

Nachdem er seinen Vater Sajompuvanat gebührend begrüßt hatte, erzählte der oberste Gott, welches Unheil sich ereignet hatte, und sagte dann:

›Keiner der anderen Götter kann den Riesen Nontuk überwältigen. So geh denn du hin und vernichte diesen Feind des Göttergeschlechtes.‹

Wischnu erhob sich, und er dachte in seinem Herzen: Es wird nicht leicht sein, diesen bösen Riesen zu überwinden, aber mit Hilfe einer List wird es mir vielleicht doch gelingen.

Er verwandelte sich in eine schöne Götterjungfrau mit herrlichem Geschmeide, und sein Körper erstrahlte in hellblauem Licht. Nachdem er sich in dem klaren Wasser einer Quelle beschaut hatte, war er mit sich zufrieden, und er begann die diamantene Treppe hinunterzusteigen, die zum Hause des Riesen Nontuk führte. Nach einer Biegung schwebte er die letzten Stufen in anmutigen Tanzschritten hinab.

Der Riese Nontuk, der sich an seinem Siege berauscht hatte, saß in Erwartung anderer Götter vor seinem Hause und erblickte sofort die wunderbare Götterjungfrau. Schon wollte er seine grausige Macht auch an ihr beweisen, als ihn ein Blick aus ihren weitaufgeblühten Lotosaugen traf und sein Herz entzündete, so daß er in Liebe zu ihr entbrannte. Als sie näher und näher kam, schmolz sein Hochmut dahin, und als die herrliche Jungfrau vor ihm stand, warf er sich zu ihren Füßen nieder und flehte sie an, daß sie sich ihm schenken sollte.

›Das könnte wohl sein‹, entgegnete Sie. ›Aber dann mußt du erst zeigen, daß du meiner auch wert bist, denn ich will nicht die Gemahlin irgendeines plumpen, ungeschickten Riesen werden. Erst mußt du eine Probe bestehen.‹

Nontuk, der vor Liebessehnsucht zitterte, rief erfreut: ›Die Probe will ich schon bestehen.‹

›Nun gut, dann mußt du mir versprechen, alles zu tun, was ich von dir verlange.‹

›Sage mir schnell, was ich tun soll. Jeden deiner Wünsche will ich erfüllen, aber du mußt mein werden.‹

›Dann gib dir große Mühe, Nontuk. Ich will dir nur dann angehören, wenn du alle meine Tanzschritte und Bewegungen nachahmen kannst. Auch mußt du mir mit einem furchtbaren Eid bekräftigen, daß du vor keiner Bewegung zurückschreckst.‹

Nontuk lachte, denn er glaubte, daß er diese Bedingung leicht erfüllen könnte, und er war froh, daß sie keine schwerere Probe von ihm verlangte.

Langsam begann die Götterjungfrau nun einen anmutigen Tanz. Der täppische Nontuk hob seine dicken Arme und Beine genau so, wie sie es ihm vormachte. Erst bewegte sie sich langsam, aber allmählich immer wilder und stürmischer. Immer mehr fachte sie die Begierde des Riesen an, bis er vor Leidenschaft halb wahnsinnig wurde. Dann zeigte sie plötzlich mit ihrem rechten Zeigefinger auf ihr linkes Bein.

Nontuk, der im Liebesrausch alles andere vergessen hatte, tat dasselbe, und sofort sank er mit zerschmettertem Bein zu Boden.

Im selben Augenblick nahm Wischnu seine wahre Gestalt an, und bevor der Riese, der einen furchtbaren Schrei ausstieß, sich rühren konnte, packte ihn der Gott und stieß ihm den diamantenen Dreizack in die Brust.

Wohl hätte Nontuk, wenn er jetzt sein Unrecht eingesehen hätte, Vergebung für seine Missetaten erhalten können, wohl hätte ihn Wischnu erlösen können, wenn er um Verzeihung gebeten hätte. Dann wäre er als Tevada wiedergeboren worden. Aber obwohl er wußte, daß er sterben mußte, erwachte doch noch einmal der alte Riesentrotz in ihm.

›Ich weiß wohl, daß du Wischnu bist, aber nicht im offenen Kampf und nicht durch Kraft hast du mich besiegt, sondern durch gemeine Hinterlist – wie ein feiges Weib!‹

Nun aber zeigte sich der Gott in seiner ganzen Macht und Herrlichkeit.

›Nun wohl!‹ rief er. ›Du sollst wiedergeboren werden als der Riese Totsakan, dann sollst du tausend Häupter und zweitausend Arme haben, und ich werde auf der Welt erscheinen als ein Mensch mit nur zwei Armen. Dann werden wir miteinander kämpfen, und ich werde dich trotz all deiner Stärke besiegen und die Welt von dir befreien.‹

Noch einmal röchelte Nontuk schwer, dann floh die Seele aus seinem Körper.

Aber im gleichen Augenblick wurde dem Riesenkönig im Lande Langka ein Sohn mit grüner Körperfarbe geboren, der tausend Köpfe und zweitausend Arme hatte. Deshalb nannte man ihn Totsakan, den Tausendköpfigen.

Der Gott Wischnu aber senkte sich herab in den Schoß der ersten großen Gemahlin des Königs Totsarot in der Stadt Ayuthia, und er wurde als Prinz Pra Ram geboren.

Später besiegte er in schweren Kämpfen den König Totsakan, der ihm seine Gemahlin Sita geraubt hatte, wie es in dem Ramakien in vielen tausend Versen beschrieben ist.«

Me Kam hatte ihre Geschichte beendet und schwieg.

Alle hatten ihr gespannt zugehört, und Me Wong hatte ganz vergessen, die Punka zu ziehen. Auf einen Wink der Amme setzte sie sie wieder in Bewegung, und das war auch gut, denn kurz darauf schrie einer der weißen Pfauen, die Amarin um diele Zeit des Vormittags zu füttern pflegte, und die Prinzessin erwachte.

5

Lächelnd öffnete Amarin die Augen. Als sie sich aufrichtete, fiel ihr Blick auf ihre Amme, die einige Schritte entfernt unter einem japanischen Nelkenstrauch mit zartgefiederten roten Blüten saß.

»Wie geht es ihm?« fragte sie schnell.

Me Kam kam in eigentümlich wiegendem Gang näher und ließ sich nach ehrerbietigem Gruß auf dem weichen Rasenteppich neben Amarin nieder.

»Ich habe den Nai von weitem durch die offene Tür gesehen. Er ist bei Bewußtsein, und Pra Nivet sagte, daß er jetzt außer Gefahr ist.«

Die Prinzessin erhob sich. Me Kams Bericht befreite sie von einer schweren, drückenden Sorge.

Die ältere Frau fühlte sich glücklich, als sie die Erleichterung in den Zügen ihrer Herrin sah, für die sie seit dem frühen Tod der Mutter gesorgt hatte. Auch in Paris hatte sie Amarin mit der größten Hingebung und Aufopferung betreut, ja, sie hatte sich ihretwegen lange Jahre von ihrem Mann getrennt, der in Bangkok zurückblieb.

Die Prinzessin war eigentlich ungehalten, daß Me Kam sie nicht gleich nach ihrer Rückkehr geweckt hatte, aber sie hielt ihr viel zugute, und so gab sie ihr den Auftrag, die Pfauen zu versorgen. Sie selbst ging wieder zum vorderen Teil des Gartens zurück. Sie trat unter eine der Bogenöffnungen, wo sich ein Rundblick auf die ganze Stadt bot. Versonnen und verträumt sah sie hinunter.

Aus dem Meer kleiner, geduckter Häuser, die sich in ihrer Einförmigkeit glichen, ragten die machtvollen Tempelbauten der Könige Siams empor wie Felseninseln. Obwohl Bangkok Amarins Vaterstadt war, hatte sie nach der langen Abwesenheit doch nicht das Gefühl, in der Heimat zu sein. In Paris hatte sie dasselbe Empfinden gehabt, als sie vom Eiffelturm hinabschaute.

Sehnsucht überkam sie.

Von ihrer Mutter wußte Amarin kaum etwas, und ihre volle Zuneigung galt von jeher ihrem Vater. Bis zu ihrem fünfzehnten Jahr lebte sie ständig mit ihm zusammen und begleitete ihn auch nach Paris. Er hatte persönlich ihre Erziehung geleitet und sie besonders in den Lehren des Buddhismus unterwiesen.

Als er nach Bangkok reiste, um sich gegen die Anklagen zu verteidigen, blieb sie in Paris, und als er nicht mehr zurückkehrte, gab sie der Nachfolger ihres Vaters zu den Nonnen von Sacrée Coeur in Pension, damit sie dort erzogen werden sollte. Lange hatte sie vergeblich gehofft, ihren Vater wiederzusehen, aber dann hatte ihr der Verkehr mit den gleichaltrigen jungen Mädchen viel Anregung gegeben. Spielend bewältigte sie den Unterricht und lebte sich leicht in die europäische Kultur ein. Das große Erbe ihrer Heimat blieb aber trotzdem, wenn auch durch die westlichen Einflüsse zurückgedrängt, in ihrem Innersten lebendig.

Jetzt fühlte sie sich einsam und verlassen, da sie niemand hatte, mit dem sie über alles Sprechen konnte, was sie so tief bewegte. Ihre Mutter hätte sie sicher verstanden, denn auch sie war von den Blumenpfeilen des Liebesgottes Kama getroffen worden. Me Kam hatte viel von ihr und ihrer glücklichen, aber allzu kurzen Ehe erzählt.

Amarin seufzte leise. Ihre Tante stand ihr zu fern, und es lag etwas Trennendes zwischen ihnen. Seit vielen Jahren hatte sie Prinzessin Chanda nicht gesehen, und sie waren einander fremd geworden. Diese Frau würde nicht begreifen können, was Amarin jetzt erlebte, denn Sie hatte nie geheiratet, und soweit Amarin wußte, war ihr Leben wie ein schöner Sommertag, heiter und ungestört, verlaufen. Was wußte Sie also von dem Glück und der Unruhe der Liebe?

Ach, wenn sie doch nur einmal mit ihrem Vater hätte sprechen können! Aber er lebte als Oberpriester in Ceylon, und ernste Pflichten banden ihn. Wie gern würde sie ihn in Kandy in seinem Kloster besuchen!

In Paris hatte er stets die Teestunde in ihrer Gesellschaft verbracht, selbst wenn er in Zeiten schwerer diplomatischer Konflikte noch soviel zu tun hatte. In seinen anregenden Gesprächen erschloß sich ihr die Schönheit und Tiefe seiner feinkultivierten Persönlichkeit. Lebhaft stand seine sympathische Erscheinung noch vor ihr: Sie glaubte wieder den tiefen, wissenden Blick seiner milden, gütigen Augen zu fühlen und den melodischen Klang seiner männlichen Stimme zu hören. Stets hatte sein harmonisch ausgeglichenes Wesen beruhigend auf sie gewirkt, und sie hatte sich in seiner Nähe sicher und geborgen gefühlt.

Plötzlich hatte sie das Verlangen, mit ihren Dienerinnen einen Tempel zu besuchen. Sie hoffte, daß eine Andacht vor dem Bilde des Erhabenen ihr wieder Frieden und Ruhe bringen könnte.

* * *

Große, alte Teakbaume mit mächtigen Kronen beschatteten das Ufer des Kanals, der an der Hinterseite des Parks vorbeiführte, und die kleinen Wellen schlugen plätschernd gegen die aus riesigen Teakpfählen erbaute Landungstreppe. Sie führte zu einer zierlichen Halle empor. Zwölf schlanke Holzpfeiler trugen das malerisch aufstrebende Dach, in dessen Schatten sieben Dienerinnen Amarins mit Opfergaben warteten.

Nun erschien die Prinzessin mit Me Kam in dem Portal und ging schnell den breiten Hauptweg zum Wasser hinunter. Bald hatten alle ihre Plätze im Boot eingenommen. Ein Baldachin schützte Amarin, die in der Mitte saß, gegen die glühenden Sonnenstrahlen.

Wie eifrig durcheinanderhastende Ameisen drängten sich viele kleine Fahrzeuge auf dem Kanal Klong Kut Mai, so daß das schmucke Motorboot nur langsam vorwärtskam. Nur wenig feste Straßen führten in früherer Zeit durch Bangkok, und diese beschränkten sich auf die Umgebung der Palaststadt. Sie waren weniger für den allgemeinen Verkehr als für die traditionellen feierlichen Umzüge bestimmt, die der König im Frühjahr und im Herbst abhielt. Das Leben und Treiben des Volkes selbst spielte sich daher schon immer in den zahlreichen großen und kleinen Kanälen ab, die die weit ausgedehnte Hauptstadt nach allen Richtungen hin durchzogen. Alle großen Tempel und Gebäude lagen deshalb auch mit ihren Hauptfassaden an diesen Wasserstraßen. Erst um die Jahrhundertwende wurde auf Befehl des damaligen Königs ein umfassendes Straßennetz angelegt und viele Brücken über die alten Kanäle aufgeführt.

Amarin sah interessiert auf das buntbewegte Bild.

Eifrige Ruderer bewegten mit langen Stoßstangen schwerbeladene Reisboote den Kanal entlang. Sie brachten ihre Fracht zu den zahlreichen Reismühlen, deren hochragende Schornsteine sich am Fluß erhoben. Die Ufer konnte man selten sehen, da bedeckte Boote manchmal in doppelter und dreifacher Reihe an den Seiten des Kanals festgemacht hatten. In jedem solchen Boot wohnte gewöhnlich eine ganze Familie, und es herrschte lebhaftes Treiben dort. Viele dieser Fahrzeuge waren als Läden eingerichtet, die ihre Schauseite dem Kanal zuwandten. Kleinere Boote hielten hier und dort an den Läden an, und die Insassen besorgten ihre Einkäufe.

Wie die Rikschakulis in den Straßen schlängelten sich auf dem Wasser Chinesen mit Garküchen durch das Gewimmel. Wenn sie herbeigewinkt wurden, hielten sie an und gaben in kurzer Zeit ein Gericht ihrer reichhaltigen Speisekarte gegen wenige Kupfermünzen aus.

Postboten in Khakiuniformen mit lebhaftroten Aufschlägen fuhren im Boot die Post aus, denn viele Häuser an den Kanälen waren nur vom Wasser aus zugänglich. Ehrwürdige Priester in gelben Gewändern ließen sich von ihren Schülern, die ebenfalls die gelbe Klostertracht trugen, zu benachbarten Tempeln rudern. Vielleicht waren sie auch zum Lager eines Todkranken gerufen worden, um die Sterbegebete zu verrichten.

Händlerinnen mit Tonwaren oder Kleiderstoffen, Obstverkäufer, ja selbst Bettler, bewegten sich mit ihren kleinen Booten auf dem Kanal, und sogar Barbiere fehlten nicht.

Aber der Verkehr spielte sich ebenso geregelt ab wie auf einer der Hauptstraßen. Nirgends hörte man ein böses Wort, alles verlief reibungslos, ohne Zank und Streit. Mit flinker Geschicklichkeit steuerten die Leute ihre Fahrzeuge. Meistens führten Frauen, die sich durch breite, große Hüte aus Palmblättern gegen die Sonnenstrahlen schützten, das Ruder. Oft ertönte fröhliches Lachen, denn die Siamesen sind ein heiteres Volk und immer zum Scherzen aufgelegt.

Manchmal ballte sich der Bootsverkehr so stark zusammen, daß die ganze Fahrstraße verstopft zu sein schien. Aber immer wieder löste sich das Gewirr, und Amarins Motorboot brauchte kein einziges Mal anzuhalten.

Zwischen hochragenden Tempeln erhoben sich an den Ufern des Kanals zuweilen große Steinhäuser mit chinesischen Dächern. Hier wohnten die reichen Kaufleute oder die Besitzer der Reismühlen.

Wohin Amarin auch blickte, überall herrschte reges Leben, und wie auf den Straßen sah man auch auf den Kanälen ein buntes Völkergemisch. An vielen Stellen badeten die Leute zwischen den Booten. Hier ankerte ein Boot mit Blechwaren, die ein chinesischer Klempner zum Kauf ausbot. Er hatte sie aus alten Konservenbüchsen zusammengelötet. Andere Chinesen führten eine Ladung gemästeter Schweine, die in geflochtenen Käfigen untergebracht waren. Dort lag ein Boot, auf dem man Spielzeug aus farbig bemalten Palmblättern kaufen konnte: im nächsten lockten Süßigkeiten und Palmzucker in kleinen Tongefäßen, geröstete Maiskolben und vieles andere.

Endlich erreichte Amarins Motorboot den Hauptstrom. An der anderen Seite des Flusses lag die stolze königliche Lustjacht »Mahachakri« vor Anker, und vom Deck donnerte wie jeden Mittag Punkt zwölf Uhr ein Kanonenschuß, nach dem sich die ganze Stadt richtete. Blendendweiß hoben sich die Wände des schlanken Schiffs von den lehmgrauen, trägen Wassermassen des gewaltigen Menam ab.

Schon von weitem grüßten die goldenen Prunkdächer und vielgeschossigen Türme des großen Königspalastes, der eine Stadt für sich darstellte. Nur wenige hochragende Torbauten mit weit ausgezogenen Praprangspitzen unterbrachen die langgestreckten, weiten Umfassungsmauern. Spitz auslaufende Semablätter bildeten die malerischen Zinnen.

Das Motorboot hielt nach einer Weile an der Ladungsstelle, die dem prachtvollen Westtor gegenüberlag.

In der Empfangshalle am Ufer ordneten die Dienerinnen die Opfergaben, dann folgten sie der Prinzessin in geschlossenem Zuge.

Unbekümmert um die schnell sich sammelnde Menschenmenge schritt Amarin zu dem hohen Torturm. Die roten, starken Teakholzflügel hatten eine so riesige Höhe, daß ein aufgezäumter Kriegselefant mit dem hochragenden siebenfachen Ehrenschirm des Königs ungehindert hindurchschreiten konnte.

Ehrerbietig eilten die Palastwachen herbei und öffneten das große Tor. Geräuschvoll schoben die feuerrot gekleideten Männer den schweren Querbalken beiseite, und knarrend drehten sich die schweren Flügel in ihren Angeln.

Dann traten die Wachen zur Seite, verneigten sich und hoben die gefalteten Hände zur Stirn.

Amarin ging mit ihrem Gefolge bald darauf durch ein zweites Tor, das dicht hinter dem ersten lag und den Zugang zur inneren Palaststadt bildete. Dann führte der Weg an den Ställen der weißen Elefanten vorüber.

Die großen, nach Norden gerichteten Tore standen offen, so daß Amarin hineinschauen konnte. Jedes der gewaltigen, rosagrauen Tiere hatte einen Bau für sich. Sie standen auf einer erhöhten Plattform und waren mit dem rechten Vorderbein an große Balken gefesselt. Das Holzwerk im Innern der Ställe einschließlich des offenen Daches war mit rotem Lack gestrichen.

Gleich darauf öffnete sich vor Amarin ein Durchblick auf weite Innenhöfe, die mit riesigen, glatten Steinquadern belegt waren.

Alle Gebäude ordneten sich einer genial erdachten Gesamtwirkung ein: Selbst die Bäume, die in dem großen Vorhof standen, hatte man in der Form siebenfacher Ehrenschirme zugeschnitten.

Mit leiser Scheu wandelte die Prinzessin die Säulengänge entlang. Nach dem Weg über die sonnendurchglühte, staubige Straße wirkte der kühle Schatten hier um so erfrischender und angenehmer.

Unwirklich hallten die Schritte der Frauen auf den Steinfliesen wider, und sie gingen unwillkürlich leiser und behutsamer, um das schlafende Echo nicht zu wecken.

Unheimliche Riesengestalten, aus grüngrauem, hartem Stein gemeißelt, erhoben sich drohend zu beiden Seiten der prachtvollen Portalbauten. Mit angehaltenem Atem überschritt Amarin die Schwelle und befand sich nun in dem heiligen Tempelbezirk.

Wandelhallen von vielen hundert Metern Länge umgaben den eigentlichen Palasttempel, aber nur nach innen öffneten sie sich in weiten Pfeilerstellungen. Die Wände schmückten reiche Gemälde aus der Legende des Gottes Wischnu, auf den die siamesische Königsfamilie ihren Ursprung zurückführte.

Gleißend lag das Sonnenlicht auf den farbig glasierten Dachziegeln und den prächtigen, mit Mosaik überzogenen Tabernakeln der Grenzsteine: es spiegelte sich in den schlank aufstrebenden Prachedibauten und auf den Wasserflächen der großen Granitschalen, in denen blaue Lotosblumen blühten. Himmelan reckten sich die vergoldeten Drachenhäupter an den Firstenden der Dächer, und ein feiner Duft von Dok-Keo-Blüten und Weihrauch durchzog den weiten Tempelhof.

Nach einer kurzen Wanderung über den sonnigen Hof stieg Amarin die steilen Stufen zur weiträumigen Vorhalle des Haupttempels hinauf. Kühn aufragende Pfeiler trugen die reich mit Ornamenten in Purpurrot und Gold geschmückte Decke. Goldmosaik von unerhörter Kostbarkeit überzog die Pfeiler und die Außenmauern, und drei gewaltig hohe Portale, deren Flügel herrliche Perlmutteinlagearbeit zierte, führten ins Innere des Heiligtums. In allen Farben sprühte und glitzerte das Mosaikwerk.

Nur wenige Fenster an der hinteren Seite des gewaltigen Innenraumes ließen gedämpftes Licht ins Innere dringen. In dieser Dämmerung wuchsen die Pfeiler zu ungeahnter Höhe, und die Decke verschwand in traumhaftem Dunkel. Gewundenes Schwarzgoldornament flammte an Säulen und Wänden auf.

Amarins Dienerinnen nahmen die Decken von den Blumenopfern und gingen mit zögernden Schritten zu dem goldenen Altar, vor dem sie die Gaben niedersetzten und die Weihrauchstäbchen entzündeten.

Wachskerzen leuchteten auf und warfen ihr unsicheres Licht auf große, goldene Buddhastatuen, die magisch schimmerten. Immer neue und mächtigere Kultbilder lösten sich aus dem dunklen Hintergrund.

Amarins Augen hingen gebannt an diesem zauberhaften Anblick, und sie fühlte das Klopfen ihres Herzens.

Feine Rauchwolken stiegen von den Stäbchen empor, die die Dienerinnen vor dem Altar in Bronzehalter steckten. Die weihevolle Stille des Raums überwältigte die Prinzessin. Beten konnte Amarin nicht, aber wie eine lodernde Opferflamme brannte der übermächtige Wunsch in ihrer Seele, in diesem Leben dem Geliebten anzugehören.

Ein beseligender Friede brachte ihre heiße Sehnsucht allmählich zur Ruhe.

Lange kniete sie in stiller Versenkung und Andacht vor dem Altar des Smaragdbuddha.

6

Weit außerhalb, an der Peripherie der großen, geschäftigen Millionenstadt lag an der Windmill Road das englische Krankenhaus. Der Lärm des Alltags drang nicht bis dorthin: nur schwach tönten die Dampfsirenen der Schiffe herüber, wenn sie den Menam-Strom zum Meer hinab- oder nach Bangkok hinauffuhren.

Von Osten nach Westen zog sich das langgestreckte Gebäude auf einer kleinen Anhöhe hin, so daß der erfrischende Monsunwind die Zimmer ungehindert durchstreichen konnte. Er wehte von der See her und milderte die Glut der Nachmittagssonne. Um die Hitze noch mehr abzuwehren, waren die Innenräume von allen Seiten mit schattigen Veranden umgeben.

Plötzlich klang von ferner leise das surrende Geräusch eines kochenden Motors durch die Stille, aber bald wuchs es mit unheimlicher Geschwindigkeit an, und gleich darauf sauste ein blauer Farbfleck knatternd und ratternd die Straße entlang.

Warwick Warbury ruhte in einem bequemen, rattangeflochtenen Liegestuhl auf der Veranda vor seinem Krankenzimmer. Über der Stirn trug er einen großen, weißen Verband. Das Getöse der Auspuffklappe riß ihn aus dem Schlaf, obgleich er sich unbewußt gegen das Erwachen wehrte. Wie Pistolenschüsse klangen die Fehlzündungen.

Zwei Krankenschwestern eilten bestürzt aus ihren Räumen heraus und beugten sich über das Geländer, um zu sehen, was es gäbe. Warwick blinzelte nur und schloß die Augen gleich wieder, als das Geräusch verstummte. Behutsam traten die Schwestern von der Veranda zurück.

In der Tür begegnete ihnen einer der weißgekleideten Chinesenboys. Er ging auf weichen, lautlosen Filzsohlen und wollte melden, daß ein fremder Herr zu Besuch käme.

Aber Ronnie wartete nicht erst lange auf Bescheid, er folgte dem Boy auf dem Fuße. Im nächsten Augenblick stand er auf der Veranda und winkte seinem Freunde vergnügt zu.

»Na, alter Junge, endlich wird man einmal auf zehn Minuten bei dir zur Audienz vorgelassen! Es ist ja beinahe so schwer, wie wenn man den König von Siam selbst sprechen wollte! Wie geht es denn mit dir? Unten habe ich bereits den neuesten Gefechtsbericht über deine Krankheit gehört. Du hast dich ja in den letzten sieben Tagen mächtig herausgemacht!«

Ronnie hatte recht. Trotz der vielen Verletzungen und des schweren Blutverlustes hatte sich Warwick verhältnismäßig gut erholt und sogar schon wieder etwas Farbe bekommen.

»Ach, Ronnie, du hast den Höllenspektakel mit dem Motorrad gemacht und das ganze Krankenhaus aus dem Nachmittagsschlaf aufgestört?« erwiderte Warwick mit leisem Unmut, da es nun endgültig mit seiner Ruhe vorbei war.

»Blaublitz hat also seinen Eindruck auf dich nicht verfehlt?«

»Wer ist denn Blanblitz?« fragte Warwick müde und tastete mit der Hand nach dem Verband an der Stirn.

»Mein neues Motorrad, auf dem ich eben mit Windeseile hierhergeflogen bin. Blau ist doch die Königsfarbe – der Name bringt also symbolisch zum Ausdruck, daß Blaublitz der König aller Motorräder ist.«

Die Schwestern hatten sich zurückgezogen, und Ronnie nahm auf dem Korbsessel Platz, den der Boy neben das Krankenlager schob.

»Aber nun erzähle doch einmal, wie es dir geht, Warwick.«

»Die Sache ist ganz gut abgelaufen. Außer dem Schnitt in der Stirne und einigen kleinen Kratzern an Armen und Händen habe ich mir nur das Rückgrat geprellt oder verstaucht. Aber das soll ja bald vorübergehen, wie der Arzt sagt. Ich fühle mich nur furchtbar müde im Kopf und könnte immer schlafen.«

»Nun, dazu hast du ja auch genügend Zeit. Bei den Siamesen mußt du übrigens als ein großes Tier gelten, da sich der Leibarzt des Königs dauernd um dich kümmert. Im Klub sprechen alle darüber und sagen, daß dergleichen früher noch nie vorgekommen ist.«

»Ja, ich wundere mich selbst, daß Pra Nivet jeden Tag dreimal kommt, obwohl mein Zustand doch wirklich nicht mehr gefährlich ist.«

»Ich kann dir verraten, warum er sich solche Mühe gibt – Prinzessin Amarin steckt dahinter. Sie schickt ihn, denn sie ist mächtig um dich besorgt. Hätte nie gedacht, daß ein Siamesenmädel so nett und lieb sein kann.«

Warwick antwortete nicht. Er lag still und ruhig in den Kissen, und das feingeschnittene Profil seines Gesichtes hob sich scharf von ihrem blendenden Weiß ab.

Auf einem Tisch standen große Vasen mit zauberhaft blühenden Orchideen. Ronnie bewunderte sie und nickte befriedigt.

»Du wirst ja von deiner hohen Gönnerin verwöhnt, als ob du der letzte Häuptling einer aussterbenden Indianerrasse wärst!« Er sog den Duft der herrischen Blumen ein. »Weißt du, wenn ich das gewußt hätte, wäre ich nicht vom Auto abgesprungen. Dann läge ich jetzt auch als Held im Krankenhaus und könnte mit dir um die Wette die Sonne ihrer Huld auf mich niederscheinen lassen. Die Prinzessin gefällt mir wirklich zu gut. Vor ein paar Tagen habe ich sie in einem Tempel getroffen, und wir haben auch über dich gesprochen.«

Er machte eine kleine Pause, um die Wirkung seiner letzten Worte zu beobachten, aber die Züge seines Freundes verrieten ihm nichts.

»Ich hatte gerade die Fußsohlen des riesigen schlafenden Buddhas im Wat Po fotografiert«, erzählte er weiter. »Du weißt schon, all die eingelegten Perlmuttfiguren. Das gibt glänzende Illustrationen für mein Buch! Der schlafende Buddha ist ein Prachtkerl – über vierzig Meter lang und am Kopfende mit der Bekrönung achtzehn Meter hoch –, ich sage dir, irrsinnig interessant! Weißt du eigentlich, wieviel Bilder es sind und was sie zu bedeuten haben? Es sollen fünfhundertundfünfundfünfzig Darstellungen der verschiedenen Existenzen Buddhas sein. Ich habe aber nachgezählt und auf beiden Sohlen zusammen nur dreihundertundachtundvierzig gefunden. Aber das ist ja nicht so wichtig, ich wollte dir doch von der Prinzessin erzählen.«

Auch Warwick hatte sich in Gedanken oft mit Amarin beschäftigt, und er freute sich, von ihr zu hören; aber er wollte es nicht zeigen.

»Sie hat sich sehr eingehend nach dir erkundigt«, fuhr Ronnie eifrig fort. »Vor allem wollte sie wissen, wie es dir geht, ob du Schmerzen hast, und wie lange du noch im Krankenhaus bleiben mußt. Darüber konnte ich ihr natürlich wenig sagen, aber ich habe ihr dann zur Entschädigung erzählt, was für ein großartiger Junge du in Cambridge warst, wie tadellos du boxen kannst und so weiter. Sie kann sich jetzt genau vorstellen, wie wunderbar du einen Kinnhaken landest – so wunderbar, daß dein Gegner wie ein Mehlsack zu Boden plumpst und nicht mehr Piep sagt.«

Warwick sah ihn ärgerlich an.

»Du bist immer noch der alte Windhund! Mit Damen unterhält man sich doch von anderen Dingen. Prinzessin Amarin interessiert sich sicher nicht dafür.«

»Oh, Sie hat aber sämtliche Ohren gespitzt! Sie hat auch noch von mir erfahren, daß du damals im Achter mitrudertest, als Cambridge das Bootsrennen gewann. Du erinnerst dich doch noch? Dieser hochmütige Surja war auch dabei. Weiß der Teufel, was mit dem Kerl los ist. Gestern sah ich ihn im Oriental-Hotel und wollte zu ihm gehen, um ihm kameradschaftlich auf die Schulter zu klopfen, aber er grüßte nur kühl von weitem und drückte sich dann!«

»Kameradschaftlich kannst du Prinz Surja hier in Bangkok auch nicht behandeln. Das wollte ich dir schon neulich sagen. Ich habe mich ganz von ihm zurückgezogen, und ich rate dir nur, dasselbe zu tun. Er hat ein überspanntes Selbstbewußtsein und Ehrgefühl, und der Verkehr mit ihm ist nicht angenehm.«

»Mag sein. West ist eben West, und Ost ist Ost!« deklamierte Ronnie.

»Surja ist durch und durch Asiate. Nach außen hin benimmt er sich vollkommen korrekt gegen uns, im Innersten aber haßt er die Europäer. Ein gefährlicher, chauvinistischer Heißsporn, der die Entwicklung des modernen Siam überstürzen möchte. In England hielten wir ihn für einen offenen Charakter, aber hier habe ich immer das Gefühl, daß er hinterhältig und falsch ist wie eine Katze. Er ist auch einer der rührigsten Vertreter der panasiatischen Partei. Man sagt ihm außerdem nach, daß er Haschisch raucht, bisher habe ich aber noch keinen direkten Beweis dafür bekommen. Geh ihm also aus dem Weg, so weit du kannst!«

»Irrsinnig interessant! Natürlich werde ich deinen Rat befolgen. Ich muß jetzt aber noch weiter von meiner Unterhaltung mit der Prinzessin berichten. Daß du ein großer Sportsmann bist, hat ihr mächtig imponiert. Ich habe ihr aber auch gesagt, welch ein urfideles Haus du sein kannst und wie wir vor Jahren unsere Siege immer feierten, bis uns die Polizei auf die Wache schleppte!«

»Aber Ronnie, wie kannst du nur so boshaft aus der Schule plaudern!«

»Ich weiß gar nicht, warum du dich aufregst! Die Prinzessin hat dauernd gelacht und immer noch mehr wissen wollen. Und zum Schluß hat Sie mir kräftig die Hand geschüttelt.«

»Man müßte dich wirklich an die Kette legen!«

Ronnie fühlte sich nicht im mindesten gekränkt, denn er war seit langer Zeit an Warwicks Zurechtweisungen gewöhnt.

»Natürlich habe ich auch gebeichtet, wie alt du bist, wann du Geburtstag hast, und daß du jetzt glücklich verlobt bist.«

»Das ist die Höhe! Du hast mir doch versprochen, darüber zu schweigen!«

»Na, so ein guter Kamerad wie die Prinzessin darf es doch wohl wissen. Du hättest nur sehen sollen, wie sie sich um dich ängstigte, als du bewußtlos auf der Veranda lagst!«

»Über meine Verlobung hättest du auf keinen Fall sprechen dürfen!«

»Ich habe das aber für sehr richtig gehalten. Sie hat großes Mitleid mit dir, und daraus entwickeln sich leicht tiefere Gefühle. Als Psychologe habe ich sie deshalb aufgeklärt, und nun weiß sie wenigstens, woran sie ist. Es hätte doch gar keinen Zweck, daß sie sich erst in dich verliebt. Dann würde das arme Mädchen nur unglücklich werden, und dazu ist sie viel zu schade!«

Warwick zog unwillig die Augenbrauen zusammen. Er war ernstlich böse auf Ronnie. Aber was half alle Entrüstung? Man mußte ihn eben nehmen, wie er war. Unwillkürlich schüttelte er den Kopf, hielt aber in der Bewegung inne, weil die Wunde noch schmerzte.

»Sag mal, willst du nicht heiraten, solange ich noch in Bangkok bin? Dann könntest du doch die Prinzessin zur Hochzeit einladen. Ich würde einen großartigen Tischherrn für sie abgeben. Das mußt du dir unbedingt überlegen. Aber nun will ich dir auch noch ein wenig von mir selbst erzählen. Ich habe in der Zwischenzeit fabelhaft viel Siamesisch gelernt. Das ist wirklich eine ulkige Sprache!«

Verzweifelt ließ Warwick den Redestrom seines Freundes über sich ergehen.

»Die Sache ist kinderleicht. Zum Beispiel heißt ›**nam**‹ das Wasser, ›**nom**‹ die Brust, und ›**nam nom**‹ bedeutet Wasser der Brust oder Milch. ›**Da**‹ das Auge – ›**nam da**‹ Wasser des Auges oder Träne. ›**Djai**‹ das Herz – ›**nam djai**‹ Wasser des Herzens oder Wille. Eine primitive, aber doch sehr bildhafte Ausdrucksweise. Das lernt man ja alles im Handumdrehen. ›**Me**‹ die Mutter – ›**Menam**‹ Mutter des Wassers oder Fluß. ›**Menam**‹ bedeutet also eigentlich nichts anderes als Strom – *der* Strom. Wie die Leute die verschiedenen Worte und Begriffe zusammenbauen, ist irrsinnig interessant. Wenn ich noch einen Monat hier bin, spreche ich fließend siamesisch!«

Warwick lächelte nachsichtig.

»Ja, die Anfangsgründe sind leicht«, gab er zu, »aber im ganzen genommen ist es eine der schwersten Sprachen, beinahe ebenso schwer wie das chinesische, mit dem es übrigens große Verwandtschaft hat. Wenn du erst einmal zu den fünf verschiedenen Betonungen jeder Silbe kommst, wird dir die Sache nicht mehr so einfach erscheinen! Je nach ihrer Betonung hat nämlich jede Silbe eine andere Bedeutung.«

»Ach, darauf lasse ich mich vorläufig nicht ein. Es genügt mir, wenn ich weiß, aus welchen Buchstaben die kurzen Worte bestehen, und alles Weitere wird mit der Zeit schon von selbst kommen.«

»Nun ja, du kannst es ja mit der Methode versuchen. Aber ich glaube, auf die Weise wirst du die Sprache niemals beherrschen lernen.«

Schwester Mary kam herein und meldete Mr. Breyford. Sie war froh, daß sie die Unterhaltung unterbrechen konnte. Ronnie hatte zwar zu Anfang leise gesprochen, sich zuletzt aber immer mehr ereifert und begeistert, und sie sah, daß die Unterredung Warwick angestrengt hatte.

Ronnie stand auf.

»Dann muß ich mich wohl verabschieden. Schade! Aber es geht dir ja gut, und ich komme bald wieder, um dir zu berichten, wie es auf dem allgemeinen Kriegsschauplatz aussieht.«

Warwick seufzte leise.

Kurz nachdem Ronnie die Veranda verlassen hatte, erschien Mr. Breyford, der etwa fünfzig Jahre zählen mochte. Er war nicht ganz so groß wie Warwick und neigte etwas zur Korpulenz. Herzlich reichte er dem Patienten die Hand und lächelte ihn freundlich an.

»Nun, mein lieber Warwick, das war ja ein böses Abenteuer – beinahe hättest du die Tante des Königs überfahren!« Lachend drohte er mit dem Finger. »Ganz Bangkok ist über deinen Unfall in Aufregung geraten, und die Presse hat ellenlange Artikel gebracht. Ich habe einen mitgenommen, damit du es selbst lesen kannst.« Er legte eine Zeitung auf den Tisch. »Der Redakteur stellt dich als großen Helden hin, der sich für die beiden Prinzessinnen geopfert hat.«

»Ach, die Leute müssen immer etwas zu reden haben.« Unwillkürlich spannten sich Warwicks Züge und wurden schärfer wie stets, wenn ihm etwas unangenehm war.

»Mache kein böses Gesicht deshalb!« Breyford fuhr sich mit dem Taschentuch über die auffallend helle Stirne und die dünnen, dunkelblonden Haare. Trotz des langen Aufenthaltes in den Tropen war er nicht von der Sonne gebräunt, hatte aber doch eine gesunde Farbe. »Selbst Prinz Murapong hat mich besucht, um sich nach deinem Befinden zu erkundigen. An deiner Stelle würde ich mich ruhig in der Gunst des Publikums sonnen. Man muß die Feste eben feiern, wie sie fallen. Übrigens kommt dein Abenteuer der Firma als Reklame sehr zustatten, und das können wir bei den schweren Zeiten gut gebrauchen, besonders da die Japaner jetzt als immer ernstere Konkurrenten auftreten.«

»Gewiß, man kann die Sache auch von der Seite ansehen«, erwiderte Warwick resigniert.

»Ich sprach auch Pra Vanit, den ich vor ein paar Tagen im Dusit-Hotel traf.«

Warwick horchte interessiert auf.

»Sind die neuen Flugzeuge aus Japan eingetroffen?« fragte er schnell.

»Ja. Vanit hat dich sehr vermißt. Er sagte, daß er die ersten Probeflüge am liebsten mit dir zusammen gemacht hätte.«

»Hast du Einzelheiten über Geschwindigkeit und Bauart von ihm gehört?«

»Darüber spricht er doch nicht mit mir! Außerdem bin ich ja auch nicht genügend im Bilde.«

»Vanit ist zum Glück einer der wenigen, die sich nicht von der neuen Japanmode gefangennehmen lassen.«

»Das stimmt. Aber meinst du nicht auch, daß die Jungsiamesen recht haben, wenn sie sich an Japan anlehnen statt an England? Ich bin immer dagegen gewesen, daß wir hier draußen unseren Kolonialbesitz dauernd vergrößern. Natürlich war es notwendig für uns, daß wir im letzten Birmanenkrieg ganz Oberbirma eroberten, denn dadurch haben wir uns die Freundschaft Siams erworben. Aber da hätten wir haltmachen sollen! Die Siamesen wären in dem Fall unsere Bundesgenossen geblieben und hätten nie daran gedacht, sich den Japanern in die Arme zu werfen. Jetzt stehen sie uns feindlich gegenüber und wollen alle ihre früheren Provinzen und die malaiischen Staaten zurückhaben. Siam hat ein gutausgebildetes Heer, das schon im Frieden ebenso stark ist wie alle Truppenkontingente, die wir in Indien unterhalten. Und daß die Leute über eine ausgezeichnete Luftwaffe verfügen, weißt du ja besser als ich.«

Warwick entgegnete nichts darauf, denn er wollte nicht auf dieses alte Lieblingsthema Breyfords eingehen.

Breyford merkte es auch sofort und lenkte selbst das Gespräch vom Politischen ab.

»Ich bringe übrigens gute Nachricht für dich mit, über die du dich sicher freuen wirst.«

Warwick sah ihn erwartungsvoll an.

»Nach unserem Vertrag würdest du doch erst nach zwei Jahren Teilhaber der Firma werden. Da du dich aber mit Evelyn verlobt hast, will ich dich schon jetzt als gleichberechtigten Partner aufnehmen.«

Warwick drückte ihm erfreut die Hand. Trotz des Altersunterschiedes bestand zwischen den beiden Männern ein aufrichtig freundschaftliches Verhältnis.

»Ich habe deinen Unfall sofort Evelyn gedrahtet«, fuhr Breyford fort.

»Das hättest du nicht tun sollen«, sagte Warwick müde. »Warum muß denn die ganze Welt rebellisch gemacht werden, wenn ich mir ein paar Schrammen hole?«

»Ich kenne Evelyn. Heute hatte ich einen Telegrammwechsel mit London. Evelyn kommt in drei Monaten mit dem Dampfer nach Bangkok. Wir könnten dann eure Verlobung bekanntmachen und noch in diesem Sommer die Hochzeit feiern.«

Breyford bemerkte, daß Warwick plötzlich auffallend bleich wurde, und er machte sich Vorwürfe, daß er ihm die letzten Nachrichten so unvermittelt mitgeteilt hatte. Der Gesundheitszustand des Patienten schien doch noch nicht gefestigt genug zu sein. Die Schwester hatte ja auch gebeten, den Besuch auf den nächsten Tag zu verschieben, und Breyford sagte sich, daß er ihrem Rat hätte folgen sollen. Als er sah, daß Warwick die Augen schloß, verließ er leise die Veranda.

7

Prinz Murapong, der siamesische Palastminister, fuhr in seinem großen, schnellen Wagen durch den Dusitpark zu dem Palais seines Neffen Surja; er war nicht gerade in der besten Stimmung. Schon von weitem schimmerte das hellerleuchtete, ausgedehnte Gebäude durch die Äste der alten, hohen Bäume, und Musik und Festjubel tönten durch die stille, vornehme Gegend. Fern vom Straßenlärm der Großstadt lagen hier in wohlgepflegten Parkgärten die palastartigen Villen der Prinzen des Königlichen Hauses.

»Bei dem jungen Mann scheint es ja wieder einmal hoch herzugehen«, brummte Murapong. Er hatte Surja gern, der noch ein Siamese vom alten Schlage war und weder Tod noch Teufel fürchtete.

Surja hatte auch schon mehr als einmal den Hof und die Regierung durch sein tolles Draufgängertum in peinliche Verlegenheit gebracht, und beinahe wäre es vor wenigen Jahren seinetwegen zu einem Kriege mit Frankreich gekommen.

Nach Beendigung Seiner Studien in Cambridge hatte er mehrere Jahre in der englischen Flotte gedient. Er wurde zur Marineakademie abkommandiert, wo er sich besonders auszeichnete. Der König von Siam war ihm gewogen und gab ihm bei seiner Rückkehr einen hohen Posten in der Marine. Kaum hatte er ihm aber das Kommando über die Torpedoboote und die Zerstörerflottille übergeben, als Surja heimlich und ohne Vorwissen der Admiralität mit seinen Schiffen aus dem Menamstrom auslief und auf der Höhe von Saigon, nicht allzuweit von der französischen Küste entfernt, Manöver und Gefechtsübungen abhielt. Die französische Regierung erhob sofort schärfsten Protest, und der König und der Hof waren außer sich, als sie von dem neuesten Streich des Prinzen hörten. Er wurde sofort zurückgerufen und auf ein Jahr seines Amtes entsetzt. Aber durch sein tollkühnes Unternehmen hatte er sich die Gunst und die Achtung des Volkes erworben, das allmählich zu nationalem Bewußtsein erwachte.

Der Palastminister war ein alter Herr, der es sich gut gehen ließ und im allgemeinen kein Spielverderber war, aber er konnte auch sehr intrigant sein. Die neue Zeit begeisterte ihn wenig.

Der Wagen hielt in der weiträumigen, von Marmorsäulen getragenen Unterfahrt des Palais Surja. Der Chauffeur sprang ab und öffnete den Schlag. Umständlich stieg der etwas behäbige Prinz aus und trat in die Halle, wo ihm Diener ehrerbietig entgegenkamen und ihm den Panamahut abnahmen.

»Prinz Surja ist heute abend leider nicht zu sprechen, Königliche Hoheit.«

»Was fällt euch Tagedieben und Faulenzern denn ein?« erwiderte Murapong empört. »Macht sofort, daß ihr nach oben kommt, und ruft den Prinzen herunter!«

»Das dürfen wir nicht tun – Prinz Surja feiert seine Vermählung mit einer neuen Frau«, entgegnete der Hausmeister unterwürfig.

Der Palastminister, der ein heftiges Temperament hatte, brauste auf, wetterte und fluchte.

»Wird es nun bald, daß einer von euch hinaufgeht und sagt, daß ich hier bin? Was fällt euch ein, mich hier warten zu lassen? Ich muß den Prinzen unter allen Umständen sofort sprechen, sonst...« Prinz Murapong gebrauchte scharfe Drohungen.

In dem oberen Festsaal setzte das Orchester ein, und Xylophone, Gongs, Handpauken und andere Instrumente spielten in rasendem Tempo eine aufreizende Weise.

Der Hausmeister verschwand und kehrte gleich darauf mit einer älteren Frau zurück, die Murapong kannte. Da Surja noch keine Hauptgemahlin hatte, führte sie die Aufsicht über die Frauen und sorgte für Ordnung in seinem Haushalt. Sie kniete sofort vor dem Prinzen nieder.

»Die Feier darf durch niemand gestört werden, Königliche Hoheit. Ich habe strengsten Befehl.«

»Und ich sage Euch, die Feier wird gestört, weil ich den Prinzen sofort sprechen muß«, blitzte Murapong sie an. Seine Züge waren zornentstellt. »Wenn er nicht bald kommt, verliert er seine Ämter im Regierungsdienst und wird degradiert!«

Erschrocken verschwand die Frau.

Der Hausmeister hatte inzwischen die großen Flügeltüren zu dem geschmackvoll in europäischem Stil eingerichteten Empfangsraum geöffnet.

Murapong war einfach siamesisch gekleidet und trug die glatten, schwarzen Haare nach alter Sitte kurz geschnitten und bürstenförmig nach oben gekämmt. Ärgerlich ging er auf dem kostbar eingelegten Parkettboden auf und ab.

Dieser verdammte Junge! Man sollte es doch nicht für möglich halten. Erst kürzlich hatte Murapong eine böse Sache mit großer Mühe wieder in Ordnung gebracht, und jetzt machte Surja schon wieder solche Dummheiten!

Um acht Uhr abends ließ sich doch jeder anständige Siamese sprechen! Aber dieser eigensinnige Mensch tat natürlich, was er wollte.

Murapong sank in einen Sessel und mußte schließlich trotz seines Zornes lächeln, als er an die letzte schlimme Affäre dachte.

Surja hatte die Lieblingsdienerin der alten Königinmutter durch seine Leute unter einem falschen Vorwand im Auto aus der Palastschule abholen lassen, um dann in Anwesenheit seiner zweiunddreißig Frauen die Vermählung auf einem prunkvoll in der Mitte des Festsaals errichteten Brautbett zu vollziehen. Gerade während der Orgie war dann die alte Königin mit ihren Begleiterinnen wütend im Palais erschienen und hatte ihre Dienerin wieder mitgenommen. Ihr Zorn kannte keine Grenzen, denn sie faßte das Ganze als eine persönliche Beleidigung auf.

Nach dem Lärm und dem Tanz zu urteilen, mußte augenblicklich oben wieder eine ähnliche Feier im Gange sein. Und dabei hatte dieser Leichtfuß doch feierlich versprochen, sich nie wieder dergleichen zuschulden kommen zu lassen. Aber Surja war launisch und wetterwendisch. Heute versprach er, sich zu bessern, und morgen trieb er es noch toller als vorher. Wenn Murapong selbst nicht zugunsten seines Neffen bezeugt hätte, daß die früheren Könige in alten Zeiten tatsächlich solche Vermählungsfeiern abhielten, hätte die Sache damals ein schlimmes Ende genommen.

Der Festsaal lag über dem Empfangssalon. Alle Fenster und Türen standen in der warmen, schwülen Tropennacht weit offen. Von oben her ertönten nun ein Chorgesang von weichen Frauenstimmen und Tanzschritte.

Diener kamen herein und brachten Murapong auf einem Servierwagen geeiste Getränke und Erfrischungen. Er goß sich ein Glas Sekt ein und ließ durch einen der Leute den mit Kognak versetzten Saft kalter Früchte hineinträufeln. Nachdem er getrunken hatte, fühlte er sich wohler.

Sein Haß gegen die europäische Zivilisation entsprang einem persönlichen Minderwertigkeitsgefühl. Ihre Annehmlichkeiten ließ er sich gern gefallen, soweit sie sein eigenes Wohlleben förderten.

Selbst war er nie in Europa gewesen: er gehörte zur älteren Generation, die in der Palastschule ihre Ausbildung erhalten hatte. Im Grunde hatte er große Hochachtung vor den Errungenschaften des Westens, da er sich nur schwer in die moderne Zeit hineindenken konnte. Sein Lieblingswunsch war es seit jeher gewesen, selbst einmal London und Paris zu besuchen, aber er mußte seine Stellung am Hofe verteidigen. Sobald er einen längeren Urlaub nahm, würde ein anderer seinen Posten bekommen.

Murapongs Zorn über seinen Neffen war noch nicht ganz verraucht. Wie lange wollte ihn Surja noch warten lassen? Abgesehen davon, daß er der Onkel des jungen Mannes war, hatte er als Palastminister auch einen bedeutend höheren Rang. Aber die jüngere Generation hatte eben keinen Respekt mehr, nachdem der alte König europäische Sitten eingeführt hatte und die jungen Leute nicht mehr niederknien und die Hände falten mußten. Leicht sollte er aber diesmal nicht davonkommen! Er wollte ihm die Hölle schon heiß machen!

Der Chor oben schwoll zu einem Freudengeschrei an, und das Orchester lärmte in ohrenbetäubendem Furioso. Dann wurde es ruhiger.

Einige Minuten später erschien Surja in einem sonderbaren Aufzug, ohne Schuhe und Strümpfe, in der Tür. Statt der Beinkleider trug er einen altsiamesischen, grau-violetten Panung, der in Form eines offenen Sarongs um die Hüften geschlungen war und einem europäischen Frauenrock ähnlich sah. Um die hohe Stirne hatte er einen schmalen, feingearbeiteten Goldreif gelegt, der mit Rubinen und einem prachtvollen Brillanten verziert war. Über den bloßen Oberkörper hatte er eilig den Rock seiner Marineuniform mit der großen Ordensschnalle gezogen, und das Feuer der funkelnden roten Seide hob Sich leuchtend von seinen glatten, schwarzblauen Haaren und der helloliv-braunen Gesichtsfarbe ab. Er bewegte sich hastig und nervös. Wut, Ärger und Scham kämpften in seinen Zügen, und um seine sinnlichen Lippen lag ein Zug von brutaler Wildheit, der durch die Spitzen, raubtierähnlichen Eckzähne noch verstärkt wurde.

»Kannst du denn wirklich keine Vernunft annehmen? Du benimmst dich ja wie ein wilder Waldbüffel oder ein gemeiner Rakschasa!« begann Murapong streng, obwohl er kaum ein Lächeln über das sonderbare Aussehen seines Neffen unterdrücken konnte. »Daß du mit deinen kleinen Frauen spielst, ist weiter nicht schlimm, und darüber will ich dir keinen Vorwurf machen. Aber kein vernünftiger, anständiger Mensch verhält sich wie du. Um diese Zeit sitzt der Hausherr nach altem Brauch in der großen Halle im Erdgeschoß seines Hauses und läßt sich von seinen Frauen durch Theater-, Tanz- oder Ballspiele unterhalten. Aber auf jeden Fall ist er empfangsfähig, so daß Gäste kommen und dem Schauspiel zusehen können.«

Surja war wütend über die ersten Worte Murapongs und wollte ihn heftig unterbrechen, aber der alte Prinz richtete sich plötzlich in seinem Sessel auf und ließ ihn nicht zu Wort kommen.

»Du willst wohl noch dreiste Widerworte machen wie ein hergelaufener Nakleng? Halte den Mund, bis du gehört hast, was ich dir zu sagen habe. Dann hast du noch reichlich Gelegenheit, ihn aufzutun und etwas Vernünftiges zu deiner Verteidigung vorzubringen.

Die Kaufleute haben beim Postministerium wieder derartig viel Rechnungen für dich eingereicht, daß es ein Skandal ist. Ich hätte die Sache mit dir persönlich in Ordnung gebracht, aber zufällig hat der König davon erfahren. Vor allem sind deine Schulden bei den europäischen Geschäften entsetzlich hoch. Die Inder, Perser, Chinesen kann man ja leichter zum Schweigen bringen.

Ich habe die Rechnungen einmal durchgesehen. Über deine Extra- und Galauniformen will ich kein Wort verlieren, auch den Prunksäbel mit dem brillantenbesetzten Griff kann ich schließlich noch zum Dienstaufwand rechnen. Aber was sollen denn Anschaffungen wie zweihundert Meter hellrote Seide? Wozu hast du denn deine kleinen Frauen, wenn sie sich nicht im Palais beschäftigen und in ihrer freien Zeit Brokate und Seidenstoffe weben, und zwar schöner, als du sie jemals bei diesen verdammten Farangs kaufen kannst? Was hat die faule Bande denn sonst zu tun?«

Surja schenkte sich ein Glas Sekt ein und trank es erregt aus, bevor er antwortete.

»Ich brauchte Sie für ein Fest«, erwiderte er dann barsch.

»Es ist einfach toll mit den modernen Siamesen, die in Europa studiert haben. Ohne jedes Maß und Ziel kommen sie wieder zurück. Meinst du, ich hätte mir jemals solche Extravaganzen erlaubt, trotzdem ich von Haus aus viel wohlhabender bin als du und ein großes Gehalt beziehe?

Kein verständiger Mensch wird etwas dagegen sagen, daß du viele Frauen hältst, aber deshalb brauchst du doch nicht so furchtbar viel Schulden zu machen. Du verstehst überhaupt nicht, dir dein Leben einzurichten.

Es ist ja auch kein Wunder! Erst werden diese jungen Leute nach Europa, Amerika oder Japan geschickt und bekommen ein verhältnismäßig viel zu hohes Taschengeld. ›Sie sollen im Ausland gut dastehen!‹ sagt man. Ich bin von jeher dagegen gewesen, ihnen soviel Geld in die Finger zu geben, denn sie gewöhnen sich nur unnötige Ausgaben an und verlernen ganz, wie man hierzulande lebt.

Nimm doch einmal meinen Haushalt an. Zunächst mußt du sehen, alle unnötigen Ausgaben zu vermeiden. Deine Stellung verlangt natürlich, daß du einen großen Haushalt führst, aber er darf doch nichts kosten! Vor allem müssen sämtliche Leute richtig beschäftigt werden, damit sie sich auch ihren Unterhalt verdienen. Im Hause wird nur siamesisch gelebt. Die europäische Küche mag ja ganz schmackhaft sein, erfordert aber nur überflüssige Geldausgaben. Unsere siamesischen Gerichte sind viel reichhaltiger und in dem heißen Klima gesünder. Wozu also die vielen teuren europäischen Konserven? Deine Rechnung beim Oriental Store sieht aus, als ob du jeden Tag große Festessen geben würdest.«

»Ich kann doch aber meinen Sekt nicht selbst herstellen!«

»Das habe ich auch nicht behauptet. Aber mußt du denn bei jeder Gelegenheit Sekt trinken? Und dann diese Feste! Du brauchst doch nicht dem König Konkurrenz zu machen! Wer dankt dir das? Etwa der englische oder der französische Gesandte? Wenn die einen Ball geben, kostet das natürlich unheimliche Summen, aber sie erreichen auf der anderen Seite dadurch wieder so viele politische Vorteile, daß sie sich das leisten können. Trotzdem können sie es nicht mit uns aufnehmen, weil sie jede Kleinigkeit bezahlen müssen. Unsere Frauen und unsere Dienerschaft können alles, was zu einem prachtvollen Fest nötig ist, selbst herstellen und beschaffen, mit Ausnahme der europäischen Weine und Liköre. Wenn deine kleinen Frauen und Dienerinnen sich Mühe geben, können sie die schönsten Tänze, Lampenreigen, Ballspiele und Theaterstücke selbst vorführen. Der Gesandte kann seinen Gästen dergleichen niemals bieten. Die Europäer sind ja immer sprachlos vor Staunen, wenn sie wirkliche altsiamesische Tanzkunst sehen. Und dann die Wohlgerüche! Wozu mußt du deinen Frauen französische Parfüme kaufen? Und warum gleich in solchen Mengen? Sie sollen ihre Blumenwässer und Wohlgerüche selbst herstellen!«

Surja widersprach nicht, denn Murapong hatte recht.

»Aber nun komme ich zur Hauptsache. Der König ist sehr aufgebracht – empört wie noch nie! Deine Sache steht verzweifelt, denn er will dich degradieren. Ich bin noch einmal für dich eingetreten, habe aber nicht mehr als einen Aufschub erreichen können. Er hat sich die letzte Entscheidung vorbehalten.«

»Was versteht denn der König davon, wie ich leben muß!« brauste Surja auf.

»Ruhe!« herrschte Murapong ihn an. »Du junger Fant hast nicht Kritik am König zu üben. Mäßige dich gefälligst, auch wenn wir hier unter vier Augen miteinander sprechen.«

»Es ist doch aber wahr, daß die meisten Mitglieder unserer Familie entartet sind«, fuhr Surja unbeirrt fort. »Wer hätte früher jemals davon gehört, daß ein König von Siam mit einer einzigen Frau lebte? Einem solchen Schwächling hätte kein Mensch gehorcht. Aber seitdem die verdammten Farangs hierherkamen und ihre Missionare den Leuten vorpredigten, daß es eine Sünde sei, mehrere Frauen zu haben, glauben manche, daß die sogenannte Monogamie vornehm und modern ist. Mögen doch die Europäer machen, was Sie wollen! Bis jetzt ist es immer noch gutes siamesisches Gesetz, so viel Frauen zu nehmen, wie es einem gefällt.«

»Das stimmt zwar nicht ganz – man nimmt nur so viele, wie man unterhalten kann.«

»Daran sind auch nur die modernen Organisationen schuld, wonach man ein festes Gehalt bekommt. Das ist heller Unsinn! Früher wurde einem Prinzen einfach die Verwaltung einer Provinz übertragen, dann konnte er tun und lassen, was er wollte.«

Murapong gab seinem Neffen in diesem einen Punkt innerlich recht, aber nach außen hin ließ er sich nichts davon merken.

»Du scheinst tatsächlich noch nicht zu begreifen, daß du dich in einer verflucht ernsten Lage befindest. Mit all den wilden Redensarten, die du führst, ist es diesmal nicht getan. Du weißt, es gibt in Siam ein Gesetz, nach dem ein Prinz aus der königlichen Familie ausgestoßen werden kann. Und wenn es dir Spaß macht, als Kuli auf den Straßen von Bangkok betteln zu gehen...«

Surja wurde allmählich nüchtern und sah die Situation, wie sie war. Trotz und auffahrendes Wesen waren hier nicht angebracht, das fühlte er selbst. Aber bitten wollte er auch nicht. Er nahm sich zusammen und überlegte schnell. Am besten war es, wenn er sich Murapong gegenüber ganz offen aussprach.

Die Diener hatten sich bei der erregten Auseinandersetzung ehrerbietig zurückgezogen, so daß Surja seinem Onkel selbst einschenken mußte.

»Ich sehe, daß du recht hast«, lenkte er ein, »aber bedenke doch auch einmal, wie es uns jungen Siamesen geht.«

»Jung kann man gerade nicht mehr sagen bei deinen achtunddreißig Jahren. Ihr habt aus Europa ganz verkehrte Begriffe von Alter und dergleichen mitgebracht.«

»Zuerst müssen wir hier unheimlich viel lernen: buddhistische Texte, Pali, Sanskrit«, fuhr Surja fort, ohne auf die Worte seines Onkels einzugehen. »Und wenn wir die schwierigen europäischen Sprachen einigermaßen beherrschen, kommen wir mit zehn Jahren nach England – zuerst in eine Privatpension, damit man besser Englisch sprechen lernt, dann nach Eton.

Und was haben die englischen Jungen vorher gelernt? Im Vergleich zu uns gar nichts. In Eton wird man in einen Affenanzug gesteckt, muß Zylinder und Frack tragen, lernt blödsinnig durch die Nase sprechen und noch mehr albernes Getue. Mit unserer Siamesischen Erziehung verglichen, ist das alles nur äußerlicher Kram. Inzwischen ist dann so viel Zeit vergangen, daß man älter ist als der Durchschnitt der Klasse. Schließlich kommt man mit neunzehn oder zwanzig Jahren nach Oxford, Cambridge oder einer anderen dieser ›alten, berühmten Universitäten‹.« Surjas Stimme klang gehässig und ironisch. »An Frauen und an Liebe ist überhaupt nicht zu denken. Wenn ein Siamesischer Prinz aber in früheren Zeiten zwanzig Jahre alt war, hatte er schon vier Haupt- und eine Anzahl von Nebenfrauen und Dienerinnen. Wir sind doch nun einmal durch Abstammung und Vererbung polygam veranlagt.«

Murapong nickte bedächtig.

»Und wie steht es denn mit der Moral der Europäer, mit ihrer vielgepriesenen Einehe? In Cambridge wurde man als Auswurf der Menschheit behandelt, wenn man einmal seinen Neigungen folgte und sich ein kleines Mädel nahm. Ich habe mich wohl gehütet, es zu tun, weil sich schon genug andere junge Siamesen dadurch ihre Karriere verdorben haben. Wenn ich aber dann in den Ferien mit den wohlerzogenen Söhnen Englands nach Paris fuhr...«

»Ja, ich weiß von Paris«, unterbrach ihn Murapong schmunzelnd. Seine Augen glänzten.

»Paris ist ja gewiß die Stadt der Liebe. Doch dieselben Leute gehen dann nach England zurück, als ob sie von all den Dingen keine Ahnung hätten. Eine solche Auffassung habe ich noch nie erlebt. Die Missionare machen uns Vorhaltungen, und Prinzen unseres Hauses, der König an der Spitze...«

»Sprich nicht von Seiner Majestät!«

»...wollen dann besonders fein tun und nehmen nur eine Frau. Was haben sie denn davon? – Gar nichts! Höchstens, daß diese Frau als offizielle Gemahlin von den europäischen Höfen anerkannt und tituliert wird. Der englische Gesandte kann dann befriedigt nach Hause schreiben, der Einfluß der englischen Kultur in Siam wirke so segensreich, daß die gebildeten Siamesen die Monogamie annähmen, **made in England**! Diese Leute müssen sich doch selbst ins Fäustchen lachen. Während wir es dann mit der Einehe ernst nehmen, denken sie gar nicht daran – und wir sind die Dummen!«

Murapong hatte den eigentlichen Zweck seines Kommens schon lange vergessen, denn dieses Thema interessierte ihn außerordentlich.

»In Paris muß es wirklich herrlich sein, dort kann man noch etwas erleben. Nur schade, daß ich niemals hingekommen bin. Man zeigt doch dort immer noch die Häuser und die Räume, in denen sich Persönlichkeiten der englischen Gesellschaft amüsierten! Unser Gesandter in Paris, der augenblicklich auf Urlaub ist, hat mir viel davon erzählt. Übrigens hat er mir auch eine Sammlung von vielen hundert Fotos mitgebracht ... es scheint ja toll dort zuzugehen! Das hätte ich früher nicht für möglich gehalten!«

»Der englische Gesandte hat allerdings nur eine Frau, aber wie treiben es denn die anderen Farangs hier? Wenn sie nicht mit einer weißen Frau verheiratet sind, haben Sie meistens eine Mia aus Paklat, und wenn sie das nötige Geld hätten, würden sie sich alle eine mehr oder weniger große Anzahl von Frauen halten. Im Grunde tun sie also dasselbe wie wir. Nur ist es bei uns gesetzlich gestattet, bei ihnen verboten. Ich weiß wirklich nicht, was besser ist.«

Murapong erinnerte sich plötzlich wieder an seine Aufgabe. Er räusperte sich und setzte eine gewichtige, ernste Miene auf. Er durfte sich mit Surja nicht zu sehr in dieses Thema verlieren.

»Ich muß dem König etwas Positives von unserer Unterredung berichten, und es wird nicht so leicht sein, ihn zu besänftigen. Dein großer Vortrag ändert nicht das geringste an der Tatsache, daß du ein liederliches Leben führst. Damit muß Schluß gemacht werden«, erklärte Murapong energisch.

»Das schlimmste ist, daß nicht nur die Söhne der besseren Familien nach Europa geschickt werden, sondern auch die Töchter, denen dort regelrecht der Kopf verdreht wird«, fuhr Surja heftig fort, ohne auf Murapongs Einwurf zu achten. »Ich habe auf unserer Gesandtschaft in Paris eine junge Siamesin kennengelernt und mich in sie verliebt. Ich sehne mich nach ihr, und ich nehme mir nur immer neue Frauen, um das Verlangen nach ihr zu betäuben.«

Murapong sah seinen Neffen verwundert und betroffen an und erhob sich langsam. Surja hatte sich unglücklich verliebt! Das konnte auch nur in Europa vorkommen! Besorgt legte er die Hand auf den Arm des Prinzen. Hatte der arme Junge wirklich den Verstand verloren, wie seine Gegner behaupteten?

»Aber Surja, du bist doch kein Kind mehr! Warum hast du ihr denn nicht gesagt, daß du sie liebst? Warum hast du sie nicht geheiratet? Das ist doch das einfachste von der Welt!«

»Bei diesen modernen Mädchen ist das keineswegs einfach.«

»Wer ist es denn?«

»Die Tochter des Prinzen Akani.«

»Aber das ist ja ausgezeichnet! Wenn sie deine Hauptfrau wird, bist du auf der sicheren Seite. Der König will ja Akani, den alten, schlauen Fuchs, unter allen Umständen als Ministerpräsidenten zurückholen. Dann hättest du gleich einen Stein im Brett«, erwiderte Murapong etwas ironisch. Er war ein Feind des Oberpriesters von Ceylon und hatte zu den Leuten gehört, die ihn gestürzt hatten. Sofort sah er nun in dieser Verbindung eine günstige Gelegenheit, sich Prinz Akani wieder zu nähern, wenn dieser tatsächlich an die Macht kommen sollte.

»Du vergißt, daß Amarin in Europa erzogen worden ist«, entgegnete Surja bedrückt. »Sie hat all die modernen Bücher über Ehe und dergleichen gelesen und sich unselige Flausen in den Kopf gesetzt. Vor zwei Jahren habe ich auf dem großen Ball, der am Nationalfeiertag in der Gesandtschaft gegeben wurde, mit ihr gesprochen. Aber sie will mich nicht.«

»Was, sie will nicht? Das ist doch unerhört! Sie kann doch nur einen Bruder oder einen Vetter heiraten! Glaubt sie etwa, Gott Indra persönlich würde ihretwegen vom Dusitahimmel heruntersteigen, um sie zu seiner Hauptfrau zu machen? – Aber das war ja vor zwei Jahren. Jetzt ist sie zurückgekommen und wahrscheinlich vernünftiger geworden. Hast du denn hier noch nicht mit ihr gesprochen?«

»Neulich beim Rennen habe ich mich mit ihr unterhalten. Ihre Tante, Prinzessin Chanda, war allerdings immer dabei. Amarin machte einige sonderbare Bemerkungen – man hat mich sicher bei ihr angeschwärzt.«

»Darüber darfst du dich nicht wundern, daß alle Leute über deine tollen Streiche reden. Du treibst es wirklich zu bunt. Laß doch den Unsinn! Du wirst höchstens vor der Zeit alt, und das Leben zerrinnt dir zwischen den Händen.«

»Wenn Amarin meine erste Gemahlin würde, hättest du keinen Grund mehr, dich über mich zu beklagen.«

»Nun, dann geh zu ihr und bringe die Sache in Ordnung.«

8

Die großen Kontore und Dampferanlegestellen der Firma Breyford lagen im südlichsten Teil der Stadt am Menamfluß, der hier so breit war, daß er ein natürliches Hafenbecken bildete.

Viele Schiffe aus aller Herren Ländern ankerten im Strom, oder sie machten vor den großen Lagerhäusern und Reismühlen fest, wo sie ihre Fracht nach Europa an Bord nahmen. Am Heck der Schiffe flatterten die Landesflaggen luftig im Winde. Am häufigsten sah man die chinesische und die Siamesische. Europa war durch englische, deutsche, französische, italienische und dänische Dampfer vertreten. In letzter Zeit zeigten auch die Japaner öfter ihre weiße Fahne mit der aufgehenden Sonne, und selbst die Flagge von Sarawak wehte auf einem großen, schwarzen Schiff mitten im Fluß.

Vier Wochen waren seit Warwicks Unfall vergangen. Seit zwei Tagen arbeitete er wieder im Büro und fühlte sich wieder gesund und kräftig. Glücklicherweise hatte der Autounfall keinen dauernden Schaden hinterlassen. Die Narben im Gesicht und auf der Stirn waren gut geheilt.

Sein Wohnhaus lag abseits von Breyfords Bungalow, befand sich aber auch auf dem ausgedehnten Grundstück der Firma, das eine lange Strecke am Flußufer einnahm.

Er hatte sich zur Ausfahrt angekleidet und trat auf die breite, schöne Veranda, die ein wenig ins Wasser hinausgebaut war.

Die Uhr schlug halb fünf vom großen Bürohaus. In einer halben Stunde begann die Zeit der Abendkühle, die Schönste Stunde in den Tropen.

Etwas zerstreut und nervös schaute Warwick auf das bunte Leben und Treiben hinaus, das sich vor seinen Augen abspielte.

Dampfbarkassen und Motorboote verkehrten zwischen den großen Schiffen, und flinke Sampanboote schossen von einem Ufer zum anderen. Wie venezianische Gondolieri standen die Ruderer am Ende ihrer Fahrzeuge und regierten sie mit einem Ruder. Schlepper brachten lange Reihen von Reisbooten den Fluß hinunter, während einige große chinesische Dschunken mit malerischen Rippensegeln die steigende Flut benützten, um stromauf zu fahren.

Die Besatzung war froh, daß sie die Fahrt von Kanton sicher überstanden hatte. Am Vordermast hatten die Leute ein niedriges Brettergestell errichtet. Rote Tücher mit schwarz aufgemalten chinesischen Buchstaben schmückten dielen Altar, vor dem die Chinesen Weihrauchstäbchen anzündeten. Nachdem sie sich kniend unzählige Male verneigt hatten, steckten sie die Stäbchen in sandgefüllte Porzellanschalen. Zu gleicher Zeit brachten sie viele Pulverfrösche und Kanonenschläge zur Explosion, die einen unheimlichen Lärm machten und sogar das Getöse im Hafen übertönten. Ein alter Matrose schlug während dieser Zeremonie dauernd einen großen Gong, und blaue Pulverschwaden zogen über das Wasser zum Ufer. Durch den Lärm wurden sämtliche Hunde der Gegend rebellisch und begannen wild zu heulen.

»Boy! – Boy!« rief plötzlich jemand mit lauter Stimme unten an der breiten Holztreppe, die zur Veranda hinaufführte.

Das Haus besaß kein Erdgeschoß und ruhte auf hohen, gemauerten Pfeilern, damit der Wind darunter herwehen und alle Krankheitskeime forttragen konnte.

Warwick trat ärgerlich einen Schritt zurück, damit man ihn nicht sähe. Die Besuchszeit begann doch erst um fünf! Unglücklicherweise hatte er den Boy fortgeschickt, um seinen neuen Wagen zu holen. Der alte hatte beim Unfall stark gelitten und befand sich noch in Reparatur. Das Auto stand in der großen, gemeinsamen Garage der Firma, und der Weg dorthin war etwas weit, da sie am anderen Ende des Grundstücks lag.

Der Besucher war kein anderer als Ronnie, und als er niemand fand, der ihn anmeldete, stürmte er einfach die Treppe hinauf.

»Großartig siehst du wieder aus! Als ob überhaupt nichts geschehen wäre!« rief er erfreut, als er Warwick sah. »Der alte Pra Nivet ist doch ein feiner Kerl, er hat dich blendend wieder zusammengeflickt. Ich habe ihn in seinem Haus besucht und mir etwas über siamesische Medizin erzählen lassen – ich sage dir, irrsinnig interessant!«

Warwick war an diesem Nachmittag bei Prinzessin Chanda zum Tee geladen, und Ronnies Besuch kam ihm sehr ungelegen. Sein Gruß fiel daher etwas kühler aus als sonst.

»Tag, Ronnie. Wie hast du dich denn mit Pra Nivet unterhalten?«

»Ich wollte natürlich siamesisch mit ihm sprechen, aber er hat englisch geredet.«

»Das war jedenfalls sehr gut für dich, denn wenn du auch schon ein paar Brocken siamesisch aufgeschnappt hast, wie es die Kulis miteinander reden, so kannst du dich doch noch lange nicht mit einem vornehmen Siamesen in seiner Muttersprache unterhalten, besonders wenn es sich um ein so schweres Thema wie Medizin handelt.«

»Sage das nicht, Warwick. Ich habe inzwischen eingehende Sprachstudien getrieben, und ich habe dabei sogar eine ganz neue Methode entdeckt. Ich schreibe auch einen Sprachführer –«

»Irrsinnig interessant«, unterbrach ihn Warwick ironisch.

»Ich teile alle Worte in Sprachreihen auf«, fuhr Ronnie unbeirrt fort. »Die prägen sich dem Gedächtnis von selbst ein und sind so leicht, daß jedes Kind sie sofort begreift.«

»Du kennst doch bis jetzt nur die Sprache, die vom gemeinen Volk gesprochen wird. Wenn du einen Sprachführer schreiben willst, mußt du aber viel mehr wissen. Neben dem sogenannten Kulisiamesisch gibt es noch das Hochsiamesisch, das die Beamten und die bessere Gesellschaft gebrauchen, und außerdem die Hofsprache, die stets in Gegenwart des Königs gesprochen wird. Da heißt jeder Gegenstand anders, und davon würdest du kein Wort verstehen. Und selbst wenn du das alles beherrschtest, könntest du noch immer nicht die heiligen Schriften lesen oder die alte klassische Literatur, wie zum Beispiel das Ramakien, übersetzen.«

»Ach, mein lieber Luftbrummer, du bist immer so pedantisch und vertrocknet wie ein altes Ölgemälde. Du machst alles so furchtbar schwer! Du mußt das Leben nur frisch und unbefangen anpacken, dann gehört es dir. Aber nun passe einmal auf, welche fabelhafte Reihe ich aufgestellt habe. Da hast du auch gleich ein Beispiel für meine neue Methode.

› **Rot**‹ heißt Rad oder Wagen, › **ma**‹ heißt das Pferd und › **rot ma**‹ die Pferdedroschke. › **Tchek**‹ der Chinesenkuli – › **rot tchek**‹ der Wagen, der von einem Kuli gezogen wird, oder die Rikscha. Aber es kommt noch viel besser: › **fai**‹ das Feuer, › **rot fai**‹ der Feuerwagen oder die Eisenbahn. › **Fa**‹ der Himmel, › **fai fa**‹ Feuer vom Himmel oder Elektrizität. Und › **rot fai fa**‹ heißt die Straßenbahn. › **Rot motorcar**‹ das Auto –«

»Das stimmt nicht. Diesen Ausdruck gebraucht heute kein anständiger Mensch mehr. Dieses Fremdwort ist längst ausgemerzt, und heute sagt man › **rot jon**‹. ›J **on**‹ heißt gleiten, und dieser bildhafte Ausdruck bezeichnet das mühelose, abgefederte Fahren im Auto sehr gut.«

»Da hast du recht. Aber sag mal, du hast dich ja so fein herausgeputzt wie ein Märchenprinz – was hast du denn vor? Brillantknöpfe in den Manschetten! Junge, Junge, daß mir keine Klagen kommen!«

Um Ruhe zu haben, erklärte ihm Warwick, wohin er gehen wolle.

»Hört, hört! Erst muß ich Reklame für dich machen, wenn ich die niedliche, kleine Prinzessin im Tempel treffe, und dann läßt du dich allein von ihr einladen, als ob ich gar nicht vorhanden wäre!«

»Du vergißt, daß mich ihre Tante eingeladen hat, nicht sie selbst.«

Unten hupte der Chauffeur, und der Boy eilte gleich darauf nach oben.

»Das Auto steht bereit, Nai«, meldete er.

»Nun, wenn du für deinen ältesten und treuesten Freund nicht zu sprechen bist, dann bringe mich wenigstens zum Klub«, sagte Ronnie gekränkt.

Warwick verwünschte ihn heimlich, aber es blieb ihm nichts anderes übrig, als ihn mitzunehmen.

»Sag mal, Warwick, hier in Siam herrscht doch die Vielweiberei?« begann Ronnie, als sie kurze Zeit unterwegs waren. Er hatte einen viel zu großen Wissensdurst, um sich lange beleidigt zu zeigen. »Me Kam hat mir neulich im Wat Po davon erzählt, aber ich habe nicht alles verstanden. Sie sagte, man könnte schon an dem Haus eines Bauern sehen, wieviel Frauen er hätte.«

»Ja, das ist richtig«, antwortete Warwick, der innerlich über den Quälgeist seufzte. »In den furchtbaren Kriegen, die die Siamesen mit ihren Nachbarvölkern führten, wurden viele Männer erschlagen. Die Kämpfe waren so grausam und blutig, daß zum Beispiel von dem großen Volk der Peguaner nur noch wenige Tausende übrigblieben. Dadurch entstand ein großer Überschuß an Frauen, und so war es ganz natürlich, daß ein Mann mehrere Frauen nahm, die für ihn zugleich wertvolle Arbeitskräfte waren. Durch Kriege und Seuchen wurde Hinterindien entvölkert. Heute hat Siam zehn Millionen Einwohner, vor der Zerstörung Ayuthias besaß es aber mehr als die doppelte Anzahl von Menschen. Für den siamesischen Reisbauer ist die Mehrehe natürlich und gegeben, denn Siam ist noch stark untervölkert. Das gesamte Land gehört dem König, und jeder Siamese kann von ihm ein Stück Reisland verlangen, das gewöhnlich sechzig bis achtzig Tagewerke groß ist. Zuerst nimmt er sich eine Frau, mit der er dieses Stück Land bestellt. Er baut auf seinem Grundstück ein Haus auf Pfählen an einem Kanal, und nach einigen Jahren vergrößert er seinen Besitz. Da es ihm an Arbeitskräften fehlt, nimmt er eine zweite und später eine dritte Frau und erweitert jedesmal sein Haus durch einen neuen Anbau.«

»Die Mehrehe ist hier also durch Gesetz erlaubt, und jeder Siamese kann mehrere Frauen nehmen?«

»Ja.«

»Dann braucht man ja nur Siamese zu werden, um soviel Frauen heiraten zu können, wie man will.«

»Du hast doch nicht etwa die Absicht, das zu tun?«

Warwick warf seinem Freund einen fragenden Blick zu.

»Warum nicht?«

»Weil du todunglücklich werden würdest. Eine Ehe mit einer Frau ist schon schwierig genug, und bei zwei und mehr Frauen steigern sich die Schwierigkeiten immer mehr.«

»Das muß aber doch nicht so ganz stimmen, denn König Pra Paramin von Siam hatte zum Beispiel vier Haupt- und achtzig Nebenfrauen, wie ich erfahren habe. Außerdem noch Tausende von Favoritinnen. Und er hätte doch sicher nicht so viele genommen, wenn er dadurch unglücklich geworden wäre!«

»Zunächst war Pra Paramin Siamese und durch Abstammung und Vererbung zur Mehrehe prädestiniert. Und was du von den Tausenden von Favoritinnen erzählst, stimmt nicht genau. Jede der vierundachtzig Frauen hatte zwanzig bis vierzig Dienerinnen. Dazu suchten Sie die schönsten Mädchen aus, und diese standen dem König natürlich auch zur Verfügung. Wenn er eine der Dienerinnen wählte und zur Favoritin machte, zählte ihr Verdienst für ihre Herrin mit, und Sie konnte dadurch im Rang steigen.«

»Wieso?«

»Die achtzig Nebenfrauen hatten eine gewisse Rangordnung, die sich jedoch ändern konnte.«

»Sie richtete sich wohl nach den persönlichen Verdiensten und der Anzahl der Favoritinnen, die aus ihren Dienerinnen hervorgegangen waren, wenn ich dich recht verstanden habe?«

»Ja, aber vor allem nach der Anzahl der Kinder, die eine Frau dem König geschenkt hatte. – Aber hier sind wir beim Klub angekommen. Über die Mehrehe in Siam können wir uns ein andermal länger unterhalten, jetzt mußt du mich schon entschuldigen.«

Warwick ließ Marbin vor dem Eingang zum Klubgarten halten und war froh, daß er Ronnie endlich absetzen konnte.

Als sich der Wagen wieder in Bewegung setzte, wanderten Warwicks Gedanken zu Amarin, die er seit dem Unfall nicht wiedergesehen hatte.

Während Seiner Abwesenheit vom Büro war viel Arbeit liegengeblieben, und er hatte deshalb ungewöhnlich viel zu tun. Im Hospital hatte er oft an die Prinzessin gedacht. Der Blutverlust hatte ihn sehr geschwächt, so daß er während seiner Genesung viel ruhen mußte. Seine sonst so wache Tatkraft und seine Lebensenergie waren eingeschläfert, und Amarin schwebte wie eine lichte Erscheinung aus einer anderen Welt durch die Träume, denen er sich widerstandslos hingab.

Jetzt aber hatte ihn das tätige Leben wieder in seine Kreise gezogen, und zum klaren Tage gehörte Evelyn. Amarins Bild verblaßte, und die Wochen, die er im Hospital verlebt hatte, erschienen ihm wie ein unwirkliches Zwischenspiel, das seinem eigensten Wesen fremd war.

Seine Lebensaufgabe und sein Lebensweg waren scharf vorgezeichnet – dazu brauchte er einen ruhigen Kopf und keine Abenteuer.

Und doch war eine geheime Unrast über ihn gekommen. Diese Teestunde mußte der Abschluß sein. Sicher hatte er Amarins Blick zu kühn gedeutet. Hatten doch alle Siamesinnen feurig glänzende Augen ...

Er sah nach der Uhr. Noch dreizehn Minuten vor fünf – Unmöglich konnte er jetzt schon zum Palais Akani fahren. Das sah ja aus, als ob er es gar nicht erwarten könnte, und dabei ließ ihn diese Einladung doch vollständig kalt. Er war ruhig ... wirklich?

Er sagte Marbin, daß er die Sapatumstraße zurückfahren solle.

Als sie sich der Eisenbahnschranke näherten, wurden die rotweißen Schlagbäume niedergelassen. Marbin bremste und hielt dicht vor der Schranke an.

In der Nähe lagen mehrere Läden, in denen Durians, Ananas, Pampelmusen und andere Früchte feilgehalten wurden. An der Ecke befand sich ein Verkaufsstand mit Betelnüssen, die in ganz Süd- und Ostasien von der Bevölkerung leidenschaftlich gern gekaut werden.

Es dauerte einige Zeit, bis der Zug nach Korat naher kam, und inzwischen sammelte sich eine Anzahl von Fußgängern vor dem Bahnübergang. Ein hübsches junges Mädchen trat mit einem Tablett, auf dem zubereitete Betelnüsse lagen, aus dem kleinen Laden und bot sie den Wartenden zum Kauf an. Mehrere nahmen ihr auch eine Kleinigkeit ab.

Als Warwich zufällig zu ihr hinübersah, lächelte sie, kam ein paar Schritte näher und bot auch ihm scherzend ihre Nüsse an.

Der Chauffeur Marbin rief ihr empört zu, daß Europäer keinen Betel kauen. Sie erschrak, aber Warwich brachte Marbin durch einen Wink zum Schweigen, faßte in die Tasche und warf eine Silbermünze auf das Tablett.

Die Umstehenden sahen es und lachten. Das Mädchen wurde verlegen, und ihre Wangen färbten sich dunkler. Schnell eilte sie in den Laden zurück, erschien aber bald wieder mit einem Kranz weißer Maliblüten, die mit Zwirnfäden mühsam zusammengefügt waren. Sie hängte ihn an den Türgriff von Warwicks Wagen, nickte ihm noch einmal zu und verschwand dann schnell.

Im gleichen Augenblick erreichte der Zug den Straßenübergang, und keuchend fauchte die schwarze, schwerfällige Lokomotive vorüber. Die Personenwagen waren zweifarbig gestrichen, die untere Hälfte indischrot, die obere weiß. Offiziell wurde angegeben, daß die siamesischen Landesfarben dafür maßgebend wären, aber Warwich wußte es besser. Die Siamesen, die mit der Bahn fuhren, schauten unterwegs aus den Fenstern, kauten Betel und spuckten. Und die Wagen waren unten betelrot gestrichen, damit sie leichter gereinigt werden konnten.

9

Weit öffneten sich die Flügel des kunstvoll geschmiedeten Parkportals: ein indischer Pförtner in malerischer Tracht, der einen hohen, weißen Turban und einen langen, silberbeschlagenen Stab trug, verneigte sich tief und ehrerbietig vor dem Besucher.

Als Warwich zwischen den hohen, mächtigen Teakbäumen hindurchfuhr, bot sich ihm ein überraschender Anblick. Vor dem Palais dehnte sich eine weite, gutgehaltene Rasenfläche aus, die von einzelnen Baum- und Sträuchergruppen umrahmt war. Unwillkürlich wurde er an die schönen, gepflegten Gartenanlagen in seiner Heimat erinnert. Weitausladende Tamarinden mit gefiedertem Laub und schwarzgrüne Bobäume, deren breite, schattige Kronen durch starke Luftwurzeln gestützt wurden, erhoben sich zu beiden Seiten des Mittelbaues und bewachten den Haupteingang. Der mit hellen, gelblichgrün schillernden Fayencekacheln verkleidete Bau leuchtete in den schrägen Strahlen der Abendsonne wie ein Märchenschloß aus dem dunklen Grün des Parks.

Sträucher und Bäume warfen lange Schatten auf die Zufahrtsstraße. Warwick fuhr die langsam ansteigende Rampe hinauf und hielt schließlich vor der geräumigen Säulenhalle des Haupteingangs.

Zwei Diener in dunkelblau-silberner Livree eilten herbei und geleiteten ihn in die hohe, angenehm kühle Halle, wo der Hausmeister Kun Anchit ihm in silberdurchwirktem Gewande entgegentrat und ihn nach altsiamesischem Brauch begrüßte. Dann führte er ihn die Treppe zum Obergeschoß hinauf.

»Ihre Königliche Hoheit Prinzessin Chanda ist leider erkrankt, aber Prinzessin Amarin wird Sie empfangen, Mr. Warbury«, sagte der alte Mann freundlich und öffnete die Tür zum Teesalon.

Erwartungsvoll trat Warwick ein. Er war allein und sah sich interessiert in dem nicht allzu großen Raum um. Früher hatte er öfter Gelegenheit gehabt, siamesische Prinzen in ihren Häusern zu besuchen, aber nirgends hatte er eine so seine Kultur gefunden, wie sie sich hier selbst in den kleinsten Dingen äußerte.

Intarsiatäfelung deckte verschwenderisch die Wände, und hell leuchteten Kranokranken von goldfarbenem Kopraholz in bronzebrauner Sapanmaser. Schlanke, vortretende Pilaster aus demselben prachtvollen Material gliederten die Wände. Die glatte, einfarbige Altgoldfläche des weichen Smyrnateppichs und die seidenglänzenden Bezüge der Polstermöbel im gleichen Ton wirkten als reizvoller Gegensatz zu den krausen, flammenden Ornamenten. Aber trotz aller Pracht herrschte eine wohltuende Harmonie in dem Raum.

Während Warwicks Blick noch staunend über die kostbare und doch so einheitliche Ausstattung des Zimmers glitt, fühlte er plötzlich die auffallend erfrischende Kühle in dem Salon. Er wunderte sich darüber, da er keine Fächer entdecken und keine Luftbewegung wahrnehmen konnte. Erst nach einigem Suchen entdeckte er einen modernen elektrischen Luftkühler, der so geschickt in die Wand eingebaut war, daß man ihn kaum bemerkte. Als er noch überrascht diese neuartige technische Anlage betrachtete, von der er in den letzten amerikanischen Fachzeitungen gelesen hatte, öffnete sich die gegenüberliegende Tür, und Prinzessin Amarin trat herein.

Das dunkle Olivgrün ihres Kleides und das Mattgrün der feinen Spitzen bildeten mit dem ungewöhnlich hellen Bronzeton ihrer Haut einen wundervollen Farbenakkord. Die zarte, leichtfließende Seide schmiegte sich um ihre federnd schlanke Gestalt und lief in weichen Falten aus.

Einen Augenblick blieb sie in der Tür stehen, und auf Warwick wirkte sie in dem Rahmen und in dieser Umgebung wie ein zum Leben erwachtes Gemälde. Schwarze, halblange Locken umschmeichelten das weiche Oval ihres Gesichtes. Wieder traf ihn der sehnsuchtweckende Blick ihrer unergründlich tiefen Augen, und alle halbbewußten Träume erwachten aufs neue. Sie trat auf ihn zu und reichte ihm unwillkürlich beide Hände.

»Wie freue ich mich, daß Sie wieder gesund und wohlauf sind«, sagte sie herzlich.

Warwick war so verwirrt, daß er nur einige herkömmliche Begrüßungsworte fand.

»Meiner Tante tut es unendlich leid, daß sie krank ist und sie nicht persönlich begrüßen kann. Sie wünschte so sehr, Ihnen für Ihre Geistesgegenwart und Kühnheit zu danken. Sie haben Ihr Leben für uns aufs Spiel gesetzt, ohne uns überhaupt zu kennen.«

Sie sprach so unbefangen und natürlich, daß er allmählich wieder sicherer wurde. Mit höflichen Worten dankte er für die Einladung.

»Der Unfall hat ja glücklicherweise keine schweren Folgen gehabt«, fuhr er dann fort, »und es war meine Pflicht, so zu handeln. Jeder Gentleman hätte das gleiche getan.«

Ein warmer Blick aus ihren Augen sagte ihm, wie sehr sie seinen Mut bewunderte. Mit einer anmutigen Bewegung lud sie ihn zum Sitzen ein. Er nahm Platz, und sie ließ sich auf einer Couch in der Nahe seines Sessels nieder.

Nur wenige Möbel in dunklem, goldbraunem Sapanholz betonten die vornehm-einheitliche Wirkung des Raums. Alles schien an seinem Platz zu sein, nirgends stand zuviel, nichts fehlte. Mit feinem Verständnis waren die Farben zusammengestellt. Das einzige große Gemälde schilderte eine Szene aus der siamesischen Sage und erhöhte durch seine verhalten glühende Leuchtkraft die festliche Wirkung. Frische Farne reckten ihre feinfiedrigen Blätter aus grünbraunen Fayencetöpfen und Vasen, und Orchideen von seltsamen Formen schillerten dazwischen wie gaukelnde Tropenfalter.

Auf ein Klingelzeichen der Prinzessin rollte eine Dienerin einen Teewagen herein.

Warwick bewunderte das chinesische, jadegrüne Service mit dem goldenen Drachenmuster, das sich den Farbenharmonien des Raumes unaufdringlich einfügte. Er sah sofort mit Kennerblick an den fünfklauigen Pranken der Drachen, daß es aus dem Kaiserpalast von Peking stammen mußte.

Seit dem Unfall hatte Amarin nur durch Me Kam und Ronnie von Warwich erfahren. Die unvermittelte Nachricht von Seiner Verlobung hatte sie zuerst schwer getroffen und traurig gemacht, doch verwandelte sich diese Stimmung bald in Resignation, und später schob sie den Gedanken daran beiseite, weil er ihr unangenehm war.

»Ihr Freund Ronnie Maynard hat mir schon viel von Ihnen erzählt, besonders aus Ihrer Jugend«, sagte sie, während Sie ihm eine Tasse reichte.

»Hoffentlich nicht zuviel Schlechtes«, entgegnete er lächelnd und nahm dankend von dem Gebäck, das sie ihm liebenswürdig anbot.

»Nein, das hat er nicht getan. Er verehrt Sie und sieht in Ihnen einen Helden. Er sagte, daß Sie sein Vorbild wären, dem er nacheifert. An ihm haben Sie einen treuen Freund, der sicher alles für Sie tun würde. Er geriet in helle Begeisterung, als er von Ihnen sprach.«

Amarins Augen leuchteten beglückt auf, während sie dies sagte.

»Er ist ein lieber, lustiger Junge, den man gern haben muß, wenn man ihn sieht.«

Warwick nickte. Er kannte Ronnie mit all seinen Vorzügen und Schwächen nur zu gut.

»Mr. Maynard versteht auch nicht, warum Sie hier in Ostasien bleiben«, fuhr Amarin fort. »Er meinte, in England würden Sie eine viel einflußreichere und höhere Stellung einnehmen können als hier in Siam. Und ich glaube auch bestimmt, daß Sie im Regierungsdienst bald eine bedeutende Rolle spielen würden.«

»Wollen Sie denn, daß ich Bangkok verlassen soll?« fragte er scherzend.

»O nein«, entgegnete sie schnell, denn sie erschrak vor dieser Schlußfolgerung. Aber in ihren Träumen und Gedanken hatte sie ihn immer als einen erfolgreichen und kühnen Staatsmann gesehen.

Sie hatte so aufrichtig und bestürzt gesprochen, daß in ihren Worten mehr als eine höfliche Erwiderung lag, und eine heimliche Freude erfüllte ihn.

»Warum sind Sie eigentlich Kaufmann geworden?« fragte sie unvermittelt. »Bei Ihrer außergewöhnlichen Begabung würden Sie es in jedem anderen Beruf weit bringen.«

»Ich halte den Kaufmannsstand nicht für schlechter oder unbedeutender als einen anderen.« Warwick richtete sich in seinem Sessel etwas auf. Es schmerzte ihn, daß auch Amarin dieses Vorurteil hatte, aber um so mehr bemühte er sich, ihr seine Auffassung darüber klarzumachen. Er sagte ihr, wie hoch er seinen Beruf schätze, und schilderte ihr mit packenden Worten, wie vielseitig und umfassend ein Handelsherr auf seine Zeit einwirken könne, und welche hohe Aufgabe darin liege, in friedlicher Weise die Gegensätze zwischen den Völkern durch Handelsbeziehungen auszugleichen und die Nationen einander näherzubringen.

Sie hörte ihm überrascht zu, denn die Siamesen verachten im Grunde die Kaufleute und halten sie nur für ein notwendiges Übel.

Warwick besaß die seltene Gabe, mit wenigen Worten eine Sache treffend zu schildern und dem Verständnis seiner Zuhörer nahezubringen. Bald hatte er sie auch von seinem Standpunkt überzeugt. Voll Bewunderung erkannte Amarin, von welch hoher Warte aus Warwich das Leben betrachtete. Wenn sie etwas nicht verstand, fragte sie ihn, und sie unterhielten sich so leicht und fließend, als ob sie sich schon seit langer Zeit kennen würden.

Sein warmer, freimütiger Blick weckte ein Gefühl von Sicherheit und Zutrauen in ihr, und Warwick, der sonst verschlossen war, konnte zu ihr von seinen hochfliegenden Plänen sprechen.

Interessiert sah sie ihn von der Seite an. Nur eine feine, schmale Narbe erinnerte noch an die schreckliche, blutende Wunde, die ihn nach dem Unfall entstellt hatte. Welche kühnen Gedanken verbargen sich hinter dieser hochgewölbten Stirne! Sie betrachtete sein scharf umrissenes, vornehmes Profil mit der geraden Nase und dem kantig geschnittenen Kinn. Dieser Mann war ein geborener Führer, aufrecht und stark. Seine großzügigen Ideen begeisterten Amarin.

Später sprachen sie von der Pracht der Tropenwelt und von siamesischer Kunst und ihrer Eigenart.

»Sie schätzen natürlich die europäische Kunst höher als die asiatische, und sicher haben Sie in gewisser Weise auch recht. Ich denke zum Beispiel an die große gotische Kathedrale in Reims und an andere herrliche Dome. Ihnen gegenüber sind unsere Tempel wenig monumental, und an Höhe können sie auf keinen Fall mit ihnen wetteifern«, sagte Amarin, aber ihre Stimme klang fragend. Sie wollte wissen, ob sich Warwick auch auf den ablehnenden Standpunkt der meisten Europäer in Bangkok stellte.

Einen Augenblick dachte er nach, dann wandte er sich wieder lebhaft zu ihr und sah ihr voll in die Augen.

»So fasse ich den Unterschied nicht auf. Man kann jede Kunst nur aus sich selbst heraus beurteilen. Vergleiche sind schwer möglich und führen auch meist nur zu einem einseitigen Urteil.«

»Dann kann die siamesische Kunst Ihrer Meinung nach also doch nicht den Vergleich mit der europäischen aushalten?«

»Nein, das Gegenteil wollte ich damit sagen. Sowohl die siamesische als auch die europäische sind in ihrer Art groß, schön und vollkommen. Ich schätze die siamesische Kunst, weil sie den lebendigen Zusammenhang mit dem Leben und der Religion noch nicht verloren hat. Sie ist noch fest im Volksbewußtsein verankert und im besten Sinn des Wortes eine Nationalkunst, während wir in Europa ständig nach neuen Ausdrucksformen suchen und nicht zur Ruhe kommen können. Wir erleben unsere große alte Kunst schon vom kunstgeschichtlichen Standpunkt aus. Wenn aber erst die Geschichte einer Periode geschrieben wird, ist diese gewöhnlich abgeschlossen und erledigt. Unsere große Kunst ist gestorben. Hoffentlich erleben wir in der Zukunft noch einmal eine neue Blüte.«

Amarin war beglückt über sein freies, unparteiliches Urteil. Aber während sie über diese hohen Dinge sprachen, dachten beide in Wirklichkeit an anderes. Nach einiger Zeit kam ihnen das auch zum Bewußtsein, aber sie wollten es sich nicht eingestehen.

Als er ihr seine Tasse reichte, berührten sich ihre Hände unwillkürlich einen Augenblick, und es war Amarin, als ob ein elektrischer Funke auf sie überspränge. Sie hatte gerade von dem herrlichen Perlmutterportal im Wat Pra Keo gesprochen und erzählt, welche Rolle dieser Tempel in der Geschichte Siams spielte. Nun brach sie verwirrt ab, da sie vergessen hatte, was sie sagen wollte. Ihre Wangen und Lippen färbten sich dunkler.

Um ihre Verlegenheit zu verbergen, schob sie ihm das goldene Rauchtablett zu.

Ihre Erregung hatte sich ihm mitgeteilt, und er wählte umständlich, um seine Unruhe zu verbergen. Auch Amarin nahm eine leichte Zigarette, die in ein Lotosblatt gehüllt war, und wahrend er ihr das elektrische Feuerzeug reichte, hatten beide Zeit, sich wieder zu fassen. Aber die Unterhaltung kam nicht wieder in den leichten Fluß wie vorher.

Ohne es zu wissen, hatte sich Amarin etwas näher zu Warwick geneigt. Ein feiner Duft ging von ihr aus, und wie von ungefähr legte sie ihre schmale, feingliedrige Hand auf die niedrige Lehne seines Sessels.

Er hatte die Augen halb geschlossen und sah nur die eine Hand. Ein unwiderstehliches Verlangen packte ihn, sie liebkosend zu fassen und zu küssen.

Plötzlich klopfte es an der Tür, und beide fuhren erschreckt auf.

10

Prinz Surja wünscht Eurer Königlichen Hoheit Seine Aufwartung zu machen«, sagte der Hausmeister nach einer formellen Verbeugung. Auf Amarins Aufforderung hin war er leise ins Zimmer getreten.

Warwick richtete sich in seinem Sessel auf. Klirrend setzte Amarin ihre Tasse nieder und erhob sich.

»Kun Anchit, sagen Sie meinem Vetter, daß ich ihn jetzt nicht empfangen kann. Erfinden Sie irgendeinen Vorwand. Ich möchte jetzt nicht gestört sein —«

Der Hausmeister wandte sich um.

Amarin unterdrückte einen ärgerlichen Ausruf, denn im selben Augenblick erschien Surja in der Tür. Er mußte ihre letzten Worte gehört haben, denn ein ironisches Lächeln spielte um seine Mundwinkel, als er sich vor ihr verneigte.

Für einen Siamesen war er ungewöhnlich kräftig entwickelt und von hoher, schlanker Gestalt. Der elegante Schnitt und der tadellose Sitz seiner Uniform zeigte, daß er großen Wert auf seine äußere Erscheinung legte.

Surja konnte Warwick zuerst nicht sehen, da er durch die Prinzessin verdeckt war. Aber als er näher kam und den Engländer bemerkte, schwand der freundliche Ausdruck aus seinem Gesicht, und seine Züge wurden hart.

Zunächst sagte niemand ein Wort, und es trat ein beunruhigendes Schweigen ein.

Warwick stand auf.

Surja war peinlich berührt, die Prinzessin mit Warbury allein beim Tee zu finden. Er blieb korrekt, aber seine Haltung wurde steif und offiziell.

»Sicher bist du gekommen, um Prinzessin Chanda zu sprechen, aber das ist leider unmöglich. Sie ist krank und muß Ruhe haben. Sie kann niemand empfangen«, sagte Amarin, die sich zuerst wieder faßte.

Warwick trat einen Schritt vor, um Surja zu begrüßen. Amarin wollte die beiden einander vorstellen und war erstaunt, daß sie sich schon kannten.

»Guten Tag, Mr. Warbury. Wie ich sehe, sind Sie ja wieder wohlauf. Anscheinend haben Sie Ihren Unfall gut überstanden«, bemerkte Surja kühl.

Warwick antwortete gleichgültig. Warum begrüßte ihn der Prinz plötzlich so formell? Bisher hatten sie sich doch immer mit Vornamen angeredet. Auch er empfand Surjas Dazwischentreten unangenehm, aber vielleicht kam das Erscheinen des Prinzen gerade noch zu rechter Zeit, um ihn vor einem übereilten Schritt zu warnen. Er gehörte nicht in diese Kreise, in denen er immer ein fremder Eindringling bleiben würde.

Warwick blieb nur noch kurze Zeit, und nach ein paar höflichen Bemerkungen verabschiedete er sich kurz.

Surja hatte die Prinzessin und Warwick scharf beobachtet, aber er konnte nicht das kleinste Zeichen wahrnehmen, das auf eine geheime Verständigung zwischen den beiden hätte deuten können. Schließlich war es ja nur natürlich, daß Amarin sich auch im Namen der Prinzessin Chanda bei Warwick bedankte und ihn einmal zum Tee einlud. Trotzdem fühlte Surja instinktiv, daß Warwick Amarin mehr bedeuten könnte, als ihm lieb war, und Eifersucht steigerte seine Abneigung gegen ihn noch mehr.

Der Prinz hatte sich die Begegnung mit Amarin anders gedacht. Zuerst hatte er mit ihrer Tante sprechen wollen, um diese für den Plan seiner Heirat mit Amarin zu gewinnen. Nach siamesischem Herkommen hätte er auch so vorgehen müssen. Einen Augenblick überlegte er, ob er Amarin nur einen Höflichkeitsbesuch machen sollte, denn seine Klugheit warnte ihn vor unbesonnenem Handeln. Aber sein hitziges Temperament gewann doch die Oberhand. Amarin war ja in Paris nach europäischer Art erzogen worden. Warum sollte er also seinen Antrag nicht auf europäische Art vorbringen?

In Paris war es ihm damals natürlich und einfach erschienen, aber jetzt mußte er nach Worten suchen, um ein Gespräch zu beginnen.

»Woher kennst du eigentlich Mr. Warbury?« kam ihm Amarin zuvor, als sie ihm eine Tasse Tee gereicht hatte.

Die beiden saßen sich gegenüber und beobachteten sich wie heimliche Gegner.

»Wir haben zusammen in Cambridge studiert. Diese verrückten Engländer leiten daraus leider immer ein Vorrecht ab, einem die Hände zu schütteln und plump vertraulich auf die Schultern zu klopfen. Sie können und wollen nicht begreifen, daß diese Jugendbekanntschaften auf der Schule und der Universität nur vorübergehende Episoden sind. Mir sind diese Menschen unausstehlich!«

»Du scheinst heute gerade nicht in der rosigsten Stimmung zu sein«, erwiderte Amarin gleichgültig. Von seinem Europäerhaß hatte sie schon genügend gehört, und impulsiv nahm sie sofort für Warwick Partei, denn sie war empört über die anmaßende Bemerkung ihres Vetters. »Im übrigen glaube ich nicht, daß sich Mr. Warbury jemals taktlos benehmen könnte. Dazu hat er einen viel zu vornehmen Charakter«, erklärte sie entschieden.

Surja stutzte. Sollte sich Amarin wirklich stärker für Warbury interessieren? Der Gedanke schon war unmöglich. Eine siamesische Prinzessin konnte sich doch nicht so weit vergessen, daß sie sich mit einem Engländer einließ!

Langsam trank er seine Tasse aus, um Zeit zu gewinnen.

»Diese Farangs sind uns doch viel zu gleichgültig, als daß wir Zeit auf sie verschwenden.«

Er sprach das Wort »Farang« in einem besonders verächtlichen Ton aus.

»Amarin, ich bin heute in einer ganz bestimmten Absicht hergekommen. Ich möchte mit dir sprechen, nicht mit Prinzessin Chanda.«

»Ach, willst du mich vielleicht zum Marineball einladen? Diese Feste sollen ja in den letzten Jahren immer glänzender verlaufen sein. Und in den nächsten Tagen findet ja auch der Dusitbasar statt«, entgegnete Amarin schnell.

Sie ahnte Surjas Absicht und erschrak.

»Nein, ich wollte dich in einer wichtigen persönlichen Angelegenheit sprechen, und ich freue mich, daß ich dich allein treffe.«

Die Unterhaltung begann unangenehm zu werden. Amarin bedauerte, daß sich Warwick so bald verabschiedet hatte. Aber das Unvermeidliche mußte doch einmal gesagt werden, und je schneller es vorüberging, desto besser war es. Trotzdem machte Amarin noch einen schwachen Versuch, Surja auf ein anderes Thema zu bringen.

»Hast du wieder etwas angestellt und einen dummen Streich begangen? Soll die Tante vielleicht beim König ein gutes Wort für dich einlegen?«

Er vergaß sich und warf ihr einen bösen, wütenden Blick zu. Aber im selben Augenblick tat es ihm leid. Amarin hatte es jedoch bemerkt und war auf der Hut. Sie wußte, daß er verschlagen und hinterlistig war, wenn sich diese Eigenschaften auch gewöhnlich hinter der Maske anmaßender Großzügigkeit und weltmännischer Gleichgültigkeit verbargen.

»Nein, ich sagte doch, daß ich mit dir persönlich sprechen wollte.«

Er sah, welch schlechten Eindruck er auf sie gemacht hatte, und fühlte plötzlich das Aussichtslose seines Unternehmens. Er hätte eben doch nach altsiamesischer Sitte erst vorsichtig durch Verwandte Fühlung nehmen müssen. Prinz Murapong war zu solchen Missionen wie geschaffen, er hätte sicher mit Prinzessin Chanda alles vorzüglich in Ordnung gebracht. Aber nun war die Schlacht einmal begonnen, und er wollte sie auch zu Ende führen.

»Amarin!« Er versuchte, ihren Namen zärtlich auszusprechen, aber es gelang ihm nicht. »Du weißt, daß ich dich liebe, und daß ich dich geliebt habe, seitdem wir uns zum erstenmal begegneten. Willst du mich heiraten?«

»Das hast du mich in Paris schon einmal gefragt«, erwiderte sie ruhig. »Und wenn du es heute wieder tust, kann ich dir nur dasselbe antworten wie damals. Besonders nach den letzten Ereignissen —«

»Was meinst du?« fragte er schnell.

»Alle Leute am Hof wissen doch von deinem letzten Skandal.«

»Das ist weiter nichts als übertriebener Klatsch, den man dir zuträgt, um mich in schlechtes Licht zu setzen.«

»Nun, mag dem sein, wie ihm wolle. Du findest doch so leicht Frauen, daß deine Wahl nicht gerade auf mich fallen muß.«

Er biß sich auf die Lippen.

»Ich liebe nur dich.«

»Was, deine anderen Frauen liebst du nicht? Dann ist es nur um so schlimmer.«

»Ich habe dich nicht um deine Kritik gebeten«, sagte er unwillig, nahm sich aber sofort wieder zusammen. Wenn er Erfolg haben wollte, durfte er sie nicht unnötig reizen.

»Heute werden die Mädchen nicht mehr wie in alten Zeiten gegen ihren Willen verheiratet. Als der König im Jahre 1869 die Leibeigenschaft in unserem Land aufhob, vergaß er die Frauen – aber jetzt ist das anders. Glücklicherweise haben wir uns auch in Siam bis zu einem gewissen Grad moderne, menschliche Anschauungen in diesem Punkt angeeignet.«

»Die Zeit wird ja noch erweisen, ob sie wirklich soviel mehr taugen.«

»Ich kann mir schon denken, daß dir die alten siamesischen Ehegesetze gefallen, weil sie den Männern eine Vormachtstellung den Frauen gegenüber geben.«

»Sie haben ihre historische Berechtigung«, entgegnete Surja widerwillig. Er kannte Amarins Einstellung ja nur zu gut. In Paris hatte sie ihm das zwar nicht direkt gesagt, aber es ging doch aus ihrer Haltung hervor.

»Nichts ist gut, weil es alt ist und weil unsere Vorfahren es so gehalten haben.«

»Nichts ist gut, weil es neu und modern ist und unsere Vorfahren es nicht so gemacht haben«, entgegnete er sarkastisch.

»Das sind nur Worte, damit kannst du den Fortschritt nicht aufhalten. Aus Selbstsüchtigen Gründen verteidigst du das alte Gewohnheitsrecht, weil du daraus persönliche Vorteile zu ziehen glaubst.«

»Dasselbe könnte ich dir erwidern. Du verteidigst die neuen Ansichten, die du in Europa kennengelernt hast, weil du darin einen persönlichen Vorteil siehst. Also Sind wir wieder so weit wie vorher.«

»Du kannst doch aber nicht leugnen, daß es in der Welt einen Fortschritt gibt?«

»Das möchte ich bestreiten.«

»Wenn du das behauptest, gibt es niemals eine Verständigung zwischen uns.«

Surja sah, daß er in immer schärferen Gegensatz zu Amarin kam und das Gegenteil von dem erreichte, was er erstrebte. Rasch versuchte er wieder einzulenken.

»Wenn du ›Fortschritt‹ sagst, verurteilst du damit das Alte und lobst das Neue bedingungslos. Ich gebe zu, daß sich die Zeiten ändern und wir mit ihnen, manchmal schneller, manchmal langsamer. Es gibt wohl etwas wie eine Entwicklung, aber damit ist nickt gesagt, daß sie zum Besseren führen muß.«

»Es hat wenig Zweck, über diese Dinge zu streiten. Du wirst immer Gründe finden, um das selbstsüchtige Leben, das du führst, zu entschuldigen und zu beschönigen. Liebe, Zuneigung und Achtung sind aber Voraussetzungen für eine glückliche Ehe. Ich würde gern wissen, ob du jemals daran gedacht hast, als du die kleine Bun Amat, die Dienerin der großen Königin, entführtest.«

Surja preßte die Lippen aufeinander. Er sah, daß seine Sache verloren war. Einen Augenblick packte ihn wilde Wut, und beinahe hätte er heftig und ausfallend geantwortet. Hastig brach er ein Stück von seinem Keks ab und führte es zum Mund. Er hätte noch viel gegen Amarins Äußerung einwenden können, aber das erschien ihm im Augenblick zwecklos. Es galt jetzt, die Niederlage mit Würde hinzunehmen und nicht aus der Rolle zu fallen.

Amarin beobachtete ihn genau und sah, wie er kämpfte, um ruhig zu bleiben. In ihrer ersten Bestürzung hatte sie die Abneigung gegen ihren Vetter zu deutlich gezeigt, jetzt aber erkannte sie plötzlich das Gefährliche der Lage. Ihre Tante hatte sie in alle Intrigen bei Hofe eingeweiht und sie vor Surja gewarnt. Unter keinen Umständen durfte er ihr Feind werden. Sie brauchte seinen Antrag ja nicht schroff abzulehnen, und vor allem mußte sie Zeit gewinnen.

»Du hast eine Lebensfrage an mich gerichtet«, lenkte sie nach einer kleinen Pause ein. »Sie ist mir zu überraschend und plötzlich gekommen – ich muß Zeit haben, darüber nachzudenken. Unmöglich kann ich jetzt gleich eine Entscheidung treffen und dir eine endgültige Antwort geben.«

Surja glaubte fast ein Wunder zu erleben, so unerwartet kam dieser Umschwung.

»Dann darf ich also doch hoffen?« fragte er rasch und erhob sich ungestüm. Seine Augen leuchteten auf, und ein glücklicher Ausdruck verschönte sein Gesicht, das eben noch von Zorn entstellt gewesen war. Er liebte Amarin leidenschaftlich. Noch nie hatte eine Frau seine Gedanken so sehr beherrscht und sein Innerstes so aufgewühlt wie sie.

»Vielleicht!«

Amarin zwang sich zu einem Lächeln und reichte ihm die Hand, die er stürmisch küßte.

Mit verlangenden Blicken sah er sie an, und eine Sekunde lang fürchtete sie, daß er sie an sich reißen würde.

Aber er beherrschte sich, verneigte sich vor ihr und verließ das Zimmer.

11

Warwick saß in seinem Bungalow vor dem Schreibtisch. Durch die offene Tür blickte er über die Veranda hinweg nach Westen auf das leuchtende Abendrot und die untergehende Sonne. Tiefhängende, violettgraue Wolkengebilde von phantastischen Gestaltungen türmten sich vor dem hellen Firmament auf. Je tiefer das Tagesgestirn sank, um so weitere Himmelsräume wurden von den Zauberstrahlen erschlossen. Die einzelnen Wolkenschichten hoben sich in Gold und Lachsrot von dem opalfarbenen Untergrund ab, der in ungezählten Farbenschattierungen schillerte. Es war, als ob ein Maler den Pinsel in flüssiges Feuer getaucht und die zackigen Umrisse damit nachgezeichnet hätte.

Aber alle Schönheiten der Natur sah Warwick heute nicht. Wichtige Probleme beschäftigten ihn und nahmen seine Gedanken vollkommen in Anspruch. Ein Ereignis war eingetreten, das ihn vor schwere Entscheidungen stellte. Vor ihm lagen offizielle Schreiben und Aktenstücke, die er am Nachmittag mit der Europapost erhalten hatte.

Sein Onkel, Sir Maxwell Warbury, war in England gestorben, und Warwick hatte als nächster Verwandter dessen großes Vermögen geerbt. Mit einer solchen Möglichkeit hatte er nie gerechnet, und die Nachricht kam ihm deshalb vollständig unerwartet.

Sir Maxwell, der erst achtundvierzig Jahre gezählt hatte, war bei einem Autounfall schwer verunglückt und einige Stunden später im Krankenhaus gestorben, ohne das Bewußtsein noch einmal wiedererlangt zu haben. Er war der um viele Jahre jüngere Bruder von Warwicks Vater. Warwick hatte aber nie Verbindung mit ihm gehabt und ihn auch niemals gesehen, da sein Onkel in früher Jugend nach Kanada ausgewandert war, wo er auch den Grundstock zu seinem großen Vermögen gelegt hatte. Der Tod dieses Mannes berührte Warwick zwar schmerzlich, aber er löste keine tiefere Trauer in ihm aus.

Die Erbschaft war so bedeutend, daß sich Warwick nicht länger in den heißen Tropen als Leiter einer Exportfirma abzumühen brauchte. Er war jetzt sechsunddreißig. Vor vierzehn Jahren hatte er das Studium der Rechte in Cambridge abbrechen müssen, weil sein Vater in den geschäftlichen Wirren der Nachkriegszeit verarmte und kurz darauf starb. Er hätte seine akademische Ausbildung beenden und sein Examen machen können, wenn er sich damals an Sir Maxwell gewandt hätte. Sicher hätte ihm dieser die nötigen Mittel zur Verfügung gestellt. Aber er war zu stolz gewesen, das zu tun, und außerdem hatte sich ihm eine andere günstige Gelegenheit geboten.

Mr. James Breyford, der eine große Überseefirma besaß und ein entfernter Verwandter Warwicks war, erkannte das Organisationstalent, den Weitblick und die große kaufmännische Begabung des jungen Mannes und veranlaßte ihn, in sein Geschäft einzutreten.

Zuerst fiel es Warwick schwer, die juristische Laufbahn aufzugeben, und er hatte immer noch die stille Hoffnung, nach einigen Jahren doch noch sein Examen machen zu können. Aber er arbeitete sich bald in seinem neuen Beruf ein und fand Freude daran, da er hier weit größere Möglichkeiten hatte, seine Fähigkeiten zu entfalten. Selbst jetzt, da er ein unabhängiger Mann war und ihm reiche Mittel zur Verfügung standen, dachte er nicht mehr daran, sein Studium wieder aufzunehmen. Er hatte sich ein kleines Vermögen gespart, aber nach seinem Vertrag mußte es in der Firma stehenbleiben. Nun war er aber plötzlich in den Stand gesetzt, in die Heimat zurückzukehren und seinen Neigungen zu leben.

Wohl kam ihm flüchtig der Gedanke, nach England zu gehen und die Erbschaft sofort anzutreten, zu der auch großer Grundbesitz gehörte. Die Versuchung lag nahe, in der Londoner City sich an der Börse zu betätigen und einer der Finanzleute zu werden, die die Märkte der Welt kontrollieren. Aber nach einiger Überlegung entschied er sich dagegen. Seine Rechtsanwälte in England würden das große Vermögen und die Liegenschaften auch ohne ihn zu seiner Zufriedenheit verwalten können.

Kurz entschlossen packte er die Akten zusammen und verschloß sie in dem Safe. Dann ging er nachdenklich im Zimmer auf und ab.

Er hatte die bedeutenden Entwicklungsmöglichkeiten Siams erkannt und wollte sie zum Vorteil seiner Firma ausnützen. Deshalb hatte er großzügige Unternehmungen begonnen. Von Mineningenieuren hatte er Abbaurechte auf reiche Zinn- und Wolframvorkommen auf der Malaiischen Halbinsel erworben. Auch plante er, ausgedehnte Reisplantagen anzulegen. Seine unverbrauchte Energie und Kraft verlangten danach, sich in großen, wirtschaftlichen Aufgaben auszuleben, und er war zäh. Einmal gefaßte Entschlüsse führte er durch, und da er ein ungewöhnlich starkes Verantwortungsgefühl hatte, wäre es ihm wie Fahnenflucht erschienen, wenn er die eben erst begonnenen Projekte jetzt fallen gelassen hätte. Er fühlte sich wie ein Feldherr, der nach sorgfältiger Vorbereitung zum Angriff übergegangen ist und den Kampf nicht abbrechen will.

Schließlich trat er auf die Veranda hinaus und setzte sich dort in einen Liegestuhl.

Der Boy hatte ihn während der ganzen Zeit unauffällig aus dem Hintergrund beobachtet. Geräuschlos kam er nun auf seinen dicken Filzsohlen herbei und stellte vorsorglich den Ventilator an, damit der Luftzug die Moskitos vertreiben und seinem Herrn Kühlung spenden sollte. Schon zehn Jahre diente er bei Warwick und war ihm treu ergeben. Im Lauf der Zeit hatte er sich in die Gewohnheiten und die Eigenart seines Herrn eingelebt, so daß er ihm den leisesten Wunsch an den Augen ablesen konnte.

Aber Warwick achtete nicht auf ihn. Er war zu sehr in Überlegungen vertieft, die der Durchführung seiner Pläne galten. Im Geist sah er schon die großen Reismühlen und Speicheranlagen vor sich, die er am Menamufer für die Firma errichten wollte.

Seit Beginn seines Aufenthaltes in Bangkok hatte er sich bemüht, das Geschäftsleben im Osten zu studieren, und er hatte auch die Methoden der Taukes, der großen chinesischen Kaufleute, genau beobachtet. Warum sollten sie allein diese bedeutenden Möglichkeiten ausnützen? Er traute sich zu, es ihnen mindestens gleichzutun, wenn nicht gar sie zu übertreffen.

Die Chinesen nützten die siamesischen Reisbauern rücksichtslos und kaltblütig aus und waren eine große Plage für das Reich, da sie die Landleute fast um all ihren Verdienst brachten und der Verarmung entgegentrieben.

Als altes, kriegerisches Volk lehnten es die Siamesen ab, Handel zu treiben, und die Chinesen füllten diese Lücke aus. Überall hatten sie sich derartig festgesetzt, daß sie den gesamten Handel auf dem Land in ihre Hand gebracht hatten. Selbst im kleinsten Dorf saß ein chinesischer Händler und lieh den Bauern bereitwillig Geld, das sie dann wieder in seiner Spielhölle verloren. Die Regierung hatte zwar diesem Unfug ein Ende gemacht und sämtliche Glücksspiele im Lande verboten. Nur noch am Wan Krut, dem siamesischen Neujahr, durfte drei Tage lang gespielt werden, und dann auch nur in Privathäusern.

Aber die Chinesen verstanden es auch auf andere Weise, die Bauern in ein Schuldverhältnis zu bringen und durch unglaublich hohe Wucherzinsen auszusaugen. Die Reisernte mußte dann gewöhnlich schon auf dem Halm zu einem Spottpreis verkauft werden.

Die Regierung wollte große Silos in der Hauptstadt und in den Provinzen bauen und selbst die Reisvorräte zu einem guten Durchschnittspreise aufkaufen, aber bis jetzt waren das alles nur fromme Wünsche geblieben, denn die Unterhaltung eines modernen, schlagkräftigen Heeres nahm fast alle verfügbaren Mittel in Anspruch.

Hier wollte Warwick als Kaufmann eingreifen und die wohlgemeinten Pläne der Regierung selbst ausführen. Dabei ließen sich große Gewinne erzielen, ohne daß die siamesischen Bauern übervorteilt wurden. Bei diesem Entschluß fühlte er sich glücklich, denn er gab ihm das Bewußtsein der wachsenden Macht.

Nach einer Weile wanderten seine Gedanken zu Evelyn. Sie kannte das Leben in den Tropen und war großzügig. Als er ihr von seiner Mia Me Talap erzählte, machte sie ihm nicht den leisesten Vorwurf. Das Verständnis für diese Lebensnotwendigkeit in den ersten Jahren seines Tropenaufenthaltes und die Natürlichkeit, mit der sie alles beurteilte, zogen ihn noch mehr zu ihr hin.

Unter seiner Veranda rauschte der große, breite Menam vorüber. Da die Flut gerade fiel, war die Strömung besonders stark.

Warwicks Blick schweifte nach Norden, wo der Fluß in großem Bogen das Chinesenviertel Sampeng umgab. Dort, in der Nähe von Tapan Han, lag der Laden, den er für Me Talap kaufte, als er sich nach Seiner Verlobung von ihr trennte. Jahrelang hatte sie ihm den Haushalt geführt und war ihm treu und ergeben gewesen. Es war ein eigenartiges Verhältnis. Öfter hatte er im Anfang versucht, mit ihr über Dinge zu reden, die über den Alltag und das gewöhnliche Leben hinausgingen. Sie hatte ihm aufmerksam zugehört und nie widersprochen oder eine andere Meinung geäußert. Aber später merkte er, daß sie ihn falsch oder überhaupt nicht verstanden hatte.

Als er sie zur Mia nahm, hatte er ihrer Mutter eine Morgengabe von zweihundert Tikals gegeben. Oberflächliche Europäer mochten das vielleicht einen Frauenkauf nennen, aber das war es in keiner Weise. Die Mias der Europäer nehmen eine eigentümliche Stellung ein; sie erhalten wie auch in manchen Siamesenfamilien monatlich eine feste Summe, von der sie ihre persönlichen Einkäufe und Bedürfnisse bestreiten.

Was erfuhr ein Europäer eigentlich von dem Innenleben einer Asiatin? Me Talap hatte ihn geliebt und für ihn gelebt, aber im Grunde wußte er nichts von ihr. Ohne geheimnisvoll sein oder erscheinen zu wollen, war sie ihm immer ein Rätsel geblieben.

Oft kehrten seine Gedanken zu der Zeit zurück, in der sie im Hause gewaltet hatte. Der Chinesenboy besaß auch ein feines Einfühlungsvermögen und versorgte ihn aufopfernd, aber Me Talaps Gegenwart konnte er nicht ersetzen. Sie hatte in Warwicks Leben eine viel größere Rolle gespielt, als er früher gedacht hatte, und ihre blumenzarte Schönheit und ihre schlichte Natürlichkeit fehlten ihm überall.

Sie wartete noch auf ihn. Wenn er sie heute abend rufen ließe, würde sie wiederkommen. Etwas rührend Naives lag in ihrer Lebensauffassung. Als er ihr sagte, daß er eine weiße Frau heiraten wolle, bat sie ihn, sie als kleine Nebenfrau zu behalten. Sie würde der weißen Mem so treu dienen wie ihm selbst, sagte sie, und er wußte, daß sie ihr Wort gehalten hätte. Aber er mußte es natürlich ablehnen, wenn Me Talap es auch nicht verstehen konnte.

Die großen Bambussträucher rauschten im Abendwind; dazwischen mischten sich die feinen Stimmchen der kleinen Chinchok-Eidechsen, die sich im Liebesspiel an den Wänden und an der Decke entlang jagten und neckten.

Plötzlich wurde Warwick unsanft aus seinen Gedanken gerissen. Das Grammophon spielte einen schmetternden Militärmarsch. Heftig sprang er von seinem Liegestuhl auf. Was fiel denn dem Boy ein? War der Junge verrückt geworden?

Aber im nächsten Augenblick ertönte von der Tür des Wohnzimmers her ein unbändiges Gelächter. Ronnie hatte sich heimlich nach oben geschlichen und den Apparat angestellt.

»Warum hast du dich noch nicht angezogen?« rief er. »Wir wollen doch heute zum Dulitbalar gehen.«

»Ach, das hatte ich im Augenblick ganz vergessen. Trinke inzwischen ein Glas Whiskysoda, ich bin gleich fertig.«

Vom Schlafzimmer aus hörte er, wie das Grammophon den letzten Walzerschlager spielte. Ronnie tanzte dazu und sang die Melodie bald richtig, bald falsch mit.

Kurze Zeit später saßen sie nebeneinander im Wagen.

»Warwick, du bist ja heute so aufgekratzt und menschlich«, meinte Ronnie, nachdem sie sich eine Weile lebhaft unterhalten hatten.

»Das kommt von deinem herrlichen Gesang«, entgegnete sein Freund gutgelaunt. »Außerdem fahren wir doch zum Dusitparkfest! Heute kannst du einmal die vornehme und höchste siamesische Gesellschaft kennenlernen; der Basar gehört zu den wenigen Festlichkeiten, bei denen der Hof und viele Prinzen und Prinzessinnen erscheinen. Auch die Europäer sind zugelassen. Es wird reiche Ausbeute für dein Buch geben. Wie weit bist du denn eigentlich damit?«

»Du kannst dir nicht vorstellen, wieviel Stoff ich schon gesammelt habe! Heute habe ich das Kapitel über Wat Po oder den Tempel des schlafenden Buddha mit den großen Füßen fertiggemacht.«

»Na, das wird sicher merkwürdig genug ausgefallen sein! Laß es mich bitte einmal durchlesen, bevor du es in Druck gibst, damit ich wenigstens den größten Unsinn ausbessern kann.«

»Ach, du alte Unke, immer hast du etwas auszusetzen! Warum schreibst du denn nicht selbst ein Buch, wenn du alles so gut weißt? Aber ich habe die Fußsohlen gemessen – denke dir, sie sind zwei Meter siebzig lang«, erwiderte Ronnie eifrig.

»Hast du vielleicht auch schon ausgerechnet, welche Schuhgröße dazu paßt?«

»Warwick, du mußt solche Dinge nicht ins Lächerliche ziehen. Ich sage dir, das ist eine ernste, wissenschaftliche Angelegenheit. Diese Sohlen zeigen interessante Bilder von einem großen Teil der Vorgeburten Buddhas, zum Beispiel, wie er als Fels, als Mauer, als Säule existierte und dann später in höhere Daseinsformen aufstieg. Er ist auch dargestellt als blühender Salabaum, als Fisch, als Elefant und dergleichen. Fabelhafte Symbolik!«

»Woher hast du nur all die Weisheit?«

»Me Kam hat mir viel gesagt, und auch Prinzessin Amarin hat mir geholfen. Außerdem war ich mit den Fotos, die ich gemacht habe, in der Königlichen Bibliothek. Dort sitzen ein paar alte Knaben, die den Titel ›Maha‹ haben. Das muß ungefähr dasselbe sein wie ›Professor‹ in England. Sie sprechen gut englisch und haben mir alles erklärt.«

»Du nimmst ja derartig zu an Alter, Gnade, Weisheit und Verstand, daß du nächstens ein buddhistischer Mönch werden könntest!«

»Seltsam, wie du meine Gedanken errätst! Ich glaube jetzt fast, daß du auch schon in früheren Existenzen mein Freund warst. Ich könnte mir zum Beispiel vorstellen, daß du in deiner letzten Wiedergeburt ein berühmter Handelsherr zur Hansezeit warst und ein großes Kontor im Stahlhof von London hattest. Und ich gehörte sicher zu den Begleitern von Christoph Kolumbus, als er Amerika entdeckte. Vielleicht war ich auch Kolumbus selbst, das ist gar nicht ausgeschlossen. Genies werden ja zu ihren Lebzeiten immer verkannt.«

»Nun mache aber Schluß!« Warwick legte Ronnie die Hand auf die Stirn. »Sonnenstich!« erklärte er kurz.

»Du bist ein nüchterner Europäer mit einer flachen Kaufmannsseele, der nie den Weg zum Land des Wunders finden wird. Aber nun höre einmal, wie weit ich schon in der Erkenntnis der Dinge gekommen bin. Ich habe die zweiunddreißig großen und die vierundsechzig kleinen Glückszeichen auf den Fußsohlen erklärt.«

»Dann kannst du ja nächstens dein Brot als Fußsohlendeuter verdienen!«

»Das ist eine großartige Idee, alter Junge. Irrsinnig interessant! Stelle dir zum Beispiel vor, wie entzückend es wäre, wenn ich die niedlichen Fußsohlen der reizenden Prinzessin Amarin deuten dürfte!«

Warwick bog jetzt in den Weg ein, der direkt nach dem Tempel Benchama führte. In dessen unmittelbarer Nähe hatte der Palastminister die große Zeltstadt für den Basar errichten lassen.

Schon von weitem sahen sie am Himmel den Widerschein der ungewöhnlich hellen und prachtvollen Beleuchtung.

»Die Siamesen sind wirklich übermodern«, seufzte Ronnie. »Die machen uns doch auch alles nach, selbst unsere Wohltätigkeitsfeste und Basare. Man weiß gar nicht, was man in einem Buch noch Originelles über Siam schreiben soll.«

»Du bist so wetterwendisch wie eine Primadonna! Eben hast du mir noch erzählt, wieviel Stoff du schon gesammelt hast. Das ist doch gerade der Reiz der siamesischen Hauptstadt, daß sich hier Europa und Asien so intensiv miteinander mischen. Das gibt dem Leben hier das eigenartig faszinierende Gepräge. Das Eisenbahnnetz des Landes ist zum Beispiel viele tausend Kilometer lang, und doch kann der Hofzug des Königs erst in einem Augenblick abfahren, den die staatlichen Sterndeuter als günstig errechnet haben.«

»Wie machen sie denn das?«

»Hier gibt es noch eine uralte, kleine Kolonie von echten indischen Brahmanen, die große Astronomen sind«, fuhr Warwick fort, ohne näher auf Ronnies Frage einzugehen. »Sie sind keine Buddhisten, sondern verehren an Stelle von Buddha die alten Hindugötter Schiwa, Wischnu und Brahma. In grauer Vorzeit sind sie einmal mit einem vertriebenen Prinzen aus Indien eingewandert, sie vermischen sich nicht mit den Siamesen und haben sich durch viele Jahrhunderte hindurch rasserein gehalten. Und denke doch an die weißen Elefanten, die als glückbringende

Tiere von Staats wegen in prachtvollen Ställen gehalten und verehrt werden. Und wir haben doch noch eben von den buddhistischen Mönchen und ihren herrlichen Klostertempeln gesprochen.«

»Warwick, du bist ein irrsinnig gelehrtes Haus«, sagte Ronnie und sah bewundernd zu seinem Freund auf.

Eine Lichtgarbe von Raketen schoß von dem nahen Festplatz zum dunklen Nachthimmel empor und sank als goldener Sprühregen nieder.

»Aber wenn dir auch sonst alles zu europäisch ist«, fuhr Warwick fort, »das eine mußt du den Siamesen lassen: Feste können sie feiern.«

12

Vor dem goldglühenden Hauptportal hielten Sie an, stiegen aus und überließen das Auto dem Chauffeur. Es war, als wäre der Götterbaumeister Pra Wetsukam selbst vom Himapanberg herabgestiegen und hätte durch seine Zaubergewalt diesen Märchenbau aus lodernden Flammen und flüssigem, leuchtendem Gold erstehen lasen.

Im Scheitel des großen Triumphbogens ritt Gott Indra, grün von Körperfarbe, auf seinem weißen, dreiköpfigen Elefanten Eirawan. Gleißendes Spiegelmosaik deckte die vielen züngelnden Flammenornamente, die den reichen Portalbau überfluteten, und zwei große Silberfontänen zu beiden Seiten des Eingangs sprühten immer neue Garben blitzender Sterne in die Luft. Ihr Feuer leuchtete märchenhaft schön in all den kleinen silbernen und goldenen Glasflächen auf. Gott Indra mit seiner dreifachen Krone schien zu leben; in einer seiner vier Hände blitzte wie ein mächtiger Diamant das Chakrarad, das Wappen der Königsfamilie von Siam. Die perlmutteingelegten Augen des Reitelefanten funkelten unheimlich und giftgrün. Niemals hatte die Phantasie eines Europäers einen solchen Feuer- und Farbenzauber ersinnen können.

Starr vor Staunen blieb Ronnie stehen. Auch Warwick war von dieser Pracht begeistert, obwohl er schon viel Herrliches in Siam gesehen hatte.

»Das ist also das Tor für den Dusitpark, den Himmel der dreiunddreißig Götter«, deklamierte Ronnie, »wo jeder der gewaltigen Unsterblichen mit einem Gefolge von hunderttausend der schönsten Frauen ungezählte Ewigkeiten hindurch in ungetrübter Freude unaussprechliche Wonnen genießt?«

Warwich sah ihn verblüfft an. Woher hatte Ronnie nur diele eingehende Kenntnis siamesischer Sagen?

»Du staunst, alter Junge, was? Aber beruhige dich, das habe ich heute in der Zeitung gelesen. Ich habe darin eine genaue Beschreibung der Basarbauten gefunden.«

Als sie den Festplatz betraten, wurde Warwick von allen Seiten lebhaft begrüßt, und seine vielen Bekannten gratulierten ihm zur Genesung. Er war in gehobener Stimmung, denn er hatte nicht erwartet, daß sich alle so sehr um ihn bemühen würden, besonders die hohen Adeligen des siamesischen Hofes.

Die beiden Freunde schlenderten die große Feststraße entlang.

»Wir wollen zuerst einmal zur Speisehalle des Pia Worapong gehen«, schlug Warwick vor. »Dort gibt es echt siamesische Reistafel. So gute Speisen hast du noch nie gegessen. Der alte Pia hatte früher eine hohe Stellung im Palastministerium. Es wird dir manches merkwürdig vorkommen. Nur Europäer essen in Siam Kartoffeln. Trotz vielfacher Versuche, sie anzubauen, gedeihen sie hier im Lande nicht. Sie müssen von Hongkong importiert werden.«

Im Eingang begrüßte sie der alte, behäbige Pia herzlich. Man sah ihm an, daß er einen gutmütigen Charakter hatte und viel auf eine ausgezeichnete Küche hielt. Die beiden Freunde nahmen an einem der vielen sauber gedeckten kleinen Tische Platz, und Pia Worapong half Warwick freundlich und zuvorkommend, die etwas komplizierte Folge der scharfen Currygerichte zusammenzustellen. Warwick wählte unter den über hundert Delikatessen nur die Gerichte, die er aus eigener Erfahrung kannte.

»Wenn man nicht Bescheid weiß mit siamesischer Küche, kann man die gröbsten Fehler machen«, sagte er leise zu Ronnie. »Dann bringt man Speisen zusammen, die nicht zueinander gehören. Das wäre etwa so, als ob man marinierte Heringe mit Schlagsahne essen wollte. Die Siamesen machen sich im geheimen über die Europäer lustig, wenn diese Curry essen.«

Hübsch gekleidete junge Siamesen trugen bald darauf die Speisen auf. Ronnie schmeckte es ausgezeichnet. Er war ganz begeistert und lobte alles, was ihm vorgesetzt wurde.

»Die siamesische Küche ist ja irrsinnig schmackhaft«, erklärte er. »Aber wie steht es eigentlich mit der berühmten chinesischen Küche? Von der habe ich schon soviel gehört. Da soll es ja die sonderbarsten und abenteuerlichsten Gerichte geben.«

»Ja, das stimmt wohl. Sie ist anders als die unsere. Aber die Chinesen denken dasselbe von unserer Kocherei. Es kommt eben auf den Standpunkt an – alles ist relativ. Aber du willst doch jetzt ein Buch über Siam schreiben, also geht dich das doch nichts an.«

»Aber sehr, alter, brummiger Schulmeister. Du selbst hast mir doch erzählt, daß Siam nur elf Millionen Einwohner hat, von denen nicht ganz dreißig Prozent Chinesen sind. Ich habe es auch im Adreßbuch von Bangkok gefunden. Wenn ich also über Siam Schreiben will, muß ich doch ein Kapitel über diese falschen, schlitzäugigen Kerle einfügen.«

»Falsch und hinterlistig sind die Chinesen besonders, wenn sie mit Europäern in Berührung kommen. In dem Fall eignen sie sich die modernen gerissenen Geschäftsmethoden sehr schnell an und übertreffen dann bald ihre Lehrmeister. Aber im ganzen hat der chinesische Kaufmann einen ehrlichen und zuverlässigen Charakter.«

»Das kann ich kaum glauben. Man hat doch schon soviel von der Gemeinheit und Grausamkeit dieser Menschen gelesen.«

»Grausam sind sie wohl, das will ich zugeben. Ich habe meine chinesischen Diener früher mehrmals dabei überrascht, wie sie junge Feldmäuse mit der Hand auf dem Rasen fingen –«

»Können sie denn das so einfach tun?« fragte Ronnie gespannt.

»Ja, darin sind sie sehr geschickt.«

»Das muß ich morgen sofort auch versuchen. Hast du viele Mäuse auf deinem Grundstück?«

»Sie haben die kleinen Tiere dann auf glühendheiße Eisenplatten gesetzt, wo die armen Geschöpfe in wahnsinniger Todesangst hin und her rannten und elend umkamen. Die Chinesen standen und saßen herum, schwatzten und wollten sich halbtot lachen über die furchtbaren Qualen. Ja, sie wetteten sogar, wie lange es die einzelnen Tiere aushalten würden. Als ich das erstemal dazukam, habe ich dem Waschmann, der mir gerade am nächsten Stand, eine schallende Ohrfeige gegeben.«

»Aber Warwick, du hast mir dock gesagt, daß man die Leute hier nicht schlagen darf!«

»Das ist auch richtig. Aber ich habe mich leider dazu hinreißen lasen. Es hat lange gedauert, bis ich ihm die Tierquälerei abgewöhnt habe. Begriffen haben Sie immer noch nicht, warum ich das nicht dulden will. In dem Punkt halten sie mich für verrückt.«

»Daran siehst du doch aber, wie gemein und niederträchtig die Kerle sind.«

»Das hat aber nichts mit ihrer Ehrlichkeit zu tun. Ein chinesischer Kaufmann bezahlt unbedingt seine Schulden. Er macht die größten Anstrengungen, um alles glattzustellen. Spätestens am chinesischen Neujahr muß er alle seine Verbindlichkeiten beglichen haben, sonst ›verliert er sein Gesicht‹, wie Sie das nennen. Das ist für diese Leute viel Schlimmer als eine Bankerotterklärung. Ich wünschte nur, alle unsere Schuldner würden so pünktlich zahlen wie die Chinesen.«

»Du wolltest mir doch aber eigentlich etwas über die chinesische Küche erzählen. Essen die Leute wirklich Haifischflossen und Vogelnester? Und faule Eier, die sie lange Zeit vorher in der Erde eingegraben haben?«

»Ja, und noch viele andere Dinge. Einmal habe ich, als ich bei einem chinesischen Geschäftsfreund eingeladen war, eine Art Süßspeise gegessen. Da sie mir schmeckte, habe ich mich später erkundigt, wie Sie zubereitet würde. Ich bekam noch nachträglich eine Gänsehaut, als ich erfuhr, daß es in Sirup eingemachte ungeborene Mäuse waren.«

Ronnie, der gerade ein Stück Curry abschnitt, legte Messer und Gabel zur Seite und warf seinem Freund einen vorwurfsvollen Blick zu.

»Aber Warwick, wie kannst du meinen Magen und meinen Appetit derartig knockout schlagen!«

»Beruhige dich. Du sitzt hier sicher vor deinem Teller und ißt siamesische Reistafel. Aber ich habe schon manches chinesische Festessen über mich ergehen lassen müssen.«

»Davon mußt du mir mehr erzählen.«

Warwick lachte.

»Mir fällt eben eine Episode ein, die ich bei einer solchen Gelegenheit erlebt habe. Ich will sie dir schnell berichten.

Seit langer Zeit steht unsere Firma mit dem alten reichen Fuk Long T'sin in Verbindung. Er besitzt seit vielen Jahren eine Teakholzkonzession und mehrere Sägewerke. Wir haben einen laufenden Vertrag mit ihm, daß wir ihm das ganze Holz abnehmen. Das verschiffen wir dann nach England. – An jedem chinesischen Neujahr erhielten wir dafür eine feierliche Einladung, an dem großen Festessen teilzunehmen, das er seinem ganzen Clan gibt. Dem alten Fuk Long konnten wir natürlich keine Absage geben, und so mußte jedesmal ein Vertreter der Firma hingehen und seine Gesundheit zu Markte tragen. Ich war der letzte, den er eingeladen hat, und das kam so.

Gegen elf Uhr vormittags fuhr ich zu dem palastartigen Wohnhaus des reichen Taukes und brachte ihm von der Firma mehrere Neujahrsgeschenke mit, darunter eine prachtvolle Porzellanvase, über die er sich sehr freute. Bei dem folgenden Essen erhielt ich dann den Ehrenplatz neben dem Hausherrn.

Der alte Fuk Long hatte seine sämtlichen Brüder und Vettern um sich versammelt. Sie saßen mit mir zusammen an einer langen, fast endlosen Tafel. Alle trugen die bekannten reichen Mandarinengewänder mit einem besonders kunstvoll gestickten, reichverzierten Quadrat auf der Brustseite.

Ich hatte schon eine ganze Reihe von üppigen Gängen siegreich bewältigt und gelegentlich mit einem Glas Samschu hinuntergespült. Meistens wußte ich nicht, woraus sie bestanden.«

»Was ist Samschu?« unterbrach ihn Ronnie.

»Reisschnaps. Die Chinesen trinken ihn wie Wasser. Bei uns ist er als Arak im Handel, nur mit dem Unterschied, daß Samschu klar wie Wasser ist. Aber höre weiter. Nach einer Weile kam ein neues Leibgericht meines Gastgebers, und zwar flockiger, halbroher Speck vom Schweinebauch, eine wabbelige, weiche Masse. Als die Schüsseln von den Dienerinnen aufgetragen wurden, sah ich am Ausdruck der Gesichter, daß dies offenbar der Höhepunkt der unendlich langen Speisenfolge war.

Der dicke Fuk Long faltete die fetten Hände über dem Bauche und blinzelte vergnügt, als sein Lieblingsessen hereingebracht wurde. Ich aber habe einen entsetzlichen Widerwillen gegen Schweinespeck, besonders wenn er nicht gargekocht ist. Doch wohl oder übel mußte ich mir auch etwas auf den Teller legen.

Nun kam das Schlimmste. Du hast hier sicher schon gesehen, daß die Chinesen mit Bambusstäbchen essen, die sie zwischen die Finger klemmen. Es ist eine alte, vornehme Sitte bei ihnen, für den Gast die besten und fettesten Bissen von ihrem Teller auszusuchen und sie ihm mit den Bambusstäbchen in den Mund zu stopfen. Ich hatte schon vorhergesehen, wie die Verwandten des Fuk Long sich gegenseitig auf diese Weise fütterten. Aber nun sollte die Reihe an mich kommen.

Ein pfirsichsüßes Lächeln überstrahlte das dicke Gesicht meines liebenswürdigen Gastgebers. Er kniff die Schweinsäuglein zusammen, so daß sie kaum noch zu sehen waren. Dann fischte er auf seinem Teller nach den fettesten Happen. Mir sträubten sich die Haare nach allen Richtungen, denn nun bewegte er die Bambusstäbchen auf mich zu und schob mir den Bissen zwischen die Zähne, während ihm selbst das Wasser im Munde zusammenlief. Verzweifelt würgte ich den widerlichen Speck hinunter.

Als ich diese Folter hinter mir hatte und nicht seekrank geworden war, atmete ich erleichtert auf. Aber nun sah ich, daß Fuk Longs ältester Bruder, der mir gegenübersaß, ein noch größeres Stück Speck zwischen den Stäbchen hielt, und ich ahnte, daß es für mich bestimmt war. Entsetzt sah ich mich um und bemerkte zu meinem größten Schrecken, daß alle anderen Gäste ebenfalls einen Bissen für mich bereit hielten oder doch danach suchten. Kalter Angstschweiß trat auf meine Stirn.

Aber plötzlich kam mir ein rettender Gedanke. Mit dem Mut der Verzweiflung pachte ich mit meinen Stäbchen ebenfalls ein Stück Speck und tat so, als ob ich es Fuk Long in den Mund stopfen wollte. Ich ließ es aber arglistig im letzten Moment los, so daß es auf das kostbare viereckige Brustschild seines Festgewandes fiel.

Alle Gäste starrten entgeistert auf mich und waren außer sich über diese Katastrophe. Schreckensbleich eilten Diener herbei und säuberten das Gewand, aber es blieb trotzdem ein großer, weithin sichtbarer Fettfleck zurück.

Ich entschuldigte mich natürlich nach allen Regeln asiatischer Höflichkeit, und Fuk Long und ich versicherten einander unserer größten Hochachtung und unwandelbaren Freundschaft.

Der Chinese, der mir gegenübersaß, machte daraufhin keine weiteren Anstalten, mich zu füttern, und durch einen Seitenblick konnte ich mich davon überzeugen, daß auch die anderen Mitglieder seiner Familie die Lust verloren hatten und diesmal davon absahen, das Gesetz der Gastfreundschaft mir gegenüber auszuüben.

Mannhaft habe ich dann noch den Rest des Festessens über mich ergehen lassen und bin sehr spät und in halbtotem Zustand in meinem Haus angekommen. Der Boy hat mir die ganze Nacht über heiße Umschläge gemacht, und erst gegen Morgen fiel ich in Schlaf.

Als ich einige Stunden später aufwachte, erzählte mir der Boy, daß Fuk Long vor kurzer Zeit in einem Auto mit zweien seiner Brüder mir Neujahrsgeschenke überbracht und sich nach meinem Befinden erkundigt hätte.

›Hat der Tauke Fuk Long noch etwas gesagt?‹ fragte ich meinen Boy, noch vollkommen zerschmettert.

›Ja‹, antwortete er. ›Nai Hang Walbuly kennt wohl das Gesetz, aber in der Ausübung des Gesetzes ist er noch mangelhaft.‹ Die Chinesen können kein R aussprechen und ersetzen es regelmäßig durch ein L.

Seitdem schickt Fuk Long am chinesischen Neujahr große, bis drei Meter hohe Riesentorten und andere europäische Leckerbissen der Firma zum Geschenk. Von einer Einladung zu seinen Festessen hat er von der Zeit an abgesehen.«

»Das war ja ein irrsinnig interessantes Abenteuer!«

Einige Zeit schwiegen beide und gaben sich den Genüssen der Reistafel hin. Dann hielt Ronnie plötzlich inne und sah seinen Freund fragend an.

»Eben schießt mir ein wichtiger Gedanke durchs Hirn. Wir essen doch hier Fleisch, und die Siamesen tun es doch auch. Aber wenn Sie wirklich Buddhisten sind, dürfen sie doch keine Tiere töten!«

Warwick lachte.

»Du hast ganz recht. Sie töten auch keine Tiere. Zu diesem Zweck halten sie sich malaiische und indische Schlächter. Ihnen genügt es, wenn sie selbst das religiöse Gebot nicht übertreten. Wenn das Tier einmal geschlachtet ist, dann ist es eben keine Sünde mehr, das Fleisch zu essen.«

»Aber ich habe doch die Fischer beobachtet, wie sie Netze und Reusen im Menamfluß auslegten. Das waren keine Malaien oder gar Inder, sondern waschechte Siamesen. Wie erklärst du denn das?«

»Fischen ist nach ihrer Ansicht vollkommen harmlos, denn dabei fließt kein Blut. Ich habe mich früher auch darüber gewundert und die Siamesen danach gefragt. Sie meinten, sie zögen die Fische doch nur aus dem Wasser, das Sterben besorgen die Tiere dann schon allein.«

»Das ist aber eine spitzfindige Logik! Das hätte ich den Leuten nicht zugetraut. Wie ich gehört habe, muß doch jeder Mönch ein feines Netz besitzen, mit dem er das Trinkwasser filtriert. Dadurch soll verhütet werden, daß er kleine Tiere hinunterschluckt und auf die Weise tötet. Auch habe ich beobachtet, daß Mönche, wenn sie während der Dunkelheit übers Feld gehen, dauernd eine Klingel in Bewegung setzen. Dadurch wollen sie die kleinen Tiere verjagen, die sie vielleicht auf ihrem Weg zertreten könnten. Ob allerdings Käfer und Insekten das Bimmeln hören und rechtzeitig fortlaufen, möchte ich bezweifeln.«

»Da hast du recht«, erwiderte Warwick. »Zu Anfang meines Aufenthaltes habe ich mich auch sehr gewundert, daß die Mönche Fleisch essen. Selbst dürfen sie ja nicht für sich sorgen. Morgens gehen sie mit einer Schale auf den Bettelgang und wandern von einem Haus zum anderen. Überall erhalten sie Reis und Zutaten, darunter natürlich auch Fleisch und Fisch. Es wird ja auch von Buddha berichtet, daß er von verdorbenem Eberfleisch aß und daran starb.

Übrigens nehmen es die Mönche mit dem Verbot der Tiertötung auch sonst sehr genau. Die Felder und Wälder in der Nähe der Klöster stehen unter dem besonderen Schutz der Mönche. Das Jagen von Wild und das Fangen von Vögeln wird dort schwer bestraft. Vielfach findet man Warnungstafeln angebracht. Die Mönche selbst haben eine Art Polizeigewalt, und wenn sie einen Frevler auf frischer Tat ertappen, verprügeln sie ihn trotz all ihrer Frömmigkeit so kräftig, daß er gewöhnlich einige Tage nicht gehen kann.«

Ronnie hatte ein Notizbuch aus der Tasche gezogen und ein paar Stichworte notiert.

»Wenn du dich übrigens mit Pia Worapong gut stellst«, meinte Warwich später, »erzählt er dir sicher etwas von den zweiunddreißig verschiedenen Sorten Pfeffer und von all den vielen seltenen Gewürzen, die bei der Herstellung seiner Speisen verwendet werden, und auch von anderen gastronomischen Geheimnissen. Dann kannst du in deinem Buch auch etwas über siamesische Küche schreiben.«

Nachher bereute er aber den guten Rat, den er seinem Freund gegeben hatte, denn nachdem Ronnie erst einmal mit Pia Worapong bekannt geworden war, konnte ihn Warwick nicht wieder fortbringen. Er verließ deshalb das Restaurant allein und ging auf dem Festplatz umher. Aber im Grunde war er froh, daß Ronnie ihn nun nicht mehr mit Fragen quälte und er ein wenig Zeit für sich selbst und seine eigenen Gedanken hatte. Ronnie konnte auf dem Festplatz ja nicht verlorengehen, man würde ihn trotz des Trubels leicht genug wiederfinden.

13

Bei einem offenen Pavillon, dessen hochragende Pfeiler als Bekrönung ein vergoldetes, vielgeschossiges Dach trugen, blieb Warwick stehen. Der Fußboden lag etwa einen Meter über der Erde und diente als Bühne. Eine größere Menge von Zuschauern hatte sich hier angesammelt, denn es wurde altsiamesisches Lakhon gespielt.

»Das ist das Privattheater des Prinzen Surja«, erklärte ein vornehmer älterer Siamese auf Warwicks Frage bereitwillig. »Die Rollen werden von den kleinen Frauen des Prinzen gespielt, von deren Schönheit viel gesprochen wird. Auch wegen der prachtvollen Ausstattung sind seine Aufführungen berühmt. Nur sehr selten hat man Gelegenheit, eins dieser wundervollen Spiele zu sehen.«

Schlanke junge Frauen in kostbaren Gewändern spielten gerade eine Liebesszene. In ihren hohen, spitzen Kronen blitzten kostbare Edelsteine, und wunderbar gewebte Brokatstoffe schlossen sich eng um die geschmeidigen Gestalten. Goldene Arm- und Fußspangen, mit Brillanten übersät, funkelten bei jeder Biegung und Wendung ihrer Körper. Mit hinreißender Anmut schmiegten sich die Liebenden aneinander. Jede Bewegung war ausgeglichen und vollendet, und das Spiel wurde mehr symbolisch angedeutet als ausgeführt. In dem starken, aber verhaltenen Ausdruck ihrer Gesichtszüge spiegelte sich das innere Miterleben der Rollen wider.

Vor der erhöhten Plattform hatte das Orchester seinen Platz. Die Musik einiger leise geschlagener Silberzymbeln und einer Handpauke begleitete das Spiel, im feinen Rhythmus den Schlägen des Herzens vergleichbar.

Neben den Musikanten saßen mehrere ältere Frauen in weißen Gewändern, die kurze Stäbe in den Händen hielten. In den Spielpausen rezitierten sie in feierlich-singendem Ton die uralten Strophen der Dichtung.

Düster glühend brannte Weihrauch in vier großen Bronzebecken an den Ecken der Bühne, und die zarten, bläulichgrauen Wolken legten sich wie ein durchsichtiger Schleier um die kleine Plattform, so daß das Bühnenbild wie eine Vision wirkte.

Warwick fühlte sich seltsam davon angezogen, und er konnte sich nur schwer von dem bezaubernden Anblick trennen. Noch vor wenigen Tagen hatte er ebenso harmonische Bewegungen an Prinzessin Amarin bewundern können.

Tausende von elektrischen Lampen verwandelten den ausgedehnten Festplatz in ein Lichtermeer. Die Elektrizitätsgesellschaft hatte ihre Reservemaschinen eingesetzt, um mehr Strom nach dem Dusitpark liefern zu können.

Wieder und wieder bewunderte Warwick die einzigartige Dekorationskunst, die jedes dieser provisorischen Gebäude zu einem Kunstwerk machte.

Phantastische Fabeltiere waren mit Hilfe von Lattengerüsten und Papiermaché aufgebaut, und drohend hielten große Rachasi von abenteuerlichen Formen vor einem Eingang Wache. Ihre rotgoldenen Gestalten leuchteten weithin.

Ein Riesenkoloß, der in der Erde zu stecken schien, ragte nur mit dem Kopf und den Schultern aus dem Boden hervor. Die unheimliche Gestalt war aber so groß, daß in dem Haupt eine Tanzdiele eingebaut war. Die langen Fangarme des Riesen umgrenzten einen großen, kreisrunden Platz.

Allmählich kam Warwick auf seiner Wanderung zu den kleineren Zelten, in denen die Damen der vornehmen Gesellschaft alle möglichen kunstreichen Gegenstände ausstellten und verkauften.

In einem kleinen, aber geschmackvoll eingerichteten Stand sah er Prinzessin Chanda. Sie grüßte ihn mit einem freundlichen Lächeln und zog ihn sofort ins Gespräch.

Haar und Kleidung trug sie nach altsiamesischer Art. Trotz der grauen Haare sah man ihr aber nicht an, daß sie schon über fünfzig Jahre alt war. Ihr gepflegtes, faltenloses Gesicht und die dunklen, glänzenden Augen ließen sie bedeutend jünger erscheinen.

Warwick sah sich während der Unterhaltung unauffällig nach Amarin um und entdeckte sie im Hintergrund, wo sie eifrig beschäftigt war.

Sie wandte sich plötzlich um, als sie seine Stimme hörte, und ihr Blick leuchtete freudig auf, als sie ihn erkannte. Schnell trat sie auf ihn zu.

»Mr. Warbury, ich freue mich sehr, daß Sie auch unser Zelt besuchen und etwas bei uns kaufen wollen«, sagte sie und lächelte ihn schelmisch an.

Auf einen Wink der Prinzessin zeigten ihm die Dienerinnen sofort herrliche Seidenschals mit märchenhafter Stickerei und noch märchenhafteren Preisen.

Amarin legte selbst einige Schals um, damit er die Wirkung sehen sollte.

Am liebsten hätte er alles auf diese Weise bewundert, aber kurz entschlossen kaufte er mehrere Stücke.

»Ich habe auch noch etwas für Sie persönlich«, sagte Amarin liebenswürdig.

Auf ihren Wink brachte eins der Mädchen ein elfenbeingeschnitztes Kästchen. Als sie es in die Hand nahm und öffnete, entströmte ihm ein feiner Duft, der Warwick an ihr letztes Zusammensein beim Tee erinnerte. Sie nahm ein kleines Ziertuch heraus, wie es die Herren zu tragen pflegen, und überreichte es ihm.

Er dankte ihr mit einer leichten Verbeugung und steckte es in die Brusttasche.

Prinzessin Chanda hatte es nicht bemerkt, da sie sich inzwischen mit einem anderen Besucher unterhielt, aber die Dienerinnen schauten sich verständnisvoll an.

Plötzlich wich das Lächeln aus Amarins Zügen, und Warwick folgte der Richtung ihres Blickes.

In einiger Entfernung stand Prinz Surja mit mehreren Offizieren und schaute zu ihr hinüber. Warwick gab sich den Anschein, als ob er ihn nicht bemerkt hatte, und auch Amarin sah absichtlich an ihrem Vetter vorbei.

»Das diesjährige Dusitfest ist schöner und prachtvoller als in den letzten Jahren«, sagte er, um sie abzulenken. »Sie erleben es doch zum erstenmal seit langer Zeit wieder in Ihrer Heimat – wie gefallen Ihnen denn alle diese wundervollen Bauten und Dekorationen?«

»Ich bin bisher den ganzen Abend in unserem Zelt hier gewesen und habe eigentlich noch sehr wenig von dem Fest selbst gesehen.«

In diesem Augenblick trat Prinzessin Chanda wieder zu ihnen. Ihre aufrechte, hoheitsvolle Haltung zeigte, daß sie sich ihrer Stellung wohl bewußt war und zu repräsentieren verstand. Sie hatte die beiden einige Minuten lang beobachtet und hielt es für richtig, der Unterhaltung ein Ende zu machen. Es war nicht gut, den Europäern zu viele Vorrechte einzuräumen.

Warwick ahnte ihre Absicht und versuchte rasch, ihr zuvorzukommen.

»Würden Königliche Hoheit gestatten, daß ich Prinzessin Amarin ein wenig auf dem Platz umherführe und ihr die Sehenswürdigkeiten zeige?« fragte er kühn.

Chanda war nicht damit einverstanden, aber auf dem Dusitbasar verkehrten die Mitglieder des Hofes mit den Europäern auf gleichem Fuße, und sie konnte ihm die Bitte außerdem nicht gut abschlagen, da sie sich ihm besonders verpflichtet fühlte.

Amarin warf ihm einen dankbaren Blick zu.

»Das ist eigentlich nicht üblich, aber in Ihrem Fall will ich gern eine Ausnahme machen, denn wir schulden Ihnen ja tiefsten Dank.«

Die Worte klangen höflich, aber der Ton, in dem die Prinzessin sprach, war etwas kühler als zuvor.

Warwick fühlte es wohl, ließ es sich aber nicht merken und lächelte höflich.

»Liebste Tante, ich bin bald wieder hier, aber ich möchte mich doch zu gern ein wenig umsehen. Es ist alles wieder neu und schön für mich, nachdem ich es so lange entbehrt habe. Hoffentlich verkaufst du inzwischen den ganzen Bestand an gestickten Tüchern«, sagte Amarin schmeichelnd, um Prinzessin Chanda zu besänftigen.

Warwick verneigte sich und dankte der Prinzessin liebenswürdig.

Chanda sah den beiden unmutig nach, als sie sich entfernten.

Beglückt ging Amarin an Warwicks Seite die große Feststraße entlang. Überall herrschte ausgelassene Freude und erregte Stimmung, überall ertönte frohes, heiteres Lachen. Es war ein tropisches Märchenfest, und für diesen einen Abend schienen alle Menschen ihre Sorgen und Mühen vergessen zu haben.

An einer Würfelbude machten die beiden halt. Amarin hatte derartige Vergnügungen noch nicht kennengelernt und nahm mit kindlicher Freude an allem teil. Sie gewann eine große chinesische Puppe, die Warwick tragen mußte.

Wie bei allen siamesischen Festen bot man auch auf diesem Basar den Besuchern die verschiedenartigsten Unterhaltungen. Nicht nur von Europa, sondern auch von den angrenzenden asiatischen Ländern hatte man Spiele und Tänze übernommen.

Siamesische Ringer zeigten in einem Zelt ihre Geschicklichkeit. Daneben konnte man kambodjanische Schwertkämpfer bewundern. Jongleure und Taschenspieler führten erstaunliche Kunststücke vor, und ein quadratischer Platz in der Nähe war für annamitische Lampentänze frei gehalten.

Einige Zeit sahen Amarin und Warwick den Schattenspielen der königlichen Theater zu. Eine drei Meter hohe und etwa zwanzig Meter lange Leinwand war vor einem hellflackernden offenen Feuer aufgestellt. Männer mit nacktem Oberkörper trugen lebensgroße, aus dichtem Büffelleder geschnittene Figuren vorüber und bewegten sich im Tanzschritt, manchmal langsamer, manchmal leidenschaftlich, je nach dem Gang der Handlung. Die Träger selbst konnte man deutlich als Schattenrisse unter den Gestalten der Helden und Riesen erkennen. Die zuckenden, züngelnden Flammen und die eigentümlich ruckartigen Tanzbewegungen verliehen auch den an sich starren, feindurchbrochenen Lederfiguren magisches Leben.

In der Mitte vor der Leinwand, den Zuschauern zugewandt, standen zwei Sprecher, die den Dialog für die Figuren auf der Leinwand führten. ähnlich wie bei den Lakhonspielen gehörten auch hier ein Orchester und ein Chor zur Aufführung.

Es wurde eine Episode aus dem großen Heldenepos Ramakien gezeigt. Die Handlung war allen siamesischen Zuschauern bekannt. Hanuman, der Feldherr des Affenheeres, hatte die Tochter des Riesenkönigs, die schöne, goldfarbene Nymphe Me Macha, in eine Höhle verschleppt und nahm nun von ihr Abschied. Zur größten Freude der Zuhörer versicherte er ihr, daß er nach Beendigung des Krieges zurückkommen und sie heiraten würde.

Obwohl Warwick gut siamesisch sprach, verstand er doch manche altertümlichen Wendungen und Ausdrücke nickt, und Amarin mußte sie ihm erklären.

Lachend und in frohester Stimmung gingen sie weiter.

Kurze Zeit später ließen sie sich an einem Sektbüfett eine Erfrischung reichen und gerieten dann unversehens auf den Platz zwischen den großen Fangarmen des Riesen.

Warwick warf Amarin einen fragenden Blick zu.

Sie verstand und nickte fröhlich.

Scherzend traten sie in den weitgeöffneten Rachen des Rakschasas, der als Portal diente. Dann stiegen sie die gewundene Treppe zu dem Parkettflur hinauf. Die Kapelle spielte gerade einen mexikanischen Tango, und gleich darauf tanzten die beiden nach der feurigen Melodie.

Der Wein und die magische Beleuchtung hielten sie in froher Festlaune, so daß sie den Boden unter den Füßen kaum spürten. Der geheimnisvoll pochende Takt riß sie mit und brachte ihre Bewegungen zu vollkommenem Einklang. Die von unten erhellte Tanzfläche wechselte langsam die Farbe, je nach dem Ausdruck der Musik.

Amarin lehnte sich unbefangen an Warwick und überließ sich unwillkürlich einem inneren Rhythmus, der sie durchpulste, ohne ihr zum Bewußtsein zu kommen. Ein Gefühl von Vertrautsein, von natürlichem, gegenseitigem Verstehen, wie Sie es bisher noch nicht gekannt hatte, kam über sie und machte sie unaussprechlich glücklich.

Mit den letzten Tönen der Melodie zerriß der Traum: es war wie ein Erwachen in kaltem Morgengrauen.

Riesengroße, künstliche Lotosblumen bildeten Nischen rings um die kreisrunde Tanzfläche. Die durchsichtigen Blütenblätter schillerten in vielfach abgetöntem Blau. Warwick und Amarin ließen sich in einer solchen Nische in bequemen Sesseln nieder.

Ein Chinesenboy brachte auf Warwicks Bestellung erfrischende Eisfrüchte und Bowle. Während der langen Tanzpause erschienen chinesische Gaukler in enganliegenden blauen Seidengewändern und zeigten ihre akrobatischen Kunststücke. Die grotesken Verrenkungen der Leute erregten stürmische Heiterkeit, und auch Amarin und Warwick lachten fröhlich.

Als die Kapelle nach Schluß der Vorstellung einen Walzer begann, erhoben sie sich wieder. Der sehnsüchtige Ton der Geigen mischte sich mit den dunklen Stimmen der Saxophone. Leiser und leiser klang die Musik, gedämpfter strahlte das Licht aus den blauen Lotosblüten und wechselte allmählich zu einem dunklen Rot hinüber, bis es ganz erlosch und nur noch der Tanzboden in phosphoreszierenden Farben leuchtete.

Die Wirklichkeit versank mehr und mehr, und Warwick und Amarin gaben sich ganz dem Zauber der Stimmung hin. Der Walzer verklang, die elektrischen Kronleuchter strahlten wieder in unbarmherzig weißer Helle.

Amarin schauerte leicht zusammen.

»Ich muß jetzt zurück«, sagte sie leise.

»Auch die Wonnen des Dusitahimmels dauern nicht ewig«, entgegnete er ernst.

Sie sah ihn glücklich an, denn seine Worte hatten für sie eine tiefere Bedeutung, als er damit hatte ausdrücken wollen.

Mit schnellen Schritten gingen sie zurück. Sie waren aber so stark mit sich und ihren Gedanken beschäftigt, daß sie nicht auf ihre Umgebung achteten und auch nicht bemerkten, daß die Leute nach der entgegengesetzten Seite des Festplatzes eilten, wo das große Feuerwerk abgebrannt werden sollte.

Als sie bei dem Zelt der Prinzessin ankamen, reichte sie ihm schweigend die Hand.

Im selben Augenblick ertönte ein vielstimmiges »Ah!« und unter lauten Detonationen schossen farbige Feuergarben zum Himmel empor. Raketen und Leuchtkugeln explodierten knatternd in großer Höhe und sandten einen Regen von Silbersternen zur Erde nieder.

Warwick neigte sich über Amarins Hand und küßte sie leidenschaftlich. Scheu und zärtlich strich ihre Linke über sein Haar.

14

Der Zufall wollte es, daß Surja auf dem Festplatz Warwick und Amarin immer wieder begegnet war. Der Prinz machte sich schwere Vorwürfe, daß er seine Kusine nicht im richtigen Augenblick aufgefordert hatte einen Rundgang mit ihm zu machen. Ärger und Wut packten ihn, wenn er daran dachte, wie die beiden miteinander getanzt hatten. Wie eng hatte sie sich an den Engländer angeschmiegt, wie beseligt hatte sie zu ihm aufgeblickt! Unerhört, was diese Farangs sich herausnahmen!

In seiner üblen Laune trank er mehr als gewöhnlich, um seinen Groll und seine Empörung zu betäuben. Er hatte eine dunklere Hautfarbe als die meisten Mitglieder der königlichen Familie, die sich durch helle Haut auszeichneten. Wenn Siamesen trinken, erröten sie nicht wie Europäer, sie werden nur dunkler im Gesicht, und ihre Lippen färben sich violettbraun.

Nach einer Weile kam ihm der Gedanke, daß er trotzdem zum Verkaufszelt Amarins gehen und mit ihrer Tante sprechen sollte.

Prinzessin Chanda fiel Surjas unvorteilhaftes Aussehen sofort auf. Glücklicherweise stand gerade Prinz Murapong, der Palastminister, bei ihr und unterhielt sich über die neuesten Hofereignisse und andere interessante Vorfälle. Die beiden kannten sich gut, und Chanda wandte sich wie alle anderen Damen des Königlichen Hauses stets an ihn, wenn sie Schwierigkeiten hatte und Hilfe brauchte.

Surja nahm sich zusammen und schwankte nicht, als er näher trat. Er machte eine etwas steife, förmliche Verbeugung und küßte seiner Tante nach europäischem Brauch die Hand.

Amarin beaufsichtigte in einer anderen Ecke die Dienerinnen beim Zusammenpacken der kostbaren Spitzentücher. Sie hatte Surja schon von weitem kommen sehen und wollte einer Unterhaltung mit ihm aus dem Wege gehen.

Murapong, der die Situation sofort überschaute, verwickelte seinen Neffen in ein Gespräch, denn er wollte unter allen Umständen verhindern, daß er sich in diesem Zustand mit Amarin unterhielt und sich von einer so ungünstigen Seite zeigte.

Amarin kam der Festtrubel nur noch lärmend und nichtssagend vor, nachdem sie sich von Warwich getrennt hatte. Während sie überlegte, wie sie am besten den Basar verlassen könnte, trat Chanda zu ihr.

»Ich habe Kopfschmerzen vom vielen Stehen – ich möchte nach Hause und mich ausruhen, wenn es dir recht ist«; sagte Amarin müde.

Ihre Tante hatte noch nicht die Absicht, das Fest zu verlassen, da sie noch wenig gesehen hatte. Eigentlich wollte sie sich von Amarin alles zeigen lassen. Aber dann überlegte sie, daß Prinz Murapong sie auch umherführen könne. Amarin sah wirklich abgespannt aus.

»Du kannst mit Me Kam den kleinen Wagen nehmen und nach Hause fahren«, erwiderte Chanda und verabschiedete sich von ihrer Nichte.

Dann wandte sie sich an den Palastminister und bat ihn um seine Begleitung bei der Besichtigung des Festplatzes und der Bauten.

Murapong hatte Surja einen Wink gegeben, sich unauffällig zurückzuziehen, aber der Prinz übersah das absichtlich. Er war fest entschlossen, diese Gelegenheit auszunützen und sich bei seiner Tante im besten Licht zu zeigen. Deshalb wich er nicht von ihrer Seite. Die frische Luft und der Spaziergang wirkten allmählich ernüchternd auf ihn. Lebhaft beteiligte er sich an der Unterhaltung und erklärte Prinzessin Chanda alles Wichtige in zuvorkommender Weise.

Es gelang ihm auch mit der Zeit, einen günstigeren Eindruck auf sie zu machen, und sie wunderte sich, daß Surja nach allgemeinem Urteil einen so schlechten Charakter haben sollte und so wenig beliebt war.

Nach einstündigem Umherwandern hatte sie genug gesehen. Sie dankte ihren beiden Begleitern und ließ sich von ihnen zu ihrem Wagen bringen.

Murapong und Surja sahen ihr noch nach, als plötzlich sämtliche Kapellen unvermittelt abbrachen und die Siamesische Nationalhymne zu spielen begannen. Das war das Zeichen, daß der König das Fest verließ.

Es bildete sich eine breite Gasse, und als der König mit großem Gefolge vorbeikam, schob Murapong seinen Neffen etwas mehr in den Hintergrund, damit dieser nicht gesehen werden sollte. Er selbst verneigte sich tief und atmete erleichtert auf, denn nun konnte auch er das Fest verlassen.

* * *

»Du mußt unbedingt sehen, daß du die Scharte wieder auswetzt und beim König aufs neue in Gunst kommst«, sagte Murapong energisch zu seinem Neffen. Er hatte es nicht für richtig gehalten, Surja allein auf dem Festplatz zurückzulassen, und ihn deshalb nach Hause begleitet.

Sie hatten sich in dem geräumigen und luftigen Gartenpavillon niedergelassen, der sich unter alten, stolzen Zuckerpalmen am Ende des Parks erhob. Im Palais selbst hatten alle Wände Ohren; dort mußte man sich hüten, über gewisse Dinge zu reden, und konnte sich nicht frei aussprechen.

»Das wird sehr schwer sein«, entgegnete Surja bedrückt. Er war inzwischen wieder vollkommen nüchtern geworden, aber sein Gesicht hatte sich noch mehr verdüstert.

»Man muß nicht gleich den Kopf hängen lassen«, munterte ihn sein Onkel auf. »In einigen Wochen läßt sich viel erreichen. Auf deinen Antrag hin sind dir doch in den letzten Tagen bedeutende Mittel vom Finanzministerium bewilligt worden. Führe also deine Vorschläge durch, du kannst damit etwas Glänzendes schaffen. Baue die Wetter- und die Nachrichtenstationen für den Flugdienst aus. Du sagtest mir doch neulich, daß du die dazu notwendigen Radiofunkapparate längst bestellt hättest, und daß sie in den nächsten Tagen geliefert werden müßten. Du weißt, daß der König für alle technischen Neuerungen begeistert ist. Wenn ich ihm morgen melden kann, daß du die Sache energisch in Angriff genommen hast, und daß die Neuorganisation in vier Wochen durchgeführt sein kann, wird er wahrscheinlich mit sich reden lassen. Das ist deine letzte Chance. Gelingt es dir, dann bist du noch einmal auf der sicheren Seite.«

Murapong wußte aus Erfahrung, daß Surja Außergewöhnliches leisten konnte, wenn er seine volle Tatkraft einsetzte, so unbeständig und wetterwendisch er auch sonst sein mochte. Nur zu gut kannte er die zwiespältige Natur des Prinzen.

»In spätestens vier Wochen kann alles fertig sein, wenn es darauf ankommt«, erwiderte Surja lebhaft. Sein Interesse war erwacht, denn der Plan leuchtete ihm sofort ein.

Der Palastminister nickte befriedigt.

»Diesmal kommt es mir darauf an«, fuhr Surja fort. »Es ist übrigens ein Jammer, daß die Regierung so lange Lieferungsverträge mit England abgeschlossen hat, und daß wir all die modernen Apparate noch von den Farangs beziehen. Wir wären längst in der Lage, sie selbst herzustellen, wenn wir beizeiten unsere Industrie entwickelt hätten. Die verdammten Kerle saugen uns das Mark aus den Knochen, bilden sich am Ende noch ein, daß wir sie brauchen, und machen sich obendrein über uns lustig! Es ist wirklich Zeit, daß dieses Theater aufhört!«

Er gehörte zu den Radikalen und war fest davon überzeugt, daß die Siamesen die weiße Rasse auf allen Gebieten einholen und übertreffen könnten. Deshalb kämpfte er für die Angleichung siamesischer Wirtschaft an den Weltmarkt. Bis dieses Ziel erreicht war, wollte er aber sämtliches Kriegsmaterial aus Japan beziehen.

Murapong war zwar ein Anhänger der nationalen Partei und bis zu einem gewissen Grad Chauvinist. Aber eine reiche Lebenserfahrung hatte seine Ansichten gemildert und ihn objektiv gemacht. Seit jeher hatte er das Land der aufgehenden Sonne für den Erbfeind Siams gehalten.

»Wir müssen dasselbe tun wie unsere Bundesgenossen, die Japaner«, fuhr Surja hitzig fort. »Wir müssen die ganze weiße Bande zum Teufel jagen! Japan fabriziert alles selbst, was im Lande gebraucht wird, und überschwemmt außerdem noch die Weltmärkte mit seinen Waren, so daß keiner dagegen aufkommen kann.«

Murapong schüttelte den Kopf. Er mißtraute all diesen modernen Einrichtungen. Besonders in der Einführung der Industrie sah er nur ein Unheil, das die Macht der Könige Siams zu vernichten drohte. Auf die Japaner hatte er mit Recht einen alten Groll. Er kannte die Geschichte

Siams genau und wußte, daß die japanische Leibgarde der alten Könige in der früheren Hauptstadt Ayuthia mehrmals blutige Palastrevolutionen angezettelt hatte. Er wollte etwas erwidern, kam aber nicht zu Wort, da Surja, erfüllt von seinen Ideen, eifrig weitersprach.

»Überall tobt derselbe Kampf mit England. Gandhi, der alte Idealist, ist auf die verrückte Idee verfallen, wieder Handweberei einzuführen, um Indien von England wirtschaftlich unabhängig zu machen. Im Augenblick mag er ja einen Erfolg erzielen, aber die Entwicklung der Welt geht nickt in diesem Sinne. Wir Siamesen sollten energische Anstrengungen machen, unser Land in kürzester Zeit mit Japans Hilfe aufs schärfste zu industrialisieren. Haben wir so lange von den Farangs kaufen müssen, so sollen sie auch einmal von uns kaufen!«

»Aber sie nehmen uns doch schon den Überschuß der Reisernte und alles Teakholz ab. Unser Export übersteigt doch bei weitem den Import. Ich weiß nicht, was ihr Jungen immer von der verfluchten Industrialisierung redet. Wenn du in unserem Land eine Großindustrie mit japanischer Hilfe, das heißt mit japanischem Kapital, entwickelst, gehören nachher sämtliche Fabriken den Japanern, und den Vorteil davon haben nur sie. Sie verdienen das Geld, und aus unserer bisher loyalen Bauernbevölkerung wird ein unzuverlässiges Arbeiterproletariat. Es geht uns doch auch ohne das ganz gut. Sicher bin ich Nationalist, aber ohne eine Freundschaft mit England kommen wir nicht weiter. Wir brauchen sie auch als Gegengewicht gegen die Franzosen. Die Japaner verfolgen nur ihre eigenen Ziele. Ich halte es für das größte Unglück, daß wir uns ihnen in die Arme werfen.«

Erregt sprang Surja auf. Wieder war er mit seinem Onkel auf das alte strittige Thema »Japan« gekommen, obwohl sich beide vorgenommen hatten, nicht mehr darüber zu sprechen.

»Ach, das sind laue, veraltete Ansichten. Was brauchen wir uns überhaupt um England und Frankreich zu kümmern! Beide sind unsere Feinde, beide haben uns die wertvollen Provinzen genommen. Nur hat es England etwas höflicher gemacht als Frankreich. Aber jetzt ist die technische Ausrüstung unseres Heeres auf der Höhe. Auch wir haben jetzt die modernsten Kampfmittel für den Gaskrieg, wir haben Tanks, wir haben Flugzeuge – Flugzeuge! In Japan wird eine neue große Flotte für uns gebaut, wir haben ein festes Schutz- und Trutzbündnis mit Japan, das uns den Bestand unseres Landes garantiert und darüber hinaus unsere Ansprüche auf alle Gebiete, die jemals unter unserer Herrschaft standen. Ich sage dir, es wird nicht eher Ruhe in Ostasien und Hinterindien geben, als bis wir die weißen Halunken alle zum Teufel gejagt haben!«

Surja ging erregt auf und ab, und Murapong betrachtete ihn mit ironischem Lächeln.

Eine große Tuke-Eidechse, die in den Dachsparren über ihnen saß, ließ ihren Ruf mehrmals ertönen. Murapong zählte mit, aber Surja lachte.

»Ach, jetzt haben wir uns doch wieder über das leidige Thema gestritten. Ich gebe ja zu, daß wir vor den tüchtigen Japanern auf der Hut sein müssen.«

Surja fiel plötzlich ein, daß er auf Murapongs Hilfe angewiesen war, wenn er Amarin gewinnen wollte. Deshalb lenkte er ein.

»Warum schimpfst du denn heute so furchtbar auf die Europäer?« fragte Murapong, der Surjas Gedanken zu erraten schien. »Mit hochtrabenden, großartigen Redensarten erreicht man gewöhnlich nicht viel. Wie im großen, so treibst du es auch im kleinen. Erst deklamierst du mir vor, daß du Amarin heiraten willst, und heute auf dem Fest kümmerst du dich überhaupt nicht um sie!«

»Das wollte ich doch tun, aber immer war dieser verfluchte Warbury hinter ihr her.«

»Bist du denn nicht selbst Manns genug, um deine Sache bei Amarin zu vertreten? Also deshalb willst du einen großen Krieg anzetteln und alle Engländer aus Siam hinauswerfen? Nur damit dir Warbury keine Konkurrenz mehr macht?«

Surja ärgerte sich, aber er beherrschte sich und unterdrückte eine scharfe Erwiderung. Auf keinen Fall durfte er sich jetzt mit seinem Onkel überwerfen. Er schüttelte nur den Kopf und schwieg.

»Du hättest eben gleich bei Beginn des Festes zu ihr gehen sollen. Wenn man wie du zu lange wartet und zuviel Sekt trinkt, darf man sich nachher nicht über einen Mißerfolg beklagen. Einer jungen Dame wie Amarin imponiert man dadurch sehr wenig. Aber du warst doch neulich bei ihr. Was hast du denn erreicht?«

Etwas trotzig erzählte Surja, was sich damals ereignet und wie Amarin seinen Antrag aufgenommen hatte.

»Na, da hast du wenigstens etwas erreicht«, meinte Murapong. »Das ist auch wieder so eine neumodische Einrichtung«, fuhr er dann mißbilligend fort, »daß sich die jungen Damen Bedenkzeit ausbitten. Ich war heute lange Zeit in ihrem Stand und habe mir die Prinzessin angesehen. Sie scheint ihren Kopf für sich zu haben. Wenn ich an deiner Stelle stünde, würde ich sie jetzt in Ruhe lassen, damit es nicht zu einer endgültigen Absage kommt. Einen Korb darfst du dir unter keinen Umständen bei ihr holen.«

»Aber wenn ich Sie jetzt in Ruhe lasse erwiderte Surja mißmutig, »dann verdreht ihr inzwischen am Ende dieser verwünschte Warbury den Kopf!«

»Da hört doch alles auf! Bist du denn ganz verrückt geworden? Eine Siamesische Prinzessin sieht doch einen Mann wie Warbury nicht an!« entgegnete Murapong empört.

»Wenn du dich nur nicht täuschst«, brummte Surja. »Durch die Erziehung in Paris hat sie schrullige Ansichten bekommen. Sie hat doch all den Klatsch über mich gehört und mir sogar die Geschichte mit der kleinen Bun Amat vorgeworfen – das hat mir die Sache außerordentlich erschwert.«

»Was du Klatsch nennst, sind doch Tatsachen. Du mußt dich eben zusammennehmen – es darf keinen Skandal mehr geben!«

Surja seufzte im stillen. Die vielen Ermahnungen waren ihm verhaßt. Sein Onkel war ein alter Schulmeister, der immer etwas an ihm auszusetzen hatte. Aber Surja hütete sich wohl, ihm zu widersprechen.

Beide schwiegen einige Zeit.

»Die Geschichte muß schlau eingefädelt werden«, begann Murapong nach einer Weile vertraulich. »Ich weiß einen guten Rat: Seit alten Zeiten gilt es als die vornehmste Art der Werbung, wenn der König für den Freier um die Hand des Mädchens anhält. Der König vollzieht dann in diesem Fall nach altem Gesetz auch selbst die spätere Trauung des jungen Paares.«

Murapong war in jeder Weise konservativ und trat für die Einhaltung alter Sitten und Bräuche ein, wann und wo sich ihm dazu Gelegenheit bot, selbst wenn sie in schroffem Gegensatz zu den milderen Anschauungen der neueren Zeit standen.

»Wenn es uns erst gelungen ist, den König wieder zu besänftigen, dann bitte ich ihn um die Gnade, daß er um Amarins Hand anhält. Einmal schmeichelt das seinem Selbstbewußtsein, und auf der anderen Seite kann Amarin nicht nein sagen. Wenn der König zu ihr kommt, ist das so gut wie ein höchster Befehl. Da helfen keine modernen Ideen, die sie in Paris aufgeschnappt hat.«

15

»Ich möchte nun aber doch wirklich gern wissen, wohin du gestern auf dem Dusitbasar verschwunden warst. Vorhin hast du mir keine Antwort gegeben, als ich dich fragte«, erklärte Ronnie beharrlich und trank ärgerlich mit einem Zuge sein Glas aus. »Überall habe ich dich gesucht, und als ich dich nicht fand, habe ich mich schließlich selbständig gemacht und mich auf eigene Faust vergnügt. Es war irrsinnig interessant, hat aber ein schweres Stück Geld gekostet.«

Er saß mit Warwick nach gemeinsamem Essen auf der schattigen Veranda des Britischen Klubs und beobachtete den lebhaften Rikschaverkehr auf der nahen Sapatumstraße.

Warwick erwiderte immer noch nichts. Belügen wollte er seinen Freund nicht, und den wahren Grund mochte er ihm auch nicht sagen.

Ronnie streckte nach einem der vielen schneeweiß gekleideten Chinesenboys den Arm aus und machte mit der Hand eine Bewegung, als ob er etwas aus der Luft greifen wollte. Er ahmte damit die siamesische Art des Winkens nach. Der Diener kam auch sofort herbei, und Ronnie bestellte sich einen zweiten Whiskysoda.

»Also gut, du armes, verlorenes Schaf, zwingen kann ich dich nicht, mir die Wahrheit zu sagen. Ich hätte dich nur gern von deinen scharlachroten Sünden reingewaschen. Aber wenn du mir nicht beichten willst, dann mußt du mir wenigstens einen Gefallen tun. Du weißt doch, daß ich überall die Volkspsyche belausche...«

Warwick lächelte nachsichtig.

»Und heute abend bietet sich dazu wieder eine fabelhafte Gelegenheit«, fuhr Ronnie eifrig fort, ohne sich um die stumme Kritik seines Freundes zu kümmern. »Es ist Vollmond, und heute beginnt das Tempelfest im Wat Pukao Tong. Du mußt mitkommen und mir helfen.«

»Ach, dort riecht es immer nach Leichenverbrennungen!«

Warwick hatte keine große Lust, den unermüdlichen Ronnie auf seinen nächtlichen Ausflügen zu begleiten und dem Kreuzfeuer seiner tausend Fragen standzuhalten.

»Während des Festes werden doch keine Leichen verbrannt«, entgegnete Ronnie entrüstet. »Wir können dort die heitere, sorglose Seele des siamesischen Volkes aus nächster Nähe beobachten. Du begleitest mich doch?«

»Es bleibt mir ja wohl nichts anderes übrig«, erwiderte Warwick resigniert. »Ich muß doch wohl verhüten, daß deine eigene wieselflinke Seele irgendwo strandet und zu Schaden kommt.«

»Ach, darüber brauchst du dir keine Sorgen zu machen, sie gerät nicht so schnell aus dem Gleichgewicht. Aber da du gerade von Leichenverbrennungen sprachst, möchte ich dir sagen, daß ich vor einigen Tagen einen Ausflug nach Paklat gemacht habe«, berichtete Ronnie.

»Wie bist du denn dorthin gekommen?« fragte Warwick überrascht.

»Zuerst bin ich mit der Straßenbahn nach Bangkolem, ans äußerste Südende der Stadt, gefahren, wo der Menam die große Biegung macht. Dort habe ich ein einfaches Ruderboot genommen. Der Mann konnte wunderbar rudern.«

»Aber das dauert doch viel zu lange. Hättest du doch nur ein Wort davon zu mir gesagt, so hätte ich dir mein schnelles Motorboot geliehen.«

»Gut, das nächste Mal fahre ich damit. Aber nun mußt du auch zuhören.«

»Was wolltest du denn in Paklat unternehmen?«

»Nun, du hast mir doch erzählt, daß dort die schönen Mädchen leben, die man als Mias haben kann.«

»Du hast doch nicht am Ende eine mitgebracht?«

Ronnie errötete leicht.

»Nein, ich habe mich nur einmal umgesehen. Es war irrsinnig interessant! Aber ich wollte dir etwas anderes sagen. Ich kam in Paklat in einen sonderbaren Tempel und fand in der Nähe eine Verbrennungsanlage. Im Westen des Hauptgebäudes lag ein quadratischer Platz, der von einer niedrigen Mauer umgeben war. Unter alten, schattigen Bäumen sah ich rechteckig gemauerte Feuerstellen. Ein Mann mit schneeweißen Haaren schürte ein offenes Feuer, auf dem er einen toten Knaben verbrannte. Er regierte die Leiche mit einem entsetzlich großen Feuerhaken und war nur mit einem kurzen Lendentuch bekleidet. Trotz seines Alters war er stark und sah unheimlich aus. Ständig kniff er die Augen zusammen, und seine roten Lider waren schwer entzündet, weil er dem dauernden Rauch und Qualm ausgesetzt war. Es muß ein furchtbarer Beruf sein, ein ganzes Leben lang Leichen verbrennen zu müssen!«

Ronnie schauderte zusammen.

»Du hast recht, aber ich glaube, die Menschen, die dauernd damit beschäftigt sind, empfinden es kaum noch. Sie haben sich daran gewöhnt.«

»An der Nordseite des Platzes stand eine offene, lange Pfeilerhalle, in der eine Menge einfacher Brettersärge mit weiteren Toten regellos übereinandergeschichtet lag. Die unteren waren unter der Last zusammengebrochen, und ich konnte die Leichen sehen. Ich sprach den Alten an, er verstand mich aber nicht. Dann packte mich plötzlich das Grauen, und ich machte, daß ich so schnell wie möglich wieder fortkam.«

Warwick nickte nachdenklich.

»Früher konntest du dasselbe im Wat Saket beobachten«, Sagte er. »Das ist ein anderer Name für den Tempel, zu dem du mich heute abend hinschleppen willst. Gegenüber dem Goldenen Berg, auf der anderen Seite der Straße, liegt die heute noch benützte Feuerbestattungsanlage. Dort verbrennen wohlhabende Familien ihre Toten, aber weiter hinten im Westen liegt auch ein Platz, wie du ihn eben beschrieben hast. Früher haben sich dort schaurige Szenen abgespielt. Die Armen, deren Angehörige nicht viel Geld für die Verbrennung ausgeben konnten, wurden dort eingeäschert.

Nach altbuddhistischem Glauben ist es ein gutes Werk, wenn der tote Körper noch Tieren zur Nahrung dient.

Der Leichenwärter schnitt deshalb, bevor er die Toten dem Feuer übergab, große Stücke Fleisch von den Gliedern. Eine Meute herrenloser Hunde trieb sich dort umher, denen er das Fleisch zuwarf. Auf den großen Zuckerpalmen in der Nahe nisteten Geier; diese großen Raubvögel kamen auch von weit her und ließen sich auf den Ästen der Bäume und halbverfallenen Mauern nieder, wo sie warteten. Auch ihnen wurden Fleischfetzen zugeworfen, und häufig rauften sich Geier und Hunde darum. Manchmal machten die Wärter auch nur große Schnitte in den Leib des Toten, damit die Geier schneller das Fleisch von den Knochen abfressen konnten. Die Vögel betrachteten diese Fütterung als ihr Recht und hatten sich schon so daran gewöhnt, daß sie den Männern gehorchten. Sie jagten sie mit großen Bambusstangen fort, wenn es notwendig war.«

»Das klingt ja wie ein Gesang aus Dantes Inferno«, erwiderte Ronnie und schüttelte sich vor Entsetzen. »Aber sicher hast du das alles zu grausig ausgemalt, um mir einen Schauder über den Rücken zu jagen. Das widerspricht doch den einfachsten Gesetzen der Pietät und der Hygiene!«

»Diese Art der Verbrennung ist ja auch schon seit etwa dreißig Jahren verboten. Ich selbst habe sie niemals gesehen, sondern auch nur davon gehört. Und heutzutage besteht diese Sitte wohl nur noch in den abgelegensten Teilen des Landes, wo die Bevölkerung noch an den alten Überlieferungen und Gebräuchen festhält. Immerhin kannst du noch in zwei Geschäften in Bangkok fotografische Abzüge von alten Aufnahmen solcher Verbrennungen kaufen.«

* * *

»Die Siamesen sind doch von Natur aus wirklich ein heiteres, fröhliches Volk«, sagte Ronnie, als er mit seinem Freund zum Tempelfest fuhr. »Jede Gelegenheit zu Festen, Spielen, Tanz und Vergnügen nützen sie aus, und überall hört man Lachen und Scherzen in den Straßen und aus den Häusern. Deutlich zeigt sich das auch in ihrem Gruß, der aus zwei Fragen besteht. Erst erkundigt man sich wohlwollend nach dem Befinden des anderen: Sabaime? Bist du auch gesund? Dann fragt man: Mi sanukme? Hast du auch Vergnügen?«

»Du hast recht«, entgegnete Warwick. »Das Wort ›sanuk‹ spielt übrigens in Siam eine große Rolle. Es hat eine ganze Anzahl von Bedeutungen – am besten übersetzt man es wohl mit ›Freude‹ öder ›heitere Laune‹. Hier ist alles entweder ›sanuk‹ oder ›lambak‹. Das sind die Worte, die man am häufigsten hört. ›Lambak‹ ist das Gegenteil von ›sanuk‹, also zum Beispiel zuviel Arbeit, Mühe, weite Wege, kurzum alles, was einem nicht gefällt, oder worüber man sich ärgert und aufregt.«

Schon von weitem sahen sie, daß der glockenähnliche Mittelteil des hochragenden, blendend weißen Prachedibaues auf der Spitze des Goldenen Berges mit einem großen, leuchtendroten Tuch geschmückt war.

Sie kamen aber so spät, daß sie den Festzug nicht mehr bewundern konnten, den die Mönche veranstalteten und bei dem sie die Reliquie des heiligen Zahnes in einer Art goldener Monstranz umhertrugen und den Gläubigen zeigten.

»Was für ein Zahn ist denn das, daß man soviel Aufhebens davon machte« fragte Ronnie wißbegierig, nachdem ihm Warwick von der Prozession erzählt hatte.

»Das soll der rechte obere Eckzahn Buddhas sein. Er gehört zu den neun großen buddhistischen Reliquien. Allerdings gibt es mehrere heilige Zähne. Am bekanntesten ist wohl der im Tempel in Kandy auf Ceylon.

Früher habe ich dir schon einmal gesagt, daß der Pukao Tong ein Abbild des Berges Meru ist, der nach indisch-siamesischer Auffassung den Mittelpunkt der Welt darstellt. Wie Rom einst für die Römer die Hauptstadt der Welt war, so ist es heute noch Bangkok für die Siamesen.

Nach buddhistischer Tradition befindet sich oben auf dem Berg Meru der bekannte Dusitahimmel. Dort herrscht Gott Indra, der nach der Verbrennung Buddhas in den Besitz der Zahnreliquie kam. Er erbaute ein gewaltiges Prachedi in seinem Himmel und setzte diesen heiligen Zahn in dem Reliquienschrein bei, der an der höchsten Stelle seines Reiches stand. Deshalb muß auch in dem Reliquienschrein auf dem Goldenen Berge hier in Banghok ein rechter oberer Eckzahn Buddhas aufbewahrt werden.«

»Ach, so ist das? Jetzt verstehe ich allmählich die Zusammenhänge«, entgegnete Ronnie mit Genugtuung. »Aus Dankbarkeit werde ich dir, wenn ich einmal sterbe, auch meinen rechten oberen Eckzahn vermachen. Dann kannst du auch einen Tempel darüber bauen und ihn anbeten.«

Südsiam ist eine weitausgedehnte, flache Ebene ohne die geringste Erhebung. Aber an dieser Stelle Bangkoks hatte Pra Nang Klao, einer der früheren Könige, einen himmelhohen Turm aufführen wollen, der den Ruhm seines Namens der Nachwelt künden sollte. Doch der Bau wurde ebensowenig vollendet wie der Turmbau zu Babel, denn der weiche, vom Menamstrom angeschwemmte Grund gab nach, der untere Teil versank, und der Turm stürzte zusammen. Immerhin ragten seine Ruinen noch über sechzig Meter hoch zum Himmel empor. Später errichtete der Nachfolger auf der Höhe ein Prachedi, eine spitze Reliquienpyramide, zu der zwei breite, in Spiralen um den Berg gewundene Treppen hinaufführen.

Am Fuße des Pukao Tong herrschte auch an diesem Abend wieder ein fröhliches Jahrmarktstreiben vor den Tempeltoren.

Bunte Buden schoben sich zwischen die sauberen Teakholzhäuser, deren rechtwinkliges Fachwerk von seltsam geformten Giebeln mit schlangenförmigen Endungen überragt wurde.

Ronnie besaß einen lebhaften, unzähmbaren Geist und suchte seinen Wissensdrang und seine Neugierde auf jede Weise zu befriedigen. Er schleppte Warwick von einer Sehenswürdigkeit zur anderen.

Es gab Läden mit vielfarbig bemaltem Spielzeug oder Gebrauchsgegenständen, die aus einfachen Palmblattstreifen geflochten waren; in anderen Ständen wurden schönverzierte Tonsachen aus Petchaburi verkauft. Erstaunlich war die Mannigfaltigkeit der kunstvoll modellierten Gefäße. Händler hielten süße Gelees auf Bananenblättern feil, und überall standen die weiß gestrichenen Wagen, wo die verschiedensten Arten von Speiseeis zu haben waren.

In das Stimmengewirr der Menschenmenge mischten sich die Rufe der chinesischen Köche mit ihren fliegenden Küchen. Meist hatten sie am Straßenrand oder gar an einer Ecke ihren kleinen Tonherd aufgebaut, und eine Menge von Leuten hockte auf dem Boden um sie herum. Mit erstaunlicher Gewandtheit und Schnelligkeit bedienten sie ihre Gäste.

Heilkünstler suchten durch laute Anpreisungen ihre Wundermittel an gutgläubige Käufer abzusetzen. Den Grundton der vielen verschiedenen Geräusche bildete das Dröhnen der dumpfen Kesselpauken und der tiefe Klang der großen Gongs einiger Theaterkapellen. Dazwischen schrillten Violinen auf, und ab und zu setzte sich auch das Spiel der Xylophone durch.

Vor den Bühnen unter freiem Himmel drängte sich das Volk. Wie bei dem Hoffest am vergangenen Tage traten auch hier anmutige Tänzerinnen in farbenfreudigen Gewändern auf. Aber ihr Schmuck bestand nicht aus Gold und echten Brillanten, sondern nur aus vergoldetem Leder mit aufgeklebtem Spiegelmosaik. Überall herrschten Fröhlichkeit und Freude, und neckische Scherzworte flogen hin und her.

Vor einem Marionettentheater, wo die allbekannten Heldentaten Pra Rams und die Abenteuer Hanumans gespielt wurden, staute sich die Menge.

Akrobaten, Ringkampfer, Seiltänzer und Gaukler zeigten ihre Künste an verschiedenen Plätzen im Freien oder in Zelten.

Auch hier wurden Schattenspiele vorgeführt. Die Figuren waren allerdings bedeutend kleiner als im Dusitpark, aber sie hatten bewegliche Arme, Beine und Unterkiefer. Die Formensprache der Figuren war dieselbe, aber alles war einfacher und gröber. Derbe Witze mit erotischem Unterton brachten die Leute zum Lachen.

In dem mehr volkstümlichen Liketheater erheiterten Clowns die Zuschauer durch immer neue Späße, wofür sie durch lärmenden Beifall belohnt wurden.

An einer anderen Stelle strömten die Menschen zusammen, um Grillenkämpfe zu sehen und dabei ihr Geld in Wetten zu wagen. Man hatte den kleinen Tieren vorher Arrak eingeflößt. Sie wurden dadurch aufgeregt und wild und gingen aufeinander los wie Hähne, ja, sie brachten sich schwere Wunden bei, bis dann einer der Kämpfer unterlag. Häufig waren beide so schwer verletzt, daß sie nicht mehr mit dem Leben davonkamen. Die Käfige für diese kleinen Streiter waren geräumig und kleine Kunstwerke für sich. Sie bestanden aus hohlen Bambusstücken, die kunstgerecht durch Bambusfasern miteinander verbunden waren. Erstaunlich hohe Summen wurden bei den Wetten umgesetzt.

In ähnlicher Weise ereiferte sich die Menge bei der Schaustellung siamesischer Kampffische. Die Rivalen schwammen zusammen in kleinen, verdeckten Wasserschalen als unscheinbare, graue, glatte Fische mit wenig vortretenden Flossen. Sobald Sie aber in dem großen Bassin ihren Gegner sahen, blähten sie sich zornig auf und schillerten in rotgoldenen Farbtönen. Es war ein herrlicher Anblick. Wütend stürzten sie sich dann aufeinander, während die Zuschauer in gespannter Erwartung die Tiere durch Zurufe und Händeklatschen anzufeuern suchten, ähnlich wie bei den Kämpfen anderer, größerer Tiere.

»Ich verstehe nicht, daß die Siamesen solche Tierquälereien übers Herz bringen, wenn sie fromme Buddhisten sein wollen«, sagte Ronnie in heller Empörung.

»Die Erklärung dafür mußt du wohl in einer grausam-sadistischen Veranlagung der Menschen im allgemeinen suchen«, entgegnete Warwick etwas müde. »Du weißt, daß wir in Europa auch noch Stier- und Hahnenkämpfe dulden, obwohl so sehr dagegen gearbeitet wird!«

»Hahnenkämpfe finden auch hier auf dem Festplatz statt, und zwar an mehreren Stellen. In der nächsten Gasse ist ein solches Zelt. Die Leute müssen noch viel blutdürstiger sein. Ich habe vor ein paar Tagen von einem Händler ein schöngeschnittenes Bambusfutteral mit mehreren haarscharfen Klingen erstanden, die den Hähnen an die Beine gebunden werden. Ich bin erstaunt über die Länge dieser Messer. Es ist doch eine elende Heuchelei! In Europa gibt man wenigstens nicht vor, daß man aus religiösen Gründen keine Tiere tötet.« »Ja, die Siamesen hätten eigentlich noch viel mehr Grund, das Leben der Tiere zu schonen, als wir, weil Sie doch als Buddhisten an die Wiedergeburtslehre glauben. Danach lebt doch in vielen dieser Tiere die Seele eines Menschen, der vielleicht sogar ein naher Verwandter, ein Onkel, Bruder oder Vater von ihnen war. Die Regierung hat übrigens die Hahnenkämpfe streng verboten, aber bei diesen Volksfesten drückt die Polizei ein Auge zu.«

16

Während draußen das Volksfest geräuschvoll seinen Verlauf nahm, war im Haupttempel die Klostergemeinde zu heiliger Feier vereinigt. Aber auch die Laien wurden betreut. Bekannte Mönche predigten in den weiten Versammlungshallen vor der dichtgedrängten Volksmenge.

Und selbst innerhalb der Umfassungsmauern der geweihten Stätte, sogar in den Wandelgängen, die den Hauptbau mit dem großen, goldenen Buddhabild umgaben, hatten sich Sterndeuter und Verkäufer von Süßigkeiten und Amuletten niedergelassen. Ja, ein Künstler hatte eine große Anzahl von durchstochenen Zeichnungen ausgestellt. Er erbot sich, gegen geringe Bezahlung diese zauberkräftigen Figuren in die Haut einzutätowieren, als Schutz und Abwehr gegen die Angriffe böser Dämonen oder Verwundungen durch Hieb und Stich.

Ein anderer verkaufte Amulette gegen den bösen Blick.

Daneben saßen Siamesinnen, die schöngewundene Kränze von wohlriechenden Mali- und Dok-Keo-Blumen sowie Weihrauchstäbchen und Wachskerzen feilhielten. Die Gläubigen kauften davon, um Sie als Opfergaben auf dem Altare Buddhas niederzulegen. Ronnie steuerte sofort auf einen Wahrsager zu, der gerade einem hübschen jungen Mädchen die Zukunft enträtselt hatte. Sie mußte mit der Auskunft zufrieden sein, denn sie reichte dem Mann als Entgelt eine große Silbermünze. Ronnie hätte gern gewußt, wie der Astrologe arbeitete. Fleißig wie eine Biene trug er von allen Seiten Material für sein Buch zusammen. Hier fand er ein neues Gebiet, mit dem er sich bisher noch nicht beschäftigt hatte und das ihm höchst wissenswert erschien.

Da gerade kein anderer vortrat, ließ er sich selbst das Horoskop stellen. Er beherrschte jedoch das Siamesische nicht genügend, so daß Warwick den Dolmetscher spielen mußte.

Daß ein Farang sich das Horoskop von einem Siamesen stellen ließ, war den Eingeborenen etwas Neues, und schnell sammelte sich eine Gruppe von neugierigen Leuten um ihn, die es nicht an witzigen und schlagfertigen Bemerkungen fehlen ließen.

Der Wahrsager blätterte eifrig in einem umfangreichen Faltbuch aus schwarzem Koipapier mit vielen merkwürdigen Zauberfiguren und Bildern. Nach langen Berechnungen verhieß er dann Ronnie eine glänzende Zukunft. Flammen und Feuer würden in der nächsten Zeit eine große Rolle in seinem Leben spielen, erklärte er.

»Feuer ist das Element des Südens, und der Süden bedeutet Leben, Macht und Glück in irdischen Dingen, besonders im Beruf«, sagte der Astrologe.

Ronnie war entzückt und wollte mehr wissen.

Darauf versprach ihm der Sterndeuter noch eine ungewöhnlich schöne Frau, die es mit Sita, der Gemahlin Pra Rams, aufnehmen könnte.

Ronnie geriet darüber in solche Begeisterung, daß er das große Faltbuch mit den vielen sorgfältig gemalten Bildern sofort kaufen wollte.

Astrologie interessierte Warwick nicht, und der Menschenauflauf war ihm peinlich. Er trennte sich daher von Ronnie, als dieser den Sterndeuter noch zu dessen nahegelegenem Haus begleiten wollte, um weitere Bücher zu sehen.

»Ich warte hier im Tempelhof auf dich. Wenn du aber länger als eine halbe Stunde ausbleibst, gehe ich fort«, sagte er etwas verstimmt.

Ronnie versprach, sich zu beeilen, und verschwand mit dem Sterndeuter.

Warwick trat in die Wandelhalle und ging langsam an den Reihen der vielen Buddhabilder vorüber, die in stiller Ruhe thronten. Dünne Wachskerzen brannten hier und dort auf zierlichen Bronzeleuchtern. Im Halbdunkel glühten sie auf wie Märchenblumen, und ihr Licht weckte das Gold der Statuen zu geheimnisvollem Leben.

Schließlich kam er zu dem weiten Platz, der auf allen Seiten von Wandelhallen umgeben war.

Mitten in der feierlichen Abgeschlossenheit des Hofes erhob sich der blendend weiße Tempel. Hinter Mauerbrüstungen, die wie schwarze Rampen wirkten, verborgen hingen zahllose Kokoslampen, deren warme Strahlen den ragenden Bau zauberhaft erstrahlen ließen. Auf den glasierten Dachziegeln spielte der Mondschein, und am grünlich-schwarzgrauen Nachthimmel blitzten die Sterne wie Diamanten.

Ziellos und ohne besondere Absicht ging Warwick auf den Haupttempel zu, in dem der Oberpriester vor einer großen Menge von Gläubigen sprach. Er konnte die Stimme des Predigers deutlich hören, deren Wohllaut eine sonderbar beruhigende Wirkung auf ihn hatte.

Helle Pfeiler wuchsen schlank empor, umweht von dem schmeichelnden Duft weißer Dok-Keo-Blüten und dem zarten Tönen zahlloser silberner Glöckcken an den steilgetürmten Dächern.

Festliche Helle strahlte aus dem Innern: die mit leicht aufstrebenden Goldornamenten bedeckten Tür- und Fensterflügel standen weit offen.

In Gedanken versunken wandelte er an der Langseite des mächtigen Gebäudes vorbei. Immer noch klang die kräftige, volltönende Stimme des alten Mönches klar und vernehmlich zu ihm herüber.

Der Oberpriester sprach über den Kreislauf der Wiedergeburten und zeigte die Ursachen des Leidens, ihre Wirkungen und die Verkettung der menschlichen Schicksale. Dabei fand er manch wundervolles Bild und manchen treffenden Vergleich.

Zu seinen Füßen lauschte eine große Gemeinde, darunter viele Frauen. Die herrlichen Wandgemälde mit den Goldflächen erstrahlten im Licht der glänzenden Kronleuchter, und der weite Raum duftete nach Weihrauch. Nach oben hin verloren sich die Malereien in verworrenes Wurzelwerk von Ornamentranken, die den Übergang zur Decke bildeten. Ragende Lotossäulen mit goldenen Blumenkapitellen trugen das Dach, und das große Kultbild sah milde durch die Weihrauchschleier auf die Gemeinde hernieder.

Dicht neben einem der Fenster im Seitenschiff saß Amarin mit Me Kam, und ihr Auge hing an dem Mund des Predigers. Alles, was er sagte, war ja nur eine Bestätigung dessen, was sie selbst fühlte und hoffte, und was sie in früheren Jahren von ihrem Vater gehört hatte.

Wie beruhigend war doch der Gedanke, daß es nicht mit diesem einen Leben zu Ende ging, daß man in kommenden Daseinsformen wieder gutmachen konnte, was man in dieser Existenz versäumt oder gesündigt hatte. Die Vergangenheit verlor ihre Schrecken, weil die Zukunft die Möglichkeit eines verlohnenden Ausgleichs bot. Und Liebende, die hier nicht das Ziel ihrer Sehnsucht erreichten, hatten wenigstens die tröstliche Hoffnung, im nächsten Leben glücklich vereint zu werden. So blühte ihnen, wenn vielleicht auch erst in später Zukunft, die Freude höchsten Glücks. Durch gute Werke konnte man auf das Schicksal der folgenden Existenz günstig einwirken.

Amarin faßte den festen Entschluß, die volle Kraft ihrer Seele darauf zu richten, daß sie mit Warwick noch in diesem Leben vereint würde, und sie geriet dadurch in freudige Erregung.

Als sie ein paar Räucherstäbchen zur Besiegelung ihres Gelübdes entzünden wollte, bemerkte sie, daß sie die Kerzen im Wagen liegengelassen hatte. Sie wandte sich um und warf ihrer Amme einen Blick zu.

Me Kam verstand den leisen Wink ihrer Herrin und entfernte sich unauffällig aus dem Tempel.

Aber schon nach kurzer Zeit kehrte sie zurück, ohne ihren Auftrag ausgeführt zu haben, und berührte Amarin leicht am Arm. Triumphierend leuchteten die klugen Augen der Amme in dem rundlichen Gesicht auf.

»Mr. Warbury geht draußen auf und ab«, flüsterte sie der Prinzessin zu, »direkt unter diesem Fenster. Ich habe ihn deutlich erkannt.«

Plötzliche Freude überkam Amarin. Sie war überglücklich, denn sie glaubte fest, daß die Nachricht Me Kams die Antwort auf ihr Gelübde war. Vorsichtig erhob sie sich und sah scheu auf den Hof hinaus. Im selben Augenblick ging unten Warwick mit gelenktem Blick vorüber. Sie schrak leicht zusammen, als sie ihn sah. Wenn er doch jetzt heraufschauen wollte!

Aber ihr Wunsch erfüllte sich nicht.

Sie wandte sich dem Ausgang zu, als ob sie unter einem zwingenden Bann stände. Deutlich fühlte sie, wie stark ihr Herz klopfte, als sie zögernd die hohen Stufen zur Vorhalle und von dort zum Tempelhof hinunterstieg.

Nun erreichte auch Warwick die Ecke des Tempels und wollte wieder umkehren, aber unwillkürlich sah er sich um, beeinflußt und angezogen durch Amarins Blick. Sofort erkannte er ihre schlanke Gestalt und blieb wie verzaubert reglos stehen. Ihm war, als ob er eine Vision vor sich sähe. Erst nach einigen Sekunden konnte er sich wieder fassen und ging schnell auf sie zu, um sie zu begrüßen.

Wortlos reichten sie sich die Hand und sahen einander froh und beglückt an.

»Wie seltsam, daß wir uns hier wiederbegegnen«, sagte er nach einem kurzen Schweigen.

»Seltsam ist es nicht«, erwiderte sie leise. »All unser Tun und Lassen, unser Kommen und Gehen wird durch unser Hoffen und Wünschen bestimmt.«

Die Predigt hatte so stark auf sie gewirkt, daß sie unbewußt diese Worte des Oberpriesters wiederholte. Alles fügte sich, als ob sie durch ihre starke Sehnsucht den Lauf des Geschehens beeinflußt hätte. Sie schaute ihn an, und in ihrem Blick lag das Bewußtsein dieses Glücks.

Ohne ein bestimmtes Ziel gingen sie langsam dem Ausgang des Tempelhofes zu und wandten sich, ohne daß es ihnen zum Bewußtsein kam, nach der entgegengesetzten Seite, wo der Lärm des Volksfestes nicht die Ruhe des Abends störte.

Amarin hatte Warwick frei und unbefangen begrüßt, aber jetzt erinnerte sie sich plötzlich daran, wie sie sich bei ihrer letzten Begegnung getrennt hatten. Sie wurde ein wenig verlegen und sah ihn scheu von der Seite an.

Es überraschte ihn, daß sie Tempelfeiern besuchte und Predigten hörte. Wohl hatte er große Achtung vor der buddhistischen Religion, aber er hatte nicht geglaubt, daß hochgestellte Frauen mit europäischer Erziehung und Bildung aufrichtig an Buddhas Lehre glauben könnten.

»Hier in Siam fühle ich mich sehr einsam, da mein Vater als Oberpriester in Ceylon lebt. Der Besuch der Andachten im Tempel ist so wohltuend und tröstend für mich«, sagte sie, als ob sie ihm Antwort auf seine unausgesprochene Frage geben wollte.

Ihr Weg führte sie an der äußeren Mauer entlang, und sie kamen zu einer der beiden breiten Steintreppen, die zur Spitze des Goldenen Berges hinaufführten.

»Sie besuchen die Predigten in den Tempeln wohl häufiger?« fragte er freundlich und zartfühlend, nachdem er diese Erklärung gehört hatte.

»Ja. Im Ausland habe ich sie sehr entbehrt. Mein Vater sprach früher oft mit mir über Buddhas Lehre, aber seit meinem fünfzehnten Lebensjahr war ich immer allein.«

Warwick hatte vor längerer Zeit von der Geschichte des Prinzen Akani gehört. Zwar kannte er die Vorgänge nicht genau, aber er war doch so weit unterrichtet, daß er die Zusammenhänge verstehen konnte. Um ihr nicht wehe zu tun, erwiderte er nichts, aber tiefes Mitgefühl stieg in ihm auf. Ihre Worte hatten so schlicht geklungen, und doch lag die Trauer über jahrelange Vereinsamung darin.

»Bei den Nonnen von Sacré-Cœur bin ich auch in den christlichen Lehren unterrichtet worden, und ich habe mich aufrichtig bemüht, in sie einzudringen und mich darin einzuleben. Aber sie sind mir fremd geblieben. Immer hatte ich die Empfindung, daß die Europäer wohl prachtvolle Dome und Kirchen bauen können, daß ihnen die Religion selbst aber gleichgültig geworden ist.«

Warwick mußte ihr recht geben. Seine Entgegnung verriet so viel verständnisvolles Eingehen auf ihre Anschauungen, daß sie den Mut fand, all ihre geheimen Gedanken über Christentum und Buddhismus auszusprechen.

Staunend hörte er ihr zu. In der feinfühligen Auslegung Amarins wirkten die buddhistischen Lehren auf ihn eigentümlich anziehend und beglückend. Ihre dunkle Stimme umschmeichelte seine Sinne wie zarte Musik, und er unterbrach sie nicht. Im sachlich kühlen Tageslicht hätte er ihre Worte sicher nicht widerspruchslos hingenommen, aber in dem Zauber dieser Mondnacht erschienen sie ihm wie eine Offenbarung. Er hatte das Gefühl, daß sich eine geheimnisvolle Tür vor ihm auftat und er einen verlockenden neuen Weg vor sich sah, der ihn zu einer tieferen und glücklicheren Welterkenntnis führte.

Die breite, weiß schimmernde Marmortreppe umklammerte in einer einzigen gewaltigen Windung den großen Berg und zog sich bis zur äußersten Spitze hin. Sie stiegen über Hunderte von Stufen und über viele Absätze bis zur obersten Terrasse.

Unwillkürlich machten sie mehrmals halt auf ihrem Wege und schauten auf die weitausgedehnte Millionenstadt zu ihren Füßen hinab.

Sie sahen nach Westen. Hoch stand das helle Nachtgestirn am Himmel, und im Hintergrund zog sich das breite Band des Menamstroms durch das ebene Land.

Von unten klang dumpf und fern der Lärm des Festes in ihre Stille herauf, und von weit her tönten die Verkehrsgeräusche der Großstadt schwach herüber, das Klingeln der Straßenbahnen und Wagen, das Hupen der Autos.

Wie rosafarbene Perlenschnüre durchzogen die Hauptstraßen mit ihren Reihen von Bogenlampen das Häusermeer, und unzählige Dächer spiegelten das gläserne Mondlicht wider. Zwischen den eindrucksvollen schwarzen Schattenrissen hoher Baumriesen glitzerten an vielen Stellen die Wasserflächen der großen Kanäle, auf denen Hausboote mit schwach brennenden Kokoslampen dahinglitten. Hier und da schaukelten große, bauchige Papierlaternen vor den chinesischen Geschäften im Abendwind.

Fern im Westen verhüllten leichte Dunstschleier den Horizont, so daß keine scharfe Linie die flache Ebene vom Himmelsgewölbe trennte.

Vorsichtig und zurückhaltend begann Amarin vom Kreislauf der Wiedergeburten zu sprechen.

Sie hatte die innere Gewißheit, daß Warwick in vielen Existenzen die wahre Ergänzung ihres eigenen Wesens und ihr treuer Gefährte gewesen sei, den ihr das Schicksal durch den Lauf der Sterne bestimmte.

Noch an diesem Abend hatte der Oberpriester in seiner wunderbaren Predigt davon gesprochen, wie ein Blick, eine Bewegung plötzlich eine Erinnerung an die Vergangenheit auslösen könne.

Sie selbst hatte das gleiche Glück erlebt, als sie Warwick zum erstenmal begegnet war, und seitdem fühlte Sie mit jedem Tag klarer und deutlicher, daß sie eng verbunden waren und schon seit vielen Menschenaltern untrennbar zueinander gehörten.

Nun brannte die entscheidende Frage in ihr: Ahnte auch er, daß sie seit undenklichen Zeiten zueinander strebten und sich immer wiederfanden? In seinen Augen leuchtete zuweilen ein tiefer, warmer Blick auf, wenn er sie ansah. War das der Funke des Wiedererkennen, den sie durch gläubige Zuversicht zu heller Flamme entfachen konnte?

Es drängte sie, auf diese Frage eine Antwort von ihm zu erhalten, und doch hatte sie eine fast unüberwindbare Scheu, ihm etwas davon anzudeuten. Leise Zweifel beunruhigten sie, da er aus einem anderen Volk stammte, aber die Seelen konnten auf ihrer Wanderung von allen Lebenden Besitz ergreifen. Sie waren weder an eine bestimmte Rasse noch an irgendwelche anderen äußeren Grenzen gebunden.

Salabäume mit silberfarbenen, grauweißen Rinden standen auf der Terrasse. Sie hatten noch keine Blätter; nur zarte, weiße Blüten mit goldgelben Kelchen sproßten an den weitverzweigten, wirren Ästen. Hin und wieder lösten sich einzelne Blüten und schwebten langsam in wirbelnder Bewegung zu Boden.

Warwick lehnte sich an die Brüstung. Leise tastend legte Amarin ihre Hand dicht neben die seine, ohne Sie zu berühren.

»Hatten Sie jemals das Gefühl«, begann sie zögernd und mit stockender Stimme, »sich an etwas zu erinnern, das vor Ihrem jetzigen Leben liegt?«

Sein Blick schweifte über die Menamebene zum Meer, dessen weite Wasserfläche wie ein gewaltiger, silberner Spiegel durch zarte Schleier in der Ferne aufleuchtete. Er atmete tief und schwieg eine Weile.

Ängstlich forschte sie in seinem Gesicht, um seine innersten Gedanken zu ergründen, aber er schaute in weite Fernen, und der Ausdruck seiner Züge verriet ihr nichts.

»Als ich zum erstenmal alte Kirchenmusik hörte«, begann er leise und verträumt, »kam Sie mir sonderbar vertraut vor. Aber ich konnte mir nicht darüber klarwerden, woher ich sie kannte. Und es ging mir ebenso, als Sie mir eben von Buddhas Lehre erzählten.«

Tiefe Freude erfüllte sie. Sie hatte durch die Kraft ihres Hoffens und Wünschens eine leise Rückerinnerung in ihm wecken können!

Wieder schwieg er.

Sie richtete all ihre Gedanken, die ganze Sehnsucht ihrer Seele auf das eine Ziel: Dieser glimmende Funke darf nicht wieder im grauen Meer des Vergessens erlöschen! Wie eine reine Flamme muß die Erkenntnis der Wahrheit in ihm aufleuchten!

»Bei unserem ersten Zusammentreffen war es mir, als ob ich Sie schon lange gekannt hätte«, sagte sie kühn.

Langsam wandte er sich zu ihr um, und sie hielt den Atem an, als sein voller Blick sie durchdringend traf.

»Ich hatte dasselbe Gefühl«, erwiderte er leise und erregt.

Mit einer schnellen Bewegung legte sie ihre Hand auf seinen Arm. Jubelndes Glück strahlte aus ihren Augen.

Er zog sie an sich und küßte sie zart.

Beseligt und wunschlos glücklich schmiegte sie sich an ihn. Alle Freuden des Dusitahimmels verblaßten vor der Wonne dieses Augenblicks.

Ein Windhauch berührte die Äste der Bäume, und leise rieselte ein leichter Blütenschauer nieder. Fern am Strom sprühten Leuchtkugeln in weichgeschwungenen Bogen empor.

17

Unauffällig und etwas besorgt war Me Kam ihrer Herrin und Warwick über die großen Steinplatten weiter Tempelhöfe und durch düstere, unheimliche Portale gefolgt. Als sie sah, daß die beiden die breite Treppe zum heiligen Prachedi hinaufstiegen, wußte sie zuerst nicht, was sie tun sollte, aber dann beschloß sie, unten zu bleiben und Wache zu halten, daß sie für sich allein blieben und von niemand gestört würden. Lässig lehnte sie sich an den starken Pfeiler, der das Treppengeländer abschloß.

Me Kam fühlte tiefes Mitleid mit Amarin, denn sie wußte nur zu gut, daß die Prinzessin durch Etikette und königliche Hausgesetze in ihrer Freiheit grausam beschränkt war.

Als siamesische Prinzessin geboren zu werden, erschien anderen Sterblichen als ein herrliches Los. Alle Wünsche wurden erfüllt, die Macht und Reichtum nur verschaffen konnten. Sie schlief in einer goldenen Wiege, und sie trug prachtvolle Kleider, wundervollen Schmuck, herrliche Juwelen. Viele Dienerinnen sorgten für sie und führten jeden ihrer Befehle aus, und sie wohnte in prunkvollen Palästen mit feenhaften Gärten.

Aber Liebesglück blieb der armen Prinzessin fast immer versagt. Ihrem Stande gemäß durfte sie nur einen Prinzen heiraten, und da Prinzen aus fremden Staaten nicht nach Siam kamen, um dort eine Braut zu suchen, war die Auswahl gering. Nur die eigenen Vettern oder Brüder kamen in Betracht.

Die Ungerechtigkeit und Unsinnigkeit einer solchen Versklavung empörten Me Kam, und leidenschaftlich ergriff sie Partei für ihre Herrin. Wie konnte eine Frau ohne Liebe glücklich werden? Wenn die Prinzessinnen nur Prinzen des Königlichen Hauses heiraten durften, war es doch nur recht und billig, daß diese Vorschrift auch umgekehrt, für die männlichen Mitglieder der Familie, galt. Aber das wäre in den meisten Fällen auch kein großes Glück für die Frauen gewesen. Viele der Prinzen lebten zügellos und hielten ihre Nebenfrauen. Als große Hauptfrau einen solchen Haushalt zu leiten, war nach Me Kams Anschauung keine reine Freude.

Die Amme hatte ihre Herrin zu lieb, um ihr ein solches Schicksal zu wünschen. In Paris hatte sie nur ein paar Worte Französisch gelernt, aber trotzdem hatte sie verschwommene Begriffe von Gleichberechtigung der Geschlechter, Frauenemanzipation und Recht auf Liebe mitgebracht.

Trotz der hellen Mondnacht war es am Fuß der Treppe ziemlich dunkel. Große Bäume und Sträucher warfen tiefe Schatten auf die Wege, und keine Laterne erleuchtete diesen Teil der Tempelanlagen. Me Kam glaubte nicht, daß jemand in diese einsame Gegend kommen würde, denn die Vergnügungen und Zerstreuungen auf dem Volksfest lockten die Leute viel mehr als Stille und Ruhe.

Plötzlich hörte sie jedoch das Knacken eines Zweiges. Erschreckt fuhr sie zusammen und sah sich um. Als zwei Männer auf sie zukamen, versteckte sie sich rasch im Gebüsch und lauschte angestrengt.

Die beiden blieben in ihrer nächsten Nähe stehen, und aus der lauten Unterhaltung und dem lärmenden Wesen schloß sie, daß die Leute zuviel Reisschnaps getrunken hatten. Sie überlegte, was Sie tun könnte, wenn die Strolche die Treppe hinaufgehen würden. Das mußte sie unter allen Umständen verhindern. Den gewöhnlichen Stimmen und gemeinen Redensarten nach mußten es rohe Gesellen sein.

Plötzlich fiel ihr ein, daß die Prinzessin kostbaren Brillantschmuck trug und daß in der letzten Zeit in dieser Gegend viele Raubüberfälle vorgekommen waren. Es war wirklich leichtsinnig von Amarin gewesen, jede Vorsicht zu vergessen und allein mit Warwick hierhinzugehen. Erleichtert atmete Me Kam auf, als die Leute nach einer Weile weiterliefen. Vorsichtig trat sie wieder aus ihrem Versteck hervor und setzte sich auf die unterste Stufe.

Sie war die einzige Vertraute ihrer Herrin, und in den letzten Wochen hatte sie mit ihr gelitten, geduldet und gehofft. Drei große Schalen mit Kerzen, Räucherwerk und Blumen hatte sie persönlich dem großen Buddhabild im Tempel der Lotosteiche geopfert, damit Amarin mit dem schönen Farang glücklich würde. Dazu hatte sie ein rotes Tuch um den einen Pfeiler des Altars geschlungen, auf das sie vorher ihren Wunsch niedergeschrieben hatte, ohne die Namen der Liebenden deutlich zu nennen. Sie beschloß, am nächsten Morgen dieses Opfer in aller Frühe zu wiederholen.

Langsam vergingen die Minuten, und Me Kam wurde immer unruhiger. Fast bereute sie jetzt, daß sie Amarin von Warwicks Anwesenheit erzählt und sie dadurch in solche Gefahr gebracht hatte. Sie überlegte, daß sie etwas unternehmen müsse. Sollte sie hinaufgehen und die Prinzessin an die vorgerückte Stunde erinnern? Aber das erschien ihr zu gewagt, denn dadurch zerstörte sie vielleicht für immer den Glückstraum ihrer Herrin.

Plötzlich zuckte sie zusammen, da sie wieder Schritte hörte.

Ein Europäer kam des Weges, und Me Kam beruhigte sich, als sie Ronnie erkannte. Er hatte das Wahrsagebuch mit den vielen Zeichnungen zu einem hohen Preis erstanden und suchte nun Warwick in den ausgedehnten Klosteranlagen. Von dem Faltbuch wollte er sich nicht trennen und trug es als großes Paket unter dem Arm. Bei dem Sterndeuter hatte er sich natürlich verspätet und war nicht zur rechten Zeit zum Tempelhof zurückgekehrt. Deshalb hatte er ein böses Gewissen und bemühte sich, seinen Freund unter allen Umständen wiederzufinden. Er war erfreut, als er Me Kam sah, denn er schloß daraus, daß die Prinzessin auch irgendwo in der Nähe sein müsse.

»Haben Sie vielleicht Mr. Warbury gesehen?« fragte er, nachdem er ihren Gruß liebenswürdig erwidert hatte.

Als sie verneinte, wollte Ronnie sofort die Treppe hinaufsteigen, um sich oben nach Warwick umzusehen. Me Kam redete zuerst Siamesisch auf ihn ein, da sie aber zu schnell sprach, konnte er sie nicht verstehen. Darauf versuchte sie all ihre englischen Kenntnisse zusammenzunehmen. Er verstand zwar jetzt auch nicht alles, was sie sagte, aber es gelang ihr schließlich, ihn durch einen großen Wortschwall von seiner Absicht abzubringen.

Er unterhielt sich gern mit Me Kam und hatte im Augenblick Warwick vergessen. Das günstige Horoskop hatte ihn in eine gehobene Stimmung versetzt, und er kam sich wichtig vor. Da er sein Herz stets auf der Zunge trug, erzählte er Me Kam alles, was ihm der Sterndeuter prophezeit hatte.

Nachdem Ronnie seine Absicht, die Treppe hinaufzusteigen, aufgegeben hatte, gewann Me Kam ihre Ruhe wieder, und nun verstand er sie auch bedeutend besser.

Ronnie schien die Gelegenheit günstig, und er fragte die Amme nach Amarin aus. Vor allem wollte er wissen, ob sie schon verlobt sei. Zu seiner größten Genugtuung erfuhr er, daß sie sich noch nicht gebunden habe. Nach den Vorhersagen des Sterndeuters glaubte er, daß er auf Amarin hoffen dürfe. Er fragte die Amme, ob der Prinzessin wohl Farangs mit blauen Augen gefallen würden?

Me Kam lächelte verschmitzt im Dunkeln und bejahte. Ihren aufmerksamen Blicken war es schon früher nicht entgangen, daß Ronnie die Prinzessin verehrte und alles daransetzte in ihre Nähe zu kommen. Aus seinen letzten Fragen ging ja deutlich hervor, daß er sich in sie verliebt hatte.

Ronnie war ein Idealist und Schwärmer, besonders Frauen gegenüber, und bei seiner optimistischen Veranlagung bezog er alles auf sich.

Die Zeit verstrich, und Me Kam wurde aufs neue nervös.

Aber Ronnie fragte unentwegt weiter. Er wollte wissen, ob Amarin Bücher liebe. Als die Amme auch dies bejahte, erklärte er ihr umständlich, daß er selbst ein Werk über Siam verfasse, was sie auch schließlich nach vielen Bemühungen seinerseits begriff.

Dann wollte er wissen, ob er der allergnädigsten Prinzessin den Band widmen dürfe.

Das ging aber über Me Kams Fassungsvermögen hinaus. Sosehr er auch versuchte es ihr klarzumachen, konnte er von ihr doch keine Antwort darauf erhalten.

Sie überlegte dauernd, wie sie ihn loswerden könnte, da Warwick und Amarin jeden Augenblick die Treppe herunterkommen konnten.

»Wo ist denn eigentlich die Prinzessin jetzt?« erkundigte sich Ronnie.

Plötzlich kam ihr ein guter Gedanke, und sie sah eine Rettung aus ihrer schwierigen Lage.

»Sie ist heute abend zur Predigt des Oberpriesters in den Haupttempel gegangen. Wahrscheinlich ist sie noch dort. Sie können sie treffen, wenn sie in den Tempelhof gehen und vor dem östlichen Mittelportal warten, bis die Predigt zu Ende ist.«

»Dauert Sie noch langet« fragte er Sofort interessiert. »Wann mag Sie wohl zu Ende sein?«

»Sie kann nicht mehr lange dauern – vielleicht noch zwanzig Minuten«, log Me Kam. »Es ist aber auch möglich, daß sie gleich zu Ende ist«, fügte sie schnell hinzu, als sie sah, daß Ronnie noch bleiben und die Unterhaltung fortsetzen wollte.

Er stürzte davon, und sie lachte leise hinter ihm her. Hoffentlich fiel es ihm nicht ein, in den Tempel selbst hineinzugehen. Aber bei den vielen Zuhörern würde er nicht entdecken, daß Amarin nicht mehr dort weilte. Für eine halbe Stunde war sie ihn nun wenigstens los.

Die beiden Glücklichen schienen oben auf der Terrasse jeden Begriff für Zeit verloren zu haben. Um so mehr mußte Me Kam auf der Hut sein und für ihre Herrin aufpassen. In einem Tempel durften sich die beiden nicht wieder treffen, denn das war zu gefährlich. Angestrengt dachte sie über eine andere Lösung nach, und schließlich sah sie auch eine Möglichkeit.

Ihre Gedanken und Überlegungen beschäftigten sie so stark, daß ihre Wachsamkeit nachließ. Sie bemerkte daher die unheimlichen Gestalten nicht, die sie schon vorher erschreckt hatten. Sie sah die beiden Männer erst, als sie dicht vor ihr standen. Sie trugen weder Schuhe noch Hüte und waren, soweit es Me Kam im Halbdunkel beurteilen konnte, ärmlich gekleidet.

Zuerst war sie vom Schrecken wie gelähmt. Merkwürdigerweise wurde sie auch jetzt nicht von ihnen entdeckt. Als sie sich etwas gefaßt hatte und wieder sprechen konnte, waren sie an ihr vorübergegangen und stiegen schon die ersten Stufen der Treppe hinauf. Nun mußte sie handeln.

»Holla, was wollt ihr beiden Naklengs denn dort oben?« fragte sie kurz entschlossen und trat mutig einige Schritte vor. »Soll euch der Mond da oben auf den Schädel scheinen und euch das bißchen Verstand wegnehmen, das ihr noch habt?«

Die beiden lachten und sahen sich nach Me Kam um.

Trotz ihrer einundvierzig Jahre war Me Kam nach siamesischen Begriffen noch eine hübsche Erscheinung.

Die Männer kamen auf sie zu, gingen auf ihre Scherzreden ein und schäkerten mit ihr. Der eine fragte sie sogar, ob sie ihn nicht für einige Tage heiraten wolle.

Me Kam nahm den groben Scherz nicht übel und gab ihm eine ebenso derbe Antwort.

Unglücklicherweise vergaß sie einen Augenblick die Vorsicht und schlug das rote Tuch zurück, so daß ihre goldenen Armspangen sichtbar wurden.

»Wer bist du denn, daß du soviel goldene Armbänder mit dir herumträgst?« fragte der eine verwundert, dann verständigte er sich blitzschnell mit seinem Kameraden, indem er ihn mit dem Ellbogen anstieß.

Die beiden kamen noch näher heran. Plötzlich stürzten sie sich auf die Frau und versuchten ihr die Schmuckstücke vom Körper zu reißen.

Me Kam war kräftig und wehrte sich durch Kratzen und Fußtritte, so gut sie konnte, aber den beiden starken Männern war sie nicht gewachsen.

In ihrer höchsten Not wußte sie sich nicht mehr zu helfen und stieß einen gellenden Hilferuf aus.

Sofort legte sich eine schwere Hand auf ihren Mund. Verzweifelt biß sie zu.

»Du gemeine Preta (Nachtgespenst)!« schrie der Mann, dessen Hand blutete, und schlug ihr fluchend mit der Faust ins Gesicht.

Im nächsten Augenblick blieb Me Kam der Atem fort, denn knochige Finger krampften sich um ihre Kehle.

18

Willenlos hingegeben an glückliche Erinnerungen lag Warwick am nächsten Abend auf der Veranda seines Bungalows.

Wie im Traum war ihm der Tag vergangen: alles Tun und Lassen stand in dem Zeichen des großen Erlebnisses. Amarins Liebe trug selbst in den Alltag Farbe und Freude. Wohl meldeten sich auch düstere Gedanken an verletzte Pflicht, aber er ließ sie erst gar nicht aufkommen und drängte sie sofort beiseite.

Geräusche aus dem Lautsprecher störten ihn. Der Ansager kündigte an, daß die politischen Nachrichten für den Abend gleich beginnen würden.

Unwillig erhob er sich und stellte den Apparat ab. Dann rief er den Boy.

»Ich will heute abend durch keinen Besuch gestört werden. Wenn jemand kommt und nach mir fragt, sagst du, ich sei nicht zu Hause.«

» **Korap**! (Zu Befehl)«, antwortete der Chinese.

»Damit keiner auf den Gedanken kommt, daß ich mich doch hier aufhalte, drehst du alle Lichter aus.«

» **Korap**!«, wiederholte der Boy und führte die Anordnung sofort aus.

Warwick lag still und reglos im Stuhl. Nur der große Ventilator surrte über ihm an der Decke. Der Boy war unruhig und besorgt über das sonderbare Verhalten seines Herrn. Er kannte ihn genau, denn er war schon lange Jahre in seinen Diensten. In einer solchen Verfassung hatte er seinen Nai aber noch nicht gesehen. Schon den ganzen Tag war ihm der verträumte, abwesende Blick Warwicks aufgefallen. Malariafieber konnte der Nai nicht haben, denn dann hätte er sicher nicht gelächelt. Verwundert setzte sich der Boy im hinteren Teil der Veranda auf den Boden nieder.

Aus dem eingeschossigen Nebengebäude, in dem die Dienerschaft wohnte, rief eine große Tuke-Eidechse viele Male. Unwillkürlich hörte Warwick darauf und zählte die Rufe. Die dumpfen Pauken- und Gongschläge einer Kapelle tönten von weither über das Wasser.

In den Tempeln auf der anderen Seite des Flusses stiegen unaufhörlich Raketen am Horizont empor, deren Bahnen sich in der breiten Fläche des Stroms als leuchtende Linien spiegelten. Dort wurden Leichenverbrennungen der Reichen und Vornehmen abgehalten und als Freudenfeste mit Theateraufführungen und Feuerwerk gefeiert.

Warwicks Gedanken weilten wieder bei dem gestrigen Fest und bei Amarin.

Zögernd nahm er das seidene Tuch, das sie ihm gegeben hatte, aus der Brusttasche, atmete den Wohlgeruch ein und legte es dann behutsam wie eine Kostbarkeit neben sich auf die Lehne des Korbsessels. Der berauschende Duft berührte ihn wie ihre liebkosende Hand. Leise wie eine Vision schwebte ihr Bild durch seine Träume, und wieder durchlebte er, gesteigert in der Erinnerung, das Wunder des vergangenen Abends.

Irgendwo in der nächsten Umgebung begann eine Laosflöte ihre zarte Weise, weich und einschmeichelnd. Nach einer Weile gesellte sich eine Handpauke dazu und durchzitterte mit synkopischen Wirbeln, Trillern und Stakkatoschlägen aufreizend den Rhythmus der Melodie. Glühende Leuchtkäfer schwirrten wie grüngoldene Funken über die Veranda, und in den nahen Büschen des Gartens glitzerten sie zu Hunderten und Tausenden in endlosem Liebesspiel.

Märchenstimmung lag über der Welt.

Plötzlich flammte in seltener Klarheit eine Sternschnuppe am Himmel auf und senkte sich in leuchtender Bahn zum Horizont.

Jäh fuhr Warwick aus seinen Träumen empor. Wie oft hatte er mit Evelyn abends auf der Veranda von Breyfords Haus gesessen und diesem wundervollen Schauspiel zugesehen, das sich in den Tropen viel schöner und wirkungsvoller als in den nördlichen Breiten darbot.

Ihr Bild tauchte vor ihm auf, und er erschrak vor sich selbst. War es möglich, daß er sich trotz seiner großen Liebe zu Evelyn an Amarin verlieren konnte?

Evelyn kannte er schon seit ihrer frühesten Kindheit. Als junges Mädchen hatte sie ihn nach seinen Erfolgen im Weltkrieg bewundert und verehrt. Als er später in den Ferien von Cambridge nach Hause kam, verkehrte er viel in ihrer Familie und sah sie täglich bei Sport, Spiel und gemeinsamen Wanderungen.

Evelyn war einundzwanzig Jahre alt gewesen, als sie ihren ersten mehrmonatigen Besuch in Bangkok machte, und damals kam ihnen klar zum Bewußtsein, daß sie einander liebten. Aber erst während seines letzten Urlaubs hatte er sich mit ihr verlobt.

Offen und rückhaltlos hatte er ihr von seinem Leben in den Tropen erzählt, und sie hatte die Beziehungen zu seiner Mia Me Talap, einer Frau aus dem Volke, als notwendig und natürlich anerkannt. Aber würde sie auch sein Erlebnis mit Amarin verstehen können?

Früher waren ihm selten Zweifel an sich selbst gekommen; sicher und selbstverständlich war er seinen Weg gegangen. Jetzt aber fühlte er sich plötzlich erschüttert und aus dem Gleichgewicht gebracht.

Nervös stand er auf und zündete sich eine Zigarette an, um sich zu beruhigen und seiner Erregung Herr zu werden. Je länger er darüber nachdachte, desto stärker wurde Evelyns Einfluß. Die tiefe Zuneigung zu ihr war in langjähriger Freundschaft gereift, und er konnte sie unmöglich abstreifen, wie man ein Gewand ablegt. Mit Evelyn verbanden ihn gleiche Rasse, gleiche Kultur, gleiche Lebensanschauung, während seine Leidenschaft für Amarin nur eine Gefühlsaufwallung war, die er bekämpfen mußte. Unerbittlich und klar stand dieser Entschluß jetzt vor ihm. Alle weiteren Grübeleien konnten ihn nur darin wankend machen, und er nahm sich vor, diese Schwäche zu überwinden. Es war an der Zeit, daß er zur nüchternen Wirklichkeit zurückkehrte und nicht mehr romantischen Träumen nachhing.

Nach dieser Auseinandersetzung mit sich selbst wurde er ruhiger und legte sich wieder nieder. Seine Gedanken klammerten sich jetzt an das immer prächtiger aufsprühende Feuerwerk. Raketen von wunderbarer Leuchtkraft stiegen zu Wolkennähe empor und sandten dann, müde vom Höhenflug, mit letzter Energie feurigen Blütenstaub zur Erde nieder. Erst nachdem der Zauber strahlender Lilien und anderer Wunderblumen am Himmel schon halb erloschen war, kamen resigniert, gedämpft und abgeschwächt die Detonationen über den Strom zu Warwick herüber. Die himmelwärts steigenden Garben zeichneten eine fast ebenso starke Gegenbewegung als Spiegelbild auf die breitgelagerte, dunkle Wasserfläche des Menam.

»Nai!« sagte der Boy leise.

Er war auf seinen weichen Filzsohlen lautlos näher gekommen, ohne daß Warwick es wahrgenommen hatte.

Warbury hörte den Boy nicht. Er war zu sehr in den Anblick des herrlichen Schauspiels versunken.

Nachdem der Diener noch einmal vergeblich versucht hatte, die Aufmerksamkeit seines Herrn zu erregen, berührte er ihn leicht am Fuß.

»Was gibt es?« fragte Warwich und richtete sich schnell auf.

»Draußen ist Me Kam, eine alte Siamesin. Sie sagte, sie müsse den Nai dringend sprechen.«

Warwick erhob sich. Eigentlich hatte er den Entschluß gefaßt, in den Klub zu gehen, um Amarin zu vergessen, aber er konnte unmöglich die Dienerin abweisen, ohne sie angehört zu haben.

»Mache Licht und lasse sie auf die Veranda kommen«, sagte er zu dem Boy.

Langsam stieg die Siamesin die Treppe herauf. Sie trug einen einfachen Panung und gewöhnliche Kleidung, um die Aufmerksamkeit nicht auf sich zu lenken. Aus demselben Grund hatte sie auch eine Rikscha genommen, den Chinesenkuli aber schon in einer gewissen Entfernung von Warwicks Haus entlassen.

Noch bevor Sie Sich auf den Teppich setzen konnte, schob ihr Warwick einen Stuhl hin. Nach der üblichen Begrüßung sah er sie fragend an, aber sie schwieg, und er merkte, daß die Anwesenheit des Boys sie am Sprechen hinderte. Durch eine Handbewegung schickte er ihn fort.

»Mr. Warbury«, begann sie gleich darauf eifrig, »ich wollte Ihnen, auch im Namen der Prinzessin noch einmal danken, daß Sie mich gestern von den beiden Strolchen befreit haben.«

»Aber das war doch selbstverständlich, ich habe es gern getan. Dafür brauchen Sie mir nicht zu danken«, wehrte er ab. »Wie haben Sie denn den Überfall überstanden? Haben Sie noch

Schmerzen? Die beiden Kerle hatten Sie ja böse zugerichtet. Ich bin erstaunt, daß Sie heute schon wieder auf sind und so weite Wege machen können.«

Warwick und Amarin waren am vergangenen Abend schweigend und glücklich die große Marmortreppe hinuntergegangen. Als sie fast am Ende der Stufen angelangt waren, hatten sie plötzlich Me Kams halberstickten Schrei gehört. Warwick war der Amme schnell zu Hilfe geeilt und gerade noch zu rechter Zeit gekommen, um den einen von den beiden Siamesen mit einem wohlgezielten Faustschlag unters Kinn bewußtlos zu machen. Der andere hatte einen Augenblick gezögert, als ob er sich auf ihn stürzen wollte, dann aber das Weite gesucht.

»Es war ein großes Glück, daß die beiden Kerle keine Messer bei sich hatten«, sagte Me Kam und schauderte. »Sonst wären Sie niedergestochen worden. Für die Prinzessin hätte das furchtbare Folgen gehabt. Ich selbst fühle mich wieder ganz wohl, nur habe ich ein paar blaue Flecken am Hals«, fügte sie freundlich hinzu.

»Wie geht es Prinzessin Amarin? Sie war gestern in großer Sorge um Sie. Bei all der Aufregung habe ich mich nicht einmal richtig von ihr verabschieden können.«

Warwick sah die Frau gespannt an.

»Sie hat sich bald wieder von dem Schrecken erholt. Auch soll ich Ihnen bestellen, daß sie sich sehr freuen würde, wenn Sie ihr heute abend einen Besuch machten. Sie erwartet Sie um halb neun in ihrer Villa an der Sapatumstraße.«

Warwicks Gedanken wirbelten durcheinander. Die Entschlüsse, die er vorher gefaßt hatte, waren vergessen, und die Unruhe erwachte stärker in ihm als zuvor. Die Möglichkeit, Amarin wiederzusehen, bot sich so leicht und überraschend! Gewaltsam hatte er alle Gedanken an sie unterdrückt. Jetzt aber packte ihn die Sehnsucht nach ihr von neuem und heftiger als vorher.

Verwirrt trat er an das Geländer der Veranda und schaute auf die kleinen, plätschernden Wellen hinunter. Er konnte kaum einen klaren Gedanken fassen, aber es mußte etwas geschehen. Wie könnte er jedoch Me Kam eine Absage geben, ohne unhöflich und beleidigend zu erscheinen?

Die Amme beobachtete ihn scharf.

»Die Prinzessin wartet ganz allein auf Sie in der Villa«, drängte sie, als sie sah, daß ihm die Entscheidung schwerfiel. »Zuerst wollte sie nichts von meinem Plan hören, aber ich sagte ihr, daß Sie die Einladung sicher nicht mißverstehen und bestimmt kommen würden, weil Sie die Prinzessin lieben«, fügte sie leise hinzu.

Warwick schaute sie bestürzt und überrascht an. Sie hatte von seinen innersten Gefühlen, die er sich selbst kaum eingestehen wollte, offen gesprochen.

»Sie wissen ja, wie schwer das der Prinzessin fallen muß«, fuhr die Amme fort, »und wie gefährlich es für sie ist, so zu handeln. Sie sind ein Mann und ein Farang – sie brauchen sich nicht zu fürchten.«

Er atmete schnell.

»Ich verstehe, daß sich die Prinzessin einer sehr großen Gefahr aussetzt. Deshalb ist es besser, daß ich sie nicht wiedersehe«, entgegnete er ernst.

Me Kam hatte eine solche Wendung nicht erwartet. Sie hatte Amarin zu diesem Schritt gedrängt, weil sie wußte, wie unglücklich ihre Herrin werden würde, wenn sie den schönen Farang nicht wiedersähe. Unter allen Umständen mußte sie Erfolg haben.

Niemals war ihr vorher der Gedanke gekommen, daß Warwick ablehnen könnte. Sie sah ihn fragend an. Sollte seine Liebe zur Prinzessin doch nicht so groß sein? Heimlich berührte sie das zauberkräftige Amulett, das sie unter ihrem Kleid auf der Brust trug.

»Die Prinzessin wird sehr traurig werden, wenn ich ihr sage, daß Sie nicht den Mut haben, sie zu besuchen.«

Warwick wurde ärgerlich. Es hatte keinen Zweck, sich mit Me Kam darüber auseinanderzusetzen – er mußte mit Amarin selbst sprechen. Sie würde ihn verstehen, wenn er ihr alles ruhig erklärte.

»Ich komme«, sagte er kurz.

Me Kams Augen leuchteten triumphierend auf. Der Zauber des großen Rüsi hatte gewirkt!

Warwick sah auf die Uhr. Es war fünf Minuten vor acht, und wenn er zur rechten Zeit ankommen wollte, mußte er sofort aufbrechen.

Schon wollte er die Treppe zur Garage hinuntersteigen, um seinen Wagen herauszuholen, aber um Amarins willen mußte er vorsichtig sein. Wenn er mit dem Auto zu ihrer Villa fuhr, führte sein Weg über die belebte Sapatumstraße und durch den vorderen Parkeingang. Dabei konnte er leicht beobachtet und erkannt werden. Aus diesem Grunde war es besser, wenn er sein neues Motorboot nahm. Die hintere Gartenfront der Häuser an der Sapatumstraße grenzte an einen Wirtschaftskanal. Von dieser Stelle des Menams aus konnte er ihn auf einigen Umwegen erreichen.

Es dauerte kurze Zeit, bis er das Boot klargemacht hatte, das unten zwischen den Pfählen seiner Veranda angeschlossen war. Die bestimmte Aussicht, Amarin bald wiederzusehen, machte ihn trotz aller Gegenwehr froh und ungeduldig.

Und zehn Minuten später fuhr er mit Me Kam den Menamstrom hinauf.

* * *

Wie alle Großen Siams hatte auch Prinz Akani früher einen gewissen Teil seines Vermögens in Hausbesitz angelegt, und es gehörte ihm eine Anzahl von Villen in der Sapatumstraße. Die größte darunter, in deren Nähe Warwick Warbury verunglückte, war unbewohnt. Prinz Akani hatte sie für sich selbst eingerichtet.

Me Kam war nun der Gedanke gekommen, daß Warwick und Amarin sich dort heimlich treffen könnten.

Beherzt, umsichtig und erfinderisch war sie auch sofort daran gegangen, die Ausführung dieses Plans zu ermöglichen. Sie mußte alles allein in die Hand nehmen, niemand sonst durfte etwas davon erfahren. Nicht einmal ihre Herrin sollte zunächst etwas davon wissen.

Von Prinzessin Chanda ließ Me Kam sich Urlaub geben. Ein Vorwand war leicht gefunden. Sie sagte, daß sie ihre Schwester besuchen wolle, die Frau eines reichen Reisbauern, die weit entfernt von der Hauptstadt an einem schwer zugänglichen Kanal lebte. Auf diese Weise hatte sie Zeit gewonnen, und es wurde ihr möglich, das Haus in Ordnung zu bringen und die Räume mit Blumen zu schmücken.

Sorgfältig wählte sie die Blüten, deren Duft auf Warwick einen Liebeszauber ausüben sollte, denn in dieser Kunst war sie erfahren. Und wenn er erst einmal in dem Hause gewesen war, wollte sie beim Bronzebild des großen Rüsi im Tempel des Smaragdbuddha eine noch viel stärkere Beschwörung vollbringen, damit Warwick ihre Herrin nie verlassen sollte.

Me Kam hatte den ganzen Tag eifrig gearbeitet und war nicht zur Besinnung gekommen. Sie war stolz darauf, daß sie all den ungerechten Vorschriften und Gesetzen zum Trotz Amarin glücklich machen konnte.

Aber als sie nun neben Warwick im Motorboot saß, stiegen doch Bedenken in ihr auf, und sie erschrak über ihre Kühnheit. Wie gefährlich war dieses Liebesabenteuer, und wie leicht konnte ein Unberufener das Geheimnis erfahren! Sie wußte sehr wohl, welches entsetzliche Schicksal über ihre Herrin hereinbrechen würde, wenn es entdeckt war. Ebensogut wußte sie, daß ihr selbst die schwersten Strafen drohten.

Mit Grauen dachte sie daran, welch schreckliches Los früher die Frauen der Palaststadt traf, wenn sie sich verbotener Liebe hingaben.

Noch zu Zeiten König Mongkuts, der in der zweiten Hälfte des vergangenen Jahrhunderts regierte, waren Pia Deng und seine erste Gemahlin, Nang Bun, unter furchtbaren Qualen zu Tode gefoltert worden, weil er die Augen zu Nang Dara, der Favoritin des Königs, erhoben hatte. Bun hatte denselben entsetzlichen Tod erlitten, weil sie aus Liebe zu ihrem Mann den Fluchtplan der beiden begünstigt hatte.

Als junges Mädchen hatte Me Kam selbst noch erlebt, daß Prinz Uraruk, der damalige Palastminister, die schöne Prinzessin Aruni im Palastgefängnis einschließen ließ, weil sie in verbotenen Beziehungen zu einem gewöhnlichen Mann aus dem Volke gestanden hatte. Ihr Geliebter wurde sofort hingerichtet, und sie wurde während ihrer Gefangenschaft so schlecht behandelt und bekam so wenig Nahrung, daß sie schwächer und schwächer wurde, bis man sie schließlich eines Morgens bewußtlos in ihrer Zelle auffand.

In diesem Zustand hatte der Palastminister die angeblich Tote auf den Scheiterhaufen bringen und verbrennen lassen.

Furchtbares hatten später die Frauen der Amazonengarde darüber erzählt, die dabei zugegen sein mußten und Zeugen waren, wie Aruni in den Flammen noch einmal erwachte.

Prinz Uraruk war zwar in Ungnade gefallen und vom König aufs schwerste bestraft worden, aber das konnte die arme Prinzessin nicht wieder zum Leben zurückbringen.

Solche Greueltaten kamen allerdings heutzutage nicht mehr vor, aber das Maß der Strafe für ein derartiges Vergehen lag in dem persönlichen Ermessen des Königs und des Palastministers, der ihn beriet. Das mindeste war lebenslängliche Einkerkerung.

Von Murapong konnte man nichts Gutes erwarten. Er war von jeher der Feind des Prinzen Akani gewesen, und Me Kam hatte ihn immer gehaßt.

Heute wollte sie selbst unten vor dem Hause Wache halten, denn es galt, auf jeden Fall auf der Hut zu sein.

Nach der Erfahrung vom vergangenen Abend hatte sie ein flaches Dolchmesser mitgenommen, das sie in ihrem Brusttuch versteckt hielt.

Im Grunde war sie keine grüblerische und wägende Natur. Sie lebte wie fast alle Siamesen mehr dem Augenblick, ohne Rücksicht auf gestern und morgen, und als sie sich jetzt ihrem Ziele näherten, schwanden ihre düsteren Gedanken mehr und mehr und wichen einer frohen, erwartungsvollen Stimmung.

Warwick hatte seinen Chauffeur nicht mitgenommen. Er steuerte sein Boot selbst, um keinen Dritten wissen zu lassen, welchen Weg er nahm.

Bald kam er in der Mitte des Menams an, wo er freie Fahrt hatte. Die Flut hatte ihren höchsten Stand erreicht, und die Strömung im Fluß stockte. Das war günstig, denn dadurch stieg auch das Wasser in den Kanälen bedeutend.

Sorgfältig überlegte er Wort für Wort, was er Amarin sagen würde, denn er wollte ihr seinen Entschluß möglichst schonend beibringen.

Als er bei der Brücke Tapan Han, an der Grenze der Chinesenstadt, in einen Kanal einbog, mußte er jedoch seine volle Aufmerksamkeit auf das Steuern richten. Er wollte schnell vorwärts kommen, deshalb mußte er allen langsamen Booten ausweichen. Das erforderte bei diesem Tempo große Geschicklichkeit und Umsicht.

Auf der letzten Strecke in dem verhältnismäßig engen Wirtschaftskanal wurde es schwieriger. Die Wasserstraße zog sich zwischen ausgedehnten Gärten hin und war nicht erleuchtet. Es ging immer langsamer, da er seine großen Scheinwerfer nicht einschalten wollte, um kein Aufsehen zu erregen.

Schließlich gab er es auf und hielt einige hundert Meter von dem hinteren Parktor der Villa entfernt an einer Waschbrücke an. Dort machte er fest.

Vorsichtig ging er dann mit Me Kam den schmalen Uferweg entlang. Da sie hier genau Bescheid wußte, übernahm sie die Führung und ging voraus. Endlich hatten sie den hinteren Eingang zu dem Grundstück erreicht, und geschickt schob die Siamesin mit einem Bambusstäbchen den Riegel am Wassertor von außen zurück.

Park und Garten lagen zu dieser späten Stunde in einer düsteren Verzauberung. Die Umrisse des großen Hauses zeigten sich undeutlich zwischen majestätischen Bäumen mit weit ausladenden Kronen. Leise knirschte der feine Kies unter ihren Füßen.

Nur ein matterleuchtetes Fenster streute unsicheres Licht auf den Weg, und auch dieses erlosch, als sie die Stufen zur Veranda hinaufgingen.

Me Kam eilte einige Schritte voraus, öffnete behutsam eine Tür und schob einen Vorhang zurück. Kaum hörbar glitten die Metallringe über die Stange.

Seltsam erregt folgte ihr Warwick. Er hatte alles vergessen, was er Amarin sagen wollte.

In der wenig erleuchteten Halle umfing ihn der schwüle Duft weißer Tuberosen. Nur im Hintergrund schimmerte die breite Treppe heller. Im oberen Geschoß brannte eine Flamme des großen Kronleuchters.

Plötzlich sah er Amarin, die ihm bis zur Mitte der Treppe entgegengeeilt war.

Einen Augenblick wollte er zurückweichen, aber ihre Gegenwart wirkte zu stark auf ihn. Leise zitternd umschlossen ihn ihre Arme, und ihre Lippen preßten sich in heißem Verlangen auf die seinen. Seine Hände glitten über die zarte Rundung ihrer samtweichen Schultern. Erst nach einer Weile löste sich Amarin sanft von ihm.

Me Kam hatte in der Halle eine berauschende Fülle von Blumen gehäuft, zuviel für Amarins feines Empfinden. Die Prinzessin führte Warwick ins obere Geschoß, wo auch nur gedämpftes Licht herrschte.

Sie traten in einen hohen Raum. Ein großer Wandbogen öffnete sich nach der hinteren Veranda. Mächtige, dichtbelaubte Teakbäume mit starken Blättern schoben sich schützend wie eine Wand vor den Kanal, so daß von dort kein Späherauge herüberschauen konnte.

Unten ließ sich Me Kam auf einem Gartensitz nieder. Von hier aus konnte sie das vordere Parktor und den Ausgang nach dem Kanal überschauen. Vorsichtig zog sie den Dolch aus dem Brusttuch und umklammerte mit der Rechten den Griff. Niemand sollte den Liebenden zu nahe treten.

Aber nichts regte sich, nur ein Vogel sang verträumt in einem nahen Hibiskusstrauch. Der Mond, der schon vorher aufgegangen war, trat hinter den hohen Bäumen hervor und übergoß mit seinem friedlich hellen Licht die weiten Rasenflächen des Parkes.

19

Wieder waren Wochen vergangen. Eine heimliche, tiefe Freude erfüllte Warwicks Leben. Alle zwiespältigen Zweifel drängte er zurück und gab sich ganz dem Glück des Tages hin, ohne an die Zukunft zu denken.

Von dem Fenster seines luftigen Büros schaute er auf den Hafen hinunter, nachdem er die Morgenpost durchgearbeitet hatte.

Zahlreiche Reisboote glitten, von schwellenden Segeln getrieben, den Fluß hinab. An dem Pier, wo geschäftiges Treiben und rauhe Geräusche den Alltag füllten, lagen Reisdampfer. Polternd und dumpf rasselten die Ketten nie müder Schiffskrane, und ununterbrochen schrillten Sirenen von Motorbooten und übertönten die lauten Rufe der Arbeiter.

Nach einer Weile griff Warwick nach seinem breitrandigen Tropenhut und trat ins Freie hinaus. Er wollte einen Rundgang durch die verschiedenen Schuppen und Gebäude machen und überall nach dem Rechten sehen.

Er war seit langem, vor allem durch die harte Schule des Krieges, an Pflichtbewußtsein und an Strenge gegen sich selbst gewöhnt. Er hatte Freude am Kampf und liebte es, sich gegen Schwierigkeiten und Hindernisse kraftvoll durchzusetzen. Unermüdlich war er an dem Ausbau des Geschäftes tätig, und die Durchführung seiner umfassenden Reformpläne hatte die Firma bedeutend gefördert und entwickelt. Um den Export von Reis im großen aufnehmen zu können, hatte er mehrere Reismühlen angekauft, und als weiteren Schritt plante er die Anlage ausgedehnter Musterplantagen.

Zunächst wandte er sich zu den Silos, wo das Laden der Dampfer in vollem Gange war. Die Aufseher und Vorarbeiter grüßten ihn höflich. Untergebenen gegenüber blieb er stets der gleiche: er behandelte sie bestimmt und kurz, aber wohlwollend, und sie achteten und schätzten ihn wegen seines unparteiischen, gerechten Wesens.

Große Nordchinesen mit stumpfen Gesichtern schleppten in langer Reihe schwere Lasten herbei. Schweißtriefende Kulis stapelten vorn am Pier die Reissäcke auf und banden sie mit breiten Gurten zu Ballen zusammen, die dann von weitgreifenden Kranen in die tiefen Laderäume hinabgelassen wurden.

Einige Augenblicke blieb Warwick am Ufer stehen und sah befriedigt zu. Die Arbeit war gut organisiert und ging flott vonstatten.

Dann schritt er das Fallreep hinauf an Bord des Dampfers, stieg auf die Kommandobrücke und sprach mit dem Kapitän in dessen Kabine. Sein ruhiges, überlegenes Auftreten und die beherrschte Art, in der er seine Anordnungen gab, verrieten den geborenen Führer. Warwick Warbury gehörte zu den Starken, denen andere dienten.

Von vielen Bootkielen aufgewühlt plätscherte das Wasser des Stroms unruhig gegen die Schiffswände. Über dem Hafen brütete die heiße Mittagssonne der Tropen, und Wolkenburgen, deren Weiß sich scharf vom tiefen Blau des Himmels abhob, türmten sich am westlichen Horizont.

Einzelne Möwen kreisten über der breiten Wasserfläche und holten sich die Speiseabfälle, die von Bord der zahlreichen Schiffe in den Fluß geworfen wurden.

Mehrere Reihen von schwimmenden Häusern, die von Bambusflößen getragen wurden, waren am anderen Ufer verankert. Dort wurde Markt auf dem Wasser abgehalten. Gewandt steuerten die siamesischen Bootsleute ihre flinken Sampanboote durch den Strudel des Verkehrs.

Warwick trat mit dem Kapitän an die Reling.

»Hallo, hallo!« tönte es plötzlich vom Fluß herauf. »Wie geht es dir, alter Seeräuber? Kann ich zu dir an Bord kommen?«

Warwick beugte sich vor und sah Ronnie, der in einem gewöhnlichen Sampan saß und von einem Siamesen gerudert wurde. Er winkte ihm zu.

»Vom Wasser aus wirst du nicht heraufkommen können!«

»Doch! Gib nur Befehl, daß die Strickleiter heruntergelassen wird, dann komme ich an Bord wie der Lotse.«

»Ich schlage vor, daß wir beide zusammen zu Mittag essen. Ich hatte sowieso die Absicht, heute mittag im Oriental-Hotel zu speisen«, sagte Warwick später zu Ronnie, nachdem er ihn dem Kapitän vorgestellt hatte. »Herrlich! Ich nehme mit Freuden an! Ich habe dich in der letzten Zeit ja kaum zu sehen bekommen. Wo steckst du denn immer abends?«

Warwick überhörte die Frage.

Bald darauf stiegen die beiden Freunde das Fallreep zum Pier hinunter.

Warwick gab Ronnie den Schlüssel zum Bootshaus und ging ins Büro zurück, wo er noch einiges zu erledigen hatte. Als er wenige Minuten später zum Ufer kam, lag das seetüchtige, schnittige Motorboot fahrtbereit an der Landungsbrücke, und Ronnie, der an allen technischen Dingen eine fast kindliche Freude hatte, saß schon am Steuer.

Mit großer Schnelligkeit fuhren sie stromauf. Nach einer Viertelstunde hatten sie das Hotel erreicht, stiegen aus und gingen auf die breite Uferterrasse, wo im Freien unter großen Sonnenschirmen gedeckt war.

Während des Essens machte Ronnie plötzlich eine Pause.

»Ich habe heute eine sonderbare Statue gesehen – einen Dickbauchbuddha«, begann er zu erzählen. »Er steht im Tempel Wat Tong, drüben am anderen Ufer des Kanals Bangkok Noi. Ich wette mit dir, daß du noch nie eine so ulkige Figur gesehen hast.«

»Den Typ kenne ich sehr gut, die Wette hätte ich also gewonnen. Die Chinesen verehren eine ähnliche Gestalt, den Gott des Reichtums, Ho Tai. Der siamesische Dickbauchbuddha ist meiner Meinung nach nur eine mißverstandene Übertragung dieser chinesischen Gottheit.«

»Du magst recht haben, weiser Marabu. Ich habe heute im Tempel eine fotografische Aufnahme davon gemacht. Es waren nämlich heute viele Frauen dort, die Blumenkränze an dem Altar des Dickbauchbuddhas aufhingen, einen sogar an seiner großen Zehe. Auch brachten sie andere Opfer an Kerzen und Weihrauch und knieten vor der abscheulichen Figur nieder.«

»Auch das kann ich dir erklären. Die Siamesen glauben, daß er etwas mit Kindersegen zu tun hat, und die Frauen, die sich Kinder wünschen, gehen dorthin und opfern und tun Gelübde. Du kannst in mehreren Tempeln solche Statuen treffen, aber die Verehrung von dicken Menschen ist in Ostasien ganz allgemein. Die Siamesen und besonders auch die Chinesen halten sie für außerordentlich gutmütig und glückbringend. Vielleicht haben sie nicht ganz unrecht, wenn sie sagen, daß böse Menschen sich in ihrem Zorn so ereifern und aufregen, daß sie mager bleiben.«

»Irrsinnig interessant! Aber ich kann dir etwas Ähnliches erzählen. Weißt du, daß man dasselbe von Leuten mit großen Ohren oder besser mit langen, großen Ohrläppchen sagt? Das ist doch eins der vielen Schönheitszeichen Buddhas. Du kannst das an jeder Buddhafigur beobachten.«

»Du machst ja riesige Fortschritte«, sagte Warwick erstaunt. »Für die Beliebtheit korpulenter Leute kann ich dir auch ein Beispiel geben. Früher lebte hier in Bangkok ein europäischer Arzt, der außergewöhnlich dick war. Dadurch war er bei den Siamesen allgemein beliebt und hatte großen Zulauf. Schließlich wurde er sogar der Leibarzt des Königs. Die Leute nannten ihn gewöhnlich nur den Mo Chang, den Elefantendoktor.«

»Du hast ja heute Opale in deinen Manschetten – wo sind denn die grünen Jadeknöpfe?« fragte Ronnie plötzlich sprunghaft. »Die haben mir immer so gut an dir gefallen.«

»Vor ein paar Tagen habe ich den einen verloren, und seitdem trage ich die Opale.«

Ronnie aß weiter, aber nach kurzer Zeit legte er wieder Gabel und Messer beiseite und runzelte die Stirne. Dann schob er auch die Serviette zur Seite. Er schien etwas Besonderes auf dem Herzen zu haben.

»Warwick, ich muß dir etwas sagen, was dir vielleicht unangenehm ist. Aber ein Arzt muß die Sonde anlegen, selbst wenn sie schmerzt und weh tut«, begann er schließlich. »Du kümmerst dich zuviel um Prinzessin Amarin – die Leute sprechen schon darüber.« »Klatsch interessiert mich nicht«, erwiderte Warwick gleichgültig.

»Bei der Modenschau, die deine Firma neulich in ihrem Stadtgeschäft abhielt, waren der Hof und ganz Bangkok erschienen, und es fiel allgemein auf, daß du dich fast ausschließlich der Prinzessin Amarin gewidmet hast. Die Blicke, die ihr euch zugeworfen habt – ein Wunder, daß die Bude nicht in Flammen aufgegangen ist!«

»Nun höre aber mit dem Unsinn auf! Ich hätte nie gedacht, Ronnie, daß du dich mit solchem Altweibertratsch abgeben würdest.«

»Nimm die Sache nicht zu leicht, Warwick! Im Klub spricht man auch darüber, und schließlich hat man doch selbst Augen im Kopf. Als du sie und ihre Tante nachher an den Wagen brachtest, hast du ihre Hand viel zu lange in der deinen gehalten. Das kannst du auf keinen Fall abstreiten!«

»Sag mal, hast du wirklich nichts anderes zu tun als Händedrücke zu registrieren? Laß doch die Leute reden, was sie wollen.«

Beide schwiegen eine Weile. Warwick war verstimmt, und Ronnies Mundwinkel zogen sich melancholisch nach unten.

»Du scherzest und machst dich über mich lustig«, sagte er vorwurfsvoll. »Wahrscheinlich hast du noch nie darüber nachgedacht, was das alles für mich bedeutet. Aber ich habe auch ein fühlendes Herz in der Brust, das darfst du nicht vergessen. Und schöne Frauen haben mich schon immer begeistert.

In England habe ich mich in Evelyn Breyford verliebt und ihr erklärt, daß ich sie heiraten wolle. Aber sie sagte mir, daß sie ›einen anderen‹ liebe. Das war bitter, und ich wurde beinahe schwermütig.«

Ronnie legte eine große Scheibe Putenbraten auf seinen Teller, denn trotz seines Schmerzes vergaß er nicht, für die irdische Hülle seiner gequälten Seele zu sorgen. »Um meinen Kummer zu betäuben, habe ich diese Weltreise gemacht. Und hier mußte ich dann erfahren, daß du dieser ›andere‹ bist!«

Er nahm noch einen Löffel von der schmackhaften Sahnensoße.

»Ich habe nur den einen Trost, daß mein persönliches Unglück der Wissenschaft zum Vorteil gereicht, denn ich werde ein bedeutendes Werk über Siam schreiben.«

Warwick klopfte ihm begütigend auf die Hand.

»Du mußt die Sache nicht so tragisch nehmen, alter Junge.«

»Ich hatte mir auch einen heiligen Eid geschworen, dir nie ein Sterbenswörtchen davon zu sagen, aber als ich dich jetzt mit Prinzessin Amarin flirten sah...«

»Du hast dich doch nicht etwa auch in sie verliebt?« unterbrach ihn Warwick.

»Ja«, entgegnete Ronnie leise, und seine Stimme klang bewegt. »Bei der Modenschau habe ich euch genau beobachtet – nein, lache nicht, Warwick – Liebe und Eifersucht schärfen den Blick. Aber ich spreche trotzdem nicht meinetwegen, obwohl mein Herz blutet. Du mußt dich in acht nehmen um der Prinzessin willen. Ich meine es nur gut mit euch beiden.«

»Ich danke dir für deinen Rat, Ronnie. Ich werde mich danach richten«, erwiderte Warwick ruhig, um das unangenehme Thema endlich zum Abschluß zu bringen.

Beide aßen einige Zeit, ohne etwas zu sagen.

»Neulich abends war ich doch beim Sterndeuter«, begann Ronnie dann aufs neue und schob den Teller zurück. »Du wirst dich gewundert haben, daß ich so lange nicht zurückkam. Aber ich ließ mir das Horoskop stellen.«

»Das weiß ich noch sehr gut. Dabei habe ich ja den Dolmetscher spielen müssen.«

»Nein, ich meine später – in seiner Wohnung. Da hat er mir dann noch viel mehr erzählt. Eigentlich wollte ich auch Prinzessin Amarins Zukunft wissen und von ihm ihr Horoskop stellen lassen. Aber das ging nicht, weil weder ich noch der Sterndeuter ihren Geburtstag wußten. Aber du ahnst nicht, was in meinem Horoskop steht.«

»Nein, das weiß ich nicht.«

»Ich werde die Prinzessin aus großer Gefahr erretten.«

»Dann hast du ja eine schöne Aufgabe.«

Warwick mußte sich zusammennehmen, um nicht laut aufzulachen.

»Du siehst, das Schicksal hat bereits gesprochen.«

»Ja, ich sehe.«

»Und weißt du, was mich am meisten an der Prinzessin fesselt? – Es sind ihre tiefen, dunklen Augen. Ein Schimmer von Märchenträumen ruht darin«, sagte Ronnie schwärmerisch. »Aber du bist ja kein Schriftsteller und Dichter wie ich, und es ist dir nicht gegeben, diese leisen, zarten Regungen und Schwingungen zu empfinden. Ich habe in meinem Buch dem samtseidenen Glanz siamesischer Frauenaugen ein ganzes Kapitel gewidmet. Und als ich es schrieb, schwebte mir immer Prinzessin Amarin vor.

In der vergangenen Nacht habe ich lange wachgelegen und über dich und die Prinzessin nachgedacht. Wie mir jetzt scheint, flirtest du mit ihr nur aus geschäftlichen Gründen, aber auch darin muß man Maß und Ziel halten! – Du weißt ja gar nicht, ob sie die Sache nicht ernst nimmt, und ob du ihr Herz nicht grausam mit Füßen trittst!«

Warwick hatte Ronnie verwundert zugehört. Die letzten Worte seines Freundes gingen ihm nahe, und er schaute an Ronnie vorbei in die Ferne.

Aber Ronnie bemerkte es nicht, denn der Nachtisch wurde gerade aufgetragen. Seine Augen glänzten, als er eine Schale mit geeisten Mangos sah, die er besonders schätzte.

»Wo kann ich dich nachher mit dem Motorboot absetzen?« fragte Warwick, während Ronnie kunstgerecht eine Frucht zerlegte. »Weißt du vielleicht noch einen Tempel, in dem man etwas Besonderes sehen kann, und der nicht allzu weit von hier entfernt liegt?«

»Ich werde dich zum Wat Sampao bringen, wo ein Gebäude in Form einer chinesischen Dschunke errichtet ist. Ein reicher chinesischer Kaufmann, der hier in Bangkok ansässig war, fuhr einmal auf einem chinesischen Segelschiff von Hongkong hierher. Unterwegs geriet er in einen Taifun, und das Schiff drohte unterzugehen. In seiner Todesangst tat er das Gelübde, daß er einen Tempel mit einem großen, steinernen Schiff bauen wollte, wenn er aus diesem Sturm gerettet würde. Da legten sich die Wellen, er kam glücklich in den Hafen von Bangkok zurück und erfüllte sein Gelübde. Tatsächlich befindet sich seitdem im Wat Sampao westlich vom Haupttempel eine große steinerne chinesische Dschunke. Das Innere ist zugänglich und beherbergt mehrere bewohnbare Räume. Als Masten aber sind drei hohe, spitze Prachedi errichtet.«

»Phantastisch! Das gibt sicher wieder eine märchenhaft interessante Abbildung für mein Buch.«

Ronnie wurde ungeduldig und trieb zum Aufbruch.

»Ein wundervoller Blick«, sagte Warwick, als er wieder neben seinem Freund im Boot saß und den Strom hinunterfuhr. »Sieh nur, wie sich im Hintergrund die große Brücke über das breite Wasser spannt – und drüben rechts der Tempel der Morgenröte mit dem feingegliederten, einzigartigen Praprangturm!«

Ronnie nickte.

»Ja, du hast recht. Ist es nicht sonderbar, daß dieser große Bau von nahezu achtzig Meter Höhe keinen Zugang hat? Auf dem Boden ist er fast ebenso breit, wie er hoch ist.«

»Die Könige Siams müssen eine ähnliche Machtvollkommenheit besessen haben wie die Pharaonen«, meinte Warwick nachdenklich. Er verfolgte seine eigenen Gedanken weiter und achtete nicht auf Ronnies Bemerkung. »Sie haben einfach die Bevölkerung eines großen Landstrichs aufgeboten und zu Fronarbeit gezwungen. So sind all die großen Tempel hier in Bangkok und auch die Stadtmauer entstanden. Am Bau des Tempels des Schlafenden Buddha arbeiteten im Durchschnitt dreißig- bis vierzigtausend Mann.

Um nur die wichtigsten Tempel einigermaßen instand zu halten, würde man den dritten Teil der Staatseinnahmen brauchen. Und da man das nicht aufwenden kann, gehen sie langsam dem Zerfall entgegen. Das alte Siam mit seinem absoluten Königtum und seinen riesigen Wunderbauten wird wahrscheinlich bald der Vergangenheit angehören, und nach einiger Zeit werden nur noch kümmerliche Reste von früherer Größe zeugen.«

20

Kurz bevor Warwick an der großen Treppe landete, die in bequemen Stufen vom Hauptbüro zum Wasser hinabführte, gab er mit der Sirene ein Signal.

Der Wachtmann eilte herbei, um das Boot zu übernehmen und festzuschließen.

Als Warwick in das obere Geschoß hinaufstieg, in dem sein Büro lag, lächelte er vor sich hin. Ronnie meinte es immer sehr gut, aber seine Ansichten waren zu einseitig und zu übertrieben, als daß man sie ernst nehmen konnte. Trotzdem dachte Warwick über die Worte seines Freundes nach. Es war unangenehm, wenn nicht geradezu gefährlich, daß man im Klub über ihn in Verbindung mit Amarin gesprochen hatte. Die Warnung Ronnies wollte er beherzigen, denn er durfte den Leuten keinen weiteren Grund zum Reden geben. In diesem einen Punkt hatte Ronnie ausnahmsweise recht.

Als er ins Vorzimmer seines Büros trat, wurde er von anderen Dingen in Anspruch genommen. Der Boy kam auf ihn zu, reichte ihm eine Karte und sagte ihm, daß Pra Vanit schon eine Viertelstunde auf ihn warte.

Schnell ging Warwick ins Empfangszimmer und begrüßte den siamesischen Oberst herzlich. Er hatte ihn im Kriege an der Westfront als einen der besten Kampfflieger kennengelernt. Pra Vanit war inzwischen schnell vorwärtsgekommen und leitete jetzt die Abteilung für das Flugwesen im Kriegsministerium.

Auf Warwicks Wink rollte der Boy eine kleine Bar herein. Nachdem er beiden ein Glas Whiskysoda eingegossen hatte, stellte er noch Zigaretten und Feuerzeug bereit und ließ die beiden wieder allein.

»Ich habe die Erweiterung des Flugplatzes bei Paknam besichtigt und bin auf der Rückfahrt vorbeigekommen, um Ihnen guten Tag zu sagen. Gleichzeitig möchte ich Ihnen auch noch einmal danken für Ihre Hilfe beim Einfliegen der neuen Maschinen, die wir aus Japan bekommen haben.«

»Darüber brauchen wir doch kein Wort zu verlieren. Ich habe es mit dem größten Vergnügen getan. Auf diese Weise bleibe ich wenigstens dauernd in Übung und lerne auch die letzten Neuerungen kennen.«

»Ihre Berichte über die neuen Typen und über Ihre persönlichen Versuche mit den einzelnen Maschinen sind wirklich vorbildlich. Besonders wertvoll ist mir Ihre Kritik. Ich bin der gleichen Meinung, daß die Flugzeuge einen großen Fortschritt darstellen, was die Schnelligkeit anbetrifft, aber sie sind auch mir nicht wendig genug. Ich freue mich, daß Sie meine Ansicht in jeder Weise bestätigen.«

»Wichtig ist vor allem auch, daß die Motoren zu hart laufen.«

»Richtig. Sie wissen ja, was ich denke. Ich halte die englischen Maschinen für besser, und ich gäbe viel darum, wenn wir eine Lizenz auf die neuen englischen Modelle erwerben könnten, die Sie uns angeboten haben. Aber bei der augenblicklich herrschenden Strömung kann ich das wohl kaum durchsetzen.«

»Ja, ich weiß, Pra Vanit, daß Sie von der neuen Japanpolitik nicht gerade sehr entzückt sind.«
Der Siamese stand etwas nervös auf und wollte zur Tür gehen.

»Sie können ohne Sorge sein. Hier hört man uns nicht«, beruhigte ihn Warwick. »Aber ich will trotzdem den Boy mit einem Auftrag fortschicken, so daß er mindestens eine Viertelstunde wegbleibt. Ich werde auch den Wachtmann anweisen, niemand heraufkommen zu lassen.«

»Ich wollte Ihnen noch mitteilen«, sagte Pra Vanit, als Warwick zurückkam, »daß ich Ihre Berichte zusammen mit den meinen dem Minister weitergegeben und Sie im Anschluß daran zu einer Dekoration vorgeschlagen habe. Ich bin davon überzeugt, daß mein Antrag durchgehen wird.«

»Sie meinen es immer sehr gut mit mir, Pra Vanit. Vielleicht wäre es aber im Augenblick besser gewesen, wenn Sie das nicht getan hatten. Ich helfe Ihnen, weil es mir Freude macht. Sie kennen doch den Prinzen Surja, der sich wahrscheinlich darüber ärgern wird.«

»Ach, der hat wohl bei der Marine etwas zu sagen, aber im Kriegsministerium beachtet man ihn nicht sonderlich«, entgegnete Pra Vanit. »Er hat sich neulich einen Übergriff erlaubt, und nun hat er keinen Einfluß mehr im Heer. Außerdem ist es doch schließlich nur recht und billig, daß Ihre großen Verdienste einmal anerkannt werden.«

»Ich danke Ihnen, Pra Vanit«, erwiderte Warwick kurz, aber herzlich.

Die beiden sprachen dann eine Weile über die Aufgaben des Aero-Klubs, an dessen Förderung und Ausbau sie seit langem arbeiteten.

»Sie haben recht, Warbury. Die vier Flugzeuge, die wir zur Zeit unterhalten, genügen nicht«, meinte Pra Vanit. »Wir sollten mindestens drei bis vier Maschinen modernster Konstruktion mit größerer Tragkraft und weiterem Aktionsradius anschaffen.«

»Im Vertrauen darf ich Ihnen wohl mitteilen, daß ich auch ohne Auftrag des Klubs dafür gesorgt habe. Die Regierung hat ein lebhaftes Interesse daran, das Privatfliegen zu unterstützen, und das Kriegsministerium hat reichliche Mittel zur Verfügung gestellt. Schon in den nächsten Tagen werden uns die Staatlichen Flugzeugwerke zwei neue Maschinen schicken.«

»Schade, daß ich nicht vorher mit Ihnen darüber sprechen konnte. Man hätte doch noch so manches berücksichtigen können«, erwiderte Warwick bedauernd.

»Trösten Sie sich. Wir hatten vor einigen Monaten einmal eine Privatunterhaltung, bei der wir über dasselbe Thema sprachen. Besinnen Sie sich noch darauf? Sie entwickelten mir damals Ihre Ansichten. Ich habe mich nachher sofort hingesetzt und alles genau aufgeschrieben, was wir besprochen haben. Seien Sie versichert, daß fast alle Ihre Anregungen befolgt worden sind.«

Warwick nickte befriedigt.

Nachdem er sich noch kurze Zeit mit Pra Vanit über andere Dinge unterhalten hatte, verabschiedete sich der Siamese, und Warwick machte sich an die Arbeit.

Er ging zu dem großen Safe und nahm die Mappe über Lieferungen an das Kriegsministerium, Abteilung Flugwesen, heraus. Dann lehnte er sich in seinen Sessel zurück. In Europa konnte man sich von der Vielseitigkeit einer großen Export- und Importfirma in Bangkok kaum eine Vorstellung machen. Es gab keinen Gegenstand, angefangen von der Stecknadel und dem Streichholz bis zum Kreuzer und Dreadnought, den die Firma Breyford noch nicht geliefert hätte. Auf jedem Gebiet suchte sie die Bedürfnisse des Landes kaufmännisch auszuwerten, besonders nachdem Warwick Einfluß auf die Leitung gewonnen hatte. Die ersten Flugzeuge in Siam waren aus Frankreich eingeführt worden. Aber als Warwick in die Firma eintrat, gelang es seinem Einfluß, einen vollkommenen Umschwung herbeizuführen. Er verstand es, den Nationalstolz der Siamesen für seine Zwecke einzusetzen. Eigene Flugzeugfabriken wurden errichtet, und er begnügte sich damit, wichtige Einzelteile, die in Siam nicht hergestellt werden konnten, und besonders die Motoren aus England zu liefern.

In den letzten Monaten hatten nun die Japaner der siamesischen Regierung eine Anzahl von Flugzeugen geschenkt. In dieser Zeit erwies sich die Freundschaft zu Pra Vanit als besonders wertvoll, denn Warwick hatte dadurch die Möglichkeit, diesen japanischen Vorstoß abzuwehren. Er hatte die maßgebenden Stellen im Kriegsministerium mit Erfolg darauf hinweisen können, daß Siam seine eigenen Flugzeugfabriken nicht aufgeben dürfe. Immerhin würde in nächster Zeit auch auf diesem Gebiet ein scharfer Konkurrenzkampf mit Japan auszutragen sein. Aber Warwick hoffte, daß am Ende die Qualität siegen würde.

Er schrieb kurz den Inhalt seiner Besprechung mit Pra Vanit auf und fügte das Blatt der Mappe bei. Er hatte sie gerade wieder in den Safe eingeschlossen, als der Boy hereinkam und meldete, daß Mr. Breyford ihn zu sprechen wünsche.

Das war ungewöhnlich, denn sein Partner kam nachmittags sehr selten ins Büro. In seiner Jugend war er sehr tatkräftig gewesen, jetzt aber allmählich bequem geworden. Er fand es richtiger, andere für sich arbeiten zu lassen. Warwick hatte überall das Haustelefon eingeführt, und der Seniorchef hätte ihn ebensogut anrufen können, doch er zog die alte Sitte vor, den Boy zu schicken, obwohl er nur nach dem Hörer hätte zu greifen brauchen.

Breyfords Anwesenheit in Bangkok war eigentlich nicht mehr nötig; er hätte sich in England zur Ruhe setzen können. Aber er liebte nun einmal das Leben in den Tropen, und wenn er sich einige Monate in Europa aufhielt, bekam er stets Sehnsucht nach Siam.

Warwick ging sofort ins andere Büro hinüber.

Breyford schien in ungewöhnlich guter Stimmung zu sein. Er bot Warwick eine Zigarette an und lud ihn ein, sich in den geflochtenen Rattansessel neben dem Schreibtisch zu setzen. Dann sah er ihn vergnügt an.

»Ich habe eine große Überraschung für dich!«

Er nahm ein Telegramm vom Schreibtisch auf und reichte es Warwick.

»Ich wußte nicht, wo du warst, sonst hätte ich es dir durch einen Boten nachgeschickt. Es kam heute mittag, gleich nachdem du gegangen warst. Inzwischen habe ich wie gewöhnlich mein Nachmittagsschläfchen gehalten und bin erst vorhin aufgewacht.«

Warwick war gespannt, welche Nachricht es enthalten würde, und las:

»Mit Flugzeug glücklich in Karachi angekommen stop starte morgen Delhi stop ankomme Bangkok voraussichtlich in vier Tagen via Kalkutta-Rangun stop herzliche Grüße Evelyn.«

Zuerst konnte er den Sinn der Worte kaum fassen.

»Nun, was sagst du dazu, mein Junge? Ich hätte dir das Telegramm ja auf den Schreibtisch legen können, aber ich wollte doch einmal sehen, was für ein Gesicht du machen würdest, wenn du das liest.«

»Das verstehe ich nicht«, erwiderte Warwick betroffen.

»Na, das ist doch nicht so schwer zu verstehen!« meinte Breyford. Umständlich erhob er sich und klopfte Warwick auf die Schulter. »Evelyn ist mit ihrem neuen Flugzeug, dem ›Meteor‹, nach Indien geflogen! Das Mädel hat Mut! In den nächsten Tagen kommt sie schon hier an. Man sollte es allerdings kaum für möglich halten.«

Warwick sagte nichts.

»Freust du dich denn gar nicht?« fragte Breyford verwundert. »Bist du denn nicht Stolz auf Evelyn? Wenn mir in meiner Jugend ein so tüchtiges Mädel begegnet wäre, hätte sogar ich geheiratet. Verstehst du denn gar nicht, daß sie das deinetwegen getan hat?«

»Doch, natürlich, aber —«

Warwick brach plötzlich ab, erhob sich und ging mechanisch zu der großen Wandkarte. Er suchte Karachi auf und verfolgte die Route über Delhi-Kalkutta-Rangun nach Bangkok, um Zeit zu gewinnen. Nachdem er sich etwas gesammelt hatte, wandte er sich wieder um.

»Wann ist denn das Telegramm aufgegeben worden? Ich freue mich selbstverständlich sehr — es kam mir nur zu unerwartet!«

»Ach, die Geschichte muß ich dir noch erzählen. Der Postbote hat es am Sonnabend nach acht Uhr gebracht und dummerweise in den Bürobriefkasten geworfen, statt es in die Privatwohnung zu bringen. Heute, am Montagmorgen, bekam ich es endlich, aber der Text war vollkommen verstümmelt, so daß ich nichts daraus machen konnte. Ich ließ mir also den Wortlaut von Karachi her wiederholen. Der berichtigte Text kam aber erst kurz nach halb eins. Aufgegeben ist es am Samstagabend um sechs Uhr dreißig. Soviel ich verstehe, wird Evelyn am Mittwochmorgen hier ankommen.«

Warwick nickte und bemühte sich, seine Bestürzung zu verbergen.

»Bis Karachi ist es ihr geglückt, den Flug geheimzuhalten«, fuhr Breyford fort. »Sie hat ihre Absicht, nach Bangkok zu fliegen, offenbar niemand mitgeteilt. Aber durch ihr Telegramm hat sich die Nachricht wie ein Lauffeuer in der Stadt verbreitet, und das ist natürlich ein gefundenes Fressen für die Zeitungsleute. Zwei Reporter waren vorhin schon hier und haben mich ausgefragt. Zuerst wollte ich ihnen nichts sagen, aber dann dachte ich mir schließlich, Schaden kann es nichts, höchstens wird es eine glänzende Reklame für unsere Firma. Morgen stehen also sicher Bombenartikel über Evelyns Flug in allen Zeitungen.« Breyford wertete auch persönliche Erfolge von Angehörigen stets zum Vorteil der Firma aus.

Warwick hatte sich endlich gefaßt und bemühte sich, Evelyns Tat zu würdigen. Es war ihm selbst unfaßbar, daß die plötzliche Nachricht von ihrer baldigen Ankunft ihn mehr erschreckt als erfreut hatte.

»Ich weiß nicht, was ich von der jungen Generation halten soll«, scherzte Breyford. »Die Leute sind im Kriege gewesen und haben die Brust voll Auszeichnungen, aber wenn sie ein Telegramm mit einer überraschenden Nachricht erhalten, verschlägt es ihnen die Sprache. – Boy!«

Sofort erschien der Chinese.

»Bringe zwei Gläser und eine Flasche mit goldenem Hals«, sagte Breyford.

Kurz darauf kam der Boy wieder, öffnete kunstgerecht die Sektflasche und füllte die Gläser.

»Wir müssen doch auf Evelyns großen Erfolg einmal anstoßen«, erklärte der Seniorchef in bester Laune.

Als sie die Gläser wieder auf den Tisch setzten, erschien der Boy aufs neue und reichte Breyford ein weiteres Telegramm.

Hastig riß Breyford den Umschlag auf und las den Text laut vor:

»Starte heute morgen von Delhi stop Ankunft Bangkok Dienstagvormittag halb elf stop an Bord alles wohl stop Gruß Evelyn.«

* * *

»Nicht mehr ganz achtzehn Stunden«, sagte Warwick leise vor sich hin, als er zur Zeit der Abendkühle sein Auto im Dusitpark zum Stehen brachte. Um seiner Erregung Herr zu werden und wieder klare Gedanken zu fassen, hatte er eine Rundfahrt in die weitausgedehnte Stadt gemacht, aber überall hatte er Bekannte getroffen.

Am Rande des Sees stieg er aus und ging einen schmalen Weg entlang, der nur wenig benutzt wurde. Bald kam er zu seinem Lieblingsplatz, einer schattigen Steinbank, von der aus man einen schönen Ausblick hatte.

Jenseits der breiten Wasserfläche erhob sich die himmelanstrebende Kuppel der Thronhalle. Wie ein Märchenschloß leuchtete der majestätische Bau aus weißen karrarischen Marmorblöcken und spiegelte sich in dem See.

Die Nachricht von Evelyns Ankunft war zu plötzlich gekommen und hatte einen Sturm widerstreitender Gefühle in ihm erregt.

Um für sie frei zu werden, hatte er sich von Me Talap getrennt, aber fast zur gleichen Zeit war Amarin in sein Leben getreten.

Seit ihrem ersten Zusammentreffen in der Villa hatte er sie mehrmals dort wiedergesehen. Nur zweimal in der Woche, am Wan Pra, dem wöchentlichen Feiertag der Siamesen, und an einem anderen Tage, an dem ein bekannter Priester eine Predigt hielt, konnte sie unter dem Vorwand eines Tempelbesuches für kurze Stunden zur Sapatumstraße kommen.

Das fremdartig Reizvolle und die selbstlose Reinheit ihres Wesens, ihre blumenhafte Erscheinung, der innere Reichtum ihrer Gefühle und Gedanken hatten ihn seit ihrer ersten Begegnung so stark angezogen, daß alles andere demgegenüber zurücktrat. Wieder lebten in seiner Erinnerung die gemeinsamen Stunden mit ihr auf wie strahlendweiße Salablüten mit berauschendem Duft.

Lange saß er an diesem stillen Platz und ruhte von der Unrast des Tages. Lebendig stand Amarins Bild vor ihm: die unbeschreiblich feinen Züge, der unergründliche Blick ihrer dunklen Augen, die leise Kurve des Halsansatzes, die zarten Gelenke, die bezaubernde Melodie ihrer Bewegungen.

Um ihn her hauchten Jasmin- und Maliblüten ihren Duft in die Abendkühle. Er gab sich seinen Träumen hin und versuchte Amarins Bild festzuhalten. Wie Feuerfliegen tauchten in seinem Unterbewußtsein immer wieder quälende Fragen auf über den Gegensatz zwischen gelber und weißer Rasse, aber er wehrte sie ab und ließ sie nicht an die Oberfläche kommen.

Obwohl Amarin von seiner Verlobung mit Evelyn wußte, war diese Tatsache noch nie zwischen ihnen erwähnt worden. Beide hatten gefühlsmäßig darüber geschwiegen.

Es kam ihm der Gedanke, sich von Evelyn zu trennen, und er überlegte diese Möglichkeit. Es schien ihm, als ob dies der einzige Ausweg wäre.

Aber konnte er denn mit Amarin vereint leben? In Siam war es unmöglich, denn schwere Strafen drohten der Prinzessin. Die mittelalterlich grausamen Vorschriften der Königsfamilie hatten jedoch nur innerhalb des Landes Geltung, in der weiten Welt wurde Amarin von keinem überlebten, veralteten Hausgesetz eingeengt.

Er selbst war unabhängig, und niemand konnte ihn zwingen, hierzubleiben. Wie harmonisch und grenzenlos glücklich würde seine Zukunft an Amarins Seite sein! Er lehnte sich zurück und schloß die Augen.

Langsam klangen die Glocken der Turmuhr vom Schlosse im Dusitpark herüber. Fragend und bang kam der Ton über die Wasserfläche.

Warwick blickte nach Westen. Die Sonne senkte sich tiefer und hatte den Horizont fast erreicht. Ihre Strahlen übergossen die aufgetürmten Wolkenberge und die Marmorbauten mit feurigem Rot, und die Fenster glühten auf, als ob die Thronhalle in Flammen stünde. Aber nur wenige Minuten leuchteten die hochragenden Mauern auf wie der strahlende Palast des Gottes Indra... Bald verlor sich diese fast überirdische Schönheit, die blaugrauen Schatten der Dämmerung wuchsen, und nach dem Untergang der Sonne brach die Tropennacht schnell herein.

Leise sangen und summten die Moskitos um Warwick. Unwillkürlich, ohne daß es ihm bewußt wurde, nahm er eine Zigarette, um sie zu vertreiben.

Warwick dachte an Amarins Schilderung vom Paradies des Westens. Auf einem See, den die himmlische Ganga mit ihren silbernen Wassern speiste, blühten Tausende und aber Tausende von weißen, blauen und roten Lotosblumen. Die breiten, grünen Blätter wiegten sich auf leisen Wellen, und zur Zeit der Abendkühle erschlossen sich die Blüten mehr und mehr. Und wenn der aufgehende Mond die feurigglühende Pracht des Tagesgestirns ablöste, erhoben sich wie Elfen die Gestalten der Seligen, die in dieser Welt letzter Schönheit wiedergeboren wurden. Es waren die Seelen der Menschen, die auf der rauhen Erde nicht das Glück erfüllter Liebe erleben konnten und durch widrige Geschicke getrennt waren.

Seine Träume schienen Wirklichkeit zu werden. Hinter der seinen Rundung der Kuppel hob ein magisches Leuchten an, das immer stärker wurde und die Umrißlinien des königlichen Bauwerks wie in einen Glorienschein einhüllte. Dann erhob sich die volle Mondscheibe und übergoß den See mit ruhigem, sanftem Licht. Die Lotosblumen am Ufer wiegten sich leicht im Abendwind, ihre Kelche öffneten sich...

Ein unangenehm brennender Schmerz durchzuckte plötzlich die Finger seiner rechten Hand, und das Zauberbild zerriß.

In weitem Bogen schleuderte er den Rest der Zigarette ins Wasser, wo ihre Glut zischend verlosch.

Warwick erhob sich und richtete sich zu seiner vollen Größe auf. Dann ging er mit schnellen Schritten zu seinem Wagen und fuhr zurück.

Trennung von Evelyn?

Ihre Freundschaft war zu tief und zu stark, als daß er sie aus seinem Leben fortdenken konnte. Nein, die Lücke wäre zu groß gewesen.

Sie hatte einen ganz anders gearteten Charakter als Amarin. Weiche Sentimentalität und weltabgewandte Träumereien waren ihr fremd. Sie stand ganz auf dem Boden der Wirklichkeit und versuchte nicht, den Tatsachen des Lebens auszuweichen, mochten sie auch noch so hart sein. Sie setzte sich siegreich mit ihnen auseinander oder fand sich mit ihnen ab.

Ihr Vater hatte sie nach modernen Grundsätzen erzogen. Schon in früher Jugend hatten Sport und Training sie ertüchtigt und ihren Körper abgehärtet und gestählt.

Warwicks kühne Taten an der Front in Frankreich begeisterten sie so sehr, daß sie später auch das Fliegen lernte, und sie hatte sich so weit vervollkommnet, daß sie nun sogar den gewaltigen Flug über Indien und Birma nach Bangkok hatte planen und durchführen können.

An Evelyn band ihn vertraute Gemeinsamkeit. Jahrelang hatte sie Hoffnungen, Wünsche und Erfolge mit ihm durchlebt. Er liebte ihren selten offenen und großzügigen Charakter, ihre freie, souveräne Denkungsart, ihr intuitiv feines Verständnis seiner Persönlichkeit und seiner Ideen und Pläne, ihr selbstloses Eingehen auf die Lebensaufgabe, die er sich gestellt hatte.

Dringend sehnte er in diesem Konflikt eine Aussprache mit Amarin herbei, denn er mußte zu einer klaren Entscheidung kommen. Aber er konnte ihr weder schreiben noch an sie telefonieren, da sie fürchten mußten, daß ihre Gespräche und ihre Post überwacht wurden. Er hatte keine Möglichkeit, sie noch vor Evelyns Ankunft zu sprechen: erst am nächsten Donnerstag konnte er sie wiedersehen.

Warwick raffte sich auf und sah nach der Uhr.

Es war dreiviertel acht geworden.

Er erschrak. Wie konnte er die Zeit so nutzlos verträumen! Für acht Uhr hatte der Vorstand des Aero-Klubs, zu dem auch er gehörte, eine Besprechung angesetzt. Man wollte sich über die Maßnahmen zu Evelyns Empfang einig werden, und er durfte unter keinen Umständen fehlen.

Er riß sich zusammen und gab Gas. Wenn er den kurzen Feldweg fuhr, konnte er einige Minuten gewinnen, aber auch dann würde es ihm kaum gelingen, zur rechten Zeit zum United Club zu kommen, wo die Sitzung stattfand.

Noch fünfzehn Stunden –

Erschreckt und entsetzt sprangen die Rikschakulis beiseite, als Warwick in rasendem Tempo die Straßen entlang fegte. Empört riefen sie ihn an, aber er hörte es nicht. Er achtete auch nicht auf die Signale der Polizisten.

» **Farang ben ba!**« (Der Europäer ist verrückt) sagte der indische Wachtmann am Eingang zum United Club und schüttelte den Kopf, als Warwick auf zwei Rädern von der Hauptstraße in den Fahrweg einbog und beinahe den linken Torpfeiler gestreift hätte.

Scharf zog Warwick die Bremsen an und hielt zwei Minuten nach acht vor dem Haupteingang, dicht hinter dem Wagen des Prinzen Surja.

21

Mitten in der inneren Altstadt, in dem lautesten Teil des Geschäftsviertels von Bangkok stand früher ein sonderbarer Bau, Pratu Sam Jot oder das Tor der drei Turmspitzen. Die gewaltige graue Portalanlage mit den drei hohen Aufbauten hatte eine malerische Umrißlinie: Sie war ein bemerkenswertes Beispiel des älteren Mischstils zwischen Siamesischen und europäischen Bauformen.

Als jeden Abend bei Beginn der Dunkelheit die rotgestrichenen Türflügel der drei Tore geschlossen wurden, erfüllten sie ihren Zweck. Aber nun hatte das Gebäude längst der modernen Zeit weichen müssen.

Reger Verkehr herrschte an dieser Straßenkreuzung. Umsichtig lenkte der siamesische Verkehrspolizist in seiner schmucken Khakiuniform und dem schwarzen Tschako die verschiedenen Personenautos, Lastwagen und von Pferden gezogenen Fuhrwerke, die sich über die nahe Brücke herandrängten. Zahllose Rikschas suchten sich mühevoll ihren Weg zwischen den größeren Fahrzeugen und nahmen trotzdem die Konkurrenz mit der hupenden Straßenbahn auf, sowohl im Preis als auch in der Schnelligkeit.

Starke, dunkelbraune Chinesenkulis bewegten sich im Laufschritt hintereinander durch das Gewühl und schleppten an Bambusstangen unter viel Geschrei laut quiekende Schweine in weitmaschigen Tragkörben. Sie waren nur mit einem spärlichen blauen Lendentuch bekleidet und trugen die charakteristischen kreisrunden, leichten Hüte, die aus Palmblättern geflochten sind und in eine Spitze auslaufen. Die Sonnenstrahlen brannten auf ihre schweißbedeckten Rücken und Arme.

Nur selten zeigte sich noch ein altertümlicher Ochsenwagen mit übermannshohen Rädern, der eine Ladung von Blättern der Attap-Palme oder sonstige ländliche Erzeugnisse zur Stadt brachte und durch sein langsames Tempo den lebhaften Verkehr empfindlich störte.

Wenn auch das alte Tor nicht mehr stand, so führte doch der Platz noch immer den Namen Pratu Sam Jot, und viele alte Leute konnten sich noch gut auf den Bau mit seinen vielen sonderbaren Profilen besinnen.

Hier, unmittelbar in der Nähe des brandenden Verkehrs der Großstadt, lag das altmodische Palais des Prinzen Murapong. Aus Höflichkeit gaben ihm die Leute diese Bezeichnung, denn es bestand eigentlich nur aus einem großen, kastenartigen Haus ohne jeden architektonischen Reiz und aus vielen kleinen Nebengebäuden, deren glattgeputzte weiße Wände mit den gleichmäßigen Fensterreihen ebenfalls keinen Anspruch auf Schönheit erheben konnten.

Der prächtige, streng abgeschlossene Park des Palastministers aber, der sich am Kanal hinzog, war wegen seiner wunderbaren chinesischen Gartenarchitektur berühmt. So kahl und trostlos der äußere Anblick der Gebäude auch sein mochte – um so anheimelnder und eindrucksvoller war die erlesene Schönheit des kühlen, schattigen Gartens.

Die schmucklosen Mauern des Haupthauses und der Nebengebäude waren durch geschickte Anordnung von Bäumen und Sträuchern dem Blick entzogen.

Keiner der sorgsam gepflegten Wege führte direkt auf ein Tor oder eine Tür des Hauses zu. Regelmäßig waren diese Zugänge durch eine grüne Wand von seltenen, blühenden Sträuchern verdeckt.

Nach chinesischem Glauben soll man es auf diese Weise den furchtbaren Dämonen, die in der Luft umherschwirren und die Menschen quälen, möglichst schwer oder gar unmöglich machen, ins Haus einzudringen und Schaden zu tun, denn die bösen Geister können nicht um eine Ecke gehen, fliegen oder schweben. Dieser chinesische Aberglaube hatte mit den chinesischen Gartenkünstlern seinen Einzug in das Palais des Prinzen Murapong gehalten. Aus diesem Grunde waren auch durchgehende gerade Achsen ängstlich vermieden.

Die an sich nicht übermäßig große Fläche des Grundstücks war so meisterhaft in Miniaturlandschaften aufgeteilt, daß man in einem großen Park zu wandeln glaubte, und die Führung der schmalen, gewundenen Wege war so geschickt, daß man bei jeder Biegung durch ein neues, anziehendes Bild überrascht wurde.

Ein künstlicher Teich mit gekrümmter Uferlinie zog sich durch den Garten. Er bildete viele kleine, anmutige Buchten und Inseln und gab so Gelegenheit zu mannigfachen Brückenbauten, die sich meist in hohen, halbkreisförmigen Bogen über einen Wasserarm spannten, und deren Spiegelbild die kreisrunde Öffnung schloß.

Überall stieß man auf kleine Gebäude aus grüngrauem Granit. So kunstvoll waren die Platten und Bauteile aus diesem harten Gestein herausgearbeitet, daß man glauben konnte, sie wären aus Holz geschnitzt.

Zwergpagoden mit vielen übereinandergetürmten, geschwungenen Dächern aus Fayencekacheln oder Porzellan Standen am Fuß alter Baumriesen und ließen die mächtigen Stämme durch den gewollten Gegensatz um so größer und majestätischer erscheinen.

Farbige Blumenstauden belebten die kurzgeschorenen Rasenflächen. Die einzelnen Sträucher und Pflanzengruppen waren geschickt nach Farbe und Größe angeordnet, und durch die meisterhafte Verwendung von Zwergbäumen vertiefte sich die perspektivische Wirkung und ließ alle Entfernungen größer erscheinen.

Aber all diese kleinen Bauten und Anlagen paßten sich der Größe des Menschen an, so daß man in den einzelnen Hallen sitzen oder liegen konnte. Immer hatte der chinesische Künstler Wert darauf gelegt, daß man von diesen Punkten aus auf schöne Gartenbilder schaute.

Jede Einzelheit war bis ins letzte durchdacht. Schlinggewächse und Orchideen mit märchenhaft farbigen Blüten wuchsen an der altersgrauen, zerklüfteten Rinde der Baumstämme. Feine Farne und seltene Bopflanzen mit vielfarbigen, buntgezeichneten Blättern unterbrachen den weichen Moosteppich.

Große Tropenfalter taumelten, trunken von Blütenduft, im Halbschatten oder spielten in wildem, hastigem Flug im Sonnenschein miteinander. Trotzdem vielfache Kulissen von Bäumen und Sträuchern den Blick jeweils in eine bestimmte Richtung lenkten, konnte doch die regelmäßige Brise von Süden unter den breitausladenden Ästen hindurchwehen und angenehme Kühlung bringen.

Eine Reihe uralter, verwitterter Bobäume hütete nach dem Kanal zu die Einsamkeit und Verschwiegenheit dieses Platzes. Wie Polypenarme rankten sich ihre zerklüfteten Wurzeln um die altersmüde, an manchen Stellen zerfallene Umfassungsmauer und umkrallten von der Seite die steinernen Stufen der breiten Treppe, die zum Kanal hinunterführte und an der die Boote der Besucher und Händler anhielten.

Vor einem der mächtigen Stämme stand die schlichte, kleine Kapelle des Pratipum. Die Siamesen verehren unter diesem Namen eine Gottheit, den Herrn des Grund und Bodens, auf dem ihr Haus steht, mit Einschluß aller Gärten und Felder. Opfergaben von Reis, Blumen und Früchten waren in kleinen, sauberen Porzellanschalen davor aufgestellt, und auch einige Weihrauchstäbchen steckten in den Spalten des hölzernen Unterbaues.

Die Turmuhr von der nahen katholischen Missionskirche schlug schon zehn Uhr vormittags, aber der Prinz war noch nicht erschienen.

Am Eingang der geräumigen, offenen Pfeilerhalle am Kanaltor, die außerhalb des eigentlichen Ziergartens lag, warteten, wie jeden Morgen, geduldig Pächter, Klienten und Leute, die irgendein Anliegen an den Prinzen hatten oder eine Gunst von ihm erbitten wollten.

Murapong belaß zwar lange nicht mehr seine frühere Macht, aber immerhin galt sein Einfluß noch viel. Deshalb saßen die Leute seit den frühen Morgenstunden mit untergeschlagenen Beinen geduldig auf dem Steinboden und warteten.

Der Prinz war noch ein Siamese von alter Art und liebte es, als Schutz- und Lehnsherr aller seiner Angehörigen und Dienstleute aufzutreten. Aus diesem Grunde brachten sie ihm, um ihn gnädig zu Stimmen und ihn ihren Bitten geneigt zu machen, nach altem Brauch Tributgeschenke. Murapong aber betrachtete es nun auch als Ehrensache, die Interessen seiner Leute zu vertreten und ihnen Gerechtigkeit zukommen zu lassen.

Daß geschickte Kaufleute sich diesen Umstand zunutze machten und ihm durch schöne junge Siamesinnen kostbare Gaben überreichen ließen, erschien ihm als selbstverständlich und vollkommen in der Ordnung. Man munkelte, daß die Lieblingsfrau des reichen Parsenkaufmanns

Simha Gopinata dem Prinzen eine große goldene Schale mit Mandarinen gebracht habe, in der unter jeder Frucht eine Hunderttikalnote versteckt gewesen sei. Gopinata hatte dann auch nach einiger Zeit die gewünschte Teakholzkonzession erhalten, trotzdem der Minister des Innern und andere einflußreiche Leute dagegen gewesen waren.

Die junge Generation nannte das Bestechung, aber Murapong war anderer Ansicht.

Am vergangenen Abend hatten ihn seine Frauen bis zu später Stunde mit Gesang, Tanz und Theaterspiel unterhalten. Trotzdem plagte ihn schlechte Laune, denn eine seiner Favoritinnen war verschwunden.

Ein alter Diener kam vom Hause zur Halle und erzählte im Flüsterton den wartenden Leuten davon.

Einige Bittsteller packten daraufhin ihre Geschenke sorgsam wieder ein und ruderten mit ihren Booten davon, um an einem anderen Tag wiederzukommen, an dem die Konstellation günstiger sein würde.

Der Pächter Nai Kim wäre gern mit ihnen davongefahren, aber er mußte bleiben, denn unglücklicherweise war er der Vater der entlaufenen Lieblingsfrau. Freiwillig war er nicht gekommen, sondern der Prinz hatte in seinem ersten Zorn seine Boten ausgesandt und ihn rufen lassen, nachdem die Flucht der Tochter entdeckt worden war.

Endlich erschien Murapong.

Mehrere Diener gingen ehrfürchtig hinter ihm her. Sie trugen ein schönes Tablett mit allen Zutaten und Gerätschaften zum Betelkauen, einen goldenen Spucknapf, einen reichgeschnitzten, niederen Thronsitz, eine Matte und mehrere Kissen. Das goldene, mit reicher Emailarbeit verzierte Betelnecessaire hatte ihm noch der alte König Pra Paramin als Zeichen seines hohen Ranges geschenkt.

Der Prinz war gewöhnt, laut zu sprechen, und seine scharfe, befehlende Stimme schallte schon von weitem durch den Park. Der Mund, der vom vielen Betelkauen etwas zu groß geworden war, entstellte seine regelmäßigen, ansprechenden Züge.

Wie gewöhnlich, war er siamesisch gekleidet. Europäische Tracht haßte er und legte sie nur an, wenn er bei offiziellen Gelegenheiten in Uniform erscheinen mußte.

Als er in die Halle trat, musterte er die wenigen Klienten, die noch geblieben waren und sich mit gefaltet erhobenen Händen vor ihm verneigten.

»Dahinten sitzt ja der niederträchtige Nai Kim«, sagte er böse und mit Strenger Stimme, nachdem er umständlich auf dem erhöhten Thronsitz Platz genommen hatte.

Siamesen gegenüber betonte er stets die Vorrechte seiner hohen Stellung.

»Erst kommt dieser nichtsnutzige Sohn eines lahmen Hundes in meinen Palast gekrochen und schenkt mir seine Tochter. Und seine Frau erzählt mir so lange, daß meine Ohren von den vielen Lügen müde werden, welch ein Juwel von Tugend und Schönheit dieses Mädchen sei. Und kaum ist sie ein halbes Jahr bei mir, da läuft sie weg und nimmt allen Schmuck mit, den ich ihr geschenkt habe!«

Nai Kim schaute niedergeschlagen zu Boden. Die Pacht für seine ausgedehnten Reisfelder war bedeutend herabgesetzt worden, nachdem seine Tochter zuerst eine der Tänzerinnen und später die kleine Frau Murapongs geworden war. Er wußte, daß er diese Vergünstigung jetzt verlieren würde.

»Nun, wo hat sich denn dieser falsche Hund versteckt?« fuhr der Prinz polternd fort. »Natürlich ist sie in euren Hof geflohen, damit ihr sie wieder verheiraten könnt. Du hast sie behalten und versteckt! Ihr wollt wohl aufs neue eine reiche Morgengabe von zweihundert Tikals für sie einstecken? Man sieht ja diesem dürren Nai Kim die Gemeinheit und Bosheit schon tausend Klafter weit an!«

Murapong wußte, daß dies alles nicht zutraf, aber er mußte seiner bösen Laune Luft machen. Der Wind wehte erfrischend durch die offene Pfeilerhalle und spielte mit den zusammengefalteten, von der Decke herabhängenden Palmblattstreifen, in die mit einem Stahlstift magische Figuren und Zauberformeln eingekratzt waren. Das taten die Siamesen, um böse Geister zu vertreiben.

Nai Kim schwieg noch immer. Er schämte sich vor den anderen, weil ihn der Prinz so sehr verspottet hatte.

Aber seine Frau legte sich jetzt ins Mittel. Mit einem unglaublichen Aufwand von Worten pries sie in überschwenglichen Lobeshymnen die Güte und Schönheit des Prinzen bis in den Himmel. Dann beteuerte sie ihre Unschuld.

»Ich habe meine Tochter streng und gut erzogen«, schloß sie ihre Rede. »Sie ist in allen Liebeskünsten von ihrer Großmutter unterrichtet worden, bevor wir sie hierherbrachten, und sie hat die zweiunddreißig Tanzstellungen genau gelernt, und ihre Gelenke sind gelockert: sie kann ihre Hände so weit zurückbiegen, daß sie mit den Fingerspitzen den Unterarm berührt.«

Murapong war etwas gnädiger gestimmt, nachdem Me Tong ihn mit Indra, Brahma und allen Bewohnern des Himmels der dreiunddreißig Götter verglichen und seine Tugenden entsprechend gewürdigt hatte.

Während der Zeit kaute er bedächtig Betel und nickte ab und zu beifällig mit dem Kopf, wenn Me Tong einen seiner Meinung nach besonders gelungenen Vergleich vorgebracht hatte. Dann spuckte er in den Goldtopf und nahm sich eine andere gespaltene Betelnuß und ein mit rotem Kalk gefülltes Makblatt, die er zusammen in den Mund schob und kaute.

»Aber sie ist doch fortgelaufen«, brummte er nach einer Weile.

Endlich fand auch Nai Kim die Sprache wieder.

»Großmächtiger Prinz und Herr, Beschützer der Schwachen und Hort aller Verfolgten, die Geschichte mit unserer Tochter ist eine böse Sache. Als wir gestern abend die traurige Botschaft erhielten, forschte ich sofort nach. Dok Tong ist gestern zu den französischen Missionaren ins Kloster geflohen und Christin geworden! Ich ging zur Polizei und wollte sie wieder zurückholen lassen, aber die französischen Mönche mit den schwarzen Gewändern haben sie nicht herausgegeben, selbst nachdem der Polizeioffizier unserer Wache lange mit ihm verhandelt hatte. Der hat mir nachher erzählt, daß es unmöglich sei, sie zurückzubringen, da sie gleich den Taufzauber mit ihr vorgenommen und ihr einen ganz anderen Namen gegeben haben.«

Prinz Murapong spuckte in seiner Erregung aufs neue heftig und fluchte laut.

Er wußte genau, daß in diesem Falle alle Hoffnung vergeblich war. Diese Jesuiten hatten es ja durchgesetzt, daß für christliche Glaubensangehörige die Gesetze der Vielehe keine Geltung hatten! Nachdem Dok Tong Christin geworden war, konnte er sie nicht mehr zwingen, zu ihm zurückzukehren. Die Zeiten waren wirklich elend! Wer herrschte nun eigentlich im Lande – die Siamesen oder diese unverschämten Farangs?

Ein Diener kam eilig vom Hause her, bahnte sich einen Weg durch die Leute, die am Boden kauerten, und kniete vor dem Prinzen nieder.

»Was bringst du für Neuigkeiten?« fragte der Prinz immer noch schlechtgelaunt.

»Herr, der Chauffeur der Prinzessin Chanda ist gekommen. Soll ich ihn herführen?«

»Bringe das häßliche Nachtgespenst her«, erwiderte Murapong wütend.

Nai Kim atmete auf, denn der Prinz hatte nun anscheinend einen neuen Blitzableiter für seinen Zorn gefunden.

Mit scharfen Worten fuhr Murapong den Malaien an, der gleich darauf vor ihm auf dem Boden kauerte und bekümmert in sich zusammensank. Dann entlud er über das Haupt des Schuldigen eine Sintflut von ehrenrührigen Namen. » **Korap**, zu Befehl«, sagte Krabu kleinlaut, als dem Prinzen der Atem ausging und dieser eine Pause machen mußte. Bei jedem beleidigenden Wort krampfte sich die Seele des Chauffeurs zusammen. »Hoher Herr, ich krümme mich als Wurm unter deinen Fußsohlen«, fuhr er trotzdem untertänig fort.

»Du leichtsinniger Schuft, wie darfst du es wagen, als Chauffeur deiner hohen Herrin Opium zu rauchen? Bisher habe ich gedacht, daß nur die schiefäugigen Chinesen diesem gemeinen Laster frönen. Weißt du denn nicht, daß du im Opiumrausch überhaupt nicht imstande bist, ein Auto richtig zu steuern?«

» **Korap!**« wiederholte Krabu und senkte den Kopf noch ein wenig tiefer.

»Du streitest also nicht ab, daß du Opium geraucht hast?«

»Ich streite es nicht ab.« Krabu war nicht wohl zumute. Er wußte, daß Murapong streng, ja furchtbar grausam sein konnte, wenn man ihn zum Zorn reizte. Obwohl in Siam Prügelstrafe, Folter und dergleichen in der öffentlichen Rechtspflege längst abgeschafft waren, übten die Prinzen doch noch eine Art Privatjustiz in ihren Palästen aus.

Diese bereitwillige Ergebenheit überraschte Murapong und stimmte ihn gnädig, denn die Malaien waren im allgemeinen stolz und unbeugsam.

»Gut, daß du es gleich zugibst. Leugnen hätte dir auch nicht viel geholfen, mein Sohn. Ich hätte dich schon zum sprechen gebracht! Du kennst doch die halbe Kokosschale, die man mit Wasser füllte?«

Der Chauffeur schauderte, denn das war eine der gefürchtetsten Folterqualen Altsiams. Einen Meter über dem Kopf des gefesselten Delinquenten wurde eine mit Wasser gefüllte Kokosnußschale aufgehängt. Sie war mit einer winzig kleinen Öffnung versehen, die nicht größer war als der Einstich einer Stecknadel. In Zwischenräumen von wenigen Minuten fiel dann immer ein Tropfen auf den glattrasierten Schädel des Mannes. Nach einer Stunde schrien die Leute vor Qual und Pein, und wenn man sie nicht bald aus ihrer Lage befreite, verloren sie den Verstand.

Da jedoch kein Blut dabei floß und sich keinerlei körperliche Verletzungen zeigten, war es eine bisher unentschiedene Streitfrage, ob diese Strafe nach dem Gesetz zulässig oder verboten war.

»Die Amme Me Kam hat gesehen, daß du Opium geraucht hast! Und in solchem Zustand wagst du es, das Auto der Prinzessin Chanda zu steuern! Natürlich warst du im Opiumrausch, als das Unglück auf der Sapatumstraße passierte. Leugnest du das?«

Prinz Murapong spuckte verächtlich in die kostbare, ziselierte Vase, die neben ihm auf dem Boden stand. Dann schob er wieder ein neues Betelblatt mit rotem Kalk in den Mund und kaute weiter. Mit halbgeschlossenen Augen beobachtete er den Chauffeur.

Krabu schwieg. Me Kam, diese hinterhältige Katze, hatte ihn also verraten! Das wollte er ihr aber bei der nächsten Gelegenheit heimzahlen!

»Nun, ich höre nichts«, fuhr ihn der Prinz scharf an. »Ich glaube, ich muß doch die Kokosnuß holen lassen. Oder kannst du besser sprechen, wenn du fünfundzwanzig Peitschenhiebe bekommst? Ich will jetzt wissen, ob du damals Opium geraucht hast oder nicht!«

» **Korap**, sagte Krabu heiser, denn er fürchtete, daß der Prinz ihn aus jeden Fall schwer bestrafen würde, nachdem seine Schuld einwandfrei festgestellt war.

In diesem Augenblick wurde laut an dem äußeren Tor gepocht. Einige Diener sprangen hinzu und öffneten es.

Prinz Surja war mit seinem Elfruderer angekommen. Lachend sprang er aus dem Boot und begrüßte seinen Onkel nach siamesischer Art, obwohl er das nur ungern tat. Er besaß auch ein Motorboot, aber da Murapong die alten Sitten über alles schätzte, hatte Surja den Elfruderer gewählt, der in dem regen Verkehr der Kanäle fast ebenso gut vorwärts kam wie ein modernes Fahrzeug.

»Wie geht es dir denn? Wenn mich meine Augen nicht täuschen, spielst du wieder einmal den Toten- und Höllenrichter Jamarat? Worüber ärgerst du dich denn heute morgen? Was hat der Kerl ausgefressen?«

»Setze dich einen Augenblick zu mir«, erwiderte der Palastminister unwirsch. »Ich bin gleich mit diesem Malaienhund fertig, dann können wir miteinander reden.«

Diener hatten inzwischen Matten, Kissen und einen Sitz herbeigebracht, der etwas niedriger war als der des Palastministers.

Surja ließ sich mit untergeschlagenen Beinen darauf nieder, nachdem er seinen Säbel abgenommen und ihn einem der Leute gegeben hatte.

»Nun, wirst du jetzt sprechen?« fuhr Murapong Krabu wieder an. »Das ist der Chauffeur der Prinzessin Chanda«, erklärte er dann seinem Neffen etwas liebenswürdiger. »Der Kerl raucht Opium wie ein Reismühlenschlot.«

Der Malaie stieß eine leise Verwünschung aus. Heute war ein böser Unglückstag für ihn. Daß auch noch Prinz Surja, der wegen seiner schlimmen Launen allgemein gefürchtet wurde, zu dem Verhör kommen mußte!

»**Korap**, entgegnete er mutlos. Seine erste demütige Antwort war bei der Ankunft Surjas untergegangen.

»Also hast du das Unglück verschuldet? Nun, wir werden nachher noch darüber sprechen. Außerdem wird der Fall dem Gericht übergeben werden. Solche gemeingefährlichen Kerle müssen ins Zuchthaus gesperrt werden. Du bist am vergangenen Donnerstag in der Opiumbude von Kim Seng Li gesehen worden. Wie kommt es, daß du um diese Zeit nicht im Palais warst?«

»Prinzessin Chanda lag krank, und Prinzessin Amarin war mit Me Kam ausgefahren.« Surja horchte auf.

»Du Faulpelz, warum bist du nicht mitgefahren^ fragte er.

»Früher habe ich sie immer begleitet, aber in letzter Zeit verbietet Me Kam es mir manchmal.« Murapong sah ihn verwundert an.

»Du weißt doch, daß es deine Pflicht ist, immer bei dem Wagen zu bleiben, damit ein gelernter Mechaniker zur Stelle ist, wenn am Motor etwas passiert oder wenn ein Reifen beschädigt wird?«

»Das habe ich auch gesagt. Aber Me Kam schickt mich in letzter Zeit einfach weg.«

»Wie kommt denn das? Weißt du noch mehr darüber?« fragte Prinz Surja.

Krabu zuckte die Schultern.

»Nein, mehr ist mir nicht bekannt. Die Prinzessin fuhr nur in den vergangenen Wochen öfter abends fort. Me Kam sagt, sie gingen zum Tempel des Goldenen Berges, um dort die Predigt zu hören. Aber neulich sah ich, daß sie in genau entgegengesetzter Richtung fortfuhren.«

Der Palastminister winkte seinen Hausmeister herbei, der hinter ihm auf dem Boden saß.

»Schicke die Leute fort, sie sollen morgen wiederkommen«, sagte er kurz. »Und ihr geht ins Haus, bis ich euch rufe.«

Der Befehl wurde sofort ausgeführt.

»Ich will den Chauffeur noch weiter verhören«, wandte sich Murapong an Surja, der sich jetzt aufs lebhafteste für den Fall interessierte. Der Prinz sah seinen Onkel gespannt und vielsagend an.

»Ich glaube, wir lassen diesen Kerl erst einmal ein wenig in dein Privatgewahrsam einsperren. Wenn er einige Tage gehungert hat, wird ihm schon bald mehr einfallen. Nun, was meinst du dazu, Krabu?« fragte er den Mann zynisch.

Der Chauffeur rückte unruhig hin und her. Surja wußte wohl, daß die Malaien sehr verschwiegen waren und vor allem ihre Herrinnen niemals verrieten. Aber dieser Mensch rauchte Opium, also war ihm alles zuzutrauen.

»Nun, wird es bald?« herrschte Murapong den Mann an.

Krabu schaute zur Seite und zögerte noch einen Augenblick, aber dann tastete seine Hand nach der kleinen Tasche in seinem Gürtel.

»Als ich am vorigen Freitagmorgen den Wagen reinigte, fand ich das neben dem Führersitz auf dem Boden.«

Er nahm einen kleinen, grünen Gegenstand heraus und legte ihn auf die Kante des Thronsitzes.

Surja beugte sich erstaunt und betroffen vor und nahm ihn in die Hand.

»Das ist doch ein Manschettenknopf!«

Er gab seinem Onkel einen Wink.

Murapong verstand, erhob sich und ging mit seinem Neffen ein paar Schritte zur Seite.

»Überlasse mir bitte das weitere Verhör«, sagte Surja drängend. »Ich bringe noch mehr aus ihm heraus. Irgend etwas muß dahinterstecken.«

Der Palastminister schaute auf die Uhr. Es war hohe Zeit, daß er zur Palaststadt fuhr. Innerhalb der Umfassungsmauern lag auch das Ministerium des Königlichen Hauses.

»Unternimm aber nichts auf eigene Faust, wie du es immer so gern tust«, entgegnete er etwas nervös. »Und komme später zu mir in den Stadtpalast. Wir müssen noch weiter über diese Sache sprechen.«

Surja fiel plötzlich ein, daß er den versprochenen Bericht über die Neuorganisation des Nachrichten- und Wetterdienstes mitgebracht hatte, den er seinem Onkel übergeben wollte. Er rief einen seiner Leute vom Boot herbei und ließ seine Mappe bringen.

»Ich werde dafür sorgen, daß der König in den nächsten Tagen für dich bei Amarin anhält«, erwiderte Murapong, nachdem er das umfangreiche Schriftstück kurz durchgesehen und an sich genommen hatte. »Mir scheint, es ist hohe Zeit, daß sie sich verheiratet.«

Damit ging er.

Surja begleitete ihn noch bis zum Haustor, dann kehrte er langsam und nachdenklich zur Pfeilerhalle zurück, wo Krabu noch immer am Boden kauerte. Er trat vor den Malaien, stieß ihn leicht mit dem Fuß an und winkte ihm, daß er aufstehen Solle.

»Wie heißt du?«

»Krabu.«

»Willst du dir hundert Tikals verdienen?« fragte Surja und sah den Mann scharf an.

Überrascht schaute der Chauffeur auf, denn er hatte nicht gedacht, daß eine solche Wendung eintreten könnte. Blitzschnell begriff er, was der Prinz beabsichtigte. Seine Augen blitzten, und er warf den Kopf zum Zeichen der Bejahung ein wenig zurück.

»Weißt du noch etwas?«

»Nein, wirklich nichts.«

Surja warf einen langen, prüfenden Blick auf den Malaien. Der Mann schien diesmal die Wahrheit zu sagen.

»Dann wirst du also in Zukunft aufpassen, wohin die Prinzessin abends mit Me Kam fährt. Halte die Augen offen. Wenn du es herausbekommst und wenn deine Angaben richtig sind, schenke ich dir hundert Tikals.«

» **Korap**. Es wird mir aber sehr schwerfallen, den Befehl auszuführen, denn Prinzessin Chanda will mich nicht mehr als Chauffeur bei sich behalten. Der Palastminister sollte über meine weiteren Dienste entscheiden. Falls man mich entläßt, fällt es natürlich auf, wenn ich mich den ganzen Tag dort in der Nähe aufhalte.«

»Kennst du denn niemand von der anderen Dienerschaft genauer? Vielleicht erzählt dir jemand etwas, und du kannst fragen.«

»Früher ja, aber in letzter Zeit nicht mehr. Me Kam hat alle gegen mich aufgehetzt.«

»Gut, ich verstehe. Es ist wichtig, daß du weiterhin im Dienst bleibst. Das werde ich mit dem Prinzen Murapong regeln.«

Surja dachte einen Augenblick nach.

»Vorläufig arbeitest du einmal als Gärtner im Palais Akani, und im übrigen paßt du scharf auf.«

»Was soll ich tun, wenn ich herausgebracht habe, wohin die Prinzessin fährt?«

»Ich bin jederzeit für dich zu sprechen. Wenn du etwas Wichtiges beobachtet hast, kommst du sofort in mein Palais oder in mein Büro. Begleite mich jetzt zum Palast. Dort erhältst du einen Brief vom Prinzen Murapong, den du Prinzessin Chanda geben wirst.«

» **Korap**!«

22

Am Mittwochmorgen herrichte glänzendes Flugwetter. Nur der Monsunwind wehte wie immer gleichmäßig von Süden her. Schwere Gewitterstürme brauchte man zu Beginn der Regenzeit am Tage nicht zu befürchten: sie tobten sich regelmäßig während der Nachtstunden aus und konnten nur vor Sonnenaufgang gefährlich werden.

Ein strahlend blauer Himmel wölbte sich über Südsiam und der Menamebene, und nur fern im Südwesten türmten sich weiße Wolkenberge.

Warwick steuerte eine der neuesten Maschinen, einen Doppeldecker, den ihm Pra Vanit zu diesem Zweck besonders zur Verfügung gestellt hatte. Er flog Evelyn nach der birmanischen Grenze entgegen.

Hinter ihm saß Ronnie, der von Zeit zu Zeit mit einem Feldstecher den westlichen Horizont nach dem »Meteor« absuchte. Bei dem starken Propellergeräusch war nicht an eine Unterhaltung zu denken, so daß er die Gedanken seines Freundes nicht stören konnte.

Warwick durchpulste das Hochgefühl, das ihn stets überkam, wenn er mit dem Steuerknüppel in der Hand ein Flugzeug lenkte.

Die Sicht war an diesem Tage ungewöhnlich klar, und die drei Maschinen, die zu Evelyns Einholung aufgestiegen waren, hatten sich auf eine Höhe von zweitausend Meter geschraubt, um einen möglichst weiten Fernblick zu haben.

Warwick hatte den Kopfhörer angelegt. Obwohl die Anweisungen von dem Führerflugzeug auf siamesisch gegeben wurden, verstand er alles und manövrierte in genauer Übereinstimmung mit den Kommandos.

Die unerwartete Ankunft Evelyns verschärfte den Konflikt, und er hätte sich mehr Zeit gewünscht, um vorher zu einer Lösung zu kommen. Die Stunden von Montag abend bis zu diesem Morgen waren mit Vorbereitungen für ihren Empfang nur zu schnell vergangen.

Es war selbstverständlich, daß der Aero-Klub in Bangkok der kühnen Fliegerin einige Flugzeuge entgegenschicken mußte, um sie einzuholen. Aber zwei Flugzeuge des Klubs waren in Reparatur, und die anderen Maschinen waren nicht Schnell genug. Schließlich hatte Pra Vanit Warwick mit der Führung eines der drei Militärflugzeuge betraut, die Evelyn in geschlossener Formation einholen sollten.

Noch vor dem Aufstieg meldete der Flugplatz in Rangun durch Funkspruch den Start des »Meteor« nach Bangkok um sieben Uhr dreißig. Die Nachricht wurde später durch eine zweite Meldung ergänzt, daß Evelyn um sieben Uhr vierzig aufgestiegen wäre und südlichen Kurs genommen hätte.

Der »Meteor« war eine moderne, starke Maschine. Bei einer mittleren Geschwindigkeit von zweihundertvierzig Stundenkilometer konnte Evelyn, selbst wenn sie wegen der hohen Grenzgebirge einige Umwege machte, ihren Flug in etwa drei Stunden durchführen, während ein Dampfer von Rangun nach Bangkok mehr als acht Tage Reisezeit brauchte.

Warwicks Gedanken waren bei Evelyn. Sie war doch eine mutige Fliegerin und eine tapfere Frau. Auch als Sportsmann war er von ihr begeistert. Ihre Energie und ihre unbezähmbare Abenteuerlust äußerten sich nicht in vielen Worten, sondern in Taten.

Ihr Vater war Arzt und hatte sie gesund und natürlich und fast wie einen Sohn erzogen, nachdem er ihre Charakterveranlagung erkannt hatte. Er ließ sie Medizin studieren: nach Vollendung des Studiums und nach Ablegung der Abschlußprüfung übte sie jedoch den Ärzteberuf nicht aus, obwohl sie vom Vater die Freude daran geerbt hatte. Sie widmete sich vollständig dem Sport, dem ihre ganze Liebe gehörte.

Während seines letzten Urlaubs vor einem Jahr hatte Warwich die ersten Probeflüge auf dem »Meteor« mit ihr gemacht und die großen Fortschritte der modernen Technik auf diesem Gebiet bewundert. Wie bequem und sicher flog man in der geschlossenen, dreisitzigen Autokabine des neuen, prachtvollen Flugzeugs! Es reagierte auf den kleinsten Ausschlag des Seiten- und Höhensteuers, besaß eine früher nie geahnte Stabilität und Sicherheit und gehörte zu den modernen Amphibienkonstruktionen. Sowohl zu Wasser wie zu Lande konnte es aufsteigen und niedergehen. Trotzdem waren die Abmessungen nicht zu groß, so daß die Maschine über die nötige Wendigkeit verfügte.

In der vergangenen Nacht hatte Warwick wenig Ruhe gefunden. Er wollte die Schwierigkeiten, in die er geraten war, auf irgendeine Weise lösen, aber trotz des vielen Grübelns kam er zu keiner Entscheidung. Im sonnigen Morgen jedoch, auf dem Führersitz des Flugzeugs, fühlte er sich wie verwandelt. Zweifel und Sorgen fielen von ihm ab, Hoffnung und Zuversicht erfüllten ihn wieder, und Evelyns Einfluß wurde stärker und stärker. Der Flug in den Lüften, ihr entgegen, gewann für ihn eine symbolische Bedeutung.

Die Kette der drei Maschinen war nun schon über eine halbe Stunde unterwegs. Der Meklongfluß kam mit seinen vielen Biegungen bis zur Mündung in Sicht. Unten breiteten sich die grünen Reisfelder aus, die von Erdwällen umgeben waren. Von oben hatte man den Eindruck, die ganze Landschaft sei aus einzelnen rechteckigen Stücken zusammengesetzt. Am jenseitigen Ufer konnten die Flieger deutlich die Stadt Ratburi erkennen.

Vom Führer der Kette kam Befehl, nicht weiterzufliegen, sondern am Meklongfluß nach Norden abzubiegen und über dem Fluß zu kreuzen. Es hatte keinen Zweck, Evelyn noch näher entgegenzufliegen, da man nicht genau wußte, welchen Weg sie gewählt hatte.

Warwick nahm an, daß sie die gewöhnliche Route einschlagen würde: von Rangun in südlicher Richtung die Küste entlang bis Tavoy, von dort aus mit einer scharfen Biegung nach Osten zur Menamebene. Die holländischen Flugzeuge hatten aber in letzter Zeit den Weg abgekürzt und flogen trotz der schwierigen Luftströmungen über den Grenzgebirgen in fast gerader Linie von Rangun zur siamesischen Hauptstadt, was natürlich einen Gewinn an Zeit und Betriebsstoff bedeutete.

Es war nun drei Viertel zehn, und nach Warwicks Berechnung mußte Evelyns silberfarbenes Flugzeug jeden Augenblick in Sicht kommen.

Ronnie hielt verzweifelt mit seinem Glas Ausschau, ohne etwas zu sehen. Aber plötzlich bemerkte Warwick, daß der Führer der Kette mit den Tragflächen wackelte. Das bedeutete, daß der Mann ein Flugzeug gesichtet hatte. Die Siamesen hatten doch unerhört scharfe Augen!

Warwick sah, daß der Führer mit dem Arm nach Süden zeigte, und suchte eine Sekunde, bis er etwas entdeckte.

Ja, dort bewegte sich ein kleiner, schwach leuchtender Punkt. Warwick nahm Ronnie das Glas mit der Rechten aus der Hand und hielt das Steuer mit der Linken – er hatte sich nicht getäuscht! Es war ein Flugzeug – es mußte der »Meteor« sein!

Warwick wurde ungeduldig. Am liebsten wäre er aus der Formation ausgebrochen und allein dem »Meteor« entgegengeflogen.

»Kurs nach Süden zum Meer«, kam endlich der Befehl des Führers. »Richtung das fremde Flugzeug!«

Der »Meteor« hatte Sendegerät an Bord, und Warwick versuchte ihn anzurufen. Dauernd funkte er den ganzen Namen.

»Achtung, Meteor... Achtung, Meteor...«

Aber er bekam keine Antwort.

Sollte es doch eine andere Maschine sein? Aber wer konnte sich denn sonst um diese Zeit hier in der Luft herumtreiben?

Die Entfernung wurde dauernd geringer, und endlich kam das Verstandenzeichen von drüben.

Evelyn! Evelyn...

* * *

»Miß Evelyn Breyford hat den Flug London-Bangkok in fünf Tagen und drei Stunden zurückgelegt und damit alle bisherigen Rekorde für diese Strecke gebrochen. Ihr ›Meteor‹ ist ein Wunder moderner Technik. Aber mochten seine Motoren auch noch so viele PS entwickeln, eine stärkere Kraft war die Sehnsucht nach ihrem Verlobten.«

Bei den letzten Worten wandte sich Sir John Brakenhurst lächelnd und mit einer leichten Verneigung an Warwick, der ihm gegenübersaß.

Laute, freudige Hochrufe beschlossen die große Rede des englischen Gesandten, und helle Begeisterung herrschte beim Klingen der Gläser. Durch ihre großartige Sportleistung hatte Evelyn die Herzen der Europäer wie der Siamesen im Sturm für Sich gewonnen.

Hell und heiter saß sie an der Festtafel zwischen dem britischen Gesandten und dem Prinzen Surja, dem Vorsitzenden des Aero-Klubs. Am Morgen war sie noch in Rangun gewesen, später um elf Uhr in Bangkok gelandet, und noch am Abend ihres Ankunftstages gab man ihr zu Ehren in den taghell erleuchteten, herrlich geschmückten Repräsentationsräumen der englischen Gesandtschaft ein Festessen.

Mehrere Prinzen des Königlichen Hauses, das gesamte Diplomatische Korps, Vertreter der Regierung und des Kriegsministeriums, vor allem der Abteilung für Flugwesen, und alles, was Namen und Bedeutung in der Hauptstadt hatte, war erschienen. Brillanten und Ordenssterne blitzten, und schöne Frauen suchten einander durch die Eleganz und Kostbarkeit ihrer Abendkleider zu überbieten.

Überall herrschte frohe Stimmung, und helles Frauenlachen mischte sich in die lebhafte Unterhaltung.

Im Gegensatz zu den Damen der Gesellschaft trug Evelyn zu ihrem schlichten Kleid aus dunkelrotem Seidensamt, das die herben Linien ihres Schlanken Körpers leise nachzeichnete, keinen Schmuck. Ihre ungewöhnlich lichtblonden Locken betonten ihr nordisches Aussehen und wirkten um so auffallender, als Wind und Sonne ihr Gesicht und ihre Haut so dunkel gefärbt hatten, daß sie nicht viel heller war als die meisten der zum Fest erschienenen Siamesen.

Prinz Surja, der sich selbst noch aktiv als Pilot betätigte und sich große Verdienste um die Entwicklung des Flugwesens in Siam erworben hatte, war in glänzender Laune und machte Evelyn ein Kompliment nach dem anderen. Sie hatte ihm nach der Landung auf dem Flugfeld den »Meteor« kurz erklärt, und er unterhielt sich jetzt mit ihr noch über technische Einzelheiten und die Vorzüge neuer Konstruktionen.

Von den Fenstern des Festsaales sah man hinaus in den Park, der in einem Meer von Lichtern erstrahlte. An den hohen, starken Stämmen der prächtigen alten Bäume war das Monogramm Evelyns angebracht, flankiert von englischen und siamesischen Fähnchen. Feurige Girlanden von bunten elektrischen Lampen zogen sich zu beiden Seiten des Weges hin, und Linien kleiner Flämmchen zeichneten ein großes Flugzeug an den Nachthimmel.

Die Regie Breyfords und der englischen Gesandtschaft hatte vorzüglich geklappt. Schon am Montagabend brachten die Zeitungen die Nachricht von Evelyns Ankunft in großer Aufmachung, und am Dienstagmorgen erschienen überschwengliche Artikel. Aber nicht nur in der englischen »Bangkok Times«, die in der Regel alles in den Himmel hob, was mit dem britischen Weltreich zu tun hatte. Auch die Siamesische Regierungspresse, ja selbst die sonst so eifersüchtigen Franzosen huldigten Evelyn rückhaltlos.

Ihr Name war in aller Mund, und in jedem Siamesenhaus der großen Stadt wurde von ihr gesprochen.

Schon vor ihrer Ankunft hatte sich eine ungeheure Menschenmenge auf dem Flugplatz angesammelt. Das Leben und Treiben auf dem Flugfeld erinnerte an die Feststimmung eines nationalen Feiertags. Jeder Bewohner Bangkoks, der Auto, Motorrad oder Wagen besaß, war zu dem weit entfernt liegenden Flughafen hinausgefahren, und Tausende und aber Tausende wanderten zu Fuß dorthin. Alle wollten die tapfere junge Mem Farang sehen, die Mr. Warwick Warbury, ihren Verlobten, so sehr liebte, daß sie die Gefahren eines so gewaltigen Fluges auf sich nahm, um schneller zu ihm zu kommen.

Den Zuschauern bot sich ein prachtvoller Anblick, als die vier Flugzeuge in Sicht kamen und sich mit großer Geschwindigkeit dem Landungsplatz näherten.

Der »Meteor« flog in der Mitte, und seine silberhelle Farbe hob sich leuchtend von dem bescheidenen Grau der anderen Maschinen ab.

Zum größten Erstaunen der wartenden Menge flogen die vier Flugzeuge aber über den Flugplatz hinweg auf den königlichen Palast zu, den sie dreimal rechts umkreisten. Erst nach diesen Ehrenrunden hielten sie in gerader Richtung auf den Flughafen zu und landeten glatt.

Das in voller Formation und in kurzer Zeit glänzend durchgeführte Manöver fand volle Anerkennung und Bewunderung. Den Siamesen schmeichelte diese Huldigung.

Warwick hatte es viel Mühe gekostet, Evelyn durch Radio von diesem Plan zu verständigen, aber trotzdem war es vorzüglich gelungen.

Die Ordnungspolizei konnte die begeistert vorstürmenden Menschen kaum zurückhalten, als sich Evelyn gewandt aus der Kabine Schwang.

Das den Tropen angepaßte, leichte Sportkostüm kleidete ihre fast männliche Erscheinung ausgezeichnet, und jede Bewegung ihrer biegsamen, schlanken Gestalt verriet einen durchtrainierten Körper. Ihre blitzenden, dunkelblauen Augen sprühten von Lebenskraft und Energie.

Bisher hatte sie ihren Flug durchgeführt, ohne großes Aufsehen zu erregen, aber am Ziel ihrer Reise geriet sie nun doch noch, ohne es zu wissen und zu wollen, in einen Strudel von Verpflichtungen und festlichen Veranstaltungen, denen sie sich nicht entziehen durfte.

Bei der Landung: Blumenspenden, offizieller Empfang durch den englischen Gesandten, Regierung, Aero-Klub und Begrüßungskomitee der englischen Kolonie. Brausende Huirufe der Siamesen, Hochrufe der Europäer. Militärmusik, Schnellfeuer der Kodaks und Kreuzverhör der Presseleute. Nachher Empfang in den Räumen des Aero-Klubs mit einer Rede des Prinzen Surja.

Filmleute kurbelten die Landungsszene. Sender verbreiteten die einzelnen Begrüßungsreden, und gewandte Ansager schilderten den Festtrubel.

Kaum konnte sie sich vor den begeisterten Autogrammsammlern und den Zeitungsreportern retten, um nach dem anstrengenden Flug einige Stunden auszuruhen. Um fünf Uhr mußte sie schon wieder zu dem großen Empfang und der Gartenpartie erscheinen, die ihr zu Ehren auf der englischen Gesandtschaft gegeben wurde und an die sich am Abend das Festessen anschloß.

Ihr eigentliches Reiseziel war, ein unverhofft schnelles Wiedersehen mit Warwick zu feiern, aber sie hatte kaum ein paar Worte mit ihm wechseln können, und auch das nur in Gegenwart vieler anderer Menschen.

Trotz dieser Enttäuschung nahm sie alle Huldigungen gelassen und mit einer natürlichen Sicherheit hin. Sie wollte den Leuten die Festfreude nicht verderben und ließ sich deshalb ruhig feiern.

Sir John Brakenhurst teilte ihr mit, daß die Königin sie am nächsten Tag zum Tee erwarte, und daß der König ihr in persönlicher Audienz die große goldene Fliegermedaille überreichen wolle. Auch von vielen anderen Seiten erhielt Sie Auszeichnungen und Einladungen.

Im Mittelpunkt des Festes standen Warwick und Evelyn. Alle wollten ihnen Glück wünschen, und sie wurden so stark umlagert, daß sie keine Zeit zu persönlicher Unterhaltung fanden. Um sie einmal einige Minuten für sich allein zu haben, führte er sie zum Tanzsaal.

Ihre aufrechte Haltung, ihr sicherer Gang und ihre große, königliche Erscheinung zogen alle Blicke auf sich, als sie an seiner Seite ging.

Beim Walzer umschloß sie sein Arm, und er spürte wieder die federnde Elastizität und die wache, lebendige Kraft ihres Körpers. Es überkam ihn das sichere Gefühl, daß sie zu ihm gehöre. Die Ereignisse überstürzten sich derartig, daß ihm im Strudel des Geschehens keine Zeit blieb an Amarin zu denken. Und jetzt führte Evelyns sieghafte Gegenwart die von ihm ersehnte Entscheidung herbei. Von ihr wollte, durfte und konnte er sich nicht trennen.

* * *

Der englische Gesandte sah befriedigt auf das gelungene Fest. Als praktischer Diplomat, der sich nicht von Theorien leiten ließ, sondern schlagfertig stets aus der gegebenen Situation heraus handelte, verstand er es, den Erfolg Evelyns für das politische Prestige seines Landes in jeder Weise auszuwerten. Besonders wichtig war ihm die Tatsache, daß dieses Fest wenige Tage vor dem japanischen Nationalfeiertag stattfand und er dadurch den Konkurrenten den Wind aus den Segeln nahm.

Für Warwick, den er als einen Mann von untadeligem Charakter kannte, hatte er sehr viel übrig, und Evelyn schätzte er als eine starke Persönlichkeit, die hier sicher ein Mittelpunkt der englischen Gesellschaft werden würde.

Aus mehr als einem Grunde freute er sich über ihren kühnen Flug. Durch den vorzüglichen Geheimdienst der Gesandtschaft hatte er verschiedenes über Warwick und Prinzessin Amarin gehört, und da diese Sache leicht unangenehme politische Folgen haben konnte, ließ er genauer nachforschen und erfuhr auf diese Weise alle Tatsachen.

Wäre nicht diese günstige Wendung eingetreten und Evelyn selbst in Bangkok erschienen, so hätte er Warwick Vorhaltungen machen müssen. Aber diese Lösung war ja bei weitem die beste und enthob ihn dieser unangenehmen Pflicht.

Mit seinem alten Freund Breyford hatte er an diesem Tage eine längere, vertrauliche Unterredung gehabt, und beide hatten beschlossen, daß die Hochzeit möglichst beschleunigt werden sollte. Das Fest konnte ja ebenfalls in Bangkok gefeiert werden, und der Gesandte wollte schon dafür sorgen, daß es in jeder Hinsicht ein großer Erfolg werden würde.

23

Am Donnerstagabend war Prinzessin Chanda, die sonst so ruhige und beherrschte Frau, in großer Aufregung. Prinz Murapong hatte ihr mitgeteilt, daß der König kurz nach neun zum Palais Akani kommen würde: über den Grund des Besuches hatte er keinerlei Andeutungen gemacht, sondern sich geheimnisvoll ausgeschwiegen.

Der Eingang und die Empfangshalle prangten in festlichem, überreichem Blumenschmuck, denn die hohe Ehre eines königlichen Besuches war dem Hause seit vielen Jahren nicht mehr zuteil geworden.

Chanda dachte nach, welchen Grund das Kommen des Königs wohl haben könnte, und sie vermutete, daß er sich wahrscheinlich nach ihrem Bruder erkundigen wolle.

Leider hatte Akani nur sehr kurz und unbestimmt auf ihren Brief geantwortet. Sie konnte Sich aber nicht vorstellen, daß er ein Leben als Mönch in Ceylon einer großen, unumschränkten Machtstellung in Siam vorziehen würde.

Wiederholt las sie sein Schreiben durch und versuchte, sich an seine Stelle zu versetzen und seine Absichten und Pläne zu erkennen. Als erfahrener Diplomat würde Akani sicher nickt mit fliegenden Fahnen in dem Augenblick zum König zurückkehren, in dem man ihn dringend brauchte, sondern seine Zeit abwarten.

Chanda gab ihrem Bruder innerlich recht, denn man hatte ihn früher zu tief verletzt und gekränkt. Unter der Regierung des letzten Königs hatten seine Feinde ihn schwer verleumdet und das Gerücht ausgesprengt, daß er von Frankreich bedeutende Summen für die Einräumung großer Vorteile beim Abschluß des letzten Vertrages erhalten hätte.

Es war kurz vor halb acht. Prinzessin Chanda saß erwartungsvoll auf der großen Veranda, als Amarin plötzlich in einem einfachen, siamesischen Straßenkostüm zu ihr trat. Verwundert und betroffen sah sie ihre Nichte an.

»Aber Kind, wohin willst du denn gehen? Du kannst doch jetzt nicht fort!« sagte sie bestürzt. »Du weißt doch, daß der König kommt!«

»Ich wollte zum Tempel Sutat – ich höre am Wan Pra immer die Predigt dort.«

Chanda glaubte nicht recht zu hören. Wenn der Besuch des Königs erwartet wurde, mußte doch selbstverständlich alles andere zurückstehen! Wie durfte jemand es wagen, dem Willen des Königs auch nur den geringsten eigenen Wunsch entgegenzusetzen!

Amarin hatte sich für acht Uhr mit Warwick in der Villa verabredet und keine Möglichkeit mehr gehabt, sich mit ihm in Verbindung zu setzen. Erst am Nachmittag hatte sie erfahren, daß der König kommen würde. Verschiedene Male hatte sie Me Kam zum nächsten Postamt geschickt, damit sie an Warwick telefonieren sollte, aber dreimal hatte sie ihn nicht erreichen können. Es blieb auch keine Zeit mehr, sie zu seiner Wohnung gehen zu lassen. Am hellen Tage wäre das außerdem zu gefährlich gewesen.

Natürlich wußte Amarin, was ein Besuch des Königs bedeutete, aber ihr erschien es unwichtig, und sie wollte sich die wenigen glücklichen Stunden des Zusammenseins mit Warwick nicht nehmen lassen. Sie versprach ihrer Tante, um neun Uhr wieder zu Hause zu sein.

Prinzessin Chanda versuchte mit allen Mitteln, sie zurückzuhalten und ihr begreiflich zu machen, daß sie nicht fortgehen dürfe.

Amarin wurde immer unruhiger, da kostbare Minuten vergingen, aber sie blieb hartnäckig.

»Predigten kannst du noch oft genug hören, aber der Besuch des Königs im Hause deines Vaters ist eine so seltene und hohe Ehre, daß du als seine Tochter unbedingt anwesend sein mußt.«

»Ich glaube nicht, daß das notwendig ist«, erwiderte Amarin nervös.

Chanda war entsetzt über eine derartige Auffassung und schaute sich ängstlich um, ob etwa eine der Dienerinnen etwas gehört haben könnte. Aber es war niemand in der Nähe.

»Ich erwarte doch vom König nichts«, fuhr Amarin etwas gereizt fort. »Es genügt mir, wenn ich ungestört und in Frieden leben kann. Bei Hofe möchte ich möglichst wenig verkehren. Mein Vater hat doch wirklich genug unangenehme und bittere Erfahrungen machen müssen. Er hat oft mit mir darüber gesprochen und immer gesagt, daß stille Zurückgezogenheit besser sei als eine glänzende Stellung in der Regierung.«

Chanda seufzte. Sie kannte den Standpunkt ihres Bruders nur zu gut.

Schließlich ging Amarin gegen den Willen ihrer Tante, nachdem sie wiederholt versprochen hatte, um neun Uhr zurück zu sein.

Me Kam wartete schon ungeduldig im Wagen, und Chanda schüttelte traurig den Kopf, als sie vom Balkon aus sah, wie das Auto davonfuhr.

Noch vor zwanzig Jahren hatte das Volk den Herrscher wie einen Gott angebetet und verehrt – war er doch die Verkörperung des Gottes Wischnu auf Erden. Jetzt aber war die Achtung vor der absoluten Gewalt des Königs im Schwinden begriffen. Wie wäre es sonst möglich gewesen, daß eine Volksvertretung gewählt wurde, die seine Rechte schmälerte und beschränkte? In der letzten Zeit war es sogar zu Zusammenstößen zwischen dem Willen des Königs und den Beschlüssen der Kammer gekommen. Wenn nun aber die Mitglieder seiner eigenen Familie die gebührende Ehrfurcht vor der höchsten Person des Landes nicht mehr zeigten, was sollte man dann vom Volk erwarten?

Schließlich beruhigte sie sich etwas bei dem Gedanken, daß der König wahrscheinlich mit ihr über Prinz Akani sprechen wolle, und sie überlegte noch einmal alles genau, was sie in dieser Angelegenheit sagen konnte und durfte. Sie schätzte ihren Bruder sehr und wünschte seine Rückkehr auch aus persönlichen Gründen dringend, um ihn öfters sehen und sprechen zu können.

Häufig erhob sie sich und trat erwartungsvoll auf den großen Balkon hinaus, aber noch verriet kein Anzeichen, daß der hohe Besuch kam. Wenn sie dann nach der Uhr sah, mußte sie feststellen, daß wieder erst ein paar Minuten vergangen waren.

Endlich schlug es Viertel vor neun, und nun hätte Chanda am liebsten die Zeiger angehalten, denn Amarin war trotz ihres Versprechens noch nicht zurückgekommen. Sie schickte eine Dienerin zum Dachgarten hinauf, um Ausschau nach dem König und der Prinzessin zu halten.

Unten in der Halle war die Dienerschaft unter der Leitung des Hausmeisters Kun Anchit vollzählig versammelt. Die Portale standen weit offen, und der große Purpurteppich war zum Empfang auf dem Boden ausgebreitet.

Aufregende Minuten vergingen. Jeden Augenblick mußten nun die Hofwagen vorfahren. Prinzessin Chanda gehörte noch zu der Generation, die streng am alten Zeremoniell festhielt, und sie fühlte sich tief beschämt. Sie wußte, daß Amarins Abwesenheit den König schwer verletzten würde. Wenn sie doch endlich auftauchen möchte...

»Sie kommen!« rief die Dienerin und eilte hastig nach unten.

Taghell fiel das Licht der großen Bogenlampen auf den runden Platz vor dem Haupteingang. Von weitem ertönte das bekannte Hupensignal des Königs, und kurz darauf fuhren zwei schnittige Wagen in schnellem Tempo durch das prächtige Parktor ein.

Bevor Prinzessin Chanda zur Besinnung kam, stand der König schon vor ihr. In seiner Begleitung befanden sich nur der Palastminister und einige Herren des Gefolges, die sich im Hintergrund hielten.

König Rama war selbst für einen Siamesen ziemlich klein und schmächtig. seine zierliche Gestalt zeigte aber gute Proportionen, und seine gleitenden, geschmeidigen Bewegungen sprachen von verfeinerter asiatischer Kultur. Durch seine Liebenswürdigkeit hatte er sich während seiner noch nicht langen Regierungszeit allgemein beliebt gemacht, und auch heute schien er in ausnehmend guter Stimmung zu sein.

Chanda faßte sich wieder.

Auf ihren Wink knieten Dienerinnen vor ihm nieder, nahmen ihm den Hut ab und überreichten ihm Blumen, die er jedoch gleichgültig auf einen Seitentisch legte.

Halbgesenkte Lider verdeckten häufig seine dunklen, anziehenden Augen, und zuweilen zeigte sich ein herber, bitterer Zug um seinen Mund, der hohes Wollen und enttäuschte Hoffnungen verriet. Trotz aller Beweglichkeit lag etwas Vornehm-Müdes in dem Wesen dieses Abkömmlings der alten Herrscherfamilie Siams.

Durch dauernde Ehen innerhalb der Familie waren die Mahachakri in dem Kampf um ihre Vormachtstellung fast zu feinnervig geworden.

Das Gesicht des Königs hätte man nicht schön nennen können, aber es zeigte alle Merkmale geistiger Schärfe und diplomatischer Veranlagung.

Er begleitete die Prinzessin auf die obere Veranda, wo eine kühle Abendbrise wehte, und er sagte ihr viel angenehme und schmeichelhafte Worte über den wundervollen Blumenschmuck zu seinem Empfang und über die gute alte Tradition, die sichtlich in dem Hause herrsche.

»Wo ist denn eigentlich die hübsche Amarin?« fragte er nach einer Weile unvermittelt, bevor Chanda ihre Nichte hatte entschuldigen können.

»Sie muß jeden Augenblick vom Wat Sutat zurückkommen«, erwiderte sie in größter Verlegenheit. »Seit ihrer Rückkehr aus Europa besucht sie eifrig die Predigten, und sie ist auch heute dorthin gefahren. Aber es muß sich etwas Außergewöhnliches ereignet haben, sonst wäre sie langst wieder hier. Ich bin in großer Sorge um sie, denn vor einer halben Stunde wollte sie spätestens zurück sein.«

Für den Bruchteil einer Sekunde blitzte es wie ein Wetterleuchten in den Augen des Königs auf, aber sein Unmut verflog sofort wieder. Vielleicht war es nur gut, wenn er die Sache zuerst mit Prinzessin Chanda allein besprach. Er war im Grunde moderner als sein Hof und haßte die einengende Etikette.

»Ich kam eigentlich her, um Prinzessin Amarin wiederzusehen und sie nach dem Ergehen ihres Vaters zu fragen. Außerdem hat mein Besuch aber noch einen ganz besonderen Grund. Amarin ist Schon zwanzig Jahre alt, und es wäre gut, wenn Sie bald heiraten würde.«

Diese Wendung kam Chanda überraschend. Warum hatte ihr denn Murapong nichts davon gesagt, besonders da sie schon mehrmals mit ihm über Amarins Zukunft gesprochen hatte?

Sollte der Palastminister etwa Rama auf den Gedanken gebracht haben, Amarin zur zweiten Königin zu machen? Bisher hatte der König Streng an dem Prinzip der Einehe festgehalten und sich auch mehrmals in diesem Sinne geäußert. Murapong aber und die Altsiamesische Partei drängten ihn seit langer Zeit, den europäischen Standpunkt aufzugeben und nach altem Brauch vier Hauptköniginnen zu nehmen, besonders da seine Ehe kinderlos war.

Der Palastminister hatte Prinzessin Chanda gegenüber in der letzten Zeit mehrmals Andeutungen gemacht, daß der König nachgeben würde, um dem Land einen Thronerben zu sichern, und sie war nun überglücklich bei dem Gedanken, daß Amarin zu so hohem Rang aufsteigen sollte. »Mein Bruder Surja liebt Amarin«, fuhr der König nach einer kleinen Pause fort, »und ich wollte heute für ihn um ihre Hand anhalten.«

Er zögerte ein wenig und sah Chanda freundlich an, die ihre große Enttäuschung kaum verbergen konnte.

»Ich verstehe seine Wahl nur zu gut, und ich billige sie in jeder Weise. Surja mag ja ein etwas wildes Leben hinter sich haben, aber auf meine Vorhaltungen hin hat er sich in der letzten Zeit bedeutend gebessert.«

Chanda hatte sich bald wieder gefaßt und atmete auf. Es fiel ihr leichter, sich hierüber mit dem König zu unterhalten als über ihren Bruder Akani. Schnell überlegte sie, daß eine Heirat mit einem Prinzen für Amarin immerhin eine Auszeichnung bedeutete.

»Kürzlich hatte ich mehrfach Gelegenheit, mit Surja zu sprechen, und ich war von seiner Liebenswürdigkeit überrascht. Er hat sich sehr zu seinem Vorteil entwickelt«, pflichtete sie sofort bei.

»Es ist erfreulich, daß wir dieselbe Meinung über Surja haben. Ich wollte ein gutes Wort für ihn bei Amarin einlegen. Wie denkt sie denn über ihren Vetter?«

Chanda wußte es nicht. Sie wußte überhaupt nicht viel von Amarins Gedanken und Meinungen, denn die junge Prinzessin war verschlossen und sprach sich ihr gegenüber nicht aus. Aber ihrer Auffassung nach gab es auf die Frage des Königs nur eine Antwort. Und wenn Amarin nicht zugegen war, mußte sie eben für ihre Nichte handeln.

»Soviel ich weiß, stehen sie gut miteinander. Amarin wird sich durch die Gnade Eurer Majestät sehr geehrt fühlen. In ihrem Namen nehme ich die Werbung des Prinzen an.«

»Bist du denn auch gewiß, daß Amarin so denkt?«

Sie sah ihn betroffen an. War denn auch der König durch die moderne Zeit angekränkelt? Eine solche Frage hatte sie für unmöglich gehalten.

»Sie ist von Surja entzückt«, sagte sie in ihrer Verwirrung.

Er bemerkte ihre Aufregung, wußte sie aber nicht zu deuten.

»Dann kann ich ihm also sagen, daß seine Werbung vollen Erfolg hat? Nachdem sie neulich seinen Antrag nicht ablehnte und sich erst Bedenkzeit erbat, hatte ich im Grunde nichts anderes erwartet.«

Damit war das Thema abgeschlossen, und die Unterhaltung wandte sich nun allgemeinen Dingen zu. Der König sprach über die herrliche Lage des Palais und den künstlerisch hervorragenden Geschmack Akanis, der sich in jedem Stück der stilvollen Einrichtung äußere.

Als die prachtvolle Pariser Bouleuhr auf dem Ziertisch halb zehn schlug, erschien Prinz Murapong in der Tür. Das war das Zeichen zum Aufbruch. Der Palastminister wachte scharf darüber, daß das einmal festgesetzte Tagesprogramm durchgeführt wurde.

Der König runzelte die Stirn. Er hatte gehofft, daß Amarin noch rechtzeitig zurückkommen würde. Zu einer späteren Stunde hatte er Surja zur Audienz befohlen, dem er gern ein endgültiges Ergebnis mitgeteilt hätte. Er rechnete nicht auf eine Ablehnung, aber er wollte Amarin immerhin Gelegenheit geben, sich vorher selbst zu äußern.

»Die Predigt im Wat Sutat muß ja bald zu Ende sein«, sagte er in der Halle. »Es wäre mir lieb, wenn ich gleich nach Amarins Ankunft telefonisch verständigt würde, ob sie Surjas Antrag annimmt.«

Nach kurzer Verabschiedung stieg er in den Wagen, und gleich darauf fuhren die beiden Autos schnell davon, ohne daß Prinzessin Chanda noch die Möglichkeit hatte mit Murapong zu sprechen.

24

Am Donnerstagabend saßen Evelyn und Warwick auf der Veranda des Breyfordschen Hauses und rauchten um die Wette Zigaretten, denn die Moskitoplage war groß, obwohl mehrere elektrische Fächer an der Decke und an den Wänden surrten.

Kurz vorher waren beide vom Tee der Königin zurückgekehrt, wo man sie überschwenglich gefeiert hatte.

Es war das erstemal, daß sie längere Zeit allein miteinander sprechen konnten.

Das Fest in der englischen Gesandtschaft hatte sich bis in die späte Nacht hingezogen, und in den frühen Morgenstunden war ein Dampfer von Singapur mit Europapost angekommen.

Während Warwick die Beantwortung der wichtigsten Briefe vornahm und außerdem die versäumte Arbeit der beiden letzten Tage nachholte, fuhr Evelyn zum Flugplatz hinaus, wo sie den »Meteor« nach der anstrengenden Reise einer gründlichen Prüfung unterzog.

Mr. Armstrong, ihr Mechaniker, der sie auf dem Flug von England nach Bangkok begleitet hatte, war schon seit dem frühen Morgen eifrig damit beschäftigt, den Motor wieder zusammenzusetzen. Am vergangenen Tag hatte er ihn trotz der vielen Störungen teilweise auseinandergenommen und nachgesehen.

Er war sehr stolz auf den »Meteor« und hatte nur die notwendigsten Begrüßungsfeierlichkeiten mitgemacht. Sobald wie möglich war er wieder zum Flugplatz hinausgefahren. Er wollte sich sofort um die Maschine kümmern, denn für ihn war es oberster Grundsatz, sie immer startbereit zu halten.

Evelyn begrüßte ihn und sah selbst alle Verstrebungen im Innern nach. Das war in der großen Hitze keine leichte Arbeit. Dann erholte sie sich einige Zeit in der kühlen Brise vor dem Erfrischungsraum der Flugstation und nahm einen geeisten Trank.

Sie saß an einem leichten Tisch, den man ihr auf die Veranda gestellt hatte, und machte nachträglich noch einige Eintragungen in ihr Bord- und Tagebuch. Auch die Ereignisse des vergangenen Tages hielt sie mit wenigen kurzen Sätzen fest.

Als Mr. Armstrong gegen zwölf Uhr meldete, daß der »Meteor« wieder startbereit sei, machte sie einen kleinen Probeaufstieg mit ihm.

Es war erstaunlich, daß sich die Maschine so gut gehalten hatte. Mit Ausnahme einiger Kleinigkeiten, die Mr. Armstrong schnell wieder in Ordnung bringen konnte, hatte sich das große, dreisitzige Flugzeug während der Reise bewährt.

Evelyn konnte sich nur schwer von ihrer geliebten Maschine trennen, aber der Mechaniker bestand darauf, daß sie die weiteren Arbeiten ihm überlassen und im Auto zur Stadt zurückkehren solle.

Durch die ausführlichen Artikel der Reporter war bekanntgeworden, daß sie auch anderen Sport trieb, zum Beispiel schwimmen, Rudern und Tennis. Daraufhin hatte sie vom siamesischen Damensportklub eine Einladung zu einem Schaufechten für den nächsten Vormittag erhalten und auch angenommen.

Sie lernte viele Europäer und auch Siamesen kennen, und ihre heitere, sonnige Lebensanschauung machte es ihr möglich, sich mit Humor in alle Situationen zu finden. Ihr natürliches, unvoreingenommenes Wesen eroberte ihr auch in ihr vollständig fremden Kreisen alle Sympathien.

Als sie nun am Abend mit Warwick zusammensaß, unterhielten sie sich nicht über wichtige Dinge, sondern über tausend belanglose Kleinigkeiten, aber jeder fühlte sich glücklich in der Gesellschaft des anderen.

Evelyns harmonische Ausgeglichenheit übte wieder den alten Zauber auf ihn aus. Lebensfreude und Lebensbejahung klangen aus ihrem hellen, frohen Lachen. Wie hatte er auch nur einen Augenblick daran denken können, diese Frau aufzugeben!

Der Entschluß, heute für immer von Amarin Abschied zu nehmen, gab ihm seine äußerlich sichere Haltung zurück. Die leisen Zweifel, die sich manchmal in seinem Inneren regten, unterdrückte er.

Aber Evelyn hatte trotzdem in manchen Sekunden das ungewisse Gefühl, daß er ihr in irgendeiner Weise fremd geworden sei, wenn sie auch nicht klar hätte sagen können, was sich in ihm geändert hatte.

Als Breyford ins Eßzimmer trat, sah er die beiden von weitem durch die große Schiebetür und freute sich, daß sie sich so lebhaft unterhielten. Er wollte sie nicht stören, denn er konnte ihnen nachfühlen, wie ungelegen ihnen der ganze Festtrubel von gestern und die vielen Störungen von heute kamen. Sie sollten endlich einmal Zeit füreinander haben.

Er verschwand wieder, ohne daß sie ihn gesehen hatten, winkte den Boy beiseite und ordnete an, daß das Abendessen, das ursprünglich auf sieben Uhr angesetzt war, eine Viertelstunde später aufgetragen werden solle.

Daß sich der Reklamefeldzug für Evelyn derartig auswirken würde, hatte er nicht geahnt. Jede Post brachte Berge von Telegrammen, Huldigungen, Gedichten und Einladungen. Boten kamen und lieferten Blumen und Kränze ab. Der Aero-Klub stiftete einen goldenen Pokal, die Königin einen prächtigen Tafelaufsatz, und die Prinzessinnen schenkten Evelyn ein kostbares Teeservice. Auch aus England und anderen Ländern liefen bereits die ersten Glückwunschdepeschen ein.

Alle Schreiben mußten gelesen, sortiert und beantwortet werden. Zur Erledigung dieser ungeheuren Arbeit war Breyford gezwungen, ein eigenes Sekretariat einzurichten, und wenn nicht Sir John Brakenhurst, der dies alles vorausgesehen hatte, seinem Freunde einige Hilfskräfte aus der Gesandtschaft zur Verfügung gestellt hätte, wäre Breyford mit der Arbeit nicht fertig geworden.

Im Brennpunkt des öffentlichen Interesses zu stehen widersprach Evelyns zurückhaltendem Wesen, und wenn sie auch alle Huldigungen über sich ergehen ließ, so erklärte sie ihrem Onkel doch sofort lachend, daß er nun auch selbst zusehen müsse, wie er den leichtsinnig heraufbeschworenen Sturm wieder beruhigte. Sie kannte seine Vorliebe für Bequemlichkeit und wußte, wie zufrieden er war, daß sein jüngerer Teilhaber die Geschäfte sonst nahezu allein führte. Aber sie wollte nicht dulden, daß Warwick nun auch noch mit dieser Mehrarbeit belastet würde. Einmal sollte er auch für sie Zeit haben.

Warwick vergingen die Stunden wie im Fluge, und es kam ihm überraschend, als der Boy meldete, daß der Tisch gedeckt sei.

Hastig sah er auf die Uhr, und seine Züge verdüsterten sich plötzlich, als er bemerkte, wie spät es schon war. Er dachte wieder an die Verabredung mit Amarin, und er überlegte, daß er heute seinen Wagen benützen müsse, da das Motorboot Breyford gegenüber zu auffällig sein würde. Auch hätte es zuviel Zeit gekostet, den Umweg durch die Kanäle zu machen. Mit dem Auto kam er schneller ans Ziel.

Evelyn fühlte sofort, daß ihn etwas bedrückte.

»Warum machst du denn ein so sorgenvolles Gesicht?« fragte sie teilnehmend.

»Ach, mir ist im Augenblick nur eingefallen, daß ich um acht noch etwas erledigen muß«, erwiderte er schnell und ausweichend.

»Denke daran, daß wir versprochen haben, in den United Club zu kommen. Dieser Einladung können wir nicht entgehen. Die Leute wollen mich nun leider einmal feiern. Im Grunde benützen sie die Gelegenheit ja nur dazu, sich zu amüsieren, aber ich darf eben nicht dabei fehlen.«

»Du hast recht. Meine Sache ist bald erledigt. Ich komme bestimmt zum Tanz.«

Mr. Breyford hatte ein besonders festliches Menü zusammengestellt, und das Essen dauerte deshalb länger als gewöhnlich.

Warwick fluchte heimlich.

Breyford und Evelyn fiel es auf, daß er während der Mahlzeit zerstreut war und daß sich seine Gedanken offenbar mit anderen Dingen beschäftigten.

* * *

Amarin hatte in aller Eile den Tempel Sutat aufgesucht und ließ Me Kam dort geweihte Kerzen besorgen. Zehn Minuten nach acht kam sie bei der Villa in der Sapatumstraße an und bemerkte bestürzt, daß Warwick nicht zugegen war. Bis jetzt hatte er sie noch nie warten lassen. Aber würde er heute überhaupt kommen?

Sie hatte alle Zeitungsartikel gelesen, die von Evelyns Flug handelten.

Bei den ersten Zusammenkünften mit Warwick war sie so sehr von ihrem Glück erfüllt gewesen, daß sie sich nur der beseligenden Gegenwart hingab. Es erschien ihr als ein kaum faßbares Wunder, daß sie einen Menschen gefunden hatte, dem sie rückhaltlos vertrauen konnte, dem sie ihre geheimsten Gedanken sagen durfte, und der sie trotz verschiedener Rasse, Kultur, Religion und Gesellschaftsschicht verstand.

Vor sechs Wochen hatte sie ihn zum erstenmal in der Villa getroffen.

Am Dienstagvormittag wollte sie anfangs zu Hause bleiben, aber schließlich gab sie dem Drängen der Prinzessin Chanda nach und fuhr mit ihr zum Flughafen hinaus. Sie hatte Evelyn aus der Entfernung beobachtet und deren beispiellosen Triumph miterlebt. Später hatte sie in den Zeitungen verschiedene große Abbildungen gesehen.

Im Überschwang ihres Glücks hatte sie bisher kaum an Evelyn Breyford gedacht, die für sie nur ein farbloser Schatten war.

Jetzt aber, in den bangen Minuten des Wartens, stand das Bild dieser Frau scharf umrissen und fast drohend vor ihr. Noch glaubte sie den fesselnden Blick der klaren, zwingenden Augen zu fühlen, der sie bis ins Innerste zu durchdringen schien, und sie kam sich dieser starken Persönlichkeit gegenüber wie ein Kind vor, obwohl auch Evelyn erst vierundzwanzig Jahre zählte. Und wenn das Bild schon solche Wirkung ausübte, welchen Eindruck mußte erst Evelyn hervorrufen, wenn sie einem selbst gegenübertrat!

Staunend hatte Amarin von der tiefen Liebe der fremden weißen Frau gelesen. Auch sie wäre dem Geliebten auf dem schnellsten Wege entgegengeeilt!

Ein wehes Lächeln umspielte ihre Lippen, und stechender Schmerz durchzuckte sie. Unwillig und beschämt erkannte sie, daß brennende Eifersucht sie quälte, und sie versuchte dieses verhaßte Gefühl zu überwinden.

Ohne sich vollständig klar darüber zu sein, hatte sie im stillen gehofft, Warwick so stark an sich zu fesseln, daß sie ihn nie wieder verlieren könnte. Aber jetzt rang sie sich doch zu der schmerzlichen Erkenntnis durch, daß Evelyn größere Bedeutung als sie selbst für ihn hatte und seiner würdiger war.

Minuten verrannen, während sie oben auf der Veranda saß und ihren traurigen Gedanken nachhing.

Plötzlich war es ihr, als ob sich unten im Garten etwas bewegte. Sie stand auf und eilte zu Me Kam hinunter, der sie leise ihre Wahrnehmung mitteilte.

Die Amme hielt es aber für nervöse Ungeduld und ging nicht weiter darauf ein.

»Der Nai muß jeden Augenblick kommen«, tröstete sie die Prinzessin, denn sie fühlte Amarins Unruhe und Verzweiflung.

Sie selbst war bedrückt und niedergeschlagen. Auch sie hatte Amarin auf den Flugplatz begleitet und später die Bilder in den Zeitungen gesehen. Die weiße Mem Farang mußte einen noch kräftigeren, wirkungsvolleren Liebeszauber haben als sie selbst. Wohl hatte sie unter Zauberformeln das Bild der Fremden verbrannt, aber als sie sich dann das Horoskop von einem Sterndeuter stellen ließ, war es ungünstig für sie und die Prinzessin. Sie hatte nur geringe Hoffnung, daß Warwick an diesem Abend Zeit zu einem Besuch finden würde.

Als gleich darauf ein Wagen vor dem Parktor hielt, erschrak Amarin heftig. Sollte ihr Versteck entdeckt worden sein? Aber bald verwandelte sich ihre Angst in Freude, denn sie hörte den tiefen, gedämpften Ton von Warwichs Hupe, den sie aus Tausenden herausgekannt hätte.

Amarin eilte mit Me Kam zum Tor, öffnete es und trat dann schnell zur Seite in den Schatten.

Aber diese Vorsichtsmaßregeln waren unnötig, denn Warwich fuhr mit abgeblendeten Lichtern langsam bis zum Haus.

Amarin sprang auf das Trittbrett und legte ihren Arm um seine Schulter. Ihre düstere Stimmung wich einer heimlichen Freude, daß er trotz seiner zwingenden Verpflichtungen doch zu ihr gekommen war.

Ohne zu sprechen, ging sie schnell ins Innere, während Me Kam auf der unteren Veranda wartete. Leidenschaftlich warf sie sich in Warwichs Arme, fühlte aber sofort, daß er zurückhaltender war als sonst.

Besiegt von ihrem Vertrauen und ihrer vollkommenen Hingabe zog er sie liebevoll an sich. Für immer von ihr Abschied zu nehmen erschien ihm jetzt viel schwerer, als er in Evelyns Nähe gedacht hatte. Müde Traurigkeit überkam ihn, und ein lastender Druck legte sich auf seine Brust.

Langsam führte er sie die Treppe hinauf.

Enger schmiegten sie sich aneinander, heißer und feuriger küßten sie sich. Je länger ihre beglückende Gegenwart auf ihn wirkte, desto unmöglicher wurde es ihm, sich von ihr zu trennen. Gab es denn keinen Ausweg?

Ihre Sinne waren so geschärft, daß sie wußte, was in ihm vorging.

»Warwick, hast du Evelyn wirklich lieb?« fragte sie mit zitternder Stimme.

Hundertmal hatte er sich überlegt, wie er ihr alles erklären wollte, aber nun war alles verweht wie Spreu vor dem Wind. Ja, er liebte Evelyn, und er sagte es Amarin schlicht und offen. Nachdem einmal die ersten Worte darüber zwischen ihnen gefallen waren, gelang es ihm auch, von dem tragischen Konflikt zu sprechen, in den er geraten war.

Er verschwieg ihr nichts, und sie verstand ihn.

»Ich weiß, daß du seit unendlicher Zeit zu mir gehörst. Ich weiß aber auch, daß wir nicht immer glücklich waren, und daß wir schon im vergangenen Leben viel Leid um unserer Liebe willen erduldeten.«

Ihre Gedanken über den Kreislauf der Wiedergeburten hatte sie ihm früher in dichterisch so schönen Worten vorgetragen, daß sie ihm wie zarte Wunderblumen erschienen, an die man nicht mit rauher Hand rühren durfte. Er hatte ihr nie direkt widersprochen, nur leise seine eigene Überzeugung angedeutet, weil er den buddhistischen Glauben, in dem sie verankert war, nicht zerstören wollte. Auch jetzt kostete es ihn große Überwindung, klar darüber zu sprechen und seine abweichende Ansicht vorsichtig zu äußern.

»Ich verstehe deine Auffassung von der Lehre der Seelenwanderung und fühle nach, was du empfindest, selbst wenn ich deinen Standpunkt nicht vollkommen teilen kann.«

Amarin, die vorher aufgeregt war wie ein verängsteter Vogel, wurde stiller. Ruhe und Klarheit kamen über sie, und sie erkannte die harten Tatsachen mit erschreckender Deutlichkeit.

»Zuerst glaubte ich, daß deine Verlobung mit Evelyn ein Irrtum sein müsse. Sie war fern und ihre Reise hierher unbestimmt. Wie konnte ich ahnen, daß sie so schnell zu dir kommen würde! Auch wußte ich nicht, wer sie war. Durch gute Werke und meine starke Liebe hoffte ich deine Zuneigung zu ihr zu überwinden. Aber die Zeit war zu kurz, und nun sehe ich auch, daß es unmöglich ist.«

Sie fühlte, daß sie Warwick hier nicht wiedersehen würde, und sie wollte das letzte Glück auskosten. Dann mochte die große Einsamkeit kommen.

»Von Liebem getrennt sein, bringt Leiden«, hatte der Erhabene in der Predigt im Gazellenhain gesagt.

25

Der Posten vor der Polizeistation am Sam Jäk, dem Dreiwegeplatz, machte große Augen, als abends kurz vor neun Uhr ein elegantes, dunkelblaues Auto vor dem Hause hielt, das von dem Polizisten Nai Grap gesteuert wurde.

Nai Grap hatte den Wagen angehalten und hierhergebracht. Stolz über seine Beute und seinen Erfolg stieg er vom Führersitz, zog Amarin und Me Kam auf die Straße und forderte sie energisch auf ihm zu folgen. Dann führte er sie zum Polizeibüro hinauf.

Die Prinzessin ging apathisch und willenlos hinter ihm her, während die Amme den Polizisten mit einem Hagel von Schimpfworten überhäufte.

Sofort sammelte sich auf der Straße eine große Schar Neugieriger an. Selbst die auf den Straßen aufgegriffenen und verhafteten Trunkenbolde und Vagabunden schauten verwundert auf. Sie saßen oder standen auf der offenen Veranda in einer Zelle, die ringsum von Eisengittern umgeben war. Von der Straße aus konnte man die Leute, die hier an den Pranger gestellt waren, deutlich sehen.

Wenige Sekunden später traten Amarin und Me Kam in den grellen Lichtkegel der blendend hellen Deckenbeleuchtung des inneren Büros. Nai Grap führte sie vor das Pult des Wachtmeisters.

»Ich habe diese beiden verdächtigen Frauenspersonen in der Sapatumstraße abgefaßt«, meldete er seinem Vorgesetzten in dienstlichem Ton, »als sie mit abgeblendeten Lichtern aus dem Gartentor der unbewohnten Villa des Prinzen Akani herausfuhren...«

»Das ist alles ganz anders gewesen«, unterbrach ihn Me Kam entrüstet. »Dieser räudige Hund von einem betrunkenen Polizisten...«

»Keine Beamtenbeleidigung, sonst geht es dir schlecht!« unterbrach sie der Wachtmeister böse.

Aber die Amme ließ sich nicht einschüchtern und schimpfte unentwegt weiter. Erst als der Beamte drohte, sie draußen in den Bambuskäfig zu stecken, konnte er sie für einige Zeit zum Schweigen bringen.

»Ich hatte schon seit einiger Zeit verdächtigen Lichtschein in der Villa gesehen«, fuhr der Polizist in seiner Meldung fort. »Kurz vorher kam ein anderer größerer Wagen ebenfalls ohne Licht aus dem Parktor. Ich gab das Warnungssignal, daß er anhalten solle, aber der dachte gar nicht daran, abzustoppen. Die Nummer konnte ich im Dunkeln nicht feststellen, weil auch das hintere Licht nicht brannte. Die Sache kam mir gleich merkwürdig vor. Und als ein zweites Auto, auch mit abgedrehten Scheinwerfern, aus dem Tor kam, lief ich darauf zu, sprang aufs Trittbrett und beschlagnahmte den Wagen, den ich sofort durchsuchte. Ich nehme an, daß es sich um einen Einbruch handelt. Da ich im zweiten Auto keine Diebesbeute fand, vermute ich, daß sie im ersten fortgeschafft wurde.«

Der Wachtmeister schrieb alles eifrig auf.

»Und was das Verdächtigste ist – die beiden wollen ihre Namen nicht nennen.«

»Wie heißt ihr?« fragte der Wachtmeister kurz und barsch.

Die beiden Frauen schwiegen zunächst.

»Ich werde euch verstockte Weiber schon zum Reden bringen! Mit so lichtscheuem Gesindel werden wir hier bei der Polizei schnell fertig!«

»Halte nur dein böses Maul!« begehrte Me Kam zornig auf. »Weißt du mißratener Sohn einer lahmen, verhungerten Katze auch, daß dies Prinzessin Amarin, die Tochter des Prinzen Akani, ist?«

Der Wachtmeister wußte nicht, was er davon halten sollte. Die Geschichte kam ihm etwas sonderbar vor, aber die letzten Worte hatten doch einen gewissen Eindruck auf ihn gemacht.

»Wenn du uns nicht sofort freiläßt«, fuhr Me Kam fort, »wird Prinzessin Chanda schon dafür sorgen, daß du fünfzig Peitschenhiebe bekommst.« Sie war wieder mutiger geworden. »Und wenn der Palastminister Murapong erst erfährt, was für ein hoffnungsloser Idiot du bist, und daß du eine hohle Kokosnuß statt eines Kopfes auf den Schultern trägst, wird er dir die Uniform vom Leibe reißen und dich ins Zuchthaus werfen!«

Der Wachtmeister wollte zuerst wütend antworten, hielt aber an sich und überlegte. Die jüngere der beiden Frauen trug zwar einfache Siamesenkleidung, aber ihre vornehmen Züge verrieten höhere Abstammung. Auf der anderen Seite nahmen aber in der letzten Zeit die Einbrüche in der Millionenstadt erschreckend zu, so daß er den Fall erst genau untersuchen mußte, bevor er die beiden wieder freilassen durfte. Er war sich aber im klaren darüber, daß ihm und allen Polizeibeamten, die mit der Sache zu tun hatten, schlimme Strafen drohten, wenn die Angaben der Frau stimmten.

Um den Fall zu klären, stellte er noch einige Fragen an Amarin. Aber sie war so fassungslos, daß sie kaum antworten konnte.

Me Kam dagegen verteidigte ihre Herrin und sich aufs äußerste. Sie redete so heftig und aufgeregt, daß sich draußen vor der Polizeistation eine immer größere Menschenmenge ansammelte. Aber sie verstrickte sich in Widersprüche.

Nachdem das Verhör nahezu eine Viertelstunde gedauert hatte und das Protokoll schon mehrere Seiten füllte, erschien der Polizeioffizier, der die Nachtrunde bei den einzelnen Stationen machte. Während der Wachtmeister kurz den Tatbestand meldete, unterbrach ihn der Hauptmann plötzlich und brachte ihn durch eine kurze Handbewegung zum Schweigen. Er wurde fahl im Gesicht. Wie war es nur möglich, daß diese Unglücksraben eine Prinzessin verhaften konnten!

Höflich wandte er sich an Amarin, die er dem Aussehen nach kannte, denn er war der Bruder des Hausmeisters Kun Anchit.

Sofort ließ er Sessel für die beiden Frauen bringen und Tee servieren. Dann entschuldigte er sich bei Amarin in der untertänigsten Weise.

Me Kam warf dem Wachtmeister und dem Polizisten triumphierende Blicke zu.

»Ihr Söhne von Mücken und ausgetrockneten Blattwanzen«, fuhr der Polizeioffizier seine Untergebenen an, die zerknirscht im Hintergrund standen und zitterten. »Warum habt ihr nicht die Nummer des Wagens angesehen? Dann hättet ihr Esel doch sofort gewußt, daß das Auto zum Palais Akani gehört!«

Eine weitere Zurechtweisung versparte er sich für später.

Nachdem sich Amarin etwas von ihrem Schrecken und ihrer Aufregung erholt hatte, führte der Polizeioffizier sie und ihre Dienerin auf den geräumigen hinteren Hof der Station, wohin der Wagen der Prinzessin gebracht worden war.

Inzwischen hatte er den Platz vor dem Hause rücksichtslos räumen lassen, da Amarin nicht durch die Neugierde der Menge belästigt werden sollte, wenn Sie zum Tor hinausfuhr.

* * *

Erschöpft sank Prinzessin Chanda in einen Sessel, nachdem der König fortgefahren war.

Kaum zwei Minuten später bog Amarins Wagen in das noch festlich erleuchtete Parktor ein.

Sie trat auf den Balkon hinaus und beobachtete, wie das Auto hielt. Me Kam mußte ihrer Herrin, die sehr müde und abgespannt aussah, beim Aussteigen helfen.

Aber Chanda war zu aufgeregt, um darauf Rücksicht zu nehmen.

»Warum hast du dein Versprechen nicht gehalten?« fragte sie scharf und gereizt, während sie ihrer Nickte einige Schritte entgegenging.

»Prinzessin Amarin hat im Tempel einen Fieberanfall bekommen, und ich mußte ihr erst eine Arznei holen«, verteidigte Me Kam das junge Mädchen.

Aber Chanda warf ihr einen so vernichtenden Blick zu, daß die Amme betroffen schwieg.

Die anderen Dienerinnen hatten ihr schon durch Zeichen zu verstehen gegeben, daß etwas Wichtiges geschehen war.

»Der König war hier, um dich persönlich zu sprechen. Es ist unerhört, daß du nicht zur rechten Zeit gekommen bist. Wie kannst du nur so etwas wagen?«

Amarin setzte sich, antwortete aber nichts.

»Er war sehr böse, daß du ihn nicht empfangen hast. Früher wäre ein solches Vergehen mit Palastgefängnis bestraft worden. Aber ihr jungen Leute glaubt ja, daß ihr euch alles herausnehmen könnt!«

Chanda sah Amarin streng und vorwurfsvoll an. Im Grunde war sie eine kalte, gefühllose Natur: eingeengt durch strenge Vorschriften hatte sie ihre Zeit nutzlos hingebracht. Ihr Leben hatte keinen Inhalt gehabt, und mit einem gewissen Neid sah sie auf ihre Nichte, die ihre Jugend in größerer Freiheit verbringen durfte.

Das Erlebnis auf der Polizeistation hatte Amarin vollständig aus der Fassung gebracht. Sie wußte, daß ihre Lage äußerst gefährlich war.

Vielleicht konnten durch diesen unglücklichen Vorfall die heimlichen Besuche Warwicks in der Villa entdeckt werden! Im Laufe des Verhörs war doch viel mehr herausgekommen, als gesagt werden durfte. Wenn der Polizeioffizier das Protokoll nicht vernichtet hatte, würde die Sache dem Prinzen Murapong gemeldet werden, dem als Palastminister auch die Polizei im Dusitpark und dem angrenzenden Sapatumbezirk unterstand.

Das mußte unter allen Umständen vermieden werden. Aber Amarin wußte im Augenblick nicht, wie sie das hätte erreichen können.

Prinzessin Chanda erwartete, daß ihre Nichte sich erkundigen würde, aus welchem Grunde sie der König persönlich sprechen wollte, aber Amarin schwieg noch immer und starrte nur abwesend ins Leere.

»Da du bedauerlicherweise nicht zugegen warst, hat der König mich gefragt, ob du Prinz Surja heiraten willst«, fuhr die Tante etwas ruhiger fort und machte wieder eine Pause, um ihrer Mitteilung mehr Nachdruck zu geben und die Bedeutung der Tatsache hervorzuheben.

Auch wollte sie, daß Amarin sich dazu äußern sollte.

Aber die junge Prinzessin schwieg beharrlich.

»Als du gar nicht kamst, habe ich an deiner Stelle vorläufig den Antrag angenommen.«

»Mit Unliebem vereint sein bringt Leiden«, sagte Amarin tonlos.

»Du willst mit diesem Worte Buddhas doch nicht etwa andeuten, daß du Surjas Antrag ablehnst?! Der König hat mir den Auftrag gegeben, dich zu fragen, ob du den Prinzen heiraten willst – liebst du ihn denn nicht?«

»Nein«, erwiderte Amarin leise, aber bestimmt, und richtete sich ein wenig auf.

»Ich kann doch aber König Rama nicht sagen, daß du nicht Surjas Frau werden willst!« ereiferte sich Chanda aufs neue. »Er hat mir auch erzählt, daß Surja dir schon vor einigen Wochen persönlich einen Antrag gemacht hat. Warum hast du es denn erst dazu kommen lassen, daß er durch Seine Majestät um deine Hand anhält?« fragte sie erregt.

»Surja ist mir unsympathisch – ich mag ihn nicht«, entgegnete Amarin nach einer kleinen Pause niedergeschlagen.

»Hättest du mich damals ins Vertrauen gezogen und mir alles erzählt, so hätte ich dir wahrscheinlich helfen können. Aber nachdem jetzt der König den offiziellen Antrag gestellt hat, ist eine Absage vollkommen ausgeschlossen. In dieser Zeit müssen wir alles vermeiden, was eine Verstimmung zwischen dem Hof und deinem Vater hervorrufen könnte. Du weißt doch ebensogut wie ich, daß er nach Bangkok zurückkehren und Ministerpräsident werden soll!«

»Ich wünschte nur, er wäre schon hier«, erwiderte Amarin traurig und verzweifelt. »Dann hätte Surja nicht gewagt, sich an den König zu wenden!«

»All die Jahre habe ich mich nun abgemüht und darauf hingearbeitet, daß dein Vater zurückkommen kann«, entgegnete Chanda hitzig. »Den größten Widerstand setzte die Altsiamesische Partei unter Murapong diesem Plan entgegen. Endlich habe ich ihn beruhigt und so weit gebracht, daß er beim König nicht mehr gegen deinen Vater agitiert. Wenn du nun Surja ablehnst, beleidigst du nicht nur ihn, sondern auch den Palastminister und seinen ganzen Anhang. Du weißt doch, wie eng die Leute zusammenhalten und wie gefährlich sie sind. Du mußt also den Antrag annehmen.«

»Surja mag ich nicht leiden, ich kann sein falsches Lächeln nicht ertragen. Aber selbst wenn mir sein äußeres gefiele, würde ich ihn nie zum Manne nehmen. Glaubst du etwa, ich wüßte nicht, wie Surja es treibt? Daß er sich dauernd neue Frauen nimmt?« begehrte Amarin plötzlich leidenschaftlich auf, denn sie war am Ende ihrer Kraft. »Surja ist ein abscheulicher Wüstling, und wenn ich heiraten soll, will ich nicht in einem Harem untergehen!«

Sie hatte sich unwillkürlich erhoben, während sie diese Worte erregt hervorstieß.

Chanda sah sie bestürzt und fassungslos an, denn dieser jähe Widerspruch kam ihr vollkommen unerwartet. Wenn sich Amarin so feindselig gegen eine Heirat mit Surja stellte, waren alle Energie und alle Anstrengungen zur Erreichung des großen Ziels umsonst gewesen.

Sie mußte sich erst fassen und antwortete zunächst nichts.

Amarin ging währenddessen einige Male auf und ab. Ihre Erregung legte sich langsam, da sie glaubte, daß sie ihre Tante von der Unmöglichkeit einer Heirat mit Surja überzeugt habe. Sie ließ sich auf einer Couch nieder und blickte durch den großen offenen Bogen zum Sternhimmel empor. Dort oben sah sie die himmlische Ganga (Milchstraße), die ihren Weg zum Paradies des Westens nahm. Dorthin wandte sich ihre Sehnsucht, fort von dieser Welt des Leidens. Dort würde sie in einer neuen, schöneren und reineren Existenz den Geliebten wiederfinden.

Ach, wenn doch die Fesseln ihres jetzigen Lebens schon von ihr genommen wären!

Sie wollte ihm vorauseilen in die Gefilde seligen Friedens und ungetrübten Glücks. Wenn er dann auch im Paradies des Westens im Kelch einer himmlischen Lotosblüte erwachte, würde sie Hand in Hand mit ihm zum Korallenbaum schweben.

Durch den magisch starken Duft seiner Blüten würde auch in ihm die klare Erinnerung an alle früheren Daseinsformen erwachen, in denen er glücklich mit ihr vereint gewesen war.

Chanda hatte sich inzwischen gesammelt. Sie konnte es nicht dulden, daß der Eigensinn und Trotz dieses unerfahrenen, störrischen Kindes ihre wohldurchdachten Pläne zum Scheitern brachte. All ihre Hoffnungen drohten zusammenzubrechen. Das konnte sie nicht ertragen, und in heftigem Zorn sagte sie alles, was sie bewegte.

Amarin erschrak aufs tiefste, als sie durch diesen leidenschaftlichen Ausbruch ihrer Tante aus ihren Träumen gerissen wurde.

Sie fühlte sich zu schwach, um weiterzukämpfen. Müde erhob sie sich, um fortzugehen und das ihr unerträgliche Gespräch abzubrechen.

Chanda faßte das Verhalten ihrer Nichte als Beleidigung und Herausforderung auf.

»Du bleibst hier«, befahl sie energisch. »Die Sache mit dem Heiratsantrag muß sofort entschieden werden. Diesmal darfst du nicht ausweichen. Der König verlangt noch heute abend telefonischen Bescheid.«

Amarin sank willenlos auf ihren Sitz zurück.

»Das ist nun der Erfolg der modernen Erziehung«, fuhr Chanda empört fort. »In undankbarer, herzloser Weise denkst du nur an dich und daran, daß es dir gut geht. Leichtfertig zerstörst du dadurch die Lebensarbeit deines Vaters und vereitelst seine Rechtfertigung. Denkst du auch daran, wie viele Jahre er unschuldig unter den gemeinen Lügen gelitten hat?«

Dieser Vorwurf brannte wie Feuer in Amarins Seele.

Chanda hatte nur zu recht, wenn sie die Intrigen der Partei Murapongs fürchtete. Plötzlich fiel Amarin auch der Vorfall auf der Polizeistation wieder ein. Auf allen Seiten sah sie drohendes Unheil, und sie sehnte sich doch nur nach Ruhe.

Durch die Begegnung mit Warwick war die Liebe zu ihrem Vater in den Hintergrund gedrängt worden, aber jetzt war er wieder der einzige, der sie verstand und der sie hätte trösten können. Die Worte ihrer Tante erweckten in ihr die Vorstellung, daß sie nur den Antrag Surjas anzunehmen brauche, um Akani nach Bangkok zurückzurufen. Wenn ihr Vater hier wäre, würde sie ihm all ihre Sorgen anvertrauen, und er würde ihr helfen. Die Sturmflut unglücklicher Ereignisse hatte ihre Widerstandskraft zermürbt.

»Du hast recht«, sagte sie resigniert und apathisch. »Es bleibt mir nichts anderes übrig – ich nehme Surjas Antrag an.«

26

Prinzessin Chanda seufzte erleichtert auf. Sie hatte nicht geglaubt, daß es soviel Mühe machen und einen so schweren Kampf mit Amarin geben würde. Aber da sie nun ihr Ziel erreicht und ihren Willen durchgesetzt hatte, wurde ihre Stimmung versöhnlicher.

Das königliche Hausgesetz erschien ihr wie ein unabwendbares Schicksal, und nie war ihr der Gedanke gekommen, sich dagegen aufzulehnen.

In ihrer Jugend hatte sie vergeblich gewartet und gehofft, daß ein Prinz um sie werben würde. Sie verstand den Freiheitsdrang der jungen Generation nicht, aber sie fühlte jetzt doch ein gewisses Mitleid mit Amarin.

Die Uhr Schlug zehn. Langsam verklangen die einzelnen Schläge in dem hohen Raum.

Chanda erhob sich und rief den Hausmeister Kun Anchit. Sie ließ sich durch ihn mit dem Hofmarschallamt im Dusitpalast verbinden.

Es dauerte einige Minuten, bis sich Murapong meldete.

»Eben ist Amarin zurückgekommen. Ich habe eingehend mit ihr über den Antrag gesprochen, und ich bin froh, daß sie Surja heiraten will«, erklärte Chanda befriedigt.

»Das ist auch das einzig Richtige«, entgegnete der Prinz kurz. Er war an diesem Abend im Palast stark beschäftigt, und der Anruf kam ihm deshalb im Augenblick sehr ungelegen. Sie war enttäuscht. Wieviel Mühe und Überredungskunst hatte es sie gekostet, Amarin endlich zur Vernunft zu bringen, so daß sie Surjas Antrag annahm! Murapong, der alte Brummbär, hätte wirklich liebenswürdiger sein können.

Sie wollte sich kurz von ihm verabschieden und anhängen, aber plötzlich kam ihr ein Gedanke. Der Besuch des Königs war ihrer Meinung nach unglücklich verlaufen, aber vielleicht konnte sie durch einen klugen Schachzug noch alles zum besten wenden.

»Ich bitte für mich und Amarin noch heute abend um eine kurze Audienz bei Seiner Majestät. Amarin möchte sich persönlich entschuldigen, daß sie bei dem Besuch des Königs nicht zugegen war.«

»Das wird sich kaum machen lassen. Eine Entschuldigung ist übrigens durchaus nicht nötig.«

»Ich bitte aber darum.«

»Ich will sehen, ob ich dem König deinen Wunsch vortragen kann«, entgegnete Murapong resigniert. Er war ungehalten über Prinzessin Chanda, die immer besondere Wünsche hatte, und legte den Hörer unsanft auf die Tischplatte.

Chanda winkte Kun Anchit ans Telefon und gab ihm den Auftrag, auf Bescheid zu warten.

Keiner sprach, während die Minuten vergingen.

Aus dem weiten Park tönte das schrille Zirpen der Grillen durch das beklemmende Schweigen.

»Ihre Königliche Hoheit Prinzessin Chanda kommt«, meldete der Hausmeister nach einiger Zeit und reichte den Hörer zurück.

Ein Kammerherr sprach vom Palast aus.

»Seine Majestät haben gnädigst geruht, Ihren Königlichen Hoheiten den Prinzessinnen Chanda und Amarin eine Audienz zu gewähren, obwohl die Zeit heute abend sehr knapp bemessen ist. Es wäre erwünscht, daß die hohen Damen so bald wie möglich erscheinen.«

Die kühle Nachtluft stärkte und belebte Amarin, als sie im offenen Wagen mit ihrer Tante zum Dusitpalast fuhr. Eine leichte Brise trug süße Blumendüfte von den königlichen Gärten herüber. Der Weg war nur kurz, und ehe Amarin zur Besinnung kam, hielt der Wagen auf der großen, breiten Rampe vor dem Hauptportal des Schlosses.

Zwei Kammerherren erwarteten sie und führten sie sofort zum Arbeitszimmer des Königs.

Nach altsiamesischem Zeremoniell hätte erst eine lange Begrüßung stattfinden müssen, aber der König empfing sie sofort in europäischer Weise und reichte beiden die Hand. Er war so herzlich und natürlich, daß sich Amarin unwillkürlich zu ihm hingezogen fühlte.

Rama hatte einen wohlwollenden Gesichtsausdruck, obgleich seine Augen zuweilen sonderbar, fast unheimlich aufleuchteten. Von seiner Klugheit und von seinem seinen Takt hatte sie schon viel gehört.

Auch er bewunderte Amarin. Er hatte erfahren, daß sie schön sein sollte, aber eine so eigenartig reizvolle Erscheinung hatte er nicht erwartet. Befriedigt ruhte sein Blick auf ihrer geschmeidigen, schlanken Gestalt, und ihre abgerundeten harmonischen Bewegungen erfreuten sein Auge.

Zuvorkommend und liebenswürdig unterhielt er sich mit ihr. In ihrem Wesen offenbarte sich hohe, verfeinerte Kultur, die ihre Abstammung aus einem alten Geschlecht verriet. Die große Ähnlichkeit mit ihrem Vater, dem Prinzen Akani, fiel ihm sofort auf. Als Weltmann und Diplomaten hatte er ihn stets geschätzt.

Er fand so viel Gefallen an ihr, daß er eine tiefere Zuneigung zu ihr faßte. Unwillkürlich kam ihm der Gedanke, daß sie seine erste Königin hätte werden können, und er bedauerte, daß er ihr nicht früher im Leben begegnet war. Vieles wäre dann anders geworden. Aber jetzt hatte er für Surja um ihre Hand angehalten, und das schloß alle anderen Wünsche aus.

Prinzessin Chanda wunderte sich, daß der König soviel Zeit zu haben schien und mit Amarin von tausend nebensächlichen Dingen sprach. Über die eigentliche Veranlassung der Audienz war noch kein Wort gefallen. Fast schien es, als ob sich ihre Gedanken auf ihn übertrügen.

»Amarin, du weißt, warum ich heute zum Palais Akani kam«, begann er unvermittelt. Seine Stimme hatte jetzt einen mehr konventionellen Ton, denn es fiel ihm im Augenblick schwer, über die Verlobung zu sprechen. Aber er mußte seine Pflicht erfüllen und durfte nicht seinen Neigungen folgen.

»Deine Tante hat mir gesagt, daß du den Antrag des Prinzen Surja annehmen willst«, fuhr der König fort. »Aber ich möchte gern von dir selbst hören, wie du dich dazu stellst«, fügte er freundlich hinzu.

Amarin zögerte mit der Antwort. Seine verständnisvolle Art wirkte so beruhigend auf sie, daß sie plötzlich daran dachte, ihm alles zu sagen, was sie bedrückte.

Chanda war der Unterhaltung gespannt gefolgt, und ihre Energie konzentrierte sich auf diesen einen Augenblick, auf die Antwort auf diese eine entscheidende Frage. Unverwandt und mit zwingendem Blick sah sie ihre Nichte an.

In Amarin erwachte wieder die Erinnerung an ihren Vater.

Es war, als ob sich ein letzter Kampf zwischen den beiden Frauen abspielte.

Amarin richtete sich auf. Ein letzter, schwacher Widerstand lebte in ihr auf.

Sekundenlang zögerte sie, dann senkten sich ihre Schultern leicht, und sie neigte fast unmerklich den Kopf.

»Ich werde Surja heiraten«, sagte sie endlich willenlos.

König Rama fiel der eigentümlich freudlose Ton ihrer Stimme auf, und er sah sie forschend an. Er hatte das ungewisse Gefühl, daß sie etwas verschwieg. Seinem Scharfblick war nicht entgangen, wie begierig Prinzessin Chanda auf die Antwort ihrer Nichte gewartet hatte.

Amarin schlug die Augen nieder.

Unwillkürlich streifte sein Blick die kleine Uhr auf dem Schreibtisch. Für diesen Abend war noch eine ganze Reihe von Audienzen angesetzt, und die Zeit drängte. Er durfte sich nicht noch länger und eingehender mit Amarin beschäftigen, wie er es gern getan hätte.

Es blieb noch der Termin für die Vermählung festzusetzen, und es erschien dem König richtig, die Hochzeit nicht zu lange hinauszuschieben. Murapong hatte ihm gesagt, wie sehr sich Surja nach einer Vereinigung mit Amarin sehnte, und Rama war davon überzeugt, daß sie einen bleibenden guten Einfluß auf den Prinzen haben würde. Wenn die Wartezeit zu lange dauerte, würde Surja durch sein hitziges Temperament vielleicht wieder in neue, unvorhergesehene Schwierigkeiten kommen.

Er drückte auf die Klingel.

»Ich wünsche den Prinzen Murapong zu sprechen«, sagte er zu dem eintretenden Kammerdiener.

Dann wandte er sich liebenswürdig an Amarin.

»Wenn du Surja heiraten willst, soll keine lange Zeit mehr bis zu eurer Hochzeit vergehen.«

Grauen und Angst packte Sie. Schon der Gedanke, Surja zu heiraten, erfüllte sie mit Entsetzen, und am liebsten hätte Sie das drohende Unglück So lange wie möglich hinausgeschoben.

Als sie ihren Widerstand aufgab, hatte sie im Unterbewußtsein gehofft, durch ihre Einwilligung mehr Zeit zu gewinnen, damit ihr Vater inzwischen von Ceylon kommen und ihr raten und helfen könnte. Und diese letzte Aussicht auf Rettung sollte ihr nun auch noch genommen werden!

Sie wollte etwas erwidern, aber als sie den Kopf hob, sah sie, daß der König einen Kalender vom Schreibtisch genommen hatte und darin blätterte. Sie fand nicht mehr den Mut, ihn anzusprechen; gebrochen lehnte sie sich in den Sessel zurück.

Gleich darauf erschien der Palastminister.

»Du hast doch die Aussichten der geplanten Heirat zwischen Amarin und Surja von den Sterndeutern begutachten lassen – was sagen denn die hohen weisen Herren^« fragte der König mit leichter Ironie.

Wenn er auch durchaus national gesinnt war, so glaubte er doch nicht an die Voraussagen der staatlich angestellten Astrologen, die ihm nur unbequeme Reisezeiten und Termine für seine Handlungen ausrechneten und vorschrieben. Aber um des Volkes willen mußte er noch an diesen Zeremonien festhalten.

Es wurde von Staats wegen sogar ein astrologischer Kalender herausgegeben, in dem die günstigen und ungünstigen Tage vermerkt waren. Am Wan Krut, dem siamesischen Neujahr, das in den April fiel, erhielt jeder höhere Beamte ein Exemplar dieses Buches.

Im Gegensatz zum König war Murapong ein eifriger Anhänger dieser alten Traditionen. Behutsam nahm er ein merkwürdiges Faltbuch aus seiner Mappe und breitete es auf dem Schreibtisch aus.

»Die beiden passen ihren Horoskopen nach ausgezeichnet zusammen, wenn auch gewisse Widerstände im Charakter der Prinzessin liegen, da sie im Zeichen des Widders geboren wurde«, erklärte er und deutete auf verschiedene Figuren, die mit weißer Farbe auf das schwarze Papier des Buches gezeichnet waren. »Aber augenblicklich befinden wir uns in einer ungewöhnlich günstigen Konstellation für die Eheschließung der beiden«, fuhr der Palastminister befriedigt fort. »Die Sterndeuter haben zwei glückbringende Termine für die nächsten Tage festgestellt, und zwar entweder übermorgen, um sechs Uhr nachmittags, oder am nächsten Montag, also in vier Tagen, um fünf Uhr, zur Zeit der Abendkühle.«

»Übermorgen wäre doch etwas zu plötzlich«, meinte der König lächelnd. »Wir wollen lieber den Montag wählen«, entschied er nach einer kurzen Überlegung. »Es sollen alle nötigen Vorbereitungen zur Trauung hier im Dusitpalast getroffen werden.«

Wieder schwieg er einen Augenblick.

»Ich hoffe, es sprechen keine anderen zwingenden Gründe dagegen?« fuhr er dann fort und sah mit einem fragenden Blick zu Chanda hinüber.

Als diese dem Termin zustimmte, wurde der Beschluß endgültig gefaßt.

»Ich werde die Trauung selbst vollziehen«, bestimmte der König.

Murapong hatte inzwischen einen Bogen aus der Mappe genommen und sah Rama an.

»Man müßte die Einweihung der Brücke Tapan Mahun absagen, die für Montagnachmittag um fünf Uhr angesetzt ist. Der Minister der öffentlichen Arbeiten könnte die Sache erledigen.«

Rama hob den Kopf zum Zeichen des Einverständnisses, dann verabschiedete er sich mit einigen freundlichen Worten von den beiden Prinzessinnen.

Chanda dankte bewegt und überschwenglich für seine Gnade.

Amarin brachte keine Silbe über die Lippen, sie verneigte sich nur stumm.

27

Ich werde ein großartiges, erschütterndes Drama über dich schreiben, Evelyn!« erklärte Ronnie begeistert. »Große Taten der Geschichte haben Dichtern und Schriftstellern schon immer Anregung zu künstlerischem Gestalten gegeben.«

Er saß mit ihr im Park des United Club auf einer einsamen Steinbank, die durch eine Kulisse von dichten japanischen Nelkensträuchern gegen Sicht geschützt war.

Schon am vergangenen Tag hatte er versucht sich ihr zu nähern, ihr seine Huldigung darzubringen und alles zu sagen, was sein Herz bewegte. Nun pries er den glücklichen Zufall, daß Warwick sich verspätet hatte und noch nicht auf dem Ball erschienen war.

Gleich nach dem ersten Walzer hatte er Evelyn zu einem Spaziergang aufgefordert und nach diesem Platz entführt, obwohl viele Herren auf einen Tanz mit ihr hofften.

Ohne Warwick fühlte sie sich auf dem Fest etwas verlassen, und sie nahm deshalb Ronnies Einladung gern an, besonders da man von hier aus unauffällig die Auffahrt übersehen und Warwicks Ankunft beobachten konnte.

»Ich würde es aber lieber mit der großen Lobrede, die du eben auf mich gehalten hast, genug sein lassen«, erwiderte sie lächelnd. »Du siehst, ich bin noch so hingerissen, daß ich kaum ein Wort des Dankes finde.«

Auch Evelyn und Ronnie waren miteinander aufgewachsen und kannten sich seit Jahren so gut, daß nicht einmal die Ablehnung seines Antrags ihr kameradschaftliches Verhältnis hatte stören können. Sie hatte ihn gern und lenkte ihn wie eine kluge Schwester ihren jüngeren Bruder, obgleich er einige Jahre älter war als sie.

»Der Titel, das Wichtigste für das jüngste Kind meiner Muse, ist schon gefunden. Du wirst Staunen: ›Die Amazone der Lüfte‹.«

»Wie verläuft denn die Handlung des Dramas, wenn ich mich danach erkundigen darf?« fragte sie neckisch. »Ich bin wirklich gespannt.«

»Das möchte ich ja gerade mit dir besprechen. Es fehlt mir an Konfliktstoff. Die handelnden Personen stehen mir klar vor Augen, aber von der Handlung selbst weiß ich noch nicht viel.«

»Dann soll ich wohl das Drama schreiben?«

»Ich glaube, das ist nicht möglich. Frauen können zwar den Stoff zu Dramen liefern, aber sie können sie nicht schreiben. Sappho war auch nur eine lyrische Dichterin. Zum Dramenschreiben hatten die Griechen ihren alten Herrn Sophokles.«

»Du möchtest wohl, daß ich mich dir zuliebe in tragische Abenteuer stürzen und deiner lahmen Phantasie aufhelfen soll? Du willst dir dadurch wohl einen Lorbeerkranz als Dichter erringen?«

»Aber Evelyn, wie kannst du mich so verhöhnen und verspotten! Ist es denn nicht genug, daß du meine große, unglückliche Liebe bist?«

»Ach, darüber haben wir uns doch schon lange ausgesprochen, lieber Ronnie.« Evelyn versuchte, ihn auf ein neues Thema zu bringen. »Ist dir nicht inzwischen auf deinen weiten Wanderungen und Reisen eine andere Frau begegnet, die vor deinen Augen Gnade gefunden hat?«

»Da du die Frau bist, die ich so grenzenlos verehre, wird auch dein Name immer genannt werden, wenn man meine Dramen aufführt«, fuhr er schwermütig fort, ohne sich um ihre Frage zu kümmern.

»Es ist wirklich rührend, daß du mir zu unsterblichem Ruhme verhelfen willst. Von dieser Seite aus hatte ich die Sache noch nicht betrachtet.«

Ronnie sah sie zweifelnd an, denn er wußte nicht, ob sie ihn zum besten hielt oder es ernst meinte.

Sie begegnete seinem Blick jedoch mit ernster Miene.

»Wie bist du eigentlich dazu gekommen, unter die Dichter und Schriftsteller zu gehen?« fragte Sie schnell, um ihn abzulenken.

»Das Erlebnis verschmähter, unerfüllter Liebe hat die schlummernden Fähigkeiten in mir geweckt. Du weißt doch, ›in des Dichters Seele wird das Leid zum Lied‹. Mein Leben floß so heiter und glücklich dahin wie segelnde Wolken, bis mich das Geschick mit rauher Hand packte und in die Heimatlosigkeit trieb.

Ich habe viel über die Tragik des Schicksals im allgemeinen nachgedacht. Tragisch ist eine Situation immer dann, wenn entweder eine Frau zwischen zwei Männern steht, oder wenn ein Mann zwischen zwei Frauen wählen muß Diese tragische Situation ist auch in unserem Falle vorhanden – die Heldin wird vom Schicksal gezwungen, zwischen einem Dichter und einem Kaufmann zu entscheiden!«

»Und sie hat sich entschieden – damit findet das Drama zwar einen zeitigen, aber immerhin befriedigenden Abschluß.«

»Als ich dich hier in deiner Jugendschönheit, umflossen vom Glorienschein des Ruhms, wiedersah, brach die alte Wunde auf und blutete von neuem. Ich bin von England in die fernsten Länder der Erde geeilt, weil ich vergessen und aus deiner Nähe fliehen wollte – und nun fügt es das grausame, unbarmherzige Schicksal, daß ich dich hier wiederfinden muß!«

»Nur gut, daß ich Medizin studiert habe. Die Wunde wollen wir schon heilen«, entgegnete sie mit dem schelmischen Lächeln, das oft um ihre Lippen spielte.

Ein Zusammensein mit Ronnie machte ihr immer großes Vergnügen. Sie hatte viel Freude an seiner frischen, natürlichen Art, und mit seinem Taktgefühl verstand sie es, ihn unvermerkt zu beeinflussen und zu lenken. Trotz der oft unberechenbaren Seitensprünge seiner Gedanken hatte er einen guten Charakter und war ein Freund, auf dessen Hilfe man immer rechnen konnte.

»Evelyn, du verkennst die Größe meines Schmerzes. Als ich hörte, daß ich dich hier wiedersehen sollte, faßte ich sofort den Entschluß, in ein buddhistisches Kloster zu gehen. Ich habe mich auch gemeldet, aber man hat mich nicht aufgenommen. Ist das nicht tragisch?«

»Ich glaube, das ist eine Tragikomödie. Sage mir einmal offen, lieber Ronnie, wieviel unglückliche Lieben haben denn bisher schon das erhabene Gleichgewicht deiner blaßblauen Seele erschüttert?«

»Ich bin ein Gentleman«, erwiderte er entrüstet. »Darüber kann ich nicht sprechen.« Aber plötzlich leuchteten seine Augen auf, denn er dachte an Amarin. »Wenn ich es mir recht überlege, gibt eigentlich meine Persönlichkeit auch einen irrsinnig interessanten Stoff zu dramatischer Behandlung. Wie du zwischen zwei Männern, so stehe ich zwischen zwei Frauen, nämlich zwischen dir und einer Prinzessin!«

In überschwenglichen Worten erzählte er nun von seinen Begegnungen mit Amarin in den Tempeln, und im Zusammenhang damit schilderte er auch noch einmal eingehend Warwicks Autounfall, der ihn mit der Prinzessin zusammengeführt hatte.

»Ich habe sie auch fotografiert, ohne daß sie es gemerkt hat. Ich kann dir ihr Bild zeigen, ich habe es bei mir.«

Er nahm seine Brieftasche heraus, suchte darin, und nach einer Weile zog er triumphierend ein Foto heraus, das er entzückt betrachtete.

»Hier habe ich es. Auf jeden Fall siehst du darauf wenigstens ihre blendendschöne Gestalt. Ihre Bewegungen sind wie himmlische Musik. Leider stand sie, als ich sie aufnahm, so ungünstig, daß gerade ein großer Drachenkopf aus Bronze ihr reizendes Gesicht verdeckte.«

»Die Ärmste wird aber sicher wenig begeistert sein, wenn sie entdeckt, daß du sie auf der Platte in einen Drachen verwandelt hast!«

Evelyn lachte herzlich.

Während sie noch auf das Bild schaute, ertönte das tiefe Signal einer Autohupe. Schnell beugte sie sich vor, warf einen Blick zum Hauptportal und sah, daß Warwicks Wagen vor der Auffahrt hielt.

Evelyn erhob sich rasch und ging zum Klubgebäude. Ronnie folgte etwas langsamer, holte sie aber auf der breiten Terrasse ein, die vor dem Festsaal lag. Sie trug ein Seidenkleid von schillerndem Schmetterlingsblau, das im Glanz der elektrischen Lampen aufleuchtete und wundervoll zu ihrem reichen blonden Haar stand.

Ihr Onkel kam ihr atemlos entgegen.

»Wo steckst du denn, Evelyn?« sagte er, als er sie erreichte. »Du darfst doch nicht in den Park gehen! Deinetwegen wird dieses große Fest gefeiert, und du bist einfach nicht aufzufinden!«

Aufgeregt nahm er ihren Arm und führte sie in den Saal zurück, wo die Kapelle plötzlich abbrach und einen Tusch für sie spielte.

Breyford verkehrte häufig im Klub und war dort sehr geachtet. Sein heiteres Temperament gewann ihm überall Freunde, und er stand mit allen gut. Das Festprogramm hatte er sorgfältig mit dem Vorstand vorbereitet, und nun war durch Evelyns lange Abwesenheit der Verlauf gestört worden.

Ronnie eilte seinem Freund entgegen und begrüßte ihn herzlich.

»Ist dir etwas zugestoßen?« fragte er besorgt, als er den merkwürdigen Ausdruck in den Zügen seines Freundes sah.

Warwick schüttelte den Kopf.

»Du machst ja ein Gesicht wie sieben Tage Regenwetter! Das kann ich nicht verstehen, alter Seeräuber«, sagte Ronnie etwas unsicher. »Bedenke doch, Gott Hymen bereitet schon die Fackeln vor, die er zu deiner Hockzeit entzünden will.«

»Sei bitte ruhig! Du fällst mir heute abend mit deinem Geschwätz wirklich auf die Nerven.«

Ronnie erschrak und sah ihn entsetzt an. In so schlechter Laune hatte er Warwick noch nie gesehen. Was mochte nur geschehen sein?

Betroffen folgte er ihm in den Saal, in dem feierliche Stille herrschte.

Der Vorsitzende hielt gerade eine lange Rede auf Evelyn, wobei er ihr ein goldenes Rauchservice und das Ehrenmitgliedsdiplom überreichte.

Während der Ansprache drehte sie sich unwillkürlich um, und als sie Warwick bemerkte und er sie von weitem durch eine leichte Verbeugung begrüßte, leuchteten ihre Augen glücklich auf.

Ihre Aufmerksamkeit war jetzt geteilt, und als die Rede schließlich zu Ende war, erwiderte sie nur kurz mit einigen verbindlichen Sätzen.

Während sie sprach, sah sie mehrmals zu Warwick hinüber. War nur die eigentümlich helle Beleuchtung daran schuld, oder sah er wirklich so bleich aus? Am liebsten wäre sie gleich zu ihm geeilt.

Breyford glaubte, sie wäre durch die vielen Ehrungen zu gerührt, um sprechen zu können. Er bemühte sich, ihr zu Hilfe zu kommen, denn er fühlte sich verpflichtet, mit schwungvollen Worten für Sie zu danken. Er war ein beliebter Redner, und auf dem Podium wirkte seine stattliche Erscheinung immer gut.

Die Kapelle spielte dann einen Walzer, und der erste Vorsitzende forderte Evelyn zu einer Ehrenrunde auf. Nachher standen ihr noch manche Pflichttänze bevor. Alle drängten sich um sie, jeder wollte sie sprechen, jeder wollte ihr Komplimente machen.

Endlich war Warwick an ihrer Seite. Er begrüßte sie freundlich und zuvorkommend wie immer, aber sie sah ihm sofort an, daß er ein ungewöhnliches Erlebnis gehabt haben mußte. Er tanzte mit ihr und führte sie dann auf die große Terrasse hinaus.

Sie traten an das Geländer und sahen auf den Park hinaus.

»Warwick, was ist geschehen? Was hast du?« fragte sie ihn bestürzt.

»Es fällt mir schwer, darüber zu sprechen, aber ich glaube, es ist besser, wenn ich dir alles sage«, entgegnete er nach einem kurzen Schweigen.

Seine Stimme klang müde und traurig.

»Vor etwa zwei Monaten lernte ich bei dem Autounfall eine junge Siamesin der besten Gesellschaft kennen. Ich schrieb dir ja wohl darüber.«

Ein sonderbar unsicheres Gefühl beschlich Evelyn. Sollte sie Warwick verlieren?

»Ich kann mir selbst kaum erklären, wie es kam, aber wir liebten einander auf den ersten Blick«, fuhr er leise fort. »Daß ich mit dir verlobt bin, und daß sich meine Beziehungen zu ihr lösen mußten, sobald ich dich heiraten würde, wußte sie von Anfang an. Heute abend habe ich mich für immer von ihr getrennt. Deine Ankunft kam so überraschend, daß ich die Angelegenheit nicht vorher zum Abschluß bringen konnte.«

Schweigend hatte Evelyn zugehört. Sie gab sich keinen romantischen Illusionen hin, denn ihr Vater hatte sie schon als Kind rücksichtslos der rauhen Wirklichkeit gegenübergestellt, allerdings nicht ohne die nötige Vorbereitung. Sie hatte gelernt, sich mit der Welt auseinanderzusetzen und vor allem Eifersucht als einen Irrtum zu erkennen.

Aber trotz aller klaren Einsicht schmerzte sie sein Geständnis tief. Es war ihr, als ob die strahlende Glückswelt um sie her zusammenzubrechen drohte, und bittere Gedanken stiegen in ihr auf. Aber tapfer überwand sie die Stimmung, als sie sah, wie schwer Warwick mit sich kämpfte.

Es kamen Leute vorbei, die sie verständnisinnig anlächelten. Evelyn wollte nicht auf der Terrasse bleiben, wo sie allen Blicken preisgegeben waren. Leicht schob sie ihren Arm in den seinen und zog ihn hinaus in den Park.

»Du kannst mir alles anvertrauen«, sagte sie ermutigend. »Sprich dich ruhig aus.«

Er hatte sich vorgestellt, daß er nach der schweren Trennung von Amarin ruhiger zu Evelyn zurückkehren könnte. Aber nun schien es ihm, als ob das Leben plötzlich alle Freude und Farbe für ihn verloren hätte, und er fühlte sich schuldbewußt und niedergedrückt.

Sie ahnte, wie sehr er unter diesem Zwiespalt litt, und empfand großes Mitleid mit ihm, als sie seine schmerzlich resignierten Züge sah. Verständnisvoll und zartfühlend sprach sie auf ihn ein, und allmählich löste sich der Bann von ihm.

Er erzählte ihr von seinem Erlebnis mit Amarin, nur verschwieg er, daß sie eine Prinzessin war. Er konnte nicht ahnen, daß Ronnie ihm zuvorgekommen war und schon einen großen Teil der Geschichte berichtet hatte.

»Ich glaubte, daß ich mit dem Abschied von ihr alles überwunden hätte, aber jetzt fühle ich, daß ich sie viel tiefer geliebt habe, als ich jemals dachte. Um darüber hinwegzukommen, brauche ich Zeit.« Er machte eine kleine Pause. »Wir wollen bald heiraten und dann auf Reisen gehen, Evelyn – für viele Monate – weit fort.«

»Aber glaubst du denn, daß du mit mir glücklich werden kannst – daß wir beide glücklich werden können, wenn du dich nach einer anderen Frau sehnst?«

Eine plötzliche Angst überkam ihn, daß Evelyn sich von ihm abwenden, daß er sie verlieren könnte.

»Zweifle doch nicht«, bat er. »Wenn du mir vertraust, wenn du mir hilfst, wird alles gut werden.«

Ohne es zu merken, hatten sie sich wieder der Terrasse genähert, und als sie in den Lichtschein traten, kam ihnen Sir John Brakenhurst entgegen.

»Ausgezeichnet, daß ich Sie treffe –«

Er sah auf den ersten Blick, daß die beiden eine ernste Aussprache gehabt haben mußten, und er hielt es für gut, sie jetzt zu trennen.

»Ich wollte Sie um den nächsten Tanz bitten«, wandte er sich an Evelyn.

Ihre lange Abwesenheit war dem Gesandten aufgefallen, und er war besonders unangenehm davon berührt, da er sie noch verschiedenen hervorragenden Persönlichkeiten vorstellen wollte.

Geschickt führte er Evelyn auf diese Weise wieder in die Festräume zurück. Im Gespräch erkundigte er sich wie nebenbei nach Warwick bei ihr, konnte aber nichts aus ihr herausbringen.

* * *

Kurz vor eins verließ der englische Gesandte das Fest.

Er trat an die Rampe und gab dem indischen Torhüter mit dem weißen Turban ein Zeichen, daß er das Auto vorfahren lassen solle.

Als er sich umsah, bemerkte er Breyford, Evelyn und Warwick, die eben in ihrem offenen Wagen Platz genommen hatten. In fröhlicher Stimmung winkte er ihnen zu, als sie abfuhren.

Während der indische Pförtner den Wagen von Sir John Brakenhurst herbeirief, bemerkte dieser, daß ein siamesischer Polizeiwachtmeister durch das äußere Portal in den Park trat und sich dem Eingang des Klubgebäudes näherte, der neben der Terrasse lag.

Der Beamte schaute sich um, und da im Augenblick sonst niemand zugegen war, den er fragen konnte, wandte er sich höflich an den englischen Gesandten, der inzwischen die Stufen von der Terrasse hinuntergestiegen war.

»Ist Mr. Warbury vielleicht noch im Klub?«

»Er ist eben fortgegangen«, erwiderte Sir John. »Wollten Sie ihn sprechen?«

Er hatte eine böse Ahnung und suchte natürlich zu erfahren, um was es sich handelte.

»Es ist möglich, daß ich Ihnen Auskunft geben kann«, fügte er schnell hinzu.

Der Mann gab zuerst keine weitere Erklärung, aber der Gesandte wußte das dienstliche Gewissen des Beamten durch einen verschwiegenen Händedruck zu beschwichtigen.

»Ich Sollte nur feststellen, ob Mr. Warbury heute abend jemand seinen Wagen geliehen hat, oder ob ihm sein Auto am Ende gar gestohlen wurde.«

»Wieso denn?«

»Es ist heute abend kurz nach neun unter verdächtigen Umständen in der Sapatumstraße von einem Polizisten gesehen worden. Als dieser das Haltesignal gab, stoppte der Wagen nicht...«

»Was für verdächtige Umstände waren denn das?« erkundigte Sich Sir John interessiert.

Der Beamte zögerte einen Augenblick.

»Das Auto fuhr mit abgeblendeten Lichtern aus dem Tor einer Villa heraus, die nicht bewohnt ist. Das ist doch sehr merkwürdig.«

»Zufällig hat Mr. Warbury mit mir über die Sache gesprochen. Als er seinen Wagen in einer Nebenstraße der New Road parkte, hat ihn jemand zu einer Schwarzfahrt benützt. Später stand das Auto verlassen vor dem Oriental-Hotel. Das wurde Mr. Warbury telefonisch hierher mitgeteilt, und er ließ es von dort abholen.«

Der Wachtmeister salutierte und ging fort.

Sir John stieg noch nicht in seinen Wagen, sondern ging in die Vorhalle und trat dort in eine Telefonzelle. Er mußte jetzt schnell handeln.

28

Beinahe wären Chanda und Amarin am Haupteingang des Dusitpalastes dem Prinzen Surja begegnet, der pünktlich zur befohlenen Audienz erschien.

Murapong empfing ihn unten in der Halle und reichte ihm freundschaftlich die Hand.

»Ich gratuliere dir, alles hat vorzüglich geklappt. Dein Bericht hat großen Eindruck auf den König gemacht.«

»Hat er für mich um Amarin angehalten^« fragte Surja schnell.

»Selbstverständlich – heute abend. Ich war zu beschäftigt, sonst hätte ich noch bei dir angerufen«, erwiderte Murapong, während beide die Treppe hinaufgingen.

»Wie ist es denn ausgegangen?« forschte Surja begierig.

»Sie hat natürlich angenommen!«

Surja blieb freudig erregt stehen, aber Murapong zog ihn mit sich, denn die Zeit drängte.

»Schade, daß ich nicht daran gedacht habe, Amarin zurückzuhalten. Sie hatte nämlich eben mit ihrer Tante eine Audienz beim König.«

Eine Viertelstunde später stieg Surja zufrieden lächelnd die Treppe wieder hinunter, denn es hatte sich alles besser entwickelt, als er je erwartet hatte. Der König hatte sich ihm gegenüber sehr gnädig gezeigt und besonders begeistert von Amarin gesprochen.

Der Prinz staunte darüber, daß sie seinen Antrag so bereitwillig angenommen hatte. In selbstbewußt glücklicher Stimmung fuhr er zu seinem Palais zurück, und nun glaubte er die Zusammenhänge besser zu verstehen. Als erfahrener Mann hätte er sich allerdings selbst sagen sollen, daß ihre scheue Zurückhaltung auch verschämte Verliebtheit sein konnte. Statt dessen hatte er sich wie ein dummer Junge töricht und eifersüchtig benommen. Er machte sich schwere Vorwürfe. Wie falsch hatte er sie beurteilt, wie unrecht hatte er ihr getan! Das sollte anders werden.

Sie hatte ihm, als er vor einiger Zeit um ihre Hand anhielt, deutlich die Wahrheit gesagt und ihm Vorhaltungen über sein ausschweifendes Leben gemacht. Damals hatte er sich wütend über ihre Kritik geärgert, aber später hatte er doch manchmal über ihre Worte nachgedacht, wenn es Schwierigkeiten mit seinen vielen Frauen gab.

Eigentlich hatte Sie recht. Er wollte sie auch nicht mit seinen Nebenfrauen zusammenwohnen lassen. Für diese wollte er an der nördlichen Seite seines Parks mehrere Frauenhäuser bauen lassen. Aber das erforderte Zeit und dauerte sicherlich einige Monate. Mit einer so schnellen, ja plötzlichen Erfüllung seiner Wünsche hatte er nicht gerechnet.

In vier Tagen würde sie an seiner Seite in sein Palais einziehen!

Aber wo sollte er die vielen Nebenfrauen bis zur Fertigstellung der geplanten Bauten lassen? Er konnte ja aus großen Bambusstangen provisorische Unterkunftshäuser errichten! Das war eine brauchbare Lösung. Wenn er morgen in aller Frühe die nötigen Aufträge an die Chinesentaukes gab, mochte es noch gelingen.

Brauchte er denn auch noch so viele Nebenfrauen, wenn er mit Amarin glücklich wurde? Zunächst wollte er seine ganze freie Zeit doch ihr widmen. Er konnte ja eine Auswahl unter ihnen treffen und die anderen zu ihren Eltern nach Hause schicken. Einige hatten sich sowieso in der letzten Zeit sehr anmaßend und überheblich benommen.

Wenn Amarin erst erkannte, daß er es ernst meinte, würde Sie sicher auch glücklich mit ihm werden.

Er war in gehobener Stimmung, und in froher Laune malte er sich die Zukunft in leuchtenden Farben aus.

Vielleicht war es auch besser, wenn er jetzt sofort einen vierwöchigen Urlaub nahm und eine Hochzeitsreise mit Amarin machte. Sie konnten nach Hua Hin gehen, dem siamesischen Badeort mit modernem Strandleben, Tennis, Golf und anderen internationalen Einrichtungen. Man hatte dort einen herrlichen, hohen Wellenschlag und weißes Sandufer...

Nein, er wollte nicht in Siam selbst bleiben. Java mit seinen Naturschönheiten und seinen einzigartigen Tempelruinen würde besser sein. Er hatte gehört, daß Amarin eine fromme Buddhistin sei. Sicher würde er ihr einen Lieblingswunsch erfüllen, wenn er ihr den Boro Budur, das größte buddhistische Heiligtum, zeigte.

Oder sollte er mit seiner jungen Gattin nach Colombo fahren und seinen Schwiegervater in Ceylon besuchen? Murapong hatte ihm im Vertrauen erzählt, daß die Verhandlungen mit dem Prinzen Akani nicht in Gang kommen wollten, und daß der König dem Palastminister wegen seiner früheren feindlichen Einstellung gegen Akani schon Vorwürfe gemacht hatte. Es würde ein großer Erfolg für ihn sein, wenn er mit Briefen von Murapong nach Kandy käme und durch Amarins und seine eigenen Bemühungen Akani dazu brächte, nach Bangkok zurückzukehren. Dadurch konnte er sich den Dank des Königs sichern und auch eine Versöhnung zwischen den feindlichen Parteien herbeiführen. Auf diese Weise konnte er allen helfen: Amarin hatte ihren Vater wieder, der König hatte den erwünschten Ministerpräsidenten, Akani war wieder in seiner Heimat, und der leidige Streit fand sein Ende.

Wenn er erst einige Zeit glücklich mit Amarin verheiratet war, würde ihm der König gewiß in absehbarer Zeit auch einmal Urlaub nach Europa bewilligen. Verlockende Bilder von dem Leben in Paris, London, an der Riviera und in Italien stiegen vor ihm auf.

Während er Luftschlösser baute, verging die Zeit wie im Fluge, und er war überrascht, als sein Wagen plötzlich unter dem von vielen Säulen getragenen Vorbau seines Palais hielt.

Ein Malaie trat unterwürfig auf ihn zu, und Surja erkannte Krabu in ihm.

Es fiel ihm ein, welchen Auftrag er diesem nichtsnutzigen Tagedieb gegeben hatte, und er wollte ihn unmutig fortschicken. Aber plötzlich erinnerte er sich wieder daran, daß der Mann einen grünen Manschettenknopf aus seiner Gürteltasche nahm und ihn Murapong reichte. Seine Züge verdüsterten sich. Er änderte seinen Entschluß und gab Krabu einen Wink, daß er eintreten solle.

Nachdem er oben in seinem Ankleideraum die Galauniform mit einem bequemen, leichten Chinesenanzug aus weicher Seide vertauscht hatte, ging er wieder nach unten. Aber er beachtete den Malaien zunächst nicht, der in einer Ecke der Halle kauerte.

Surja trat in sein Arbeitszimmer und sah die letzten dienstlichen Depeschen durch.

Nach einiger Zeit meldete sich der Hausmeister und erinnerte ihn in untertäniger Höflichkeit daran, daß Krabu noch in der Halle warte.

»Soll ich ihn fortschicken?« fragte er.

»Laß ihn hereinkommen!« erwiderte der Prinz ärgerlich.

Der Chauffeur schlich in gebückter Haltung ins Zimmer und kniete vor ihm nieder.

»Was störst du mich heute abend noch zu so später Stunde?« herrschte Surja ihn an. Er ließ ihn fühlen, daß er ihn durch sein Erscheinen jäh aus glücklichen Träumen aufgeschreckt hatte.

»Ich habe Befehl erhalten, Prinzessin Amarin nachzuspüren —«

»Das ist nicht wahr, du Halunke! Du solltest nur in Erfahrung bringen, wohin sie geht, wenn sie abends allein mit ihrer Amme ausfährt. Habe ich dir nicht genau diese Worte gesagt?«

» **Korap!**«

»Hast du das getan?«

» **Korap!**«

»Dann erzähle kurz, was du weißt. Aber wenn du lügen solltest, dann lasse ich die Bambusstöcke holen!«

Krabu duckte sich zusammen. Grauses Entsetzen packte ihn. Er hatte doch sein Bestes getan! Aber Prinz Surja mußte wirklich, wie das Volk sagte, von einem menschenfressenden Geist besessen sein. Krabu bereute nun bitter, daß er sich diensteifrig sofort bei ihm gemeldet hatte. Aber nun war er einmal hier und mußte sprechen.

»Prinzessin Amarin fuhr heute abend um halb acht mit Me Kam aus«, sagte er mit kläglicher Stimme. »Prinzessin Chanda wünschte nicht, daß sie das Haus verließe, da der König später zum Palais Akani kommen wollte.«

»Schwätze doch nicht so unsinniges Zeug! Was weißt du elendes Ungeziefer denn von dem, was Prinzessin Chanda will und wünscht? Sage kurz, was geschehen ist!« fuhr der Prinz heftig auf. »Ist sie fortgefahren oder nicht?«

Er war ärgerlich, und es tat ihm leid, daß er diesem gewöhnlichen Malaien einen so vertraulichen Auftrag gegeben hatte. Opiumraucher waren doch überhaupt unzuverlässig und zu allem fähig. Ein Leichtsinn, einem solchen Menschen hundert Tikal zu versprechen! Am Ende log der Kerl das Blaue vom Himmel herunter, nur um sich diese Belohnung zu erschwindeln.

»Die Prinzessin hat um halb acht das Palais verlassen. Ich kenne ihren Wagen sehr genau, weil ich ihn lange gefahren habe. Unter den hinteren Sitzen im Auto befindet sich ein Hohlraum für Gepäck, und dort habe ich mich versteckt.«

»Weiter!«

»Der Wagen fuhr zum Tempel Sutat, wo die Prinzessin und ihre Dienerin ausstiegen und in die Predigthalle gingen.«

»Dann ist doch alles in Ordnung!« rief Surja und atmete erleichtert auf. »Um mir solche alltäglichen Geschichten zu erzählen, brauchst du mir doch nicht meine Zeit zu stehlen, du Spitzbube!«

»Von da sind Sie aber bald wieder weggefahren«, fuhr Krabu schnell und ängstlich fort. Er mußte seine Geschichte eilig berichten, sonst schickte ihn der Prinz am Ende noch fort, ohne ihn anzuhören. »Ein Haus in der Sapatumstraße war ihr Ziel. Es gehört dem Prinzen Akani, wird aber augenblicklich nicht bewohnt.«

Surja wurde nun doch aufmerksamer. Dieser Mensch mußte irgend etwas wissen. Der Prinz schimpfte nicht mehr und ließ Krabu weiterreden, ohne ihn zu unterbrechen.

»Das Auto hielt im Garten. Nach einiger Zeit kroch ich aus meinem Versteck heraus, schlich mich auf die Rückseite des Hauses und verbarg mich in den Sträuchern. Eine Zeitlang passierte nichts, aber dann hörte ich ein Hupensignal auf der Straße und sah, daß die Prinzessin und Me Kam zum Tor liefen und öffneten.«

Surja richtete sich bestürzt auf.

»Ein Farang saß im Wagen...«

»Wer war es?« rief Surja wild und sprang auf. Sein Verdacht war also doch begründet! In seiner Wut schlug er mit der Faust so heftig auf den Schreibtisch, daß mehrere Briefe auf den Boden fielen.

Krabu rückte ängstlich zur Seite.

»Das habe ich im Dunkeln nicht sehen können.«

»Was, das hast du nicht gesehen?« stieß Surja zwischen den Zähnen hervor. »Das solltest du doch gerade herausbringen, du alte Nachteule!«

Der Malaie zögerte weiterzusprechen. Er hatte geglaubt, der Prinz würde erfreut sein, daß er soviel melden konnte, und ihm die versprochene Belohnung auszahlen. Aber er hatte schon genug von Surjas bösem Charakter und seinen unberechenbaren Launen gehört. Die Leute erzählten, daß er in Europa behext worden sei. Verstört tastete Krabu nach dem Amulett, das er an einer Halsschnur unter den Kleidern trug.

»Wirst du nun bald dein schmutziges Betelmaul auftun?«

»Der Farang und die Prinzessin gingen ins Haus«, entgegnete Krabu zitternd. »Me Kam blieb unten vor der Haustür und schien aufzupassen und Wache zu halten. Ich selbst kletterte auf einen Tamarindenbaum, von wo aus ich auf die hintere Veranda schauen konnte. Dort brannte ein schwaches Licht, und ich sah, daß die beiden heraustraten.«

Furchtsam blickte sich Krabu nach dem Prinzen um. Er wollte sehen, wie seine Worte auf ihn gewirkt hatten.

Surja war ans Fenster getreten und starrte in den Park hinaus.

Krabu wußte nicht, ob er alles sagen sollte, was er beobachtet hatte. Auf alle Fälle wollte er vorsichtig sein, damit ihn Surja in seinem Jähzorn nicht noch mißhandelte oder auspeitschen ließ.

»Ich hörte, daß sie einige Zeit leise miteinander sprachen«, fuhr er behutsam fort. »Nachher wurde das Licht ausgelöscht.«

Surja stöhnte, so daß Krabu nicht fortzufahren wagte.

»Weiter!« sagte der Prinz heiser.

»Zuerst glaubte ich, sie würden fortgehen, kletterte hinunter und schlich mich hinter den Büschen nach vorne. Aber Me Kam saß noch auf der Veranda und sang leise vor sich hin. Erst nach einer Stunde kam der Farang wieder heraus. Me Kam machte ihm das Tor auf. Einige Minuten später erschien dann auch die Prinzessin. Ich nahm gleich eine Rikscha hierher; um zu melden, was ich gesehen habe.«

Surja knirschte mit den Zähnen und wandte sich dann rasch um. Seine Gesichtszüge hatten sich verzerrt.

Er setzte sich an den Schreibtisch und legte die Aussagen Krabus schriftlich nieder. Unheildrohend kratzte seine Feder über das Papier. Von Zeit zu Zeit stellte er kurze Fragen an den Malaien und las schließlich das Protokoll vor.

»Hast du noch mehr auf der Veranda beobachtet?« wollte er dann wissen.

»Nein«, erwiderte der Chauffeur leise, aber er log, weil er sich fürchtete.

»Und auch sonst hast du nichts Wichtiges bemerkt?« fragte Surja weiter und sah ihn durchdringend an.

»Ich habe die Wagennummer des Farangs aufgeschrieben: 4776. Als Me Kam später das Tor schloß, hielt ein Polizist das Auto der Prinzessin an, und die beiden mußten mit ihm zur Station fahren.«

»Das ist doch das Wichtigste! Warum hast du das nicht gleich gesagt?«

Surja trommelte nervös mit den Fingern auf die Tischplatte.

»Welche Polizeistation ist es?«

»Sam Jäk.«

»Ist sonst alles richtig, was ich dir vorgelesen habe?«

» **Korap!**«

Surja warf die Feder geräuschvoll auf den Tisch.

»Ich werde dem Hausmeister sagen, daß er dir zehn Tikal gibt. Wenn es stimmt, daß das Auto der Prinzessin von der Polizei angehalten wurde, und wenn sich nicht später herausstellt, daß du gelogen hast, sollst du deinen Hundelohn erhalten.«

» **Korap!**«

29

Der Chauffeur fuhr in scharfer Kurve vor und brachte den großen, eleganten Sedan zum Stehen. Am Fuß der breiten Treppe zur Veranda verabschiedete sich Warwick von Evelyn und ihrem Onkel.

Evelyn reichte ihm die Hand.

Länger als sonst hielt er sie in der seinen. Verständnisvoll begegneten sich ihre Blicke.

Auf der Heimfahrt vom Ball im United Club hatten die beiden in Breyfords Gegenwart nur über gleichgültige Dinge sprechen können. Breyford hatte sich auch täuschen lassen. Er ahnte noch nichts von den Dingen, die hinter seinem Rücken vorgingen, er war mit sich und dem Gang der Ereignisse mehr als zufrieden.

Nach außen hin erschienen Warwick und Evelyn ruhig, aber die innere Spannung war gewachsen.

Wie ein schwerer Alpdruck lag es auf ihm, als er zu seinem Bungalow ging.

Zuerst hatte er die Absicht, den Boy zu rufen, der im Dienerhaus schlief, damit dieser ihm aufschließen und ihm behilflich sein sollte. Aber er unterließ es, da er keinen Menschen mehr sehen wollte.

Langsam stieg er die äußeren Stufen zur Veranda hinauf und nahm einen Schlüssel aus der Tasche.

Als er die Mitte der großen Veranda erreicht hatte, tauchte plötzlich eine dunkle Gestalt vor ihm auf.

Er fuhr aus seinen düsteren Gedanken auf.

Erschrocken blieb er stehen, aber der Schatten war sofort wieder in der Dunkelheit verschwunden.

Einbrecher! war sein erster Gedanke.

Blitzschnell zog er seinen Browning, entsicherte und sprang hinter einen Pfeiler, um gegen einen unerwarteten Angriff gedeckt zu sein.

Angestrengt lauschte er, aber nur die einförmigen Wellen des Menam schlugen leise plätschernd gegen die Pfähle der Uferbefestigung, und die Blätter der hohen Bambusbüsche hinter dem Hause raschelten geheimnisvoll im Nachtwind.

Nach einer Weile drehte er vorsichtig die Taschenlampe an und leuchtete die Veranda ab. Aber er entdeckte nichts. Und doch konnte er sich nicht getäuscht haben. Deutlich hatte er gesehen, daß eine dunkle Gestalt vor der hellen Öffnung der Veranda vorüberglitt.

Behutsam ging er zu der Tür, die ins Innere führte, um zu sehen, ob sie aufgebrochen war. Aber er fand sie unberührt.

Befremdet drehte er sich wieder um.

Eine Diele knarrte in der linken Ecke.

Sofort richtete er seine Pistole nach der Stelle. Er wollte dem Eindringling wenn möglich zuvorkommen und ihn durch einen Schuß kampfunfähig machen. Dadurch würden auch die Wachtleute aufmerksam werden und herbeikommen.

»Warwick!«

Eine leise, verängstigte Stimme rief seinen Namen, und Amarin tauchte langsam aus ihrem Versteck hinter einem Korbsessel auf.

Aufs tiefste erschrocken, verbarg er den Revolver und eilte auf sie zu. Sie zitterte am ganzen Körper und konnte vor Erregung nicht sprechen.

Schnell öffnete er mit seinem Schlüssel die Wohnungstür und führte sie ins Innere. Er mußte sie fast tragen. Rasch schob er ihr einen Sessel hin, sonst wäre sie kraftlos zu Boden gesunken.

Vorsichtig schloß er die Tür nach der Veranda wieder, bevor er Licht machte, damit der Wachtmann sie nicht von außen beobachten konnte, wenn er auf seiner Runde am Hause vorbeikam.

Amarin starrte ihn mit entsetzten Augen an; sie mußte Furchtbares erlebt haben.

»Was ist geschehen?« fragte er teilnehmend und streichelte ihre Hand, um sie zu beruhigen.

Als sie nur verzweifelt seinen Namen wiederholte, ohne seine Frage zu beantworten, erhob er sich, ging zum Büfett und brachte ihr ein Glas Wein.

Willenlos nahm sie es und trank mechanisch davon.

Beim Schein der kleinen Tischlampe sah er, daß sie gewöhnliche, schwarze Kleider trug. Sie ging barfuß und hatte ein dunkles Tuch um den Kopf geschlungen, so daß sie in ihrem äußeren von einer Frau der niedersten Stände nicht zu unterscheiden war.

Warwick setzte sich neben sie und legte seinen Arm um ihre Schulter. Er versuchte sie zu beruhigen, und allmählich gewann sie ihre Fassung wieder. Sie erzählte ihm alles, was sich nach ihrer Trennung ereignet hatte.

»Ich kann den Gedanken nicht ertragen, Surja sofort zu heiraten. Wir müssen fliehen – noch diese Nacht! Warwick, ich habe auch solche Angst um dich! Die Polizei ist schon auf unserer Spur, und wenn Prinz Murapong alles erfährt, wird er sich furchtbar an dir rächen.«

Sie kämpfte nur mit äußerster Mühe die Tränen nieder, und ihre Blicke hingen verzweifelt an seinem Gesicht.

»Hilf mir und bringe mich aus dem Lande. Außerhalb Siams haben König Rama und Surja nichts mehr zu befehlen, dort sind wir freie Menschen.«

Warwick fuhr verstört aus dem Schlaf. Die Sonne schien durch das offene Fenster, und Schatten von Bambuszweigen, die im Wind hin und her getrieben wurden, spielten auf dem Fußboden.

Die Uhr zeigte acht – zu dieser Stunde hatte er aufwachen wollen.

Über Nacht hatte sich die Lage sehr verschlimmert.

Erst nach vier Uhr morgens war er wieder nach Hause gekommen. Über Amarins plötzliches Erscheinen in der Nacht und ihre aufregenden Mitteilungen war er in große Bestürzung geraten, und seine eigenen Sorgen traten vollkommen in den Hintergrund. Da sie selbst keinen klaren Gedanken mehr fassen konnte, mußte er für sie sorgen und handeln.

Als er aber länger über die Lage nachdachte, kehrten Ruhe und Überlegung zurück. Eins stand bei ihm fest: er mußte Amarin helfen, Siam zu verlassen, mochte kommen, was wollte. Um den Fluchtplan möglichst gut vorzubereiten, brauchte er vor allem die Schiffslisten der verschiedenen Dampfergesellschaften, Fahrpläne, Zeittafeln und Tabellen über Flut und Ebbe.

Es war Freitagmorgen. Am Montagnachmittag sollte die Trauung stattfinden. Es blieb also noch mehr als drei Tage Zeit.

Warwick war kein Heißsporn. Die Jahre im Kriege und in den Tropen hatten ihn gelehrt, daß vorschnelles, überstürztes Handeln nicht zum Ziele führt. Im allgemeinen blieb er kühl und zurückhaltend, nur in Augenblicken der Gefahr faßte er blitzschnelle Entschlüsse und führte sie mit zäher Energie durch. Amarins Furcht, daß die Nachforschungen der Polizei gefährlich werden könnten, hielt er zunächst für unbegründet, aber immerhin mußten sie auf der Hut sein.

Sie wollte sich zuerst bis zur Flucht in seinem Bungalow verstecken, aber er beruhigte sie so weit, daß sie mit Me Kam nach Hause zurückkehrte, um dort auf seine Weisungen zu warten. Er selbst hatte sie in seinem Wagen bis in die Nähe des Palais Akani gebracht.

Mit Evelyn hatte er verabredet, sie um neun Uhr auf ihrer Veranda zu treffen. Vorher ging er noch kurz ins Büro, um die wichtigsten Dinge zu erledigen.

Evelyn sah ihn schon von weitem kommen. Sie empfing ihn ruhig und freundlich und lächelte ihm tapfer zu. Sie litt unter der schweren Enttäuschung, aber sie bemühte sich, der Welt ein gelassenes Gesicht zu zeigen.

Sie wußte, daß sie sich in entscheidenden Augenblicken nur auf sich selbst verlassen konnte und gab sich keinen trügerischen Illusionen hin. Für alles Echte in Menschen und Dingen hatte sie einen instinktiv sicheren Blick. Und Warwick war ein so aufrichtiger Charakter, daß sie ihn immer verstehen würde.

In der Nacht hatte sie die qualvolle Bitterkeit aufkeimender Eifersucht durchlebt, aber schließlich siegte ihre klare Urteilskraft über ihre Gefühle. Das Schwerste war überwunden: Warwick hatte sich von der anderen Frau getrennt. Die Zeit würde ihn über den Schmerz hinwegbringen, und sie selbst mußte ihm helfen als sein bester und zuverlässigster Kamerad.

»Wie geht es dir heute?« fragte sie freundlich. Besorgt sah sie ihn an und suchte in seinen Zügen zu lesen. Wie bleich und übernächtig er aussah!

Ihre verständnisvolle, hilfsbereite Art half ihm über die Verlegenheit hinweg.

»Ich habe eine sonderbare Nacht hinter mir«, erwiderte er äußerlich ruhig. Dann erzählte er ihr, wie sich Amarin und Me Kam verkleidet von Hause fortgeschlichen und bei ihm Zuflucht gesucht hätten, daß es ihm aber gelungen sei, sie zur Rückkehr in ihre Wohnung zu überreden.

Evelyn erschrak. Die Lage war also viel gefährlicher und schwieriger geworden als vorher.

»Muß Amarin wirklich fliehen?« fragte sie besorgt, da sie die Zusammenhänge noch nicht ganz übersehen konnte.

Während sie noch sprach, schrillte im Nebenzimmer das Telefon.

Gleich darauf erschien der Boy und brachte den Apparat ins Zimmer.

»Nai Maynard wünscht die Mem zu sprechen.«

Evelyn griff nach dem Hörer.

»Ja, Ronnie? Was gibt es? ... Ob Warwick hier ist? Ja, er ist gerade bei mir. Willst du ihn sprechen ... Ach so, du bist in der Firma, und dort hat man dir gesagt, daß er hier ist.« Sie hielt die Muschel zu. »Ich weiß nicht, was der Junge hat«, sagte sie verwundert zu Warwick. »Er scheint furchtbar aufgeregt zu sein.« Sie reichte ihm den Hörer.

»Tag, Ronnie, was willst du denn? ... Prinzessin Amarin ist gefangengesetzt worden?« Warwick glaubte, nicht richtig verstanden zu haben. »Komm herüber! ... Ja, sofort!«

»Ist Amarin mit der Prinzessin Amarin identisch, von der Ronnie mir gestern soviel erzählt hat?« fragte Evelyn betroffen.

»Ja«, entgegnete er niedergeschlagen. Es hatte nun keinen Zweck mehr, noch etwas zu verschweigen, und ohne etwas zurückzuhalten erzählte er ihr, was sich in der vorigen Nacht zugetragen hatte.

»Das kann allerdings zu einer furchtbaren Katastrophe führen«, sagte Evelyn bestürzt.

Während ihres früheren Aufenthaltes in Siam hatte sie mancherlei über die unmenschliche Strenge des königlichen Hausgesetzes gehört, es aber nicht ganz ernst genommen.

Wenige Sekunden später stürmte Ronnie die Verandatreppe herauf.

»Tag, Evelyn, Tag, Warwick!« rief er außer Atem. »Ich komme eben vom Palastministerium, und es ist gut, daß ich gerade heute morgen hinging. Ich wollte mir eine Eintrittserlaubnis für den großen Stadtpalast besorgen. Dort kenne ich schon viele Beamte, und alle sprechen darüber. Es muß eine ganz unheimliche Geschichte sein!«

»Was hast du denn gehört?« fragte Warwick nervös und ungeduldig.

»Näheres weiß ich auch nicht. Der Minister hat mitten in der Nacht verschiedene Beamte rufen lassen, und heute morgen um sechs Uhr sind dann mehrere Leute des Palastministeriums ins Palais Akani geschickt worden, um Prinzessin Amarin dort zu bewachen.«

»Wenn ich dich recht verstehe, ist sie in ihrem eigenen Palais gefangengesetzt worden?« fragte Warwick schnell. »Weißt du denn nicht, warum das geschehen ist?«

»Nein. Die wildesten Gerüchte gehen um. Jeder weiß etwas anderes. Die meisten glauben, daß eine Geheimkorrespondenz mit ihrem Vater aufgedeckt worden ist. Es soll sich um eine Verschwörung gegen den jetzigen König handeln, die von Frankreich ausgeht.«

»Das ist doch heller Wahnsinn! Hast du sonst nichts erfahren?«

»Pra Upatet hat mir im tiefsten Vertrauen erzählt, daß sie auch ein Verhältnis mit einem Europäer gehabt haben soll. Er sagte, daß es eine bekannte Persönlichkeit wäre, die in der Gesellschaft eine Rolle spielt. Die Polizei will das alles in der vorigen Nacht entdeckt haben. Aber das ist ganz ausgeschlossen! Für Prinzessin Amarin wette ich meinen Kopf!« erklärte Ronnie aufgeregt. »Pra Upatet sagt, dem Farang würde es sehr schlecht gehen. Nach altem Gesetz müßte er gevierteilt werden. Es läuft mir eine Gänsehaut den Rücken hinauf und hinunter, wenn ich nur daran denke. Aber zum Glück existiert dieser Farang ja nicht!«

Ronnie atmete erleichtert auf.

Der Boy brachte einige Gläser, eine Flasche Whisky und Sodawasser.

Ronnie schenkte sich eine kräftige Mischung ein, wartete nicht auf die anderen und trank sein Glas hastig in einem Zuge leer.

»Die Verhältnisse hier in Siam sind unerhört!« fuhr er dann hitzig fort. »In meinem Buch werde ich diese schandbaren Zustände ohne Rücksicht auf irgendeine Person an den Pranger stellen! Schonungslos will ich die unerhörte Grausamkeit und Unmenschlichkeit bloßstellen!«

Bei diesen Worten zog er eine Browningpistole heraus und legte sie auf den Tisch.

»Unser Gesandter muß einen gemeinsamen Schritt der gesamten Diplomaten veranlassen! Das ist schlimmste Barbarei! Murapong tut Dinge, die ins finsterste Mittelalter gehören. Ich werde zum König selbst gehen und ihm die Sache vorstellen!«

Ronnie ereiferte sich immer mehr, aber Evelyn trat zu ihm und legte ihm beruhigend die Hand auf die Schulter.

»Du hast recht, Ronnie. Nur müssen wir die Sache etwas anders anfangen. Ich freue mich, daß du so ritterlich denkst und für die Frau eintrittst, die du verehrst. Selbstverständlich helfen Warwick und ich dir, soviel wir können.«

Ronnie nahm Evelyns Hand und drückte sie bewegt.

»Wir wollen in Ruhe überlegen«, fuhr sie fort, ohne ihn zu Wort kommen zu lassen. »Vor allem mußt du herausbringen, was wirklich geschehen ist, und wie es augenblicklich mit der Prinzessin steht. Es darf keine Zeit verloren werden. Gehe deshalb gleich und komme zurück, sobald du etwas mehr erfahren hast.«

Ronnie wurde plötzlich ernst und feierlich.

»Jetzt wird mir alles klar – es steht in meinem Horoskop! Der Sterndeuter prophezeite doch, daß ich eine Prinzessin retten werde.«

Einige Sekunden schwiegen alle.

»Amarin ist in der größten Gefahr«, fuhr Ronnie dann langsam fort. »Pra Upatet sagte, daß sie mindestens lebenslänglich in den Kerker geworfen wird, wenn sie nicht noch schwerere Strafen treffen.«

Warwick wußte das selbst nur zu gut. Er sagte nichts, preßte aber die Lippen zusammen.

Ronnie, der zu Boden geschaut hatte, blickte plötzlich auf, denn es war ihm ein Gedanke gekommen.

»Ich kenne ihre Dienerin Me Kam – sie wird sicher alles wissen. Ich fahre jetzt sofort zum Palais Akani und versuche, mit ihr in Verbindung zu kommen.«

Ohne Abschied stürmte er die Treppe hinunter. In seiner Eile stolperte er und wäre beinahe die vielen Stufen hinuntergestürzt; er konnte sich im letzten Augenblick noch am Geländer festhalten, hatte sich aber am Fuß gestoßen und hinkte zu seinem Motorrad.

»Es war so am besten«, meinte Evelyn, die trotz aller Gefahr über Ronnie lächeln mußte. »Er darf die eigentlichen Zusammenhänge niemals erfahren. Aber wir haben einen treuen, hilfsbereiten Bundesgenossen an ihm.«

»Zuerst war ich sehr erstaunt, als du ihn hinters Licht führtest. Aber ich glaube, du hast recht. Ich kenne ihn, und ich weiß, daß man sich in Gefahr unbedingt auf ihn verlassen kann.«

»Stimmt das, was er über die Bestrafung der Prinzessin gehört hat?«

»Die Hausgesetze kenne ich«, sagte Warwick düster. »Siam ist zwar ein modernes Land, aber man weiß ja, was im Palastministerium hinter den Kulissen vorgeht. Früher haben Prinzessinnen deshalb auf die eine oder andere grausame Weise ihr Leben verloren.«

»Das kann ich nicht glauben«, entgegnete Evelyn schaudernd. »Früher sind die Strafen in allen despotisch regierten Ländern unmenschlich gewesen, aber Siam hat doch eine moderne Staatsform und moderne Gerichte. Die alten Gesetze sind heute nicht mehr in Geltung...«

Warwick zuckte die Schultern.

»Auf jeden Fall müssen wir aber Amarin helfen.«

Der Boy erschien in der Tür.

»Eine Frau will den Nai sprechen«, meldete er.

»Wer ist es denn?« fragte Evelyn.

Warwick war bereits aufgesprungen. Er ging nach draußen und brachte Me Kam herein. Sie war niedergeschlagen und traurig, und Evelyn sah, daß sie geweint hatte. In dem schwarzen Panung wirkte ihre Erscheinung noch düsterer und bedrückender.

»Das ist die Amme der Prinzessin, die Ronnie eben aufsuchen wollte«, erklärte Warwick und rückte der Siamesin einen Stuhl hin.

Sie setzte sich aber zu seinen Füßen auf die Erde nieder.

»Kann ich den Nai nicht allein sprechen?« fragte sie verschüchtert.

»Du kannst in Gegenwart der Mem Farang ruhig sagen, was du auf dem Herzen hast. Wir sind alle Freunde der Prinzessin Amarin und wollen ihr helfen, soviel wir können. Erzähle uns schnell, was geschehen ist.«

Me Kam schaute verwundert auf und zögerte noch. Sie hatte bestimmt angenommen, daß diese Frau ihre Herrin haßte. Als Evelyn ihr aber ermunternd zunickte, schwand ihre Scheu allmählich, und sie berichtete den beiden, was vorgefallen war.

»Heute morgen, am Ende der vierten Nachtwache (sechs Uhr), kam der Palastminister mit sechs Beamten zum Palais. Kun Anchit empfing ihn in der Halle. Murapong wollte sofort Prinzessin Chanda sprechen.

Ich war schon wach und hörte, daß unten laut geredet wurde. Rasch eilte ich eine Nebentreppe hinunter, schlich mich durch den langen Hauptgang in die Nähe der Eingangshalle und versteckte mich hinter einem schweren grünen Plüschvorhang.

Inzwischen erschien Prinzessin Chanda und wollte wissen, warum Murapong schon so früh und unangemeldet ins Palais käme.

Dann gab es eine lange, scharfe Auseinandersetzung, und der Palastminister beschuldigte Prinzessin Amarin in der gröbsten Weise.

Ihre Tante war empört über seine Behauptungen und forderte ihn auf, sofort das Palais zu verlassen.

Als er ihr aber darauf noch mitteilte, was der Chauffeur Krabu ausgesagt hätte, und als er ihr erklärte, daß dessen Aussagen durch die Ermittlungen der Polizei bestätigt worden seien, ging Prinzessin Chanda ins Zimmer meiner Herrin, die noch schlief.

Ich konnte nicht aus meinem Versteck heraus, um Prinzessin Amarin zu warnen, und nach kurzer Zeit kam die Tante niedergeschlagen und traurig zurück, denn meine Herrin hatte in ihrer ersten Bestürzung alles zugegeben.«

Me Kam schluchzte heftig, und es dauerte eine Weile, bis sie sich wieder gefaßt hatte.

Murapong triumphierte und wollte Amarin sofort verhaften und ins Frauengefängnis des großen Palastes einliefern, aber Prinzessin Chanda weigerte sich energisch. Sie gestattete nur, daß Prinzessin Amarin in ihrem Zimmer eingeschlossen und bewacht werden sollte. Das tat sie aber nur, damit der Palastminister sofort das Haus verließe.

Nachdem er gegangen war, telefonierte Sie in ihrer Verzweiflung direkt mit dem Dusitpalast, und trotz der frühen Stunde gelang es ihr, den König persönlich zu sprechen. Was sie sagte, konnte ich aber nicht mehr hören, denn ich mußte mein Versteck verlassen. Es war gerade niemand in der Halle – ich eilte fort und kam hierher.«

»Warum bist du nicht bei der Prinzessin geblieben?« fragte Warwick freundlich. »Sie hat doch jetzt deinen Trost und deine Hilfe dringend nötig.«

»Ich konnte nicht bleiben, Nai. Prinz Murapong hat von Prinzessin Chanda meine Auslieferung verlangt – er wollte mich auf der Folter verhören! Er sagte, es würde noch viel mehr herauskommen, wenn er persönlich die Untersuchung führte.«

»Das darf er nicht tun. Die Folter ist in Siam längst abgeschafft«, versuchte Evelyn sie zu beruhigen.

»Ja, bei dem öffentlichen Gericht stimmt das«, entgegnete Me Kam angsterfüllt. »Aber der Prinz kümmert sich überhaupt nicht um Gesetz und Gericht. Er tut in seinem Palastministerium, was er will. Als die Prinzessin nicht zugeben wollte, daß Murapong das Gebäude nach mir durchsuchte, gab er seinen Leuten Befehl, es doch zu tun. Aber Kun Anchit hatte inzwischen die acht Diener aus dem Nebenhaus herbeigerufen und mit den alten Schwertern aus der

Waffensammlung bewaffnet. Von Murapongs Leuten hatte keiner eine Waffe bei sich, und so konnte er nichts unternehmen. In der allgemeinen Verwirrung schlüpfte ich in den hinteren Garten und schlich mich von einem Strauch zum anderen, bis ich eine der hinteren Türen zum Kanal erreichte. In einer Rikscha bin ich dann hierher gefahren.«

Warwick machte sich schwere Vorwürfe, denn er selbst war an dieser Entwicklung schuld. Er hatte Amarin bewogen, nach Hause zurückzukehren.

»Me Kam bleibt am besten hier«, sagte Evelyn zu ihm. »Hier ist sie vorläufig sicher.«

»Ich möchte gern zu meiner Schwester aufs Land gehen. Sie tut alles für mich, und dort kann man mich nicht so leicht finden wie hier.«

Die Amme kam näher und kniete vor Warwick nieder. Dann legte sie den Kopf auf seine Füße und streichelte seine Waden.

»Nai, rette die Prinzessin aus der Gewalt des Palastministers!« bat sie mit tränenerstickter Stimme. »Murapong läßt sie sonst heimlich umbringen – vielleicht bringt er ihr schleichendes Gift bei. Dann wird sie elend und schwach, und die siamesischen Ärzte haben Angst vor dem Prinzen. Sie werden sagen, sie hätte eine bestimmte Krankheit, an der sie sterben müsse. Und die europäischen Ärzte lassen sich immer täuschen, sie finden niemals etwas.«

30

König Rama blätterte in den Personalakten des Prinzen Akani, der mehrere Jahre vor seinem Regierungsantritt gestürzt worden war. Damals hatte er noch keine offizielle Stellung, ja, er war noch nicht zum Thronfolger ernannt, aber er hatte doch erfahren, daß Prinz Akani bitteres Unrecht geschehen war. Das war nur möglich unter der grenzenlosen Günstlingswirtschaft jener Jahre, mit der er sofort bei seinem Regierungsantritt aufgeräumt hatte.

Vor vier Wochen hatte er nun Akani in einem eigenhändigen Schreiben gebeten, nach Siam zurückzukommen und den Posten des Ministerpräsidenten zu übernehmen. Wenn der Prinz gleich geantwortet hätte, müßte sein Bescheid längst in Bangkok eingetroffen sein. Rama hatte eigentlich erwartet, daß Akani sofort die ausgestreckte Hand ergreifen und sich mit dem Hof versöhnen würde. Daher war er etwas enttäuscht über die abwartende resignierte Haltung seines Onkels.

Nachdenklich betrachtete er ein Foto, das Akani als Oberpriester von Ceylon in einem gelbseidenen Gewand darstellte. Nach der Ordensregel waren wie bei allen buddhistischen Mönchen Haupthaar, Bart und Augenbrauen abrasiert, aber trotz der Unterdrückung dieser charakterisierenden Merkmale prägte sich in dem feingeschnittenen, herbverschlossenen Gesicht eine starke Persönlichkeit aus.

Der König lehnte sich in seinem Sessel zurück. Er hatte zwar wie Akani in Europa studiert, aber nur den äußeren Schliff der westlichen Zivilisation angenommen, obwohl er viel Verständnis für europäische Kunst und Kultur hatte. In seinem Innersten war er jedoch Siamesse geblieben, und im Gegensatz zu seinem Vorgänger, der sich mehr oder weniger von fremder Diplomatie hatte leiten lassen und dem Einfluß des Abendlandes vollkommen erlegen war, verfolgte er eine etwas einseitige, streng nationale Politik.

Alle Beschuldigungen gegen Akani hatten sich als böswillige Verleumdungen erwiesen. Dieser Mann war zu großzügig und souverän, um sich in kleinliche Intrigen einzulassen, und zog sich lieber zurück, als daß er von seinen Grundsätzen abwich.

Prinz Akani war groß als Staatsmann, noch größer als Mensch und überzeugter Buddhist, obwohl er als einer der besten Kenner europäischer Philosophie und Literatur galt. Er gehörte zu den wenigen, die den neuen Verhältnissen gewachsen waren und die Dinge klar, schnell und ohne Voreingenommenheit beurteilen konnten. Seine langjährige Tätigkeit auf dem schweren Posten in Paris hatte ihm den nötigen Einblick in das verworrene Netz französischer Politik gegeben.

Rama legte das in dunkelgelbe Seide gebundene Aktenstück auf den Schreibtisch und erhob sich. Leider mußte sich gerade jetzt dieser unangenehme Vorfall mit Prinzessin Amarin abspielen!

Um nationale Politik zu treiben, war der König natürlich gezwungen, sich auf die mächtige Altsiamesische Partei zu stützen, die von Murapong geführt wurde. Aber der Palastminister verfügte nicht über genügend Umsicht, um den Posten eines Ministerpräsidenten zu bekleiden. Er hatte versäumt, mit der Zeit zu gehen und sich anzupassen.

Akani dagegen besaß die erforderliche Energie und Intensität des Willens zur Durchführung der modernen Reformen im Innern, und die nötige Erfahrung, um den europäischen Staaten gegenüber eine starke Außenpolitik zu führen, die Rama als Ideal seiner Regierung vorschwebte. Er selbst war nicht dazu befähigt, weil ihm die körperliche Widerstandskraft fehlte. Seine schwache Gesundheit zwang ihn, sich mehr zu schonen, als ihm lieb war.

* * *

Surja und Murapong saßen um acht Uhr morgens in dem Warteraum vor dem Arbeitszimmer des Königs.

Beide waren zu ihrem größten Erstaunen zu so früher Stunde telefonisch zu einer Audienz befohlen worden. Im allgemeinen stand der König nie vor elf Uhr vormittags auf.

Rama hatte Anweisung gegeben, daß der Palastminister erst dann vor ihm erscheinen dürfe, wenn er ausdrücklichen Befehl dazu erhalten hatte.

Murapong war darüber empört, da ihm seine hohe Stellung sonst den Vorzug gab, jederzeit in das Arbeitszimmer des Königs zu kommen. Er winkte den diensttuenden Kammerherrn herbei, sah ihn fragend an und machte nur eine fast unmerkliche Bewegung, mit der er auf die Tür des Arbeitszimmers Seiner Majestät deutete.

Der Hofbeamte gab in einer ausdrucksvollen Gebärde durch Zeichen zu verstehen, daß der König in ungnädiger Stimmung sei.

Surja hatte die Absicht, Rama den Fall der Prinzessin Amarin sofort zu unterbreiten. Grenzenlose Wut hatte ihn gepackt, die sich später in kalten Haß verwandelte. Er wollte sich an Warwick und Amarin furchtbar rächen.

Murapong, der seine Ansicht vollkommen teilte, hatte er für seine Pläne gewonnen. Der Palastminister stimmte natürlich auch für schwerste Bestrafung.

In der vergangenen Nacht gelang es beiden leicht, auf Grund des polizeilichen Protokolls und der Aussagen Krabus den belastenden Tatbestand festzustellen.

Nach stundenlangen Erörterungen hatten sie sich jetzt nichts mehr zu sagen und brüteten stumm vor sich hin. Bald darauf öffnete sich die Tür zu dem Arbeitszimmer des Königs, das ganz in Schwarz und Gold gehalten war, und der Flügeladjutant forderte sie auf näher zu treten.

Als sie nach kurzer Begrüßung Platz genommen hatten, sah der König Murapong lange an. Er überlegte erst einige Zeit, bevor er sprach.

Alle Vorzüge absoluter asiatischer Herrscher hatte er geerbt, aber es schlummerte in ihm auch etwas von der Wildheit eines Raubtiers, als seine Blicke Murapong durchbohrten. Dieser Prinz trat in der letzten Zeit wieder zu selbstherrlich auf, und es wurde notwendig, ihn in seine Schranken zurückzuweisen. König Rama hatte nicht die Absicht, sich von seinem Palastminister gängeln zu lassen.

Murapong fühlte sich unsicher und unbehaglich. Er wich dem zwingenden Auge aus und betrachtete verlegen das große Bild des Königs Pra Paramin, das über dem Schreibtisch hing.

»Wenn in meinem Land ein Palastministerium besteht«, begann der König, »so hat der jeweilige Minister die Pflicht, die Angelegenheiten des Königlichen Hauses zu ordnen. Ich sage ausdrücklich, zu ordnen, und nicht in Unordnung zu bringen. Und vor allem hat er sich nach meinem Willen zu richten. Ich habe mir in allen Fällen, welche die königliche Familie betreffen, meine höchste Entscheidung vorbehalten, und der Auftritt im Palais Akani entspricht durchaus nicht meinem Wunsch und Willen. Eine solche Nichtachtung meiner Befehle lasse ich nicht durchgehen. Selbst wenn man Prinz Murapong ist, hat man nicht das geringste Recht, den Hausfrieden der Prinzessin Chanda zu verletzen.«

Der Palastminister war über diese scharfen Worte bestürzt. Wie hatte Chanda dem König Nachricht zukommen lassen können? Er beeilte sich sofort, eine für ihn günstige Darstellung des Vorfalles zu geben, aber Rama hob nur abweisend die Hand und unterbrach ihn schon nach den ersten Worten. »Über den Sachverhalt bin ich vollkommen unterrichtet, und es ist unerhört, welche Übergriffe sich Beamte des Palastministeriums haben zuschulden kommen lassen.

Ich erwarte von dem Palastministerium später einen eingehenden, wahrheitsgetreuen Bericht, und vor allem eine formelle schriftliche und mündliche Entschuldigung bei Prinzessin Chanda wegen dieses Verstoßes und eine angemessene Wiedergutmachung. Sollte mir diese Entschuldigung nicht genügen, so behalte ich mir vor, den Fall durch einen neuen Palastminister erledigen zu lassen.«

Murapong wurde vor Ärger dunkel im Gesicht. Am liebsten wäre er aufgestanden und hätte dem König seinen Posten sofort zur Verfügung gestellt.

In jedem anderen Staat wäre das selbstverständlich gewesen. Aber er war ein alter Siamesischer Beamter, zäh und hartnäckig, und er hatte vor der Macht des Königs große Achtung. Seine natürliche Klugheit warnte ihn vor unüberlegten Schritten. Unter einer absoluten Regierung mußte man auf schnellen Wechsel von Regen und Sonnenschein gefaßt sein, und wenn man sein Amt erst verlor, hatte man ausgespielt. Viele andere warteten nur darauf, daß er in Ungnade fiel, um seinen Posten einnehmen zu können.

In den höflichsten Formen entschuldigte er sich, faßte sich aber kurz, als er sah, daß der König weitersprechen wollte.

»Prinzessin Amarin hat den Tatbestand vollkommen zugegeben und erklärt, daß sie nur unter dem Druck der Verhältnisse ihr Jawort gegeben habe. Schon das allein ist eine Nachlässigkeit sondergleichen! Wie ist es möglich, daß ich als Brautwerber bemüht werde, wenn die Verhältnisse nicht einmal geklärt sind! Ich lasse meine Autorität nicht zur Förderung von Privatinteressen mißbrauchen.

Wenn durch die Ungeschicklichkeit des Palastministers nicht schon soviel Aufsehen erregt worden wäre, könnte ich den Fall leicht regeln.« »Aber es existiert doch ein gültiges Hausgesetz der Mahachakri-Familie«, entgegnete Murapong vorsichtig. »Und Prinzessin Amarin hat schwer dagegen verstoßen.«

»Dieses Gesetz ist mit Blut geschrieben und hätte längst reformiert werden müssen. Und der Wille des Königs steht über dem Hausgesetz. Durch königliche Entscheidung kann es jederzeit abgeändert werden, und ich erwarte, daß innerhalb weniger Wochen vom Palastministerium ein neues Statut ausgearbeitet wird, das mir zur Begutachtung vorzulegen ist.«

Murapong verneigte sich, ohne etwas zu erwidern.

»Ich habe dich hierherkommen lassen«, wandte sich der König jetzt an Surja, »um dir offiziell mitzuteilen, daß deine Verlobung mit Prinzessin Amarin selbstverständlich aufgehoben ist!«

Nach einer kleinen Pause sprach der König wieder zu dem Palastminister.

»Es bleibt nun noch zu überlegen, wie die Sache am besten beigelegt werden kann. Mir scheint äußerste Milde geboten, denn Amarin hat fast ihr ganzes Leben in Europa zugebracht, und dort würde man ihre Handlungsweise verstehen und wahrscheinlich billigen. Hätte einer von euch mir eine vertrauliche Mitteilung über den Fall gemacht, dann hätte ich die Entscheidung ihrem Vater überlassen und auf jeden Fall dafür gesorgt, daß kein Wort von dieser leidigen Geschichte in die Öffentlichkeit gekommen wäre.«

Surja biß sich auf die Lippen.

Wie war es möglich, daß der König die ihm angetane Schande nicht rächen wollte, daß er überhaupt kein Verständnis für die Lage zu haben schien?

Murapong war auch entsetzt, aber er faßte sich sofort wieder. Man hielt König Rama überall für einen äußerst liebenswürdigen, vielleicht etwas zu nachsichtigen und schwachen Regenten. Eine solche Entfaltung von Energie hätte der Palastminister nicht von ihm erwartet. Aber diese plötzliche Tatkraft war wohl nur darauf zurückzuführen, daß Prinz Akani zurückgerufen werden sollte.

Murapong mußte nun zu dem Fall Stellung nehmen, wenn er im Augenblick auch lieber geschwiegen hätte. Als gewandter Hofmann gab er Rama zunächst vollkommen recht, ging dann aber geschickt auf die wahrscheinlichen Folgen einer restlosen Begnadigung ein. Er war ein guter Redner und wußte seine Ansicht geschickt zu begründen.

Sein Vorschlag ging dahin, daß der König vorläufig eine lebenslängliche Freiheitsstrafe über die Prinzessin verhängen solle, die später vielleicht auf dem Gnadenweg ganz oder teilweise aufgehoben werden konnte.

Murapong fügte sich der augenblicklichen Lage – in Wirklichkeit dachte er ganz anders. Wenn es auf ihn allein ankam, griff er rücksichtslos durch, um alte Sitte und altes Recht zu verteidigen. Zu diesem Zweck waren ihm alle Mittel recht, und mit Zähigkeit, Hinterlist und Verschlagenheit erreichte er gewöhnlich doch sein Ziel.

»Ich halte es für gut, daß Amarin ins Kloster geht und Nonne wird«, sagte der König, nachdem er längere Zeit nachgedacht hatte. »Sie muß erst einmal mit sich selbst ins reine kommen. Unter Buddhas Gesetz hat sie Gelegenheit, in ernster Meditation sich selbst zu prüfen. Ich weiß, daß sie trotz ihres schweren Fehltritts eine treue Anhängerin unserer Religion ist, und ich bin auch davon überzeugt, daß sie nicht leichtfertig gehandelt hat, sondern aus innerster Überzeugung.«

Der Palastminister horchte auf. Der König schien einen Aufenthalt im Kloster also auch halb und halb als Strafe aufzufassen.

Murapong selbst war ein Weltkind, ein fröhlicher Genießer. Nach Landessitte hatte er zwar auch ein Jahr als Mönch im Kloster leben müssen, aber er betrachtete diese Zeit noch heute als eine traurige Unterbrechung seines prinzlichen Erdendaseins. Aber er glaubte, gute Werke genug getan zu haben, um in der nächsten Existenz gut abzuschneiden.

Der Buddhismus mußte seiner Meinung nach von Staats wegen unterstützt werden, denn auf ihm beruhte zum großen Teil die Machtstellung der Könige von Siam, nach innen und nach außen. Nicht daß die Herrscher im Lande der weißen Elefanten Sich von Buddhas Gnaden dünkten. Ein Solcher Gedanke war einfach unmöglich. Aber Siam war das letzte unabhängige buddhistische Reich, und so galt der König von Siam als Schutzherr der buddhistischen Welt. Der König war nach Murapongs Meinung ein moderner Skeptiker, und wenn alle Siamesen denken würden wie er, hätte man morgen die Republik ausrufen können!

»Ich werde Prinzessin Chanda meinen Entschluß mitteilen, damit sie ihn an Amarin weitergibt«, fuhr der König fort. »Auf jeden Fall soll sich Amarin selbst erst noch einmal dazu äußern.

Um das Ansehen des Palastministers nicht zu untergraben, bestätige ich auf die nächsten dreimal vierundzwanzig Stunden die einstweilige Verfügung des Zimmerarrestes gegen die Prinzessin, die polizeilichen Nachforschungen aber sind sofort einzustellen.«

Rama sah Murapong streng an.

»Ich hoffe, daß die Sache jetzt in meinem Sinne geregelt wird«, fügte er nach einer kurzen Pause ruhig, aber in befehlendem Ton hinzu.

Bei den letzten Worten machte der König eine kurze, energische Geste. Dann erhob er sich, und die beiden Prinzen waren damit entlassen. –

»Es ist doch ein Skandal, daß diese verfluchten Farangs ungestraft einen Prinzen derartig beleidigen dürfen«, stieß Surja wütend hervor, als er mit seinem Onkel fortfuhr. »Darüber hat der König überhaupt nichts gesagt! Das kann ich mir nicht gefallen lassen!«

»Die jungen Leute von heute haben immer einen großen Mund und reden zuviel, tun aber nichts«, entgegnete Murapong ironisch. »Wir haben es früher umgekehrt gemacht. Ich wüßte schon, wie ich mich an diesem Farang rächen würde, wenn ich einen Mann wie Krabu zur Verfügung hätte!«

31

Unerwartet wie ein plötzlicher Donnerschlag traf Amarin die Nachricht, daß der Palastminister alles entdeckt habe.

Prinzessin Chanda war nach dem ersten Eingeständnis Amarins zu aufgeregt, um ein vernünftiges Wort mit ihr zu reden, und nach der kurzen Aussprache mit ihrer Tante am frühen Morgen hatte die junge Prinzessin stundenlang niemand mehr gesehen.

Sie war eingeschlossen, und qualvolle Verzweiflung und entsetzliche Angst packten sie. Jeden Augenblick glaubte sie Schritte zu hören. Bald würden Wärter erscheinen, um sie in das berüchtigte Prinzessinnengefängnis des Stadtpalastes zu bringen...

Bisher war ihr Leben ohne große Erschütterungen verlaufen, aber diese Katastrophe, die so unvermittelt und niederschmetternd kam, drohte sie vollkommen aus der Bahn zu werfen. Feinfühlig, wie sie war, empfand sie alles Leid tiefer und schwerer als andere. Nur ihre buddhistische Überzeugung und der Glaube an Warwick gaben ihr einen letzten Halt, so daß sie der nahen Versuchung widerstehen konnte, diese Welt des Leidens freiwillig zu verlassen.

Dumpfe Betäubung lastete auf ihr. Wenn sie wenigstens einen Menschen gehabt hatte, mit dem sie hätte sprechen, dem sie ihre Gedanken hätte anvertrauen können! Aber Me Kam war sicher auch gefangengesetzt worden und durfte nicht zu ihr kommen.

Das Verlangen, in Warwicks Nähe zu sein, wurde immer mächtiger in ihr. Er hatte sie oft verstanden, ohne daß sie ein Wort sagte, und manchmal hatten sie gleichzeitig mit denselben Worten denselben Gedanken geäußert.

Bange Fragen stiegen in ihr auf, während sie unruhig im Zimmer auf und ab ging. Wo mochte Warwick sein? Ob er wußte, daß sie entdeckt waren? Ob man ihn auch verhaftet hatte? Was mochte aus ihm geworden sein?

Sie machte sich bittere Vorwürfe. Um seinetwillen hätte sie heute morgen schweigen müssen und nichts zugeben dürfen.

Seitdem der Zauber seiner Persönlichkeit auf sie wirkte, glaubte sie, den Sinn des Lebens besser zu verstehen, denn in seiner Nähe schwanden alle Sorgen und Zweifel.

In ihrer höchsten Bedrängnis hatte sie am vergangenen Tag wieder bei ihm Zuflucht gesucht und sich ihm anvertraut. Wie liebevoll hatte er sie getröstet! Wenn sie jetzt bei ihm sein könnte, würde alles gut werden. Sein Versprechen, ihr zu helfen, verlieh ihr Kraft, so daß sie unter dem schweren Schlag nicht vollkommen zusammenbrach.

Gegen Mittag hörte sie ein Geräusch, das sie erschreckte. Der Schlüssel drehte sich in der Tür. Zwei Dienerinnen kamen herein und brachten ein Tablett mit verschiedenen Schüsseln, stellten es auf den Tisch und gingen wortlos wieder hinaus.

Alles schien wie sonst zubereitet zu sein, und doch rührte Amarin nichts an. Sie fürchtete, daß die Speisen vergiftet sein könnten. Von Me Kam hatte sie früher oft genug gehört, daß unliebsame Menschen auf diese Weise aus dem Wege geräumt würden. Durst brauchte sie nicht zu fürchten, denn sie konnte sich aus dem Badezimmer frisches Trinkwasser holen.

Kurz darauf kam Prinzessin Chanda ins Zimmer. Äußerlich war sie ruhig, aber ein bitterer herber Zug um ihren Mund zeigte, wie sehr sie sich über das Unglück grämte, das über ihre Familie hereingebrochen war.

Sie selbst hatte in ihrer Jugend gelassen und würdevoll das Los der Entsagung getragen und war nun aufgebracht über Amarin, die sich kühn und rücksichtslos über alle Tradition hinwegsetzte. Der König hatte ihr seine Entscheidung mitgeteilt. Sie hielt sie für viel zu mild, wenn sie auch darüber erfreut war, daß dem Hause Akani dadurch eine schwere Demütigung erspart blieb.

Mit harten Worten erklärte sie Amarin, wie sehr sie über ihre Handlungsweise empört sei, und daß sie vorläufig eingeschlossen bleiben würde. Nur widerwillig sagte sie ihr dann, daß Rama die dauernde Kerkerstrafe in lebenslänglichen Klosteraufenthalt umgewandelt habe, und die wohlwollenden Worte des Königs verwandelten sich in ihrem Mund in furchtbare Anklagen.

Amarin ließ die Vorwürfe schweigend über sich ergehen, denn sie wußte, daß ihre Tante niemals Verständnis für die Gegenwart aufbringen könnte. Vorsichtig fragte sie nach Me Kam, als Chanda eine Pause machte.

»Sie ist heute morgen feige geflohen und hat sich ihrer Strafe entzogen«, erwiderte ihre Tante verächtlich. Sie hatte von jeher eine gewisse Abneigung gegen Me Kam gehabt, die das Vertrauen ihrer Nichte besaß.

Plötzlich bemerkte Sie, daß Amarin nichts zu sich genommen hatte, und erschrak über dieses Mißtrauen.

»Was ich dir schicke, kannst du ruhig essen!«

Kurz entschlossen trat sie an den Tisch und kostete von allen Gerichten, dann ging sie ohne ein weiteres Wort hinaus. Sie dachte daran, wie oft ihr Bruder, König Pra Paramin, solchen Nachstellungen ausgesetzt gewesen war.

Der Lebenswille erwachte wieder in Amarin. Sie aß, und die körperliche Stärkung brachte ihr frischen Mut und neue Hoffnung.

Auf keinen Fall brauchte sie nun Surja zu heiraten. Das allein war ein erlösender Gedanke.

Sie erwog die Möglichkeiten einer Flucht, denn unter dem Druck der letzten aufregenden Ereignisse glaubte sie, daß darin ihre einzige Rettung läge.

Entschlossen packte sie die nötigsten Sachen in einen kleinen Handkoffer und legte auch ihren wertvollen Schmuck dazu, den sie in einem eingemauerten Safe ihres Zimmers aufbewahrte. Dann zog sie ein Sportkostüm an. Die Beschäftigung zerstreute sie und lenkte sie ab, obwohl sie sich sagte, daß all diese Vorbereitungen wenig Zweck haben konnten.

Als sie ein Geräusch zu hören glaubte, verbarg sie den Koffer rasch unter dem Bett und lauschte angestrengt: aber es kam niemand.

Schließlich ging sie ans Fenster und schaute hinaus. Ob sie es wohl wagen durfte, aus dem Hause zu fliehen? Nach sechs Uhr wurde es dunkel. Vorsichtig trat sie hinter den Vorhang und musterte die nächste Umgebung.

Aus dem Fenster konnte sie nicht springen, da es zu hoch lag. Unwillkürlich streifte ihr Blick die Lianenranken, die dicht daneben zum Dachgarten hinaufwucherten, und sie wurde zuversichtlicher. Im äußersten Notfall konnte sie auf diesem Weg entkommen.

Aber gleich darauf entdeckte sie unten zwischen den Büschen die Uniform eines Beamten vom Postministerium, der offenbar Wache hielt, um ihre Flucht zu verhindern.

Entmutigt legte sie sich auf eine Couch. Auf dem Gang räusperte sich jemand. Dem Klang der Stimme nach mußte es ein Mann sein, Sicher ein anderer Wächter, einer von Murapongs Leuten, der auf sie aufpassen sollte. Sie war in einem Netz gefangen, aus dem es kein Entrinnen gab.

Irgendwo im Palais schlug eine Uhr. Amarin zählte die silberhellen Schläge – es war drei. Düsterer und hoffnungsloser wurde ihre Stimmung, aber tapfer unterdrückte Sie die Tränen.

Minute um Minute verrann erbarmungslos, ohne daß sich ein Lichtstrahl von Hoffnung zeigte. Die Sehnsucht nach Warwick zehrte qualvoll an Amarin. Sie schloß die Augen, suchte alles andere zu vergessen und stellte sich vor, daß er bei ihr wäre und sie sanft an sich zöge.

Trotz ihres Kummers schlief sie vor Müdigkeit und Erschöpfung schließlich ein.

Draußen neigte sich nach einem heißen Nachmittag die Sonne langsam dem Horizont zu, und die Zeit der Abendkühle, die vom Meer her eine erfrischende Brise brachte, setzte ein.

Plötzlich fuhr Amarin aus dem Schlaf auf.

Durch die offenen Fenster klang Stimmengewirr und Lärm herein. Es war bereits dunkel im Zimmer, aber durch das Fenster drang heller Feuerschein.

Schnell drehte Amarin das Licht an und warf einen Blick auf die Uhr, die sieben zeigte. Sie mußte mehrere Stunden geschlafen haben.

Draußen schrie alles durcheinander; irgendein Gebäude in unmittelbarer Nähe brannte lichterloh.

Angst und Schrecken packten Amarin aufs neue. Sollte der Palast selbst in Flammen stehen, während sie hier hilflos eingeschlossen war, ohne sich retten zu können?

Als sie hinausschaute, sah sie, daß auch der Beamte, der vor ihren Fenstern Wache gehalten hatte, seinen Posten verließ und davoneilte.

Nun war es Zeit zur Flucht!

Sie sprang zum Bett, riß das kleine Köfferchen an sich und wollte sich gerade aus dem Fenster schwingen, um sich an den kräftigen Ranken hinunterzulassen, als auf dem Korridor eilige Schritte ertönten.

Sie hörte, daß draußen jemand nach dem Schlüssel tastete. Wer mochte das sein? Erwartungsvoll sah sie nach der Tür.

Im nächsten Augenblick wurde diese von außen aufgeschlossen, und Warwick stürzte herein.

»Mein Auto wartet unten – komm schnell!«

Ohne zu fragen, folgte sie ihm auf den Gang hinaus. Das Palais schien ausgestorben zu sein. Das Feuer hatte alle Leute angelockt.

Vorsichtig gingen die beiden die Treppe hinunter; noch eine Sekunde machten sie hinter dem grünen Plüschvorhang halt, aber der Weg zum Portal war frei.

Entschlossen eilten sie hinaus, erreichten eine Gruppe von Sträuchern und schlichen sich langsam von Gebüsch zu Gebüsch, bis sie zu einem Seitentor in der Parkmauer kamen, das auf die angrenzende Straße führte.

Wilde Aufregung herrschte draußen: von allen Seiten liefen neugierige Menschen zur Brandstelle.

Warwick drückte Amarin eine Autobrille in die Hand. Sie setzte sie sofort auf und war dadurch nahezu unkenntlich gemacht.

Von weitem schrillte das Läuten der Feuerwehrwagen auf, als die beiden auf die Straße traten, und gleich darauf fuhr in rasendem Tempo ein Löschzug vorbei. Wenige Sekunden später erreichten sie Warwicks Wagen, den er in einer Seitenstraße geparkt hatte.

Der jähe Wechsel kam so unerwartet für Amarin, daß sie sich nicht gleich in die neue Lage finden konnte. Sie schluchzte vor Aufregung und Freude, aber in Warwicks Nähe überkam sie ein Gefühl vollkommener Sicherheit.

Er hatte keine Zeit, ihr etwas zu erklären. Mit größter Geschwindigkeit fuhr er nach Süden, um die Straße nach Paknam und zur Flußmündung zu erreichen.

Amarin saß neben ihm, schmiegte sich an ihn und legte den Arm um ihn, als ob sie ihn für immer festhalten wollte.

Da er nicht durch erleuchtete und belebte Straßen fahren durfte, mußte er verschiedene Umwege machen, denn es bestand immer die Gefahr, daß man sie in den hellen Straßen Bangkoks erkannte. Die Vorbereitungen zur Flucht hatten ihn den ganzen Tag in Anspruch genommen, und er war dauernd mit dem Wagen unterwegs gewesen, so daß er jetzt seine Benzinvorräte neu auffüllen mußte. Nach Amarins Flucht durfte er sich nirgends mehr sehen lassen; es blieb ihm also nur übrig, zur Breyfordschen Garage zu fahren, obwohl er sich dort auch in acht nehmen mußte, um nicht bemerkt zu werden.

Auf schlechten Nebenstraßen kam er endlich ans Ziel und hatte Glück bei der Einfahrt, denn die indischen Wachtleute waren noch nicht auf ihren Posten. Sie begannen ihren Dienst erst um neun Uhr abends. Er fuhr in den Schatten der großen Bäume und hielt an.

Vorsichtig schlich er sich dann zur Tankstation, die sich dicht neben der Garage befand. In atemloser Spannung wartete Amarin im Innern des Wagens.

Nachdem er sich davon überzeugt hatte, daß die Angestellten gegangen waren und sich niemand in der Nähe aufhielt, wagte er es, das Auto dorthin zu bringen.

Das Tanken war schnell beendet, und die beiden wollten gerade wieder einsteigen, als Amarin plötzlich sah, daß ein Mann hinter der Ecke der Garage auftauchte. Zu ihrem größten Schrecken bemerkte sie, daß er einen Revolver in der Hand hielt und auf Warwick anlegte. Verzweifelt sprang sie vor, stürzte sich auf ihn und schlug mit geballter Faust auf ihn ein.

Im nächsten Augenblick krachte ein Schuß. Warwick eilte an ihre Seite und erledigte den Mann mit einem wohlgezielten Kinnhaken. Schnell riß er dann die Garagentür auf und warf den Bewußtlosen hinein. Er nahm eine der Lederjacken von der Wand und schlug die Tür wieder zu. Es war höchste Zeit, daß sie davonfuhren.

Gerade als sie die New Road erreichten, wurde es auf dem ganzen Grundstück lebendig. Der Schuß hatte die Angestellten der Firma aufgeschreckt, die in ihren Bungalows beim Abendessen saßen. Sie glaubten, daß es sich um einen Einbruch handle.

» **Kamoi – kamoi**!« (Diebe! Diebe!) schallte es von allen Seiten.

Die Lichter der Garten- und Hofbeleuchtung wurden angedreht.

Amarin zitterte vor Erregung.

»Es war mein früherer Chauffeur Krabu«, sagte sie entsetzt. »Ich habe seine verzerrten Gesichtszüge deutlich erkannt – er muß wieder Opium geraucht haben.«

Das alles spielte sich in wenigen Augenblicken ab. Kurze Zeit darauf war Warwick in Sicherheit. Niemand hatte ihn erkannt oder auf seinen Wagen geachtet.

Während der Fahrt empfand er plötzlich einen brennenden Schmerz an der linken Schulter. Er tastete an die Stelle und fühlte, daß sein Anzug feucht war. Als er die Hand zurückzog, war sie blutig.

Er sagte Amarin nichts davon, denn er wollte erst auf die freie Landstraße kommen. Der Angriff hatte also ihm gegolten. Warwick nahm an, daß einer von Murapongs Leuten beauftragt worden war, ihn zu ermorden. Er biß die Zähne zusammen. Nun wurde die Sache gefährlich.

Nach einer Viertelstunde erreichten sie das freie Land vor der Stadt. Endlos dehnten sich die überschwemmten Reisfelder zu beiden Seiten der Straße aus, die von großen, alten Gummibäumen eingefaßt war.

Er brachte den Wagen zum Stehen und drehte das Licht im Innern an.

»Amarin, erschrick bitte nicht, aber Krabu muß mich eben getroffen haben.«

»Warwick!« rief sie entsetzt und bemühte sich sofort um ihn. Vorsichtig half sie ihm, die weiße Jacke abzustreifen, aber sie hatte Mühe, einen Schrei zu unterdrücken.

Die ganze linke Seite seines Tropenanzugs war mit Blut befleckt.

Mühsam nahm er die Reiseapotheke heraus, und sie untersuchte und verband die Wunde bei dem Schein der Autolampen. Glücklicherweise war es nur eine verhältnismäßig leichte Verletzung, eine Fleischwunde, die stark blutete. Er legte die eigentlich für Amarin bestimmte Lederjacke an, um seinen Anzug zu verdecken.

Nach kurzem Aufenthalt ging die rasche Fahrt weiter, und das Auto flog wie ein Pfeil davon.

Amarin lehnte sich eng an Warwicks rechte Seite und drückte zärtlich seinen Arm.

Der Geschwindigkeitsmesser stand auf hundertundzehn Kilometer. Warwick sah auf die Schaltbrettuhr – es war kurz nach halb acht. Sie würden den Dampfer gerade noch erreichen, wenn Ronnie pünktlich mit dem Motorboot bei Bangkolem zur Stelle war.

Bis jetzt hatte er nicht mehr an ihn gedacht – hoffentlich würde sein Freund den Auftrag durchführen können, ohne daß sein romantisches Temperament ihm einen Streich spielte. Eine geheime Sorge stieg in Warwick auf.

Er erklärte Amarin jetzt kurz den Fluchtplan. Der dänische Postdampfer »Manchuria«, der am Abend im Hafen von Bangkok abfuhr und nach Singapur in See stach, mußte um neun Uhr die Barre außerhalb der Menammündung passieren. Jenseits von Paknam sollte Ronnie mit Warwicks Motorboot am Ufer auf sie warten. Warwick wollte Amarin dann selbst in dem schnellen, großen Boot an Bord des dänischen Postdampfers bringen.

Außerhalb der Barre endeten die siamesischen Hoheitsgewässer; dort konnte er den Kurs der »Manchuria« kreuzen und das Schiff auf offnem Meere anhalten. Der Kapitän würde natürlich furchtbar fluchen, aber das mußten sie in Kauf nehmen.

Als die Lichter von Paknam in Sicht kamen, verlangsamte er das Tempo, um nicht durch zu schnelles Fahren in der kleinen Stadt Aufsehen zu erregen. Von früheren Ausflügen her kannte er die Verhältnisse der ganzen Gegend genau.

Am Flußufer bei Paknam lag die große Zollstation, wo alle aus- und einlaufenden Schiffe kontrolliert wurden, soweit sie nicht bereits in Bangkok abgefertigt waren.

Kurz nachdem sie die letzten Häuser des Ortes hinter sich gelassen hatten, bog Warwick in einen Nebenweg ein und fuhr zum Ufer des Menam, der hier die Größe einer ausgedehnten Meeresbucht hatte und eine Breite von vielen Kilometern besaß.

Ihre Spannung stieg aufs höchste. Keiner sprach ein Wort.

Kurz darauf hielt der Wagen in der Nähe einer Landungsbrücke an, die Warwick für die Firma außerhalb der Zollgrenze hatte errichten lassen. Er löschte alle Lichter und tastete sich dann behutsam vorwärts. Amarin faßte seine rechte Hand und folgte ihm vorsichtig.

Der Weg war verwildert und fast zugewachsen, aber es gelang ihnen trotzdem, die Landungsbrücke aufzufinden.

Warwick blieb stehen, konnte jedoch außer dem leisen Plätschern der Wellen nichts hören.

Nach einiger Zeit pfiff er das verabredete Signal, aber alles blieb ruhig. Angestrengt und ängstlich lauschten sie in die Nacht hinaus.

Als sich nach einigen Minuten noch nichts rührte, wiederholte er den Pfiff.

Es kam keine Antwort.

32

»Wo steckt denn eigentlich Warwick?« fragte Gregory Breyford verwundert.

Wie gewöhnlich trank er seinen Whiskysoda nach dem Abendessen in dem geräumigen Moskitohaus auf seiner Veranda, auf dessen Größe er besonders stolz war.

»Gestern hat er sich noch so sehr darüber beschwert, daß er dich bei all den vielen Feiern nicht sprechen kann. Nun habe ich heute mit großer Mühe das Essen im Britischen Klub auf nächste Woche verschieben lassen, damit ihr einmal Zeit füreinander habt, und er ist nicht da! Dabei ist er heute schon sehr früh aus dem Büro fortgegangen.«

»Er hat etwas Wichtiges vor«, entgegnete Evelyn ausweichend, errötete aber leicht und neigte sich tiefer über eine illustrierte Zeitschrift, damit Breyford ihre Verlegenheit nicht merken sollte.

Ihr stilles, nachdenkliches Wesen war ihm schon bei Tisch aufgefallen, aber er war in so gehobener Stimmung, daß er der Sache weiter keine Bedeutung beilegte.

Obwohl Evelyn unruhig und aufgeregt war, beherrschte sie sich nach außen hin. Sie dachte dauernd an Warwick und Ronnie. Vor zwei Stunden, um halb sieben, hatten die beiden Freunde Amarin befreien wollen.

Jeden Augenblick konnte nun Ronnie eintreffen, um ihr Nachricht zu bringen.

Wie mochte das Wagnis ausgegangen sein, das sie so sorgfältig zusammen vorbereitet hatten?

Ihrer Veranlagung nach war Evelyn aktiv und hilfsbereit, und sie hätte am liebsten Warwick bei der Durchführung seiner schwierigen Aufgabe persönlich unterstützt. Es erschien ihr fast unerträglich, still zu Hause zu sitzen und abzuwarten, was geschehen würde.

Das Telefon klingelte plötzlich in einem der inneren Räume des Hauses, und kurz darauf kam der Boy, der den Apparat ins Moskitohaus brachte und dort anschloß.

»Nai, der englische Gesandte möchte dich sprechen«, meldete er.

Breyford schaute auf die Uhr. Es war noch nicht nachtschlafende Zeit, aber doch schon reichlich spät. Wahrscheinlich fehlte Sir John der vierte Mann zur Bridgepartie. Die Unterbrechung kam ihm nicht ungelegen. Warwick mußte ja bald kommen, und dann war es besser, wenn die beiden nicht durch seine Anwesenheit gestört wurden.

Die Ungewißheit hatte Evelyn so nervös gemacht, daß sie überall Gefahren sah. Ein Anruf des Gesandten bedeutete im allgemeinen nichts Außergewöhnliches, aber heute fürchtete sie, daß Amarins Flucht mißglückt und Warwick bei dem Befreiungsversuch verhaftet worden sei.

Sie erhob sich rasch und ging auf die Veranda, um vielleicht noch einige Worte der Unterhaltung aufzufangen. Aber ihr Onkel hatte das Gespräch bereits beendet und kam wieder zu ihr heraus.

»Kann eigentlich ein Engländer in Siam verhaftet und gefangengesetzt werden?« fragte sie ihn unvermittelt.

Er schaute sie erstaunt an.

»Sag mal, wie kommst du denn auf eine so merkwürdige Idee?«

»Ach, ich wollte nur wissen, ob uns die Polizei hier festnehmen könnte, wenn wir einmal bei einer strafbaren Handlung ertappt würden.«

»Was ist denn in dich gefahren? Hast du am Ende den Tropenkoller bekommen, daß du gemeingefährliche Verbrechen planst?« fragte er scherzend. »Aber Spaß beiseite, leider ist das heutzutage möglich. Ich habe allerdings noch die schönen alten Zeiten erlebt, als wir unsere eigene Konsulatsgerichtsbarkeit hatten. Da konnten uns die siamesischen Gerichte nicht soviel anhaben!« Er schnappte mit den Fingern. »Aber jetzt, nach dem Kriege, sitzen diese braunen Kerle über uns zu Gericht. Sie haben ja jetzt auch eine eigene Universität, wo sie ihre Richter und Anwälte ausbilden...« Er war bei seinem Lieblingsthema angekommen, und er hätte noch lange weitergeschimpft, wenn Evelyn ihn nicht kurz unterbrochen hatte.

»Was wollte der Gesandte von dir?« fragte sie ihn interessiert.

»Ach, er will mich einmal sprechen. Es ist nichts Besonderes. Vielleicht gehen wir nachher noch zusammen zum Britischen Klub. Ich komme jedenfalls erst spät wieder nach Hause – warte nicht auf mich.«

Breyford wandte sich zum Gehen. Als er sich an der Treppe noch einmal umdrehte und Evelyn freundlich zunickte, kam der Boy eilig auf ihn zu.

»Nai«, sagte er aufgeregt, »in der Garage ist eingebrochen worden!«

Das war also die Ursache des Lärms gewesen!

»Da haben die Strolche wohl wieder Öl und Benzin gestohlen«, sagte Breyford gleichgültig.

Als alter Tropenmann war er an derartige Zwischenfälle gewöhnt. Er hatte den Schuß und den Spektakel auch gehört, sich aber weiter nicht darum gekümmert. Es kam öfter vor, daß ein Wachtmann oder einer der Angestellten auf dem ungewöhnlich großen Grundstück mit den weitausgedehnten Speicheranlagen einen Schreckschuß abgab, um einen wirklichen oder vermeintlichen Dieb zu verscheuchen.

»Nein, es ist nichts gestohlen worden. Die Blechtanks mit Öl und Benzin sind alle noch vorhanden«, erwiderte der Boy schnell.

»Dann sind sie wahrscheinlich gestört worden und so davongelaufen.«

»Nai, es muß ein Verbrechen geschehen sein: das Tor der Garage ist gewaltsam von innen geöffnet worden. Das Schloß ist mit dem Beil zertrümmert, das sonst immer an der Wand hängt. Und drinnen und draußen sind frische Blutspuren zu sehen!«

»In Zukunft müssen eben die indischen Wachleute gleich bei Einbruch der Dunkelheit, um halb sieben, auf dem Posten sein. Aber ich habe jetzt keine Zeit mehr, mich mit der Geschichte noch abzugeben. Wenn Mr. Warbury zurückkommt, meldest du ihm die Sache. Er kann es dann genauer untersuchen.«

Mit raschen Schritten ging er die Treppe hinunter und stieg in den offenen Wagen, der inzwischen vorgefahren war.

»Gute Nacht, mein Kind!« rief er seiner Nichte zu, die an das Geländer der Veranda getreten war.

* * *

Eine Viertelstunde später saß Breyford dem englischen Gesandten in dessen einfach, aber vornehm ausgestattetem Arbeitszimmer gegenüber.

Nach einigen einleitenden Bemerkungen kam Sir John sofort auf die Sache zu sprechen, die ihm in den letzten Tagen soviel Mühe und Arbeit gemacht hatte. Er wollte alles daransetzen, die peinliche Geschichte doch noch für alle Teile zu einer annehmbaren Lösung zu bringen. Bei dem ständig wachsenden japanischen Einfluß wurde die politische Lage immer gespannter, und unter keinen Umständen durfte das englische Prestige irgendwie leiden.

»Ich habe dich hergebeten, um einmal streng vertraulich mit dir über Warbury zu sprechen. Ich hätte es nicht getan, wenn ich nicht durch die unvorhergesehene Entwicklung der Dinge in den letzten Stunden dazu gezwungen worden wäre.«

Breyford sah seinen Freund aufs höchste erstaunt an.

»Über Warwick?«

»Ja. Er hat sich in der letzten Zeit sehr verändert. Ich hätte schon eher mit ihm sprechen sollen, aber die Ereignisse haben sich in den letzten Tagen überstürzt. Prinzessin Amarin hat sich in ihn verliebt, und er erwidert ihre Zuneigung.«

»Aber das ist doch unmöglich!« fuhr Breyford auf.

»Nichts ist unmöglich. Ich kann es ja schließlich auch verstehen, daß man dem Zauber einer solchen Frau verfällt, ohne es zu wollen. Aber die Sache treibt auf einen politischen Skandal zu.«

Breyford schüttelte ungläubig den Kopf.

»Man müßte doch aber erst einmal hören, was Warwick zu seiner Verteidigung zu sagen hat.«

»Dazu ist es jetzt zu spät. Die beiden haben sich seit Wochen heimlich in einer leerstehenden Villa getroffen, und Prinzessin Amarin wurde deshalb heute morgen gefangengesetzt. Ich wollte Warbury daraufhin sprechen, aber es ist mir bisher nicht gelungen. An den Tatsachen selbst ist leider nicht zu zweifeln. Es hat jetzt auch keinen Zweck, über Schuld oder Nichtschuld zu reden. Wir müssen die Lage nehmen, wie sie ist, und danach handeln.

Prinzessin Amarin ist heute abend um halb sieben aus dem Palais Akani verschwunden, wo sie in ihrem Zimmer eingeschlossen war, während ein Nebengebäude in Flammen aufging. Man weiß zwar nichts Genaueres, vermutet aber, daß Warbury in die Sache verwickelt ist. Wahrscheinlich hat er die Prinzessin befreit oder durch andere Leute befreien lassen.«

Breyford erhob sich erregt, aber Sir John legte ihm beschwichtigend die Hand auf den Arm und drückte ihn leicht in den Stuhl zurück.

»Es ist ja nicht gesagt, daß Warbury die Prinzessin entführt hat. Ich denke auch noch an andere Möglichkeiten. Die Königsfamilie kann die Hand im Spiel haben, oder vielleicht wollte der Palastminister die Sache dadurch geschickt aus der Welt bringen, daß er eine Flucht der Prinzessin vortäuscht, während man sie irgendwie beiseite geschafft hat. Es mag auch sein, daß ihre Tante ihr geholfen hat heimlich ins Ausland zu entkommen. Darüber werde ich ja wohl in den nächsten Stunden Klarheit bekommen. Aber die Geschichte hat noch eine andere Seite, die für dich sehr ernst ist.«

»Ich verstehe. Weißt du Genaueres?«

»Prinz Murapong hat ein Geheimverfahren gegen Warbury wegen Entführung und Brandstiftung eingeleitet. Du kannst dir doch denken, daß er bei seinem wilden Europäerhaß diesen Fall ausschlachten will. Nur gut, daß er in seiner Aufregung immer überschäumt und laut sagt, was er vorhat. Im Postministerium war schon die Rede davon, daß die siamesische Regierung die Firma Breyford schließen werde –«

»Das wäre allerdings gefährlich!«

»Wir kennen Murapong und wissen, daß er leicht aufbraust. Aber man kann einen brüllenden Löwen besänftigen, wenn man ihm ein Stück Fleisch hinwirft. Es wäre nicht das erste Mal, daß wir uns den Palastminister günstig gestimmt hätten. Sobald wie möglich werde ich eine hübsche Siamesin mit einem entsprechenden Geschenk zu ihm schicken. Immerhin dürfen wir uns nicht darüber täuschen, daß die Lage noch nie so kritisch war wie diesmal.«

Breyford war sehr ernst geworden.

»Denkst du wirklich, daß es einen Weg gibt, die Sache beizulegen?«

»Selbstverständlich werde ich alles tun, was in meinen Kräften steht. Durch Politik mit einigen Kriegsschiffen kann man sich zwar im Augenblick gewaltsam Recht verschaffen, aber die bösen Folgen für die Zukunft bleiben nicht aus. Die Franzosen sind ja früher auf diese Weise vorgegangen, aber jetzt zeigt sich erst, wie sehr sie sich dadurch hier in Ostasien in die Brennesseln gelegt haben. Aber das alles ist im Augenblick nebensächlich. Vor allem liegt mir an Warbury, denn er ist in Gefahr.«

»Was können wir denn tun^«

»Vielleicht wäre es das beste, wenn er für einige Zeit aus dem Land verschwände und nach Singapur, Hongkong oder Java ginge, bis es mir gelungen ist, die Lage zu klären. Teile es mir bitte gleich mit, wenn du etwas von ihm hörst oder mit ihm zusammentriffst, und sorge dafür, daß er sich sofort an mich wendet.«

Breyford nickte.

»Am besten kommt er persönlich zur Gesandtschaft«, fuhr Sir John fort, »denn im Notfall kann ich ihn hier vor Angriffen schützen.«

33

Erregt neigte sich Warwick vor. Seine Sinne waren aufs äußerste geschärft, aber er hörte nichts, was auf die Nähe eines Menschen schließen ließ.

Ronnie hatte doch versprochen, Punkt acht Uhr zur Stelle zu sein! Wenn er nicht bald kam, konnten sie den Postdampfer draußen vor der Barre nicht mehr erreichen. Und hier in der Menammündung, in siamesischem Hoheitsgewässer, so nahe der großen Zollstation, durften sie die »Manchuria« unmöglich anhalten, denn in dem Fall wurden sie wahrscheinlich sofort entdeckt und verhaftet.

»Wie spät ist es schon?« fragte Amarin niedergeschlagen.

Verzweiflung packte ihn bei dem Gedanken, daß all seine Bemühungen vielleicht vergeblich waren. Seine Schulter brannte, und er hatte quälenden Durst, aber daran durfte er jetzt nicht denken.

Vorsichtig drehte er die Taschenlampe an und blendete die Lichtstrahlen mit der hohlen Hand ab, während er nach der Uhr sah.

»Ach, es ist erst kurz vor acht«, erwiderte er beruhigend, obwohl es bereits einige Minuten später war. »Wir wollen bis zum Wasser gehen.«

Als sie aus dem Gebüsch heraustraten, wurde es heller, und sie konnten ihre Umgebung erkennen, denn seit kurzer Zeit stand der Vollmond am Himmel. Angespannt sahen beide flußaufwärts nach Norden.

»Die Siamesen halten den aufgehenden Vollmond für ein großes Glückszeichen«, sagte Amarin leise. »Sie glauben, daß alles gelingt, was man während dieser Zeit unternimmt.«

Wieder vergingen zermürbende Minuten. Warwick fühlte, daß Amarin zitterte. Auch seine eigene Ruhe wurde auf eine harte Probe gestellt.

Vom nahen Bahnhof in Paknam tönte das Rollen eines Zuges durch die klare Luft herüber. Lang und schrill hallte der Pfiff der Lokomotive durch die Abendstille, und Amarin zuckte bei dem gellenden Laut zusammen.

Bei der Annäherung des Zuges an die Station und beim Halten der Wagen knirschten und kreischten die schlecht geölten Bremsen. Dann trat eine unheimliche Stille ein.

Beide schwiegen und lauschten wieder angestrengt. In großer Entfernung hörten sie das schwache Pochen eines Motors. Aber merkwürdigerweise kam der leise hämmernde Ton von Süden her über das Wasser, während Bangkok doch in nördlicher Richtung lag.

Warwick preßte die Lippen aufeinander. Das mußte ein anderes Motorfahrzeug sein. Wurden sie bereits von den Küstenpatrouillenbooten gesucht?

Auf der Landungsbrücke waren sie vom Fluß aus deutlich zu sehen, und er zog Amarin rasch in den Schatten der Sträucher zurück.

Mit großer Geschwindigkeit kam jetzt ein Boot auf die Landungsbrücke zu und stoppte gleich darauf.

Warwick und Amarin hielten den Atem an. Keiner von ihnen wagte sich zu rühren oder ein Geräusch zu machen.

Der Mann im Boot räusperte sich und steckte sich eine Zigarette an.

Warwick atmete erleichtert auf, denn beim Aufblitzen des Feuerscheins hatte er Ronnie erkannt. Er pfiff wieder vorsichtig das verabredete Signal.

Ronnie antwortete laut und zog das Fahrzeug mit dem Bootshaken schnell an die Landungsbrücke heran. Er warf Warwick eine Leine zu, die dieser kunstgerecht an einem Pfosten verknotete. Dann kletterte er an Land.

»Admiral Ronnie mit Geschwader zur Stelle«, begrüßte er die beiden.

»Gott sei Dank, daß du endlich kommst! Wir waren schon verzweifelt«, sagte Warwick und führte Amarin zum äußersten Ende des Landungssteges.

»Ich bin lange an der Zollstation aufgehalten worden, sonst wäre ich schon seit einer Viertelstunde hier. Sie haben alles genau durchschnüffelt. Vielleicht glaubten sie, ich hätte jemand im Benzintank versteckt. Die Bande muß Lunte gerochen haben!«

»Wieso?« fragte Warwick schnell. »Haben die Zollbeamten etwas gesagt?«

»Sie haben das Boot eingehend durchsucht. Außerdem wollten sie wissen, wohin meine Fahrt ginge. Ich habe erklärt, ich hätte die Absicht, am Südpol Walfische zu fangen. Nachher habe ich einen weiten Umweg gemacht, um sie zu täuschen.«

»Hoffentlich ist dir das auch gelungen«, entgegnete Warwick und sprang in das Boot. Dann half er Amarin beim Einsteigen und setzte sich ans Steuer.

»Du hast deine Sache gut gemacht, Ronnie. Vielen herzlichen Dank! Wenn du geradeaus gehst, findest du meinen Wagen.«

»Aber ich dachte doch, ich sollte die Prinzessin zum Dampfer bringen?« erwiderte Ronnie vorwurfsvoll. »Deshalb habe ich heute doch schon mein ganzes Bankkonto abgehoben! Du mußt doch bei Evelyn bleiben!«

»An meiner Stelle fährst du jetzt sofort mit dem Wagen zu ihr zurück und berichtest ihr, daß wir unentdeckt und sicher von hier fortgekommen sind. Wenn du bei dem Auto angekommen bist, gibst du dreimal hintereinander ein kurzes Zeichen mit der Hupe – aber um's Himmels willen nicht zu laut!«

»Aber ich verstehe gar nicht – du weißt doch, daß in meinem Horoskop –«

Warwick achtete nicht auf seine Worte. Während der letzten Unterhaltung hatte er die Leine von dem Pfosten gelöst und stieß jetzt das Boot von der Landungsbrücke ab.

»Ich muß dir doch noch sagen –«, begann Ronnie wieder verzweifelt.

»Dazu ist jetzt keine Zeit mehr. Du weißt, was du zu tun hast.«

Ronnie blieb noch einen Augenblick unentschlossen auf der Brücke stehen, preßte seufzend die Hand aufs Herz, obwohl es niemand sah, und verschwand dann schweigend im Gebüsch.

Ungeduldig warteten die beiden auf sein Hupensignal, und als es endlich klagend und langgezogen ertönte, ließ Warwick den Motor an und steigerte die Geschwindigkeit schnell bis zur Höchstgrenze. Viel später, als im Plan vorgesehen, verließen sie Paknam, und er nahm deshalb direkt Richtung auf die Insel Ko-si-chang, quer über das offene Meer. Eigentlich hatte er an der Küste entlang fahren wollen, die sich in weitem Bogen hinzog und sich der Ostspitze der Insel näherte.

Bald ließen sie die Menammündung hinter sich, und eine Viertelstunde später passierten sie die Barre. Die Lage des Schiffahrtskanals war durch Leuchtbojen kenntlich gemacht, die in der Ferne wie große Sterne funkelten.

Das Ufer zeichnete sich nur noch als ein dünner, schwarzer Strich am Horizont ab. Das Licht des niedrigstehenden Mondes wob über die flinken, plätschernden Wellen ein Zauberseil zu dem Boot, und eine leichte Brise wehte von Süden wie Zephirwind.

Undeutlich sahen sie in der Ferne die hohen Ufer von Ko-si-chang. Eine leichte Dünung bewegte die weite Meeresfläche, und das Boot lag gut auf dem Wasser. Gleichmäßig sprühte die Kielwelle vorne zu beiden Seiten in die Höhe, während der Scheinwerfer ein grelles Licht auf die aufwirbelnden und schäumenden Wassermassen am Bug warf.

Amarin fühlte sich so erleichtert nach den Schrecken der letzten Tage, daß sie im Augenblick alle Not und Gefahr vergaß. Die große Geschwindigkeit des Bootes gab ihr neue Hoffnung.

Dankbar und wie ein Geschenk nahm sie diese glückliche Stunde hin, in der sie im Zauber der Mondnacht allein mit Warwick in endlose Weiten fuhr. Traumverloren blickte sie zurück und sah die Spur des Bootes als lange, weiße Fährte hinter sich.

Wie ein Schatten glitt eine chinesische Dschunke mit phantastisch geformten Rippensegeln in nächster Nähe geräuschlos vorüber. Drohend wie eine gespenstische Kulisse schob sie sich vor die leuchtende Scheibe und durchschnitt die Lichtkette des Mondes. Unheimliche Stille herrschte ringsum, nichts regte sich an Bord. Nur die grüne und die rote Laterne an Steuer- und Backbord glänzten noch einige Zeit und ließen bunte Flämmchen auf den kleinen, tanzenden Wellen emporzüngeln.

Amarin war es, als ob ein kühler Lufthauch sie gestreift hätte, und sie schmiegte sich enger an Warwick. Nach all der Unrast der Flucht empfand sie diese Fahrt wie ein Taucher, der nach langem Verweilen in dunkler, furchtbarer Tiefe die ersten Atemzüge in frischer Luft tut.

Sie schloß die Augen. Blitzschnell schossen die weißen Schaumwellen am Boot vorüber. Unaufhaltsam ging es vorwärts, immer weiter, fort von Bangkok und dem finsteren Wege freudloser Pflichterfüllung.

Kleinere Inseln wuchsen aus dem Meer empor und verschwanden wieder. Schließlich kamen die kantigen, scharfzackigen Felsen von Ko-si-chang immer näher und schlossen den Blick nach links fast ganz.

In großer Kurve bog Warwick jetzt nach Westen ab. Die »Manchuria« war pünktlich um dreiviertel sechs abgefahren. Er hatte das Heulen der Schiffssirenen gehört und die Zeit verglichen. Da die Flut im Steigen begriffen war, mußte das Schiff glatt über die Barre kommen. Er drehte etwas weiter nach Norden ab und sah scharf nach der Flußmündung.

Nach einer Weile tauchten auch in der Ferne die Lichter des Dampfers auf. Die hellerleuchteten Decks, die Lichter an den Masten und am Bug und die funkelnden runden Luken der vielen Kabinen boten ein prachtvolles Bild.

Warwicks großes, festgebautes Boot flog nun mit voller Geschwindigkeit über das Wasser dahin, und der Kiel hob sich aus den Wellen. Sie hatten die Verspätung bei der Abfahrt restlos wieder einholen können.

Kurze Zeit später überließ er Amarin das Steuer und ging in die kleine Kajüte, um die Leuchtpistole zu holen. Auf diese kurze Entfernung hin mußten die Leute auf der Kommandobrücke der »Manchuria« sein Notsignal trotz des hellen Mondscheins deutlich sehen.

Schließlich hatten sie ihr Ziel erreicht und lagen genau in der Fahrtrichtung des Dampfers. Warwick trat nach vorne, nachdem er den Motor fast ganz abgestellt hatte.

Kurz hintereinander stiegen drei rote Leuchtkugeln schräg empor. Der Knall verflatterte auf der weiten Wasserfläche.

Der Offizier auf der Kommandobrücke schien zu schlafen. Warum antworteten die Leute nicht?

Mehrere Minuten vergingen, bevor Warwick das Signal wiederholte. Dann antwortete endlich ein rotes Licht auf der Kommandobrücke des Dampfers.

In weniger als einer Viertelstunde hatte der Dampfer das Motorboot erreicht. Das kleine Fahrzeug lag in dem weißen Kalklicht mehrerer Scheinwerfer, die so stark blendeten, daß Amarin und Warwick kaum sehen konnten.

Vorsichtig fuhr er an das Fallreep heran, das der Kapitän heruntergelassen hatte, als er das Boot sichtete. Die »Manchuria« hatte gestoppt und besaß nur noch geringe Eigengeschwindigkeit.

Geschickt sprang Warwick auf die untere Plattform und band das Boot fest.

Oben erwartete ihn der Erste Offizier.

»Sie sind wohl verrückt, daß sie uns hier auf hoher See anhalten?« fuhr er ihn an.

»Ich muß den Kapitän sprechen«, erwiderte Warwick kurz.

»Der wartet auch schon auf Sie. Ich kann Ihnen sagen, er ist nicht in der besten Stimmung!«

Viele Passagiere und ein Teil der Besatzung lehnten an der Reling und starrten auf Amarin hinunter, die so lange im Motorboot bleiben sollte, bis Warwick sich mit dem Kapitän geeinigt hatte.

»Nun, was gibt es denn so verdammt Wichtiges, daß Sie hier auf offener See Feuerwerk machen?« brummte Kapitän Johannsen, als Warwick in die geräumige Kabine trat.

»Ich möchte noch als Passagier nach Singapur mitfahren.«

»Wer sind Sie denn?«

Der Kapitän wurde etwas liebenswürdiger, denn er war an den Passageraten beteiligt.

»Warwick Warbury.«

»Ach so!« entgegnete Johannsen nun freundlich. »Nehmen Sie doch Ihre Brille ab.«

Warwick folgte der Aufforderung.

»Nur eine oder zwei Personen?« fragte der Kapitän.

»Zwei.«

»Aber Kinder, könnt ihr denn nicht rechtzeitig in Bangkok einsteigen?« meinte Johannsen gutmütig und sah lächelnd zu Warwick hinüber. Das abgespannte, fahle Gesicht des jungen Mannes fiel ihm plötzlich auf. »Wer ist denn die Dame?«

»Eine Siamesin – Nang Torani.«

Der Kapitän staunte, dann runzelte er die Stirn. Warbury war doch mit Miß Breyford verlobt! Aber das ging ihn ja im Augenblick nichts an.

»Sagen Sie mal, hat die Sache auch ihre Richtigkeit? Ist Ihre Begleiterin im Besitz eines siamesischen Reisepasses?« fragte er nach einer kurzen Pause.

»Wenn Sie uns mitnehmen, zahle ich die fünffache Passage«, erwiderte Warwick, ohne auf die Fragen einzugehen. Er hatte einen hohen Geldbetrag bei sich: außerdem kannte ihn Johannsen und wußte, daß seine Schecks auch in Singapur honoriert wurden.

»Na, die Geschichte kommt mir aber doch etwas mulmig vor!«

Johannsen überlegte. Warwick war Teilhaber der großen Firma Breyford. Wenn die Sache harmlos war, brauchte der Mann nicht ein solches Angebot zu machen. Und wenn sie nicht harmlos war, konnte er ruhig auch mehr zahlen. Eine solche Gelegenheit bot sich nicht oft – warum sollte man sie nicht ausnützen?

Die beiden maßen sich schweigend mit den Blicken.

Warwick wollte die unerquickliche Szene rasch zum Abschluß bringen. Auf eine größere oder kleinere Summe kam es in diesem Falle nicht an. Nur das eine war wichtig, daß Amarin in Sicherheit kam.

»Johannsen, ein letztes Wort, sonst fahre ich nach Ko-si-chang zurück. Zehnfache Passage!«

»Achtzehnhundert Straits-Dollars netto«, antwortete der Kapitän sofort und reichte ihm seinen Füllfederhalter.

Warwick setzte sich auf einen Stuhl, den ihm Johannsen an den Tisch schob, und nahm sein Scheckbuch heraus. Die Feder kratzte leise auf dem Papier. Nach kurzer Zeit erhob er sich und gab dem Kapitän das Papier.

»Abgemacht!« entschied Johannsen.

Im gleichen Augenblick klopfte es an der Tür.

Johannsen fluchte und ging selbst, um zu öffnen, denn die Störung ärgerte ihn.

An der Tür sprach der Erste Offizier leise mit ihm.

»Hab' jetzt keine Zeit«, sagte der Kapitän barsch.

»Das habe ich Pia Worak auch erklärt«, entgegnete der Erste Offizier laut, so daß Warwick es verstehen konnte. »Aber er läßt sich nicht abweisen. Er behauptet, es sei sehr dringend.«

Johannsen zögert noch eine Sekunde, dann ging er hinaus.

Nach einigen Minuten stapfte er wieder in die Kabine, aber er sah düster und verärgert aus.

»Warbury, die Sache ist nicht zu machen. Die Dame im Boot ist erkannt worden. Wir brauchen uns ja wohl nicht lange darüber zu unterhalten. Ich kann Ihnen nur sagen, daß es mir persönlich sehr leid tut. Ich hätte Ihnen gern den Gefallen getan.«

Zögernd gab er den Scheck zurück.

»Zwanzigfache Passage!« unterbrach ihn Warwick mit eisiger Ruhe. Er konzentrierte seine letzte Energie darauf, dieses Hindernis zu überwinden und sich doch noch erfolgreich durchzusetzen.

»Sie wissen doch genau, daß ein großes Aktienpaket unserer Reederei in den Händen der siamesischen Regierung und des Königs von Siam ist.«

»Vierzigfache Rate!«

Blitzschnell überlegte Warwick, daß er dieses Angebot bei seinen Barmitteln noch verdoppeln könnte, ohne in Schwierigkeiten zu geraten.

»Meine Stellung riskiere ich wegen einer solchen Geschichte nicht, selbst wenn Sie mir das Hundertfache und mehr bieten! Und wenn ich sage, daß ich es nicht tue, dann tue ich es auch nicht«, fügte Johannsen grob hinzu.

Damit war Warwicks Plan restlos gescheitert; aber er bewahrte äußerlich die Haltung.

Es hatte keinen Zweck mehr, noch länger mit dem Kapitän zu verhandeln. Deshalb verabschiedete er sich kurz und ging wieder zum Fallreep.

Doch nun machte sich der Blutverlust bemerkbar, und eine Schwäche überkam ihn. Bisher hatte ihn die Gewißheit aufrecht erhalten, daß Amarin in Sicherheit und geborgen war, wenn sie erst die »Manchuria« erreichten. Aber nun brach alles über ihm zusammen.

Die Passagiere betrachteten ihn neugierig, doch er ging an ihnen vorüber, ohne sie eines Blickes zu würdigen. Er riß sich zusammen und stieg mit letzter Kraft die Treppe zum Boot hinunter.

Fast wäre er ins Wasser gefallen, denn gerade in dem Augenblick, als er einsteigen wollte, senkte sich das Boot in ein Wellental.

Er trat fehl und hielt sich mit Mühe an dem Kabinenaufbau fest.

34

Evelyn schaute dem Wagen ihres Onkels nach, als er in schnellem Tempo davonfuhr.

Es beunruhigte sie stark, daß Ronnie noch nicht gekommen war, und auch der Einbruch erschien ihr sehr merkwürdig.

Schließlich rief sie den Boy, um mit ihm zur Garage zu gehen. Bevor sie sich auf den Weg machte, steckte sie zur Sicherheit eine Browningpistole ein.

Als sie hinkam, fand sie den Chauffeur und mehrere Angestellte der Firma, wie sie den Wellblechschuppen und dessen Umgebung nach neuen Spuren und Anhaltspunkten durchsuchten.

Beim Schein des elektrischen Lichtes sah sie die schmale, dünne Blutspur. Da sie aber nichts Besonderes feststellen konnte, kehrte sie wieder zum Hause zurück. Die Einsamkeit bedrückte sie schwer, und traurige Gedanken kamen über sie.

Die große, altmodische Standuhr im Speisezimmer schlug mit langsamen, eigentümlich summenden Schlägen die zehnte Stunde.

Als Evelyn wieder auf die Veranda hinaustrat, schrak sie zusammen. Der Hauch eines unhörbaren Flügelschlags berührte gespenstisch ihr Gesicht, und sie sah deutlich einen Fliegenden Hund, der auf der Veranda hin und her flog und sich gegen den hellen, mondklaren Himmel abhob.

Gleich darauf fuhr ein Auto durch ein Tor in der Umfassungsmauer und bog zur Auffahrt ihres Hauses ab. Unheimlich wie zwei große, glühende Augen leuchteten die Scheinwerfer, die mit blendenden Lichtkegeln die Veranda abtasteten. Sollte etwa Onkel Gregory schon zurückkommen? Sie hatte sich doch gerade gefreut, daß er abgefahren war, weil sie dann Ronnie ungestört sprechen konnte.

Draußen sprang jemand auf den mit Steinplatten belegten Weg und schlug die Wagentür laut und dröhnend zu. Nein, Onkel Gregory konnte das nicht sein, er war nicht so heftig.

»Wer ist da?« fragte sie rasch und drehte das Licht auf der Treppe und der Veranda an.

»Hier Ronnie! Gefechtsbericht direkt von der Front!«

»Komm sofort herauf und schreie nicht so laut da unten«, erwiderte sie mit gedämpfter Stimme. »Drehe aber vorher die Scheinwerfer ab!«

Mit wenigen Sätzen stürmte er die Treppe hinauf. Seine melancholische Stimmung war wieder verflogen, als er Evelyn sah. Auf ihren Wink nahm ihm der Boy den Tropenhut ab, den er trotz der späten Stunde noch trug.

»Hast du gute Nachrichten?« fragte sie schnell, als der Boy nach unten gegangen war.

»Melde gehorsamst: Plan vorzüglich geklappt, Feind auf der ganzen Linie geschlagen«, entgegnete er, schlug die Hacken zusammen und hob militärisch grüßend die Hand.

»Ronnie, bitte, laß den Unsinn! Ich will wissen, was geschehen ist.«

»Bitte tausendmal um Entschuldigung.« Er grüßte wieder militärisch.

»So erzähle doch endlich!«

»Warwick mit Prinzessin kurz nach acht in Motorboot Richtung Insel Ko-si-chang abgefahren. Ich selbst habe Kommando über Autofuhrpark übernommen und mich befehlsgemäß auf Operationsbasis zurückgezogen.«

»Jetzt übernehme ich das Kommando und verbiete dir diesen Unfug! Kannst du denn niemals vernünftig sein, Ronnie? Sprich doch ordentlich und in zusammenhängenden Sätzen!« rief sie verzweifelt.

Der Boy brachte Whiskysoda.

Ronnie setzte sich in einen Korbsessel, schlug die Beine übereinander und lehnte sich behaglich zurück.

»Also höre. Nach unserem Plan sollte ich doch am Kanal in der Nähe des Palais Akani Punkt halb sieben einige Leuchtkugeln abbrennen, um die Aufmerksamkeit der Wachtposten abzulenken. Ich hatte mir auch Raketen besorgt, um einen größeren Effekt zu erzielen und auf die Leute noch mehr Eindruck zu machen.

Mit meinem Boy war ich rechtzeitig zur Stelle – als die Sache aber anfangen sollte, hielt dieser Strolch gleich die erste Rakete schief, weil er Angst hatte, daß sie ihn beißen könnte. Ich hatte die Zündschnur schon angesteckt. Das Ding ging los und fuhr in das Attapstrohdach eines Brennholzschuppens, der in der Nähe stand und auch noch zum Palais Akani gehört. Und ehe wir uns versahen, loderte der Kasten in hellen Flammen.

Da blieb weiter nichts übrig, als einfach Reißaus zu nehmen und Fersengeld zu zahlen. Ich habe sogar den schönen Kram im Stich lassen müssen, und dabei wollte ich doch ein ebenso herrliches Feuerwerk machen, wie ich es hier bei Leichenverbrennungen gesehen habe. Was sonst noch passiert ist, kann ich nicht sagen, weil ich ja dann mit dem Motorboot den Kanal zum Menam hinunterfahren mußte. Der Parole gemäß kam ich um dreiviertel acht in Paknam an. Bei der Zollstation wollten sie mich nicht durchlassen, und es gab einen ärgerlichen Aufenthalt. Fast zehn Minuten kam ich zu spät, aber es klappte schließlich doch noch alles.«

Evelyn war froh, daß sie wenigstens soviel von Ronnie erfahren hatte.

»Wie ging es denn Warwick? War in zuversichtlicher Stimmung?«

»Das könnte ich nicht behaupten – er war kratzig wie die verrosteten Zähne einer alten Baumsäge.«

»Was soll denn das heißen? Ich muß gestehen, daß ich deiner poetischen Ausdrucksweise nicht ganz folgen kann.«

»Ich hatte doch den großartigen Plan, die Prinzessin selbst auf den Dampfer und in Sicherheit zu bringen. Der Sterndeuter hat auch gesagt, daß ich sie retten würde. Aber Warwick hat mich einfach am Ufer stehen lassen und ist mit ihr davongefahren.«

»Es war aber doch von Anfang an nicht anders verabredet, Ronnie!«

»Zu Befehl, dann muß ich eben alles zurücknehmen.«

Evelyn schüttelte den Kopf.

»Wann sind sie denn von Paknam weggekommen?«

»Um acht Uhr zwölf.«

»Und was hast du inzwischen angestellt? Es ist doch jetzt gleich halb elf!«

»Ich habe militärischen Beobachtungsposten bezogen, um weiteren Verlauf unserer Expedition zu beobachten.«

Evelyn seufzte. Mit Ronnie war nichts anzufangen.

»Wie hast du denn das gemacht?« fragte sie resigniert.

»Ich bin mit dem Auto an eine freie Stelle der Küste gefahren, wo ich genug Übersicht über das Ufer und Ausblick übers Meer nach Ko-si-chang hatte. Dort kletterte ich auf die Rücklehne der Sitze und verfolgte das Motorboot mit dem Feldstecher.

Zuerst ging es auch ganz gut, aber dann verschwand es hinter einer Insel, und ich konnte es nicht mehr sehen. Dafür fuhr aber die ›Manchuria‹ ziemlich langsam an Paknam vorbei. Sie kam glatt über die Barre. Gegen neun Uhr stiegen dann draußen im Golf zweimal rote Leuchtkugeln auf, worauf der Dampfer ein rotes bengalisches Licht auf der Kommandobrücke setzte und die Fahrt verlangsamte.«

»Er hat also den dänischen Dampfer anhalten können«, sagte Evelyn erlöst.

»Das will ich meinen«, bestätigte Ronnie.

»Warum hast du mich denn aber so lange warten lassen? Du solltest mir doch sofort Nachricht geben.«

»Mit strategischer Vorsicht trat ich den Rückmarsch an, um den Überbringer dieser wichtigen Nachricht nicht zu gefährden. Ich kenne nämlich die Wege nicht so gut und bin zweimal auf falsche Straßen geraten. Draußen gibt es keine Wegweiser – deshalb muß ich dich untertänigst bitten, die Verspätung zu entschuldigen.«

»Wenn ich nur noch mehr erfahren könnte«, sagte Evelyn unruhig.

Sie hatte kaum auf Ronnies Erklärung gehört und ging nervös auf und ab.

»Da mich das Schicksal nun einmal zu deinem Adjutanten abkommandiert hat, werde ich befehlsgemäß sofort weitere Nachrichten einholen.«

Ronnie eilte zum Telefon.

Evelyn folgte ihm etwas verwundert und besorgt, da sie nicht wußte, was er vorhatte. Bei Ronnies Unternehmungen mußte man immer auf Überraschungen gefaßt sein. Hastig nannte er eine Nummer, fragte dann nach Pra Upatet und erkundigte sich, ob etwas Neues vorgefallen sei. Evelyn konnte aber aus der Unterhaltung nichts entnehmen.

»Die alte Walnuß hat doch glücklich wieder alles ausgeplappert!« rief Ronnie aufgeregt, nachdem er den Hörer aufgelegt hatte. »Ich habe im Palastministerium selbst angerufen. Gegen Warwick und die Prinzessin ist eben Haftbefehl erlassen worden! Jetzt verstehe ich, warum der gute Junge mich nicht mit ihr fahren ließ! Er wollte mich nicht in Gefahr bringen!«

Ronnie überlegte einen Augenblick.

»Ich muß sofort zu Pra Upatet und ihn darüber aufklären, daß Warwick vollkommen unschuldig ist. Wie die Leute auf einen so irrsinnigen Verdacht kommen können, ist mir schleierhaft. Die müssen mindestens ein Dutzend Moskitonetze vor den Augen haben!«

35

Am selben Abend fand im Palastministerium zwischen Surja und Murapong eine erregte Auseinandersetzung statt.

»Du bist vollständig umgefallen«, sagte Surja heftig. »Erst gibst du mir recht, und nachher willst du überhaupt von nichts mehr wissen.«

»Du bist ein wenig zu hitzig, mein Junge. Immer willst du mit dem Kopf durch die Wand rennen. Warte doch ab, mit der Zeit werden wir die verhaßten Farangs schon klein kriegen.«

Surja wollte nichts davon hören, er lebte sich immer tiefer in seinen Haß hinein, denn alles war verkehrt gegangen.

Krabu hatte sich an diesem Tage nicht wieder gemeldet, was die Wut des Prinzen nur noch steigerte. Was machte der Kerl nur? Er hätte doch Warbury längst auflauern und erledigen können, wenn er wirklich gewollt hätte. Der Farang war in der Hauptstadt bekannt wie ein bunter Hund und leicht zu fassen. Aber Krabu hatte seine hundert Tikal in der Tasche und dachte gar nicht mehr daran, seinen Geheimauftrag auszuführen. Der Lump lag jetzt wahrscheinlich auf einer Pritsche in irgendeiner Opiumkaschemme. Auf keinen Menschen konnte man sich mehr verlassen!

Mit Murapong war auch nichts anzufangen, denn nach der Audienz beim König war ihm der Schrecken in alle Glieder gefahren, und er hatte Angst um seinen Ministerposten.

Surja erhob sich und schnallte seinen Säbel um. Er hielt es für überflüssig, noch länger zu bleiben.

Als er gerade gehen wollte, klingelte das Telefon.

Murapong nahm den Hörer ab.

»Ja – selbst am Apparat – ein Radiotelegramm von Bord der ›Manchuria‹?... Langsam diktieren!... Palastministerium, Prinz Murapong. – Prinzessin Amarin und Warbury kamen heute neun Uhr mit Motorboot zur ›Manchuria‹ stop beabsichtigten Reise nach Singapur stop auf meine Vorstellungen hat Kapitän Aufnahme an Bord verweigert stop beide mit Motorboot Richtung Ko-si-chang abgefahren. Pia Worak.«

Surja trat erregt näher.

Murapong hatte die Worte laut wiederholt und mitgeschrieben. Nun reichte er seinem Neffen das Blatt.

»Das ist ja unglaublich«, rief Surja wild und warf seine Mütze auf den Tisch, so daß sie über die Platte wegglitt und auf der anderen Seite zu Boden fiel. Dann stieß er mit dem Säbel auf den Boden, daß es klirrte.

»Poltern und Fluchen ist jetzt sehr überflüssig.«

»Wirst du nun endlich handeln, nachdem es zu spät ist?« fragte Surja spöttisch.

»Das Telegramm ändert die Lage allerdings vollkommen. Ich glaube, in diesem dringenden Fall kann ich es wagen, dem König sofort Vortrag zu halten.«

Murapong nickte befriedigt. Es war immer gut, abzuwarten, wie sich die Dinge entwickeln würden, und nicht voreilig zu handeln.

Eine bessere Rechtfertigung für die Schritte, die er unternommen hatte, konnte er sich kaum wünschen.

* * *

Auf der Haupttreppe des Dusitpalastes begegnete Murapong dem Tempelschüler Nen Vinai, der von einem Kammerdiener nach unten geleitet wurde. Es fiel ihm sofort auf, daß der junge buddhistische Mönch das gelbe Ordensgewand in anderer Weise um die Schultern geschlungen hatte als siamesische Priester. Es mußte also ein Mönch aus einem fremden Lande sein.

»In welcher Stimmung befindet sich Majestät?« fragte Murapong den Adjutanten im Vorzimmer.

Der Offizier zuckte die Schultern.

»Das Barometer steht auf Sturm. Über den Brief, den der Bote aus Ceylon gebracht hat, scheint sich der König furchtbar geärgert zu haben. Er ist ganz außer sich, niemand kann es ihm recht machen.«

Murapong wäre am liebsten wieder umgekehrt, aber das war unmöglich, da er sich angemeldet hatte.

Als sich die Tür zum Arbeitszimmer öffnete, stand der König an einem Fenster. Seine Hände spielten nervös mit einem Brieföffner, und in seinem Gesicht zuckte es wie Wetterleuchten.

Murapong hielt es für geraten, sich so kurz wie möglich zu fassen.

»Mr. Warbury hat Prinzessin Amarin aus dem Palais Akani entführt«, begann er.

»Wer sagt das?« unterbrach ihn Rama heftig.

»Es ist eben eine Radionachricht bei mir eingetroffen. Die beiden Flüchtlinge sind im Golf vom Dampfer ›Manchuria‹ auf einem Motorboot gesichtet worden. Ich erbitte Erlaubnis zur Ausstellung eines sofortigen Haftbefehls gegen beide.«

»Wo ist das Telegramm?« herrschte der König den Palastminister an.

Murapong reichte es ihm schweigend.

Sprachlos starrte Rama auf die Worte nieder, denn diese Handlungsweise hatte er Amarin nicht zugetraut. War es möglich, daß er sich so sehr in ihr getäuscht hatte? Mit Güte hatte er den Fall beilegen wollen, und das war nun der Dank für seine Rücksicht! Die in ihm schlummernde tigerhafte Wildheit erwachte plötzlich, als er sah, daß man seine Milde und seinen guten Willen nicht beachtete.

»Gegen Prinzessin Amarin gebe ich dir freie Hand.«

In seinen Zügen lauerten Wut und Heimtücke, und seine Finger krampften sich um den kostbaren Brieföffner, so daß er zerbrach. Die Stücke fielen zu Boden, ohne daß er es merkte. Erregt ging er mehrere Male hin und her und blieb dann vor Murapong stehen.

»Die hinterlistige Flucht soll ihr teuer zu stehen kommen! Ich wünsche schärfste Bestrafung«, stieß er zwischen den Zähnen hervor.

Murapong traute seinen Ohren nicht. Niemals hatte er einen so plötzlichen Umschwung erwartet.

Aufs neue ging Rama mit heftigen Schritten im Zimmer auf und ab. Schließlich trat er an den Schreibtisch und reichte dem Palastminister schweigend einen Brief.

Aus der Unterschrift ersah Murapong, daß das Schreiben vom Prinzen Akani kam, und nachdem er den Inhalt schnell überflogen hatte, verstand er den Zorn des Königs. Akani lehnte den Vorschlag, nach Bangkok zurückzukehren, entschieden ab.

»Als ob die ganze Familie mich verhöhnen wollte! Der Vater schützt religiöse Pflichten vor – natürlich will er nur noch größere Vorteile für sich herausschlagen! Er glaubt wohl, daß ich ihn kniefällig bitte, hierher zurückzukommen! Aber wenn er die Hand zurückstößt, die ich ihm reiche, soll er meine Macht fühlen!«

* * *

Triumphierend betrat Murapong sein Arbeitszimmer.

»Jetzt haben wir sie«, sagte er zu Surja, der im Palastministerium auf ihn gewartet hatte. »Die Haftbefehle sind vom König genehmigt. Ich komme eben vom Justizministerium, das die beiden Steckbriefe an sämtliche Dienststellen durch Funkspruch weitergegeben hat.«

Surja erhob sich von dem Tisch, an dem er geschrieben hatte. Er hielt einen Bogen in der Hand und las seinem Onkel vor, was er aufgesetzt hatte.

»Geheimer Befehl an die Kommandanten der Torpedobootstationen im Golf von Siam. Prinzessin Amarin und Warwick Warbury sind im Motorboot nach Insel Ko-sichang geflohen. Das ganze Küstengebiet bis Chantaburi im Osten und Patani im Westen ist abzupatrouillieren, die Flüchtlinge sind festzunehmen. Erfolgte Verhaftung sofort an Kommandanten der Torpedobootflottille nach Bangkok melden. Prinz Surja, Kommandeur.«

»Kannst du denn diesen Befehl ohne Genehmigung des Marineministers herausgeben?« fragte Murapong etwas verwundert. »Ich würde dir doch raten, erst der Form zu genügen und dich mit ihm in Verbindung zu setzen. Die Zustimmung erhältst du unter diesen Umständen doch sofort.«

»Nein, dadurch wird zuviel kostbare Zeit verloren. Die Torpedobootsperre kann er nicht durchbrechen. Ich schicke erst den Befehl ab, das andere hat Zeit bis nachher. Damit haben wir ihnen den Weg aufs Meer nach Süden und nach Singapur abgeschnitten.«

36

Vergeblich hatte sich Evelyn bemüht, Ronnie zurückzuhalten. Er war unberechenbar, und sie fürchtete, daß er in seinem Übereifer nur Unheil bei Pra Upatet anrichten würde.

Der Haftbefehl verschärfte die gefährliche Lage plötzlich noch viel mehr. Auch der Gedanke, daß Warwick längst an Bord der »Manchuria« und außerhalb der Reichweite der siamesischen Gesetze sein mußte, gab ihr wenig Trost.

Um über ihre innere Unruhe hinwegzukommen, versuchte sie sich zu beschäftigen. Wieder nahm sie den Browning, der neben ihr auf dem Tisch lag, aus der Ledertasche, rief den Boy und machte eine Runde um die mächtigen, gemauerten Pfeiler, auf denen das ausgedehnte Haus ruhte.

Dicht bei dem großen Wasserreservoir hörte sie Schnarchtöne, und als sie um die Ecke bog, sah sie, daß der weißgekleidete indische Wachtmann friedlich auf einer Kiste saß und sich an den eisernen Tank lehnte. Er war fest eingeschlafen.

Der Boy wollte ihn wecken, aber sie hinderte ihn daran.

Von der Nutzlosigkeit all ihrer Unrast überzeugt, stieg sie in trüber Stimmung wieder zur Veranda hinauf. Vor eineinhalb Stunden würde Onkel Gregory nicht zurückkommen – wie sollte sie nur bis dahin die Zeit verbringen?

Mechanisch zählte sie ihre Schritte, während sie auf und ab ging, aber unzufrieden mit sich selbst, blieb sie schließlich stehen. Eine Fliegerin durfte doch auch in einer katastrophalen Lage nicht nervös werden und den Kopf verlieren!

Aber schon nach fünf Minuten nahm sie ihre Wanderung wieder auf. Worauf wartete sie eigentlich? Onkel Gregory konnte ihr doch auch nichts Neues berichten oder ihr helfen! Aber es war dann wenigstens ein Freund in der Nähe. Sollte sie ihn ins Vertrauen ziehen – Was würde er dazu sagen, daß Warwick mit Amarin geflohen war? Wahrscheinlich würde er furchtbar empört über ihn sein.

Am Vormittag hatte sie in der Eile und Aufregung keine Zeit mehr gehabt, mit Warwick über weitere Pläne zu sprechen. Sie wußte nur zu gut, daß er nach dem Gebot des Augenblicks handeln mußte und sich an kein Programm binden konnte.

Sicher wollte er Amarin in Singapur auf den Postdampfer nach Europa bringen und dann zurückkehren. Aber inzwischen hatten sich die Ereignisse hier derartig überstürzt, daß sie die Ausführung dieser Absicht vereitelten. Der Haftbefehl und der unvermeidliche Skandal machten Warwicks Stellung in Bangkok unmöglich. An eine Rückkehr nach Siam war vorläufig nicht zu denken. Warwick liebte Amarin leidenschaftlich. In Singapur erfuhr er bestimmt, daß ihm der Aufenthalt in Bangkok nun versagt war. Würde er sich unter diesen Umständen von ihr trennen?...

Sie blieb am Tisch stehen und grübelte.

Sollte sie nicht der »Manchuria« mit ihrem Flugzeug nach Singapur vorauseilen, um im entscheidenden Augenblick bei ihm zu sein? Aber um solche Entschlüsse fassen zu können, mußte sie positive Nachrichten abwarten, und bis dahin hatte es auch keinen Zweck, Onkel Gregory einzuweihen.

Die Zeit schlich unerträglich langsam vorwärts. Es war erst kurz nach elf.

Evelyn ging zum Schalter und drehte das Licht auf der Veranda aus, dann trat sie an das Geländer und schaute in die mondhelle Tropennacht hinaus.

Draußen zirpten die Grillen so schrill, daß die Luft schwirrte. Plötzlich brach der ohrenbetäubende Lärm ab, und es folgte eine unheimliche Stille. Aber kurz darauf setzte der ganze Chor mit unverminderter Kraft aufs neue ein.

Warwicks Haus lag am anderen Ende des Grundstücks. Sie konnte von ihrem Platz aus den vorderen Teil des Gebäudes mit der Veranda erkennen. Als sie genauer hinübersah, glaubte sie anfangs sich zu täuschen. Aber hatte sie nicht eben das Geräusch eines Motors gehört? Und bewegten sich nicht dort unten am Ufer Gestalten?

Sie rief den Boy zu sich, und da sie sich unsicher fühlte, holte sie die Browningpistole.

Zwei Leute kamen näher, ein Mann und eine Frau. Was suchten die beiden hier zu so später Stunde?

»Nai Warbury!« flüsterte der Boy.

Nun erkannte sie Warwick auch.

»Mache Licht!« rief sie dem Boy zu und eilte die Treppe hinunter.

Sie war so erregt, daß sie zuerst nicht sprechen konnte; sie faßte nur Warwicks Hände und drückte sie.

»Der Kapitän der ›Manchuria‹ hat uns nicht mitnehmen wollen«, sagte er matt und niedergedrückt.

Evelyn stand einen Augenblick wie versteinert, aber dann raffte sie sich zusammen.

»Unsere Flucht scheint schon bekannt zu sein.«

Evelyn reichte jetzt auch Amarin die Hand, aus deren Augen Verzweiflung und Hoffnungslosigkeit sprachen. Vorher hatte sie tiefe Bitterkeit gegen die Prinzessin erfüllt, aber jetzt sah sie nur einen armen, gehetzten Menschen vor sich, und starkes Mitleid erwachte in ihr.

»Verlieren Sie den Mut nicht«, sagte sie freundlich. »Bestimmt finden wir einen anderen Weg, Sie ins Ausland zu bringen. Kommen Sie bitte mit nach oben, damit Sie sich ausruhen und stärken können.«

Die Worte klangen so herzlich, daß Amarin sofort Vertrauen zu ihr faßte, obwohl sie sich vorher vor dieser Frau und der Begegnung mit ihr gefürchtet hatte.

»Ist Breyford nicht zu Hause?« fragte Warwick schnell.

»Er kommt erst spät, er ist zu dem Gesandten gefahren. Wir wollen nach innen gehen, auf der Veranda können wir zu leicht beobachtet werden«, schlug Evelyn vor, als sie die Treppe hinaufstiegen.

Sie erschrak heftig, als sie im hellen Licht des Speisezimmers Warwicks fahle Gesichtsfarbe, den müden, ausdruckslosen Blick seiner Augen und seine eingefallenen Wangen sah. Auch Amarin war völlig erschöpft.

Auf Evelyns Wink brachte der Boy ein großes Glas Brandy für Warwick. Sie selbst ging zum Büfett und schenkte für Amarin Rotwein ein, dem sie ein Stärkungsmittel und etwas Kognak beimischte.

Der Trank belebte beide wieder zusehends und gab ihnen neue Kräfte.

Inzwischen bereitete der Boy in aller Eile eine Mahlzeit. Evelyn wollte den Koch nicht einweihen, und sie wußte, daß sie dem Boy trauen konnte. Er war schon über zehn Jahre in seiner Stellung.

»Warwick, lege doch die schwere Lederjacke ab«, sagte sie besorgt.

»Er ist verwundet«, rief Amarin ängstlich und erhob sich rasch, um ihm behilflich zu sein.

»Was ist denn geschehen?« fragte Evelyn bestürzt. Auch sie sprang auf, prallte aber zurück, als sie die großen Blutflecken auf seinem weißen Rock sah.

Sofort eilte sie in ihr Zimmer und holte Leinen und Medikamente, während der Boy eine Schüssel mit lauwarmem Wasser brachte. Dann verband sie Warwick. Amarin half, so gut sie konnte, und auf Evelyns Fragen berichtete sie kurz von dem Überfall bei der Garage.

Wenn die Fleischwunde auch nicht gefährlich war, so überlegte Evelyn doch, daß Warwick in der Nacht noch schwere Strapazen bevorstanden. Sie mußte ihm ein starkes Mittel geben, das ihn wieder belebte und seine Energie auf der Höhe hielt.

Kurz darauf servierte der Boy das Essen.

»Die Rückfahrt von der ›Manchuria‹ muß sehr anstrengend und deprimierend gewesen sein«, sagte Evelyn und sah Warwick fragend an. Sie hätte gern Einzelheiten darüber erfahren.

»Nach der schroffen Ablehnung des Kapitäns wäre uns nur der tollkühne Versuch übriggeblieben, aus eigner Kraft Singapur oder einen anderen südlichen Hafen zu erreichen«, erwiderte Warwick. »Dazu brauche ich aber das große, seetüchtige Motorboot unserer Firma, das hier in der Nähe meines Bungalows verankert liegt. Trotz der drohenden Gefahr, daß wir entdeckt und verhaftet werden konnten, mußten wir zur Hauptstadt zurückkehren.

Wir benützten den Kanal Muanglong, der dem Menam parallel läuft, denn an der Zollstation in Paknam hätten wir nicht vorbeifahren dürfen. Dort wären wir unweigerlich angehalten worden. Die einsetzende Flut brachte uns vorwärts, und schon nach zwei Stunden kamen wir in Bangkok an.«

Evelyn sah zu Amarin hinüber, die sie sich eigentlich ganz anders vorgestellt hatte, und deren zurückhaltendes, fast scheues Wesen anziehend auf sie wirkte. Sie bewunderte das feine Profil, die dunklen, samtweichen Augen, und sie verstand, daß diese seltene Schönheit Warwick gefesselt hatte. Für Amarin bedeutete es sicher eine schwere Demütigung, daß sie in diesem hilflosen Zustand gerade zu ihr kommen mußte. Aber Evelyn wollte alles tun, um ihr darüber hinwegzuhelfen.

Mit Befriedigung bemerkte sie, daß Warwick und die Prinzessin von den Speisen nahmen. Sie überlegte fieberhaft, wie Sie den beiden helfen könnte.

Der erste Fluchtversuch war mißglückt und der alte Plan zusammengebrochen. Auf Warwicks Zähigkeit und Energie konnte sie rechnen, aber er war durch die Verwundung geschwächt. Sie selbst war dagegen noch konzentriert und frisch – sie mußte jetzt die Leitung übernehmen.

Auf ihren Rat gingen alle nach dem Essen zu Warwicks Bungalow hinüber, weil sie es dort für sicherer hielt. Es war immerhin möglich, daß Breyford doch früher zurückkehrte, und wie er sich in dieser Lage verhalten würde, konnte man nicht wissen. Sie wollten sich durch ihn in ihren Plänen und in ihrer Handlungsfreiheit nicht behindern lassen.

Auf dem Wege beruhigte sie Amarin, die wieder etwas zuversichtlicher geworden war. Die weiteren Pläne wollte sie mit Warwick allein besprechen, während sich die Prinzessin durch einen kurzen Schlaf stärken sollte.

Evelyns aufopfernde Fürsorge, ihr souveräner Wille und ihre überlegene Großzügigkeit gaben Amarin ein ähnliches Gefühl der Sicherheit, wie sie es in Warwicks Nähe empfand, und sie fügte sich gern ihren Anordnungen.

Den Boy, auf den sie sich unbedingt verlassen konnten, nahmen sie mit, damit er Warwicks Diener helfen sollte, den nötigen Proviant herzurichten und zu verpacken.

Als Amarin sich gelegt hatte, breitete Evelyn eine große Spezialkarte von Südsiam und den angrenzenden Gebieten auf dem Tisch aus.

»Diesen Weg machen wir«, sagte Warwick und zeigte ihr die Route, die er nach Singapur einschlagen wollte.

»Nein, das geht nicht«, erwiderte sie entschieden. »Vorhin habe ich dir nicht widersprochen, um Amarin nicht noch mehr zu verwirren. Nach Singapur sind es weit über tausend Kilometer, und die Gefahren einer solchen Reise in einem kleinen Motorboot sind zu groß, selbst wenn es noch so seetüchtig ist.«

Sie überlegte, und plötzlich kam ihr ein guter Gedanke, den sie ihm auch sofort auseinandersetzte.

Schweigend hörte er ihr zu, aber ihre ruhige, abwägende Art und ihre ungetrübte, klare Urteilskraft überzeugten ihn.

37

Im Menam stockte die Strömung. Die Flut staute sich und stand dicht vor ihrem Höhepunkt.

Das große, seetüchtige Motorboot fuhr stromauf und glitt mühelos durch das gelbgraue Wasser des Flusses.

Warwick und Amarin saßen in der Führerkabine. Noch vor Tagesanbruch mußten sie die Mündung des Meklong-Flusses erreichen, um dort ungesehen ein Versteck für das Boot am Ufer zu suchen. Durch den breiten Klong Bangkok Noi konnten Sie in zwei, höchstens drei Stunden in den Meklong-Fluß kommen und an ihr Ziel gelangen.

Evelyn wollte sie am Morgen mit ihrem Flugzeug dort abholen. In einer knappen Stunde hofften sie dann, über die großen Gebirgsketten zu entkommen und jenseits der birmanischen Grenze niedergehen zu können.

Die Fahrt durch die Hauptstadt war ein verwegenes Wagstück.

Warwick hatte alle Lichter in der Kabine gelöscht, um nicht erkannt zu werden, und Amarin hielt eine Taschenlampe, mit der sie das Schaltbrett, die Apparate und die Steuerung beleuchtete, wenn es erforderlich war. Auch die äußeren Lampen waren halb abgeblendet. Erst bei der Einfahrt in den Kanal schaltete er volles Licht ein.

Trotz der späten Stunde – die Uhr zeigte halb eins – war die große Wasserstraße noch reichlich belebt. Die schwimmenden Kaufladen an den Ufern strahlten fast alle noch in hellem Lampenschein, und viele kleine Boote pendelten zwischen ihnen hin und her.

Links und rechts vom Kanal ragten zahlreiche Tempel, deren goldene Zieraten und Türme im weißen Mondlicht gleißten. Wie Zauberinseln leuchteten diese Bauten zwischen weitausgedehnten, flachen Reisfeldern auf.

Aber Warwick und Amarin sahen diese Schönheiten nicht. Von innerer Unruhe erfüllt, strebten sie nur vorwärts, ihrem Ziel entgegen. Weiter und weiter fuhr das Boot ins Land hinein, spärlicher wurden die Häuser und Wohnungen am Ufer.

Soweit das Auge reichte, zog sich die breite, fruchtbare Menamebene hin. Bambusgebüsche mit schlank aufstrebenden Rohren erhoben sich ab und zu am Ufer und unterbrachen das eintönige Bild der Landschaft. Der Nachtwind spielte mit den langen, geschwätzigen Blättern, die wie blaßgrüne Schleier in zartem Licht rieselten.

Nur in gewissen Abständen kamen sie an vereinzelten Dörfern vorüber, und das ungewohnte Geräusch des Motors weckte dann die Hunde und ihr wütendes Geheul.

Die Fahrstraße wurde allmählich enger. Die Motorschraube saugte Wasser an, und mit dem Boot fegte eine Flutwelle durch den Kanal, die fortschreitend an den Ufern emporkletterte. Die kleinen, dort befestigten Boote wurden hin und her geschleudert. Einige füllten sich mit Wasser und sanken.

Am Ende eines Dorfes tauchten plötzlich in dem Lichtkegel des Scheinwerfers die Trümmer einer zusammengebrochenen Brücke auf, die die Durchfahrt versperrten. Warwick stoppte gerade noch rechtzeitig, und Amarin fuhr entsetzt in die Höhe.

Da sie schon mehr als eine halbe Stunde im Kanal zurückgelegt hatten, konnte ihnen dieses Mißgeschick zum Verhängnis werden, denn sie mußten nun zurück und einen neuen Weg suchen. In dem engen Kanalbett war es unmöglich, zu wenden, und kostbare Zeit ging verloren, weil sie bis zu einer breiteren Stelle rückwärts fahren mußten.

Amarin erkannte die Gefahr und legte ihren Arm um Warwicks Schulter. Ihre Bliche trafen sich für eine kurze Sekunde, und er nickte ihr ermutigend zu.

Noch stand die Flut, noch war für den »Delphin« genügend Tiefe in den Kanälen, aber in einer halben Stunde begann das Wasser zu fallen, erst langsam, dann immer schneller. Und wenn die Ebbe sie überraschte, würden sie rettungslos im Schlamm steckenbleiben. Das große Boot würde dann unweigerlich bei Tagesanbruch von den Bauern entdeckt werden, und sie würden verloren sein.

Die Fahrt durch den Kanal Bangkok Noi hätte sie direkt in den Meklong-Fluß gebracht, ohne daß sie den Golf von Siam berührten, aber nun war Warwick gezwungen einen anderen Weg nach Süden zu wählen. Noch zur Flutzeit mußte er das offene Meer gewinnen und an der Küste entlang fahren, bis er den vereinbarten Treffpunkt erreichte. Evelyn noch einmal aufzusuchen, war nun unmöglich geworden.

Blitzschnell überlegte er. Dann entschied er sich für den Kanal Hua Krabü, durch den er schon öfter gefahren war, und steuerte mit zäher Energie südwärts, dem aufspringenden Nachtwind entgegen.

Eine Dreiviertelstunde fuhren sie ohne weiteren Zwischenfall und Aufenthalt weiter und kamen gut vorwärts. Der Mond hatte den Zenit schon überschritten, als die Flut langsam zu fallen begann. Besorgt sah Warwick, wie das Boot an Geschwindigkeit zunahm, getrieben durch die Strömung des ablaufenden Wassers. Er verglich die Zeit mit der Fluttabelle. Hoffentlich hielt der Südwind an, der die Wassermassen in den Kanal hineindrängte und der eintretenden Ebbe entgegenwirkte.

Als ob Warwichs Wunsch in Erfüllung gehen sollte, nahm die Brise an Stärke mehr und mehr zu. Trotzdem wurde die Lage von Minute zu Minute kritischer. Schon ein paarmal hatte der Kiel den Grund leicht berührt.

Warwich biß die Zähne zusammen. Er mußte die Fahrt verlangsamen. Mühsam arbeitete sich das Boot weiter und weiter. Er erkannte die Gegend an den hohen Zuckerpalmen wieder, die am Ufer standen. Der Ausblick auf die Felder wurde jetzt durch den Dschungel versperrt, der dicht ans Wasser herantrat. Noch zehn Minuten – dann mußten sie an der Küste sein.

Immer häufiger stieß der Boden des Fahrzeugs auf Grund, immer langsamer und behutsamer steuerte Warwich. Endlich hörte er das Rauschen der Brandung, das das Heulen des Windes übertönte, aber im gleichen Augenblick lief das Boot fest. Sofort warf er den Hebel auf »Rückwärts«. Geräuschvoll hämmerte der Motor, und die Schraube wühlte Schaum und Schlamm auf. Aber der »Delphin« rührte sich nicht.

In diesem kritischen Augenblick durfte Warwick es nicht wagen, seinen Platz zu verlassen.

»Versuche abzustoßen«, rief er Amarin zu.

Schnell erhob sie sich, packte die große Enterstange und bot alle Kraft auf, um das Boot rückwärts zu bewegen. Verzweifelt mühte sie sich ab, aber all ihre Anstrengungen waren vergeblich.

Warwick konnte den Anblick nicht ertragen, sprang auf und half ihr. Kräftig stemmte er sich gegen das Ende der Stange, und langsam schob sich das Boot von der Sandbank, so daß sie wieder freikamen.

Er eilte zur Führerkabine zurück. Noch im letzten Moment erreichte er das Steuer und drehte schnell das Rad, sonst wären sie am anderen Ufer festgefahren.

Vorsichtig tastete sich Warwick den Kanal entlang, bis bei der letzten Biegung das offene Meer vor ihnen auftauchte.

Wie ein Tor öffnete sich die dichte, dunkle Dschungelwand nach der See; ein Windstoß fegte über das unruhige Wasser. Das Boot schaukelte in den Wellen, die sich vom Meer her in den Kanal wälzten.

Warwick warf einen Blick auf das Zifferblatt und seufzte. Zu der letzten kurzen Strecke hatten sie über eine halbe Stunde gebraucht, und die Flut fiel nun in immer schnellerem Tempo. Eine heftige Strömung zum Golf machte sich außerdem störend bemerkbar und hinderte ihn beim Steuern.

Endlich erreichten sie die Mündung des Kanals, aber plötzlich erschütterte ein schwerer Stoß das Boot in allen Fugen.

Unwillkürlich packte Warwick das Steuerrad fester.

Sie waren gegen ein hartes Hindernis angerannt. Bange Sekunden vergingen, und Warwick fürchtete schon, daß das Boot leck geworden sei. Da sie aber mit ganz geringer Eigengeschwindigkeit fuhren, hatte der Schiffsboden den Stoß ausgehalten.

Es mußte ein angeschwemmter Baumstamm oder ein alter verrotteter Kahn gewesen sein, der hier in der Fahrrinne gesunken war. Knirschend schob sich das Fahrzeug an dem Hindernis vorbei. Dann lag das offene Meer vor ihnen, und sie erreichten tieferes Fahrwasser.

Sehnlichst hatte Warwick vorher den Südwind herbeigewünscht, aber jetzt wurde aus einem Helfer ein Feind, der die Wellen hoch aufpeitschte. Er durfte nicht wagen, einfach an der Küste entlang nach Westen zur Mündung des Meklong-Flusses zu steuern.

Wieder standen sie vor unvorhergesehenen Schwierigkeiten. Entschlossen schaltete Warwick den Motor auf »Rückwärts«, so daß das Boot stoppte, und legte einen Hebel um. Vorne am Bug rasselte eine Kette, und der Anker schoß in die Tiefe.

Warwick überlegte einige Minuten, um eine Entscheidung zu treffen.

Amarin zeigte auf die Borduhr – es war schon zwei.

Er sagte sich, daß er erst anderthalb Stunden lang gegen Wind und Wellen nach Südsüdwest in den Golf hinausfahren und dann scharf in spitzem Winkel wenden mußte. So konnte er mit dem Wind die Mündung des Meklong-Flusses ansteuern. Ein Blick auf das Schaltbrett bestätigte ihm, daß er bis jetzt wenig Brennstoff verbraucht hatte. Und das Boot war noch in guter Verfassung.

Mit wenigen Worten erklärte er Amarin seinen Plan.

»Wir werden gegen schweren Seegang ankämpfen müssen, aber bleibe tapfer. Wenn das Boot auch noch so sehr hin und her geschleudert wird, wir erreichen doch unser Ziel! Ich bin schon oft bei rauhem Wetter und im Sturm mit dem ›Delphin‹ auf dem Meere gewesen.«

Sie nickte. Solange sie nur in seiner Nähe weilen konnte, fürchtete sie nichts.

Sofort legte er den Hebel herum. Ein Ruck – geräuschvoll wand sich die Ankerkette wieder um die Trommel. Im gleichen Augenblick ließ er den Motor an und fuhr hinaus in die sprühenden, spritzenden Wogen.

Der »Delphin« tanzte auf dem stark bewegten Wasser, nahm aber mutig seinen Weg vorwärts.

Die schäumenden Wellen jagten daher wie weiße Rosse mit langflatternden Mähnen. In voller Fahrt warf sich das Boot ihnen entgegen und kämpfte sich vorwärts. Hoch spritzte der Gischt auf, wenn der Kiel sich in die auftürmende Flut bohrte und dem wachsten Wellenberg entgegengetragen wurde.

In der geschlossenen Führerkabine saßen Amarin und Warwick sicher und geborgen, während die aufgewühlten Wassermassen über Vorder- und Hinterdeck spülten.

Noch schien der Mond klar und hell, aber im Süden stand drohend eine Wetterwand am Horizont, die sich langsam weiter vorschob. Eins der üblichen Nachtgewitter zu Beginn der Regenzeit zog auf.

Der Wind, der immer stärker wurde, brach die Kämme der Wogen und schleuderte den Gischt heftig gegen die Kajütenwand, so daß die Sicht sekundenlang unterbrochen war.

Die Wetterwand stieg höher und drohender empor, der Wind nahm an Gewalt zu, wurde zum brausenden Sturm und trug schwarze, turmhohe Wolken heran. Wild aufflammende ferne Blitze erleuchteten weite Himmelsräume.

Nach kurzer Zeit wurde der Anprall der Wogen so heftig, daß Warwick die Höchstgeschwindigkeit des Motors ein wenig verringern mußte.

Amarin schmiegte sich näher an Warwick. Sie hatte noch nie eine größere Fahrt mit einem Motorboot auf offener See gemacht. Von der niedrigen Bordwand gesehen, wälzten sich die Wellen gigantisch und drohend wie Ungeheuer heran.

Mühsam und rastlos arbeitete sich das Boot voran.

Sie hatte das Gefühl, als ob sie selbst gegen die andrängenden Wogen kämpfen müßte.

Wolkenschleier verdunkelten den Mond, der mehr und mehr zum westlichen Horizont niedersank. Von ferne rollte der Donner, aus dem schwarzgrauen Gewölk zuckten fahle Lichter, und schließlich brach das Wetter los. Ringsum breitete sich düstere Nacht.

Donnernd schlugen Wellen und Gischt gegen die starken Glasfenster der Kabine. Der Lärm war so gewaltig, daß sich die beiden nicht mehr durch sprechen verständigen konnten. Amarins Angst und Furcht wurden gemildert durch Warwicks Nähe. Wenn eine besonders drohende Woge heranrollte, klammerte sie sich fester an ihn. Ab und zu wandte er sich zu ihr und suchte sie durch einen liebevollen Blick zu trösten.

Er hatte keinen Anhaltspunkt mehr für die Navigation. Er konnte sich nur noch nach seinem Kompaß und nach seiner Uhr richten. Nach und nach löschte er sämtliche Bordlichter: nur die kleine, abgeblendete Lampe der Führerkabine beleuchtete die Instrumente und Apparate auf dem Bordbrett. Mit höchster Kraft arbeitete der Motor. Der Bug des Bootes wurde immer wieder steil in die Höhe gehoben und donnerte dann mit voller Gewalt auf die Meeresfläche nieder, so daß der weiße Gischt haushoch nach beiden Seiten spritzte.

Unausgesetzt schlugen die Kämme der Wogen gegen die starken, runden Glasscheiben in den festen Messingrahmen, und die Gefahr wuchs, daß die heranrollenden Wassermassen die Fenster eindrücken und das Boot überschwemmen würden. Die Temperatur im Innern stieg und wurde drückend. Aber es gingen schwere Regenmengen nieder, so daß es mit der Zeit wieder erträglicher und kühler wurde.

Dumpfe Schmerzen im Kopf und im Rücken quälten Amarin.

Warwick steuerte unentwegt nach Südsüdwest. Seine Hände hatten sich an dem Steuer festgesaugt. Langsam verging Minute um Minute in qualvoller Spannung.

Amarins Mut sank mehr und mehr. Die Schrecken dieser Nacht auf dem tosenden Meer erfüllten Sie mit Entsetzen und Grauen. Wahnsinnige Angst vor dem wilden, gellenden Aufheulen des Sturms packte Sie. In ihren Ohren klang es wie das Hohngelächter des Teufels Mara.

Warwick fühlte ihre Not. Für kurze Zeit stellte er das Steuer fest, legte den Arm um sie und zog sie an sich.

Aber aus dem unbarmherzigen Schwarz der Wasserwüste und den geisterhaft zischenden Schaumkämmen, die im Licht der Blitze aufleuchteten, sah sie visionär die Gestalt des sturm- und meergebietenden Buddha emporwachsen. Sie war aus Buddhas Gesetz geflohen! Deutlich stand diese Erkenntnis vor ihr.

Und nun wurden ihre Gedanken zu Worten – ihre Worte zu Bitten – ihre Bitten zum Gebet an Buddha, der Wind und Wellen mit erhobener Hand zur Ruhe gebracht hatte.

Sekundenlang zuckten zerrissene Blitze nieder und erleuchteten gespenstisch die weite Wasserwüste, in der die aufgepeitschten Fluten wie in einem Hexenkessel durcheinanderbrodelten.

Der Sturm wuchs zum Orkan, stärker und schrecklicher, als Warwick es je erlebt hatte. Der Motor arbeitete schwer und keuchend. Fast anderthalb Stunden waren vergangen, seitdem Sie die Küste verlassen hatten.

Er durfte nicht mehr wagen das Steuerrad auch nur einen Augenblick loszulassen. Nun mußte sich ihr Schicksal bald entscheiden. Er blickte auf Amarin nieder und drückte zärtlich ihren Arm, als ob er Abschied nehmen wollte. Sie öffnete die Augen, die sie geschlossen hatte, aber sie schien nichts zu erkennen.

Wenden!

Das war der gefährliche Moment, vor dem Warwick zitterte. In der scharfen Kurve packte die Wucht der feindlichen Wellen die Breitseite des Bootes. Wild stampfte und rollte das Fahrzeug, und wie ein Ball wurde es hin und her geschleudert.

Wieder und wieder hob sich die Schraube aus dem Wasser, und ein Beben ging durch den Rumpf, wenn sie sich ohne Hemmung in unheimlich hoher Tourenzahl in der Luft drehte.

Würde der »Delphin« diese außerordentliche Probe bestehen und nicht kentern?

Die Wogen hämmerten wild gegen die Wände der Kabine und schlugen donnernd über dem Dach zusammen. Gewaltige Wassermassen drückten das Boot nieder, so daß es fast unter ihnen begraben wurde.

Ängstlich lauschte Warwick in das Toben der Elemente. Jeden Augenblick konnte der Bootsrumpf von der Wucht der Wogen zerdrückt werden.

Warwick war darauf gefaßt, daß die Bordwände unter dem gewaltigen Anprall der erbarmungslosen Wellen nachgeben und die brodelnden Fluten eindringen würden.

Fast wünschte er, jetzt mit Amarin unterzugehen. Das wäre das Ende und der Ausweg aus allen Konflikten gewesen.

38

In der Nähe der Mündung des Meklong lag am Flußufer eine Gendarmeriestation. Ein junger Offizier, der erst vor kurzem aus der Hauptstadt hierher versetzt worden war, führte das Kommando, und die Funksprüche, die ihn spät am vergangenen Abend erreicht hatten, weckten seinen Tatendrang. Er war ehrgeizig und hatte die Absicht, sich auszuzeichnen. Hier bot sich nun eine günstige Gelegenheit, seinen Diensteifer zu beweisen.

Es war leicht möglich, daß sich die Flüchtlinge von Bangkok aus nach Westen gewandt hatten und in seinem Bezirk versteckt hielten. Verkehrswege bestanden im südlichen Siam ja nur aus Kanälen; Landstraßen gab es hier nicht. Und eine Flucht zu Fuß über die Reisfelder hatte keine Aussicht auf Erfolg.

Schon am frühen Morgen schickte er verschiedene Patrouillenfahrzeuge aus, um die umliegenden Kanäle abzusuchen. Drei Motorboote behielt er zur Reserve, vor allem das große neue, das mit Maschinengewehren ausgerüstet war, und mit dem er die Flußmündung und die Küste überwachte.

Während er in seinem Büro saß und Schriftstücke durchsah, kam der Funker der Station herein und überreichte ihm ein Telegramm.

»Warbury noch nicht verhaftet. Erhöhte Alarmbereitschaft in allen Küstenstationen angeordnet. Palastministerium setzt Geldprämie von tausend Tikal auf Ergreifung aus.«

Nach kurzer Überlegung ging er in das äußere Büro, teilte seinen Leuten die Nachricht mit und ließ alle drei Boote klarmachen. Er selbst bestieg das größte und fuhr langsam damit zum Meer, wo er in der Nähe der Mündung kreuzte.

* * *

Unter den überhängenden Wedeln großer Wasserpalmen lag der »Delphin« wohlverborgen in der Mündung des Meklong. Hell strahlte die Sonne. Noch währte die kurze Zeitspanne, in der der junge Morgen kristallklar über dem breiten Strom stand, und die brütende Hitze das Leben in der Natur noch nicht erschlafft hatte.

Mit Kühnheit und Geistesgegenwart hatte Warwick im Augenblick höchster Gefahr das Schicksal gemeistert, und das große Wagstück gelang, den »Delphin« im tosenden Orkan landwärts zu wenden. Um fünf Uhr, als der Morgen graute, passierte er die Barre vor dem Meklong und kam in stilleres Fahrwasser. Die Macht des Unwetters brach sich, als er den Fluß hinauffuhr und den gegen jede Sicht geschützten Ankerplatz fand.

Die Schrecken der furchtbaren Sturmnacht hatten Amarin zermürbt, und sie blieb still und in sich gekehrt. Nachdem die Luft sich erwärmt hatte und die Kleider getrocknet waren, kam die Reaktion auf die aufregenden Stunden. Sie wurde müde und legte sich in der kleinen Kabine nieder. Auch Warwick konnte sich bis zu Evelyns Ankunft noch einige Stunden Ruhe an Deck gönnen.

Das Ufer war hier mit undurchdringlichem Gestrüpp bewachsen, und große Palmwedel wölbten sich über dem Boot, so daß es wie in einer natürlichen Höhle lag.

Auf dem Fluß herrschte schon lebhaftes Treiben. Da die See sich mehr und mehr beruhigte, fuhren die Fischerboote wieder zum Fang hinaus.

Kurz nach neun erwachte Warwick vom Rasseln des Weckers, den er neben sich auf das Verdeck gestellt hatte. Mit dem großen Bootshaken schwang er sich ans Ufer, wo er im Morast einsank. Mühsam bahnte er sich mit dem Buschmesser einen Weg durch das Gestrüpp.

Die heimtückischen Stacheln der langen Palmwedel hemmten ihn und zerrissen ihm Kleider und Haut, so daß er nur langsam vorwärts kam. Schließlich hatte er sich durch den Dschungel hindurchgearbeitet, und als er ins Freie trat, fiel sein Blick auf mehrere hohe Zuckerpalmen, die in der Nähe auf den Reisfeldern standen. An der einen hatten die Bauern eine Art Sprossenleiter aus Bambusstöcken angebracht, um den Palmsaft an der Krone besser abzapfen zu können.

Vorsichtig sah er sich um, und da niemand in der Nähe war, schwang er sich kühn von Sprosse zu Sprosse. Von oben aus hatte er einen wunderbaren Rundblick. Er schaute auf die Uhr – zwanzig nach neun. Der »Meteor« mußte jetzt jeden Augenblick am Horizont im Osten auftauchen. Nach dem Gewitterregen war die Luft hell und klar, und er hatte eine ungewöhnlich gute und weite Sicht. Aber er wurde unruhig, als Minute auf Minute unaufhaltsam verrann. Nervös suchte er mit dem Glas immer wieder den Himmel ab. Auf Evelyn konnte er zählen – was mochte nur geschehen sein, daß sie nicht kam?

Er hatte keine farbigen Gläser, und seine Augen schmerzten, denn die Sonne brannte mitleidlos hernieder. Da er nicht dauernd ins Helle schauen konnte, betrachtete er seine nächste Umgebung. Vor der Mündung des Flusses fuhr ein großes Motorboot langsam die Küste entlang, und als er sein Glas genauer darauf einstellte, erkannte er Uniformen. Sicher hielten die Gendarmen schon nach ihm Ausschau.

Vor der Mündung brandete die Dünung immer noch ziemlich stark: dort konnte Evelyn nicht niedergehen. Sie mußte im Fluß landen. Nachdem er den Sturm glücklich überstanden hatte, hoffte er nun, daß die Flucht gelingen würde. Mit Evelyns Hilfe hatte er bestimmt gerechnet, und niedergeschlagen dachte er daran, was er beginnen sollte, wenn sie nicht käme. Proviant hatte er allerdings für mehrere Tage, und die Benzintanks waren noch gut gefüllt: aber vor Einbruch der Dunkelheit konnte er nichts unternehmen.

Böse Gedanken quälten ihn. Er überlegte einen Plan nach dem anderen und verwarf alle wieder. Eine Fahrt den Meklong stromauf bis in die Nähe der birmanischen Grenze war sehr gewagt, und sicher konnte er auch mit dem »Delphin« nicht weit genug nach Norden vordringen. Er kam höchstens bis Raheng. Dort oben, dicht an der Grenze, lagen Teakholzstationen der Firma Breyford, aber er wußte nicht, ob er den Angestellten trauen durfte.

Die glühenden Sonnenstrahlen machten ihn matt und müde. Noch einmal suchte er prüfend mit dem Glas den Horizont ab, dann stieg er entmutigt hinunter.

Er hatte Mühe, Amarin zu beruhigen, die immer ängstlicher wurde.

Bald mußte die Flut ihren Höhepunkt erreichen, was für eine Flußlandung des »Meteor« günstig war. Nach kurzer Rast stieg er wieder auf seinen Beobachtungsposten. Diesmal hatte er auch die Leuchtpistole mitgenommen. Sie hatten vergessen ein Signal zu verabreden, aber sicher würde Evelyn verstehen, wenn er ihr mit Leuchtkugeln angab, an welcher Stelle der »Delphin« ankerte.

Das Gendarmerieboot näherte sich wieder der Mündung des Flusses. Die Beamten würden allerdings durch Leuchtkugeln auch auf ihn aufmerksam werden.

Seine Stimmung wurde düsterer. Die Wunde in der Schulter und die kleinen Risse brannten, die ihm die Stacheln der Palmen beigebracht hatten. Verzweifelt hielt er Ausschau, aber still und unbeweglich lag die Landschaft im Sonnenschein. Nichts rührte sich in der Mittagsglut, selbst die buntschillernden Falter und Insekten schienen ausgestorben zu sein.

* * *

Als Evelyn am Morgen kurz nach acht auf dem Flughafen erschienen war, war noch nichts für ihren Abflug vorbereitet, obwohl sie sich schon zeitig telefonisch angemeldet hatte. Um noch die Morgenkühle auszunützen, wählte Sie die frühe Stunde, ehe die Tropensonne mit ihrem Gluthauch die Erde quälte.

Der Leiter des Flugplatzes war noch nicht erschienen, und ohne seine Starterlaubnis durfte sie nicht aufsteigen. Sie glaubte, daß böser Wille vorläge, daß man sie verdächtigte und ihren Plan vereiteln wollte.

Zunächst sorgte sie dafür, daß die Benzintanks des »Meteor« vollständig aufgefüllt wurden.

Um dreiviertel neun kam endlich der Offizier, der das Kommando über den Flugplatz führte. Er war sehr höflich zu ihr, gab sich aber alle Mühe, sie von ihrer Absicht abzubringen, als sie ihm erklärte, daß sie einen Übungsflug nach Prapatom und Petchaburi in westlicher Richtung unternehmen wolle.

Inzwischen rollten die Startmannschaften das Flugzeug an das obere Ende der Fahrbahn. Wieder tauchten Schwierigkeiten auf. Ein Mechaniker ließ die Motoren an, um sie vor Beginn des Fluges zu prüfen, meldete aber nach einiger Zeit, daß der eine nicht die genügende Tourenzahl mache. Evelyn fürchtete wieder, daß dies nur ein Vorwand sei, sie zurückzuhalten. Ihrem eigenen Mechaniker hatte sie Urlaub gegeben.

Währenddessen waren mehrere Fliegeroffiziere erschienen, und es herrschte reges Treiben. Endlich hatte der Mann die Zündung des Motors so weit in Ordnung gebracht, daß Evelyn aufsteigen konnte. Ihre Befürchtungen waren also grundlos gewesen.

Obwohl alle sehr hilfsbereit und liebenswürdig gegen sie gewesen waren, startete sie mit einer Verspätung von mehr als anderthalb Stunden. Erst kreiste sie einige Male über dem Flugplatz, um die nötige Höhe zur Orientierung zu erreichen, dann flog sie in gerader Richtung nach Westen davon.

Der Flugplatzleiter und die Offiziere sahen ihr noch lange nach.

Der silberne »Meteor« glänzte in der Sonne und war in der klaren Luft auf große Entfernung deutlich sichtbar.

39

Die Enttäuschung der vergangenen Nacht steigerte Prinz Surjas Erregung, denn er hatte mit größter Bestimmtheit die Festnahme der Flüchtlinge erwartet. Nervös ging er im Kommandeurzimmer der Fliegerstation an der Menammündung auf und ab. Geschlafen hatte er nicht. Überreizt und übermüdet setzte er sich an den großen Schreibtisch, um zu überlegen, aber nach und nach sank sein Kopf tiefer und tiefer, und er nickte ein.

Die ihm unterstellten Marineluftstreitkräfte und der ganze Nachrichtendienst standen in erhöhter Alarmbereitschaft. Plötzlich schrillte das Telefon auf seinem Schreibtisch. Er fuhr auf und nahm sofort den Hörer ab.

»Meldung von der Gendarmerieküstenstation südlich Ratburi, Königliche Hoheit«, sagte der Adjutant. »Ich verbinde direkt.«

»Hier Kommandeur der Gendarmerieküstenstation –«

»Schon gut – was gibt's?« fragte Surja schnell.

»Vor sechs Minuten ging unbekanntes Flugzeug in der Nähe der Station auf dem Meklong nieder. Ein am Ufer verstecktes Motorboot steuerte es an und landete mehrere Passagiere. Da das Flugzeug auf Signal nicht stoppte, wurde es von großem Patrouillenboot unter Feuer genommen, konnte aber trotzdem starten. Nach Aufstieg flog es in westlicher Richtung davon. Ich habe Verdacht, daß es sich um den flüchtigen Mr. Warbury handelt.«

»Das glaube ich auch. Es scheinen ja schöne Schlafmützen in Ratburi zu sitzen! Wie konnten Sie das Flugzeug entwischen lassen!« Dann besann sich Surja eines Besseren. Unnötige Zeit durfte er nicht verlieren, den Offizier konnte er noch später abkanzeln. »Ist sonst noch etwas zu melden?« fragte er, nachdem er vorher den Hörer schon halb gesenkt hatte.

»Das aufgefischte Boot hat den Namen ›Delphin‹ und ist in Bangkok stationiert.«

»Unwichtig!« erwiderte Surja scharf und donnerte den Hörer nieder, so daß der Apparat fast in Trümmer ging. Schnell entschlossen sprang er auf und eilte in das Zimmer des Adjutanten.

»Flugstaffel I steigt sofort auf! Ich selbst übernehme das Kommando an Bord der Führermaschine. Sechs Gurte Leuchtmunition an Bord nehmen und Maschinengewehr laden.

Weitere Befehle! – Erstens an Grenzstaffeln V und VII, Bezirk Ratburi: sofort aufsteigen, birmanische Grenze sperren. Staffeln sollen Ausführung des Befehls funken.

Zweitens an alle Beobachtungs- und Nachrichtenstationen Ratburi und angrenzende Bezirke: das von der Meklongmündung zwölf Uhr zwei mit westlichem Kurs aufgestiegene Flugzeug ist zu beobachten. Kurs dauernd an Zentrale melden.

Da dringende Eile geboten, sind bis auf Widerruf alle Befehle und Meldungen in offener Sprache durchzugeben.«

Auf dem Aufstiegplatz herrschte fieberhaftes Treiben, und einige Minuten später startete die Staffel der großen, dreisitzigen Doppeldecker in westlicher Richtung. Schon seit dem frühen Morgen standen die fünf modernen französischen Maschinen zum Abflug bereit. Sie konnten bis zu dreihundertundzehn Kilometer Stundengeschwindigkeit entwickeln und sowohl als Beobachtungs- wie auch als Bombenflugzeuge verwendet werden.

Während des Aufstiegs rechnete der Prinz aus, daß Miß Breyfords Flugzeug – nur um dieses konnte es sich handeln – einen Vorsprung von nicht ganz neunzig Kilometer haben mußte. Aber wenn die birmanische Grenze gesperrt war, konnte es ihm nicht entgehen.

* * *

Mit knapper Not war der Start des »Meteor« gelungen.

Warwick saß am Steuer, Evelyn neben ihm, und Amarin hatte auf dem hinteren Sitz Platz genommen. Bei dem regen Verkehr auf dem Fluß überrannte das Flugzeug beim Aufstieg verschiedene Boote, die nicht mehr ausweichen konnten, aber es blieb keine Zeit, sich darum zu kümmern. Die Siamesen, die hier am Fluß wohnten, konnten schwimmen wie die Fische, und ein kleines Bad konnte ihnen nicht schaden.

Bis zur birmanischen Grenze waren es ungefähr einhundertundzwanzig Kilometer, die er in etwa einer halben Stunde zurücklegen konnte. Unnötig wollte er die Motoren nicht überlasten

und ließ es deshalb vorläufig bei der gewöhnlichen Reisegeschwindigkeit von zweihundertund-
fünfzig Stundenkilometer. Der »Meteor« stieg dauernd, um die birmanischen Grenzgebirge in
genügender Höhe überfliegen zu können und nicht in die Wirbelwinde am Abhang der Berge
zu geraten.

In der geschlossenen Kabine konnten sie sich verständigen, wenn es auch schwierig war. Bis
jetzt hatte alles geklappt. Aber plötzlich summte es in den Kopfhörern, und Warwick verstand
den Befehl, daß die Grenze gesperrt werden solle. Evelyns siamesische Sprachkenntnisse reichten dazu nicht aus.

In scharfer Kurve bog er sofort nach Norden ab.

Gleich darauf fing er den Befehl an die Beobachtungsstationen auf, beugte sich zu Evelyn vor
und teilte ihr mit, was er gehört hatte.

Sie nickte nur.

»Gürtel fester schnallen«, sagte Warwick kurz.

Evelyn folgte sofort der Aufforderung. Nachdem Sie Warwick geholfen hatte, der seinen linken Arm nicht mehr richtig gebrauchen konnte, neigte sie sich nach rückwärts über die Lehne
ihres Sitzes, legte Amarin die Ledergurte um und zog die Schnallen an. Dann befestigte sie
selbst die Gurte um ihren Oberkörper.

Entsetzt starrte Amarin sie an, denn sie wußte nicht, was das bedeuten sollte.

Aber Evelyn nickte ihr begütigend zu, und die Prinzessin beruhigte sich wieder.

Jetzt galt es! Die Maschine mußte das Letzte hergeben. Warwick öffnete die Drosselklap-
pe und gab Vollgas. Laut knatterten die Motoren, und der Geschwindigkeitsmesser stieg auf
zweihundertundsechzig – siebzig – achtzig – fünfundneunzig – dreihundert –

Bestürzt zeigte Evelyn auf die Skala.

Aber Warwick achtete nicht darauf. Als die Nadel schließlich um dreihundertundzehn pendelte, winkte er Evelyn.

»Karte hinhalten!« rief er ihr zu.

Der gerade Weg nach Westen war abgeschnitten – es blieb also nur übrig, nach Norden auszu-
biegen. Über den großen Waldungen hatte er Aussicht, der Beobachtung der Nachrichtenstationen zu entgehen, und so steuerte er die ihm bekannte Gegend an, wo die Teakholzkonzessionen
der Firma lagen.

Der Salvenfluß war sein Ziel, der in einer Länge von etwa hundert Kilometer die gemeinsa-
me Grenze zwischen Siam und Britisch-Indien bildete. Um diese Linie zu erreichen, mußte er
Raheng, die nördlichste Fliegerstation, seitlich liegenlassen und im Osten vorbeisteuern. Die
dortigen Grenzstaffeln besaßen nur alte Flugzeuge mit höchstens zweihundert Kilometer Geschwindigkeit – mit denen würde er schon fertig werden.

Bis zum Salvenfluß waren es nicht mehr ganz fünfhundert Kilometer, also noch über anderr-
halb Stunden Flugzeit.

Fünfzehn Minuten vergingen, ohne daß sich etwas ereignete. Warwich suchte vor allem
große Höhe zu entwickeln. Die Motoren zogen vortrefflich.

Wieder fing er eine Nachricht auf. Die Bodenstationen meldeten tatsächlich genau den Fortschritt ihres Fluges. Er mußte also noch höher steigen, um sich ihrer Beobachtung zu entziehen.

Aufs neue summte es in den Kopfhörern. Die Staffeln V und VII erhielten Befehl, die Sperre
dauernd weiter nach Norden zu verlegen. Das hemmte Warwicks Bewegungsfreiheit.

»Evelyn, sieh nach rechts und nach rückwärts, ob Flieger kommen«, rief er kurz.

»Bis jetzt ist nichts zu entdecken«, entgegnete sie nach einiger Zeit.

»Wieviel Fallschirme sind an Bord?« fragte er.

»Zwei.«

»Wann sind sie zuletzt neu eingepudert und zusammengelegt worden?«

»Vor zwei Tagen.«

»Gut. Schnalle dir und Amarin je einen um.«

»Das ist schwierig. Meiner liegt vorne halb rechts von mir, den kann ich sofort als Tornister
anschnallen. Aber der andere liegt hinten im Gepäckraum.«

»Fallschirme anschnallen«, wiederholte Warwick kurz.

»Aber du mußt doch auch einen haben«, widersprach Evelyn.

Warwick sah zu ihr hinüber, und ihre Blicke begegneten sich. Sekundenlang kämpften sie einen wortlosen Kampf, aber Warwicks Auge blieb unerbittlich, und schließlich schaute Evelyn zu Boden.

Ein Gefühl von Bitterkeit stieg in ihr auf.

»An Bord kann nur einer befehlen.« Warwick klemmte für eine Sekunde den Knüppel zwischen die Knie und legte ihr begütigend die Hand auf den Arm.

Sie sah ihn an, nickte und lächelte wieder. Dann löste sie vorsichtig ihre Gurte und kletterte an Amarin vorbei. Nach einigen Anstrengungen konnte sie den Fallschirm klarmachen, aber es dauerte lange, bis sie ihn der Prinzessin kunstgerecht angelegt hatte.

Weiter ging der Flug. Der Höhenmesser zeigte jetzt zweitausenddreihundert Meter, aber Warwick hörte immer noch Meldungen über die Position des »Meteor«, sogar einschließlich der Höhe, die richtig angegeben wurde.

Die Flugzeuge der Grenzstaffeln konnten kaum so große Geschwindigkeit haben wie er selbst – bei zähem Durchhalten würde er sie zurücklassen. Aber vorläufig mußte er noch mit ihnen rechnen.

Weder Evelyn noch er hatten bisher irgendein Flugzeug gesichtet, und sie fingen jetzt auch keine weiteren Befehle oder Nachrichten von der Erde mehr auf.

Der »Meteor« leistete Ungewöhnliches. Die Motoren arbeiteten einwandfrei, obwohl die tolle Jagd nun schon eine Stunde und zwanzig Minuten dauerte.

Plötzlich vernahm Warwick wieder Geräusche im Kopfhörer, die er zunächst nicht verstehen konnte.

Was hatte das zu bedeuten? Er gab sich die größte Mühe, die Worte aufzufangen, und schließlich gelang es.

Prinz Surja sprach von Bord eines Flugzeugs mit dem Führer der vorderen Grenzstaffel VII. Sie wurden also auch von einer anderen Seite aus verfolgt! Und wenn er den Spruch auffangen konnte, war Surja mit seinen Maschinen nicht mehr allzu weit von ihnen entfernt!

40

Große Generalstabskarten lagen auf dem Konferenztisch im Beratungszimmer der englischen Gesandtschaft ausgebreitet. Von der Funkstation im obersten Geschoß wurden dauernd telefonisch Meldungen durchgegeben. Prinz Surjas Befehle waren, wenn auch nicht vollständig, aufgefangen worden.

Sir John Brakenhurst beugte sich über die Pläne. Nach außen hin verriet kein Zeichen seine innere Spannung und Erregung. Trotz aller Vorsichtsmaßregeln war es nun also doch zum offenen Konflikt gekommen. Er war über alle Vorgange informiert. Die Flüchtlinge waren an der Mündung des Meklong gesichtet und vom »Meteor« aufgenommen worden.

Immer noch hoffte er, daß das Flugzeug entkommen würde.

Der Militärattaché und einige andere Beamte verfolgten mit höchster Aufmerksamkeit die Nachrichten der Beobachtungsstationen. Der neueste Geheimcode der siamesischen Regierung lag auf dem Tisch, aber die Befehle kamen bis jetzt in offener Sprache. Manche Meldungen waren verstümmelt, aber aus den verschiedenen Mitteilungen ergab sich doch ein klares Gesamtbild.

Der »Meteor« befand sich augenblicklich in schnellstem Flug zwischen Raheng und der Grenze. Das Spitzenflugzeug der Grenzsperre mochte etwa die gleiche nördliche Höhe erreicht haben. Wie weit Prinz Surja mit seiner Verfolgungsstaffel zur Zeit schon vorgestoßen war, konnte man nur vermuten. Jedenfalls mußte er dem »Meteor« gegenüber stark aufgeholt haben.

Sir John Brakenhurst hatte das zähe Bestreben, jede Situation, auch die schwerste, zu gutem Ende zu führen. Er überlegte. Unter keinen Umständen durfte es zu einem Zusammenstoß in der Luft kommen. Als geübter Menschenkenner beurteilte er Surja nur zu richtig. Mit allen Mitteln mußte er verhindern, daß eine englische Maschine von siamesischen Luftstreitkräften abgeschossen wurde. Und dieses Unheil mußte eintreten, wenn Surja die Flüchtlinge einholte. Noch konnte der »Meteor« entkommen, aber die Aussichten wurden immer geringer.

Entschlossen erhob er sich, sprach kurz mit dem Militärattaché und ließ sich dann mit dem Auswärtigen Amt verbinden. Während er wartete, skizzierte er in aller Eile schriftlich die Richtlinien der beabsichtigten Unterredung.

Gleich darauf meldete sich das Außenministerium, der Minister war selbst am Apparat.

»Ist dem Auswärtigen Amt bekannt«, fragte der Gesandte nach der üblichen, sehr höflichen Begrüßung, »daß das englische Flugzeug ›Meteor‹ von siamesischen Marinefliegern nördlich von Raheng in feindlicher Absicht verfolgt wird?«

Prinz Montri versprach sogleich sich zu informieren.

»Ich bitte Königliche Hoheit dringend darum, aber die Sache eilt so sehr, daß ich das Gespräch selbst fortsetzen möchte.«

Der Minister gab Anweisung, die Sache augenblicklich zu klären, und meldete sich dann wieder.

»Ich lege im Namen meiner Regierung den allerschärfsten Protest gegen ein derartig feindliches Vorgehen der siamesischen Seestreitkräfte ein«, begann Sir John mit fester Stimme. »Das ist unvereinbar mit den geschlossenen Friedens- und Freundschaftsverträgen, und meine Regierung muß sich weitere Schritte vorbehalten. Ich bitte dringend, die verfolgende Jagdstaffel unter dem persönlichen Kommando des Prinzen Surja abzuberufen, da ich sonst die schwersten Komplikationen befürchte. Mit dem Ersuchen um sofortige Nachricht, ob die siamesische Regierung interveniert, bitte ich Königliche Hoheit, den Ausdruck meiner tiefsten Hochachtung und Verehrung entgegenzunehmen.«

Damit hängte er ein.

Prinz Montri war wie vom Schlage gerührt. Immer gab es wegen dieses Surja Zusammenstöße mit fremden Mächten! Den Streitfall mit den Franzosen hatte er erst kürzlich nach langwierigen Verhandlungen wieder beilegen können.

Alle Telefonapparate des Ministeriums arbeiteten fieberhaft an der Erledigung der Angelegenheit, und bald stellte sich heraus, daß Surja seine Maßnahmen rein persönlich getroffen hatte, ohne sich vorher mit den höchsten Kommandostellen in Verbindung zu setzen.

Fast zwanzig Minuten waren vergangen. Der englische Gesandte hatte nicht geglaubt, daß die siamesischen Behörden in diesem ernsten Fall so langsam handeln würden. Wieder läutete er das Auswärtige Amt an. Prinz Montri war auch gleich zur Stelle und vertröstete ihn damit, daß wohl sofort Gegenbefehl gegeben würde.

»Königliche Hoheit, die Verantwortung für die Folgen dieses schweren feindlichen Aktes muß ich der siamesischen Regierung zuschieben. Ich habe getan, was in meinen Kräften steht.«

»Aber Exzellenz, wie festgestellt worden ist, befinden sich an Bord des verfolgten englischen Flugzeugs Flüchtlinge, gegen die ein Haftbefehl des Justizministeriums vorliegt. Insofern ist die Rechtslage nicht vollständig geklärt.«

»Es tut mir leid, das zu hören. Aber in diesem Fall hätte mir nach den bestehenden Verträgen sofort von dem Verhaftungsbefehl Mitteilung gemacht werden müssen. Schon aus diesen formellen Gründen protestiere ich.«

»Aber die Engländer stehen nach dem Gesetz von neunzehnhundertundzwölf unter siamesischer Jurisdiktion!«

»Königliche Hoheit, ich bin über alles informiert. Die Vergehen, derentwegen die Verhaftungsbefehle erlassen worden sind, verstoßen nicht gegen ein Gesetz des allgemeinen siamesischen Rechtes, sondern gegen das Hausgesetz der königlichen Familie, das in dem Vertrag über Aufgabe der Exterritorialität nicht erwähnt wird. Meine Regierung hat ausdrücklich erklärt, daß sie dieses Gesetz nicht als bindend für britische Untertanen anerkennen kann. Hierüber ist bis jetzt keine Einigung zwischen unseren Regierungen zustande gekommen, und ich muß es leider zu meinem allergrößten Bedauern ablehnen, Königlicher Hoheit in diesem Punkt Zugeständnisse zu machen. Da aber die Angelegenheit immer dringender wird, bitte ich, die sofortige Entscheidung Seiner Majestät anzurufen, falls es Königlicher Hoheit nicht gelingen sollte, die Admiralität zur augenblicklichen Zurückrufung der Verfolgungsstaffel zu bewegen.«

Wieder folgten die üblichen Formeln der Bezeugung tiefster Hochachtung und Ergebenheit.

* * *

Seit fünfzehn Minuten war der »Meteor« gesichtet worden. Vorgebeugt saß Surja auf dem Beobachtersitz, und seine scharfen Augen hingen an dem silberglänzenden Flugzeug, das als kleiner, leuchtender Punkt in der Luft durch das Glas sichtbar war.

Im Führerflugzeug, das den Namen »Ramesuen« führte, befanden sich außer dem Prinzen noch zwei Offiziere, der Pilot und der Funker. Alle hatten Kopfhörer angelegt und waren durch das Bordtelefon miteinander verbunden.

Die großen, schweren Maschinen hielten Kurs auf den breiten, mächtigen Salvenfluß. Die Staffel flog noch in Formation, aber auseinandergezogen: die Führermaschine war weit voraus, die vier Begleitflugzeuge, zwei rechts und zwei links, lagen ziemlich zurück.

Surja fluchte innerlich, weil er die nördlichen Staffeln in Raheng nicht zur Verfolgung heranziehen konnte. Wenn sie aufgestiegen waren, hätten sie Warbury den Weg verlegt, so daß jedes Entkommen unmöglich gewesen wäre. Aber sie unterstanden dem Oberbefehl der Armee und nicht seinem Kommando.

Diese wilde Jagd peitschte alle seine Leidenschaften auf, und sein fanatischer Haß gegen die Europäer machte ihn blind gegen Gesetz und Vernunft.

Er hätte auch die Grenzstaffeln V und VII von Ratburi nicht so weit nach Norden vorziehen dürfen. Aber im Augenblick war es ihm vollkommen gleichgültig, daß er seine Machtbefugnisse überschritt.

Den »Meteor« würde er wahrscheinlich kurz vor oder an der Grenze einholen – die Entfernung wurde immer geringer. Er maß die Distanz, und das Ergebnis befriedigte ihn. Noch fünfundzwanzig Kilometer bis zur Grenze! Kurz vorher mußte er auf Schußweite herangekommen sein. Rücksichtslos wollte er Warwicks Flugzeug abschießen, wenn dieser seinem Befehl zur Landung nicht sofort nachkam.

Wieder verging eine Minute: der »Ramesuen« holte weiter auf.

Surja rechnete. In der Stunde konnte er bei Höchstleistung dreißig bis vierzig Kilometer aufholen, das machte rund sechshundert Meter in der Minute, zehn Meter in der Sekunde – das genügte!

Er prüfte das Maschinengewehr und die Lage des Patronengurtes, kontrollierte das Visier und gab einige Probeschüsse ab. Es war alles in Ordnung. Er konnte die Bahnen der Leuchtgeschosse gut verfolgen, die als dünne, schwarze Rauchlinien kurze Zeit in der Luft sichtbar blieben.

Wieder warf er einen Blick auf das Maschinengewehr und entdeckte, daß ein kurzer Gurt von nur hundert Patronen eingeführt war. Diese verdammten Kerle! Keinen Befehl konnten Sie richtig ausführen!

Dauernd behielt er den »Meteor« im Blickfeld, während er sich weit vorneigte, als ob er dadurch die Entfernung verringern könnte.

Noch einmal suchte er den Horizont nach Südwesten ab – von den Schutzstaffeln **V** und **VII** war nichts zu sehen. Mit den alten Kisten war natürlich nichts anzufangen!

»Distanz zum feindlichen Flugzeug messen!« sagte er dem Funker durch.

Der Offizier war erstaunt, denn das war doch Pflicht des Beobachters. Aber er kam dem Befehl sofort nach.

»Zweitausendsechshundert Meter!« meldete er kurz darauf.

In einigen Minuten mußte es möglich sein, das Feuer mit Erfolg aufzunehmen. Im Hintergrund kam schon deutlich das breite, silberne Band des gewaltigen Salvenflusses in Sicht.

Wieder verstrich kurze Zeit.

»Neunzehnhundert!«

Surja zählte nervös die Sekunden.

»Sechzehnhundert!«

Rasch legte er den Feldstecher beiseite, denn er konnte die verfolgte Maschine jetzt mit bloßem Auge gut sehen und auch Einzelheiten deutlich erkennen.

Der »Meteor« hatte eine gute Sende- und Empfangsstation. Miß Breyford hatte Surja die Anlage selbst gezeigt und genau erklärt.

»Fünfzehnhundert!«

»Warnung und Landungsbefehl durchgeben!« rief der Prinz.

Die Taste des Senders arbeitete.

»Die englische Maschine antwortet nicht auf Anruf!« meldete der Funker kurz darauf.

»Landungsbefehl durchgeben!« erwiderte Surja heftig.

Angestrengt starrte er auf das verfolgte Flugzeug. Würde Warbury dem Befehl nachkommen und in Spiralen niedergehen?

Mit unverminderter Geschwindigkeit setzte der »Meteor« seinen Flug fort.

Aufgeregt warf Surja einen Blick in die Tiefe und fluchte. Sein Gegner hatte die Grenze erreicht und flog über dem Wasser.

Surjas Gedanken jagten. Wenn er jetzt feuerte, verletzte er britisches Hoheitsgebiet – das war ein feindlicher Akt gegen England! Grenzenlose Wut überkam ihn, daß er sein Ziel nicht erreichen und um seine Rache gebracht werden sollte. Haß und Leidenschaft verzerrten seine Züge.

Rücksichtslos, ohne vorherige Warnungsschüsse, feuerte er ununterbrochen auf den »Meteor«. Das blendende Mündungsfeuer verdeckte das Ziel.

Aber die Entfernung war noch zu groß, die Schüsse lagen zu kurz. Surja hatte in der Aufregung vergessen, das Visier richtig einzustellen.

Plötzlich verstummte das Knattern, und Surja sah zu seiner Bestürzung, daß die hundert Patronen des ersten Gurtes verfeuert waren. Das brachte ihn zur Besinnung, und er entdeckte, daß das Visier nicht hockgeklappt war.

»Distanz messen!« rief er in den Hörer, während er mit der Linken den leeren Patronengurt herausriß.

So schnell wie möglich packte er einen der vollen Gurte und schob ihn ein. Wertvolle Sekunden vergingen, weil seine Nervosität ihn an schnellem Arbeiten hinderte.

»Vierhundert!« rief der Funker.

Surja riß sich zusammen. Wenn er jetzt nicht ruhig zielte, verlor er seine letzte Chance.

Er feuerte – die Schüsse lagen gut, wahrscheinlich hatte er getroffen. Der verhaßte Farang würde jetzt nach unten gehen und auf dem Wasser landen oder über dem dichten Wald abstürzen.

Aber schon nach den ersten Schüssen ging die silberne Maschine unvermittelt in scharfem Winkel nach unten und setzte zum Looping an.

Warbury manövrierte geschickt, aber er konnte sich doch nicht mit der Staffel in einen Luftkampf einlassen!

Surja blieb nichts anderes übrig, als dem »Meteor« zu folgen. Auch er ging in eine senkrechte Schleife über.

Wütend setzte er das Feuer fort, obwohl er das englische Flugzeug nicht vollkommen in der Schußlinie hatte. Nur die ersten Geschosse waren Leuchtmunition gewesen, der Rest des Gurtes war mit gewöhnlichen Patronen gefüllt.

Er ärgerte sich darüber, daß die ersten Schüsse das Ziel verfehlt haben mußten. Im anderen Fall hätten sie gezündet.

Aber was war das? Auf der Höhe der Schleife machte der »Meteor« eine seitliche Rolle nach rechts, darauf eine zweite. Er bog in scharfer Kurve wieder nach Westen und setzte dann abermals zum Looping an, als der »Ramesuen« gerade die erste Schleife beendet hatte.

Surja war in der Kampfeshitze über das birmanische Ufer hinausgeflogen. Die vier anderen siamesischen Maschinen hielten sich dem ursprünglichen Befehl nach zurück und kreuzten über siamesischem Gebiet.

Der Prinz bemerkte es nicht – er hatte die Umwelt vergessen. Sein Pilot flog ausgezeichnet – aber mit Warbury konnte er sich an Gewandtheit nicht messen. Er folgte dem Gegner, aber es dauerte einige Zeit, bevor er die schwere Maschine wieder in eine solche Lage gebracht hatte, daß Surja feuern konnte.

Wieder ratterte das Maschinengewehr. Der »Meteor« flog in kurzem Zickzackflug, verlor aber wenig an Höhe und manövrierte so geschickt, daß Surja mit seiner Geschoßgarbe ihm kaum folgen konnte.

Die Entfernung zwischen beiden Maschinen wurde immer geringer. Wie ein Raubvogel folgte der »Ramesuen« dem leichteren, schlanker gebauten englischen Flugzeug.

Kurze Zeit hielt sich Warwicks Maschine in verhältnismäßig gerader Linie. Nun hatte Surja die Führerkabine direkt in der Visierlinie, aber nach wenigen Schüssen blieb der Patronengurt stecken. Ladehemmung – gerade in diesem entscheidenden Augenblick!

Enttäuscht sah Surja zum »Meteor« hinüber. Doch er mußte getroffen haben!

Zwei Personen sprangen aus der Führerkabine ab. Die Spitze des Flugzeugs senkte sich nach vorn ...

Nur einer der Fallschirmspringer kam frei, der andere verfing sich mit seinen Leinen und blieb an der Tür hängen.

Senkrecht ging der »Meteor« in die Tiefe.

Plötzlich zeigte sich ein kleiner, weißer Fleck wie ein Wölkchen. Bald wurde er größer. Der eine Fallschirm hatte sich geöffnet und senkte sich sanft in die Tiefe. Ein Mensch pendelte darunter.

Surja stieß einen Freudenschrei aus. Es mußte Warbury sein! Mit einem kurzen Ruch hatte er die Ladehemmung beseitigt. Der »Ramesuen« stieß auf den Fallschirm zu, um ihn in engem Radius zu umkreisen. Und Surja schoß.

Eine Hand legte sich auf seinen Arm, und unwillkürlich stellte er das Feuer ein.

»Direkter Befehl von Seiner Majestät!« meldete der Funkoffizier erregt. »Sofort umkehren!«

41

Nie hatte Warwick Warbury es für möglich gehalten, daß er mitten im Frieden in einen Luft-kampf verwickelt werden könnte, und doch ereignete sich jetzt das Unmögliche!

»Staffel von fünf Maschinen im Südosten«, meldete Evelyn. »In großer Entfernung.«

Sie hatten Raheng längst passiert, und in der Ferne kam der Salvenfluß in Sicht.

Amarin hatte die Worte verstanden und legte ängstlich die Hand auf Warwicks Schulter, als ob sie bei ihm Schutz suchen wollte.

»In fünf bis sechs Minuten sind wir in Sicherheit«, tröstete Evelyn.

Warwick beobachtete den Höhenmesser – zweitausendfünfhundert...

Plötzlich fiel die Maschine durch – ein empfindlicher Höhenverlust. Der »Meteor« war von einer abwärtsgerichteten Luftströmung gepackt worden. Warwick riß den Knüppel zurück, und nach kurzer Zeit hatte er wieder die alte Höhe erreicht.

»Sie haben stark aufgeholt«, sagte Evelyn.

Warwick sah sich schnell um. Die Verfolger waren in bedrohlicher Nähe. Natürlich waren es Marineflugzeuge, er erkannte den Typ genau. Wie konnten die Siamesen nur so leichtsin-nig sein? Wenn eine der Maschinen auf festem Land niedergehen mußte, war sie unweigerlich verloren. Kein anderer als Prinz Surja konnte das gewagt haben.

»Sie rufen uns an«, sagte Evelyn schnell, die die kleine Radiostation bediente. »Soll ich ant-worten?«

»Nein«, entgegnete Warwick bestimmt.

»Befehl zum Landen – sie drohen zu feuern!«

»Nicht antworten!«

»Sie schießen schon!«

Warwick wandte sich um. Deutlich sah er die Leuchtgarbe, aber die Schüsse lagen viel zu tief. Welcher blutige Anfänger mochte drüben das Maschinengewehr bedienen?

»Gott sei Dank, wir sind über dem Salvenfluß«, sagte er und atmete auf.

Amarin schluchzte leise.

»Sie setzen den Angriff trotzdem fort«, rief Evelyn empört.

Warwick bemerkte, daß leuchtende Phosphorgeschosse an der Kabine vorüberflogen.

»Die Hunde schießen mit Leuchtmunition«, stieß er zwischen den Zähnen hervor. Eine Ver-wundung mit einem solchen Geschoß bedeutete sicheren Tod. Die Schüsse schlugen in die linke Tragdecke ein.

Warwick überlegte blitzschnell. Er mußte vor allem aus der Feuergarbe herauskommen.

Rücksichtslos drückte er den Knüppel nach vorn, und sofort reagierte die Maschine.

Wie im Felde! dachte Warwick. Zuerst halbe Schleife, dann zweimal Rolle nach rechts, Kehre nach rechts – jetzt wieder Looping!

»Sie machen auch ein Looping«, rief er. »Nun, wir wollen ihnen das Zielen schon verleiden!«

Im Zickzackkurs suchte er den feindlichen Geschossen auszuweichen. Jetzt schien der Gegner das Feuer eingestellt zu haben. Warwick sah keine Rauchfäden mehr in der Luft.

Ein Blick nach unten zeigte ihm, daß er schon weit auf birmanischem Gebiet war.

»Das feindliche Flugzeug kommt näher!« rief Evelyn.

Warwick erkannte den Wimpel. Drüben war Surja – an Bord seines Flugzeugs »Ramesuen«!

Klatschend durchschlugen Geschosse die Kabinenfenster.

Amarin schrie auf und faßte an ihren rechten Arm, wo sie getroffen worden war.

Das durfte nicht weitergehen!

»Abspringen!« rief Warwick.

Er hoffte, daß die Fallschirme in der Nähe des Flusses auf den Kronen der Bäume landen würden.

Evelyn legte ihm schnell die Hand auf die Schulter. Die beiden tauschten noch einen Blick, dann handelte sie.

Amarin war zurückgesunken und schien ohnmächtig zu sein. Evelyn öffnete die hintere Tür, schob Amarin an den Rand und gab ihr einen leichten Stoß, so daß sie mit dem Fallschirm hinausfiel.

Gleichzeitig schwang sie sich selbst über Bord und sprang ab.

In wenigen Sekunden hatte sich alles abgespielt.

Warwick warf einen Blick nach hinten – die beiden Sitze waren leer!

Wieder schlugen die Kugeln in die Kabine.

Es schoß ihm der Gedanke durch den Kopf, die feindliche Maschine zu rammen. Aber sofort kam er wieder zur Vernunft und drückte den Steuerknüppel hart nach vorn. Mit donnernden Motoren ging der »Meteor« im Sturzflug in die Tiefe, vorbei an einem Fallschirm.

Unten kam die Erde mit unheimlicher Geschwindigkeit auf ihn zu. Welch ein Glück! Warwick sah eine breite Wasserfläche unter sich – er war über einem großen Nebenfluß des Salvenstroms.

Kunstgerecht fing er die Maschine im letzten Augenblick und ging in kurzem Gleitflug auf dem Wasser nieder.

Sofort öffnete er das Rolldach der Kajüte und hielt Umschau, aber er konnte nur einen Fallschirm in der Luft entdecken, der noch ziemlich hoch war und mitten auf der Wasserfläche herunterkommen mußte, wenn er nicht dicht über der Erde vom Bodenwind stark seitlich abgetrieben wurde.

Er stellte den einen Motor wieder an und steuerte auf die Stelle zu, wo der Fallschirm landen mußte. Der Feldstecher lag auf dem Boden der Kabine. Warwick hob ihn eilig auf und sah zum Fallschirm hinauf.

Deutlich erkannte er Evelyn, die ihm zuwinkte. Er änderte vorsichtig seinen Standort. Die starke Strömung trug ihn flußab, aber schließlich landete der Fallschirm wenige Meter neben dem »Meteor«.

Evelyn tauchte unter, und der Schirm wölbte sich wie ein großer Pilz über der Wasserfläche.

Warwick wollte in den Fluß springen, um ihr zu helfen, aber im selben Augenblick kam sie neben dem Fallschirm wieder nach oben, und mit wenigen kräftigen Stößen erreichte sie das linke Gleitboot.

Einen Augenblick hielt sie sich fest und ruhte sich aus, dann zog sie sich in die Höhe und kletterte an dem Gestänge nach oben.

Warwick half ihr in die Kabine und umarmte sie.

»Wo ist Amarin?« fragte sie sofort. »Wir müssen uns um sie kümmern. Sie hat sich mit der Auslaufleine verfangen. Ich sah sie außen unter der Kabine hängen.«

Er erschrak heftig, als er Amarin entdeckte, die bis zur Brust im Wasser hing und bewußtlos war.

Schnell zog er sie nach oben in die enge Kabine, während Evelyn die Auslaufleine des Fallschirms frei machte.

Warwick richtete sich auf.

»Wir sind auf birmanischem Gebiet, aber es ist nicht ausgeschlossen, daß wir noch einmal von den siamesischen Flugzeugen angegriffen werden, wenn sie uns von oben entdecken.«

»Nein, das glaube ich nicht. Nur die eine Maschine, die den anderen vorausflog, hat uns angegriffen und auf uns geschossen. Die vier anderen haben drüben gekreuzt und untätig zugesehen.«

»Das war Surjas Maschine ›Ramesuen‹. Der Prinz war selbst an Bord und leitete den Angriff.«

Evelyn sah ihn entsetzt an.

»Ich hätte nicht gedacht, daß er so gemein und niederträchtig handeln könnte. Als du im Sturzflug niedergingst, stieß er auf meinen Fallschirm zu und schoß mit dem Maschinengewehr nach mir, aber dann kehrte der ›Ramesuen‹ plötzlich schnell zu den vier anderen siamesischen Flugzeugen zurück, die sich ihm anschlossen. In Formation steuerten sie dann nach Südwesten. Das war das letzte, was ich von ihnen sehen konnte.«

Evelyn hatte inzwischen Amarin den Fallschirm abgeschnallt und untersuchte nun die Wunde am rechten Unterarm. Glücklicherweise war es ein glatter Schuß, die Kugel hatte den Arm durchschlagen.

Warwick brachte vorsichtshalber den »Meteor« ans Ufer, wo er unter einem riesigen Bambusgebüsch gegen Sicht von oben gedeckt war.

42

Weit draußen auf der Reede von Penang lag der schnelle englische Passagierdampfer »Mauretania«. Nach Ankunft der Passagiere von Bangkok sollte das Schiff bei Sonnenuntergang nach
Colombo in See stechen.

Auf dem Promenadendeck ruhte Warwick in einem Deckstuhl und überdachte wieder die
aufregenden Erlebnisse der letzten Wochen, die nun zu einem gewissen Abschluß gekommen
waren. Seit der Flucht waren zehn Tage vergangen.

Als er nach dem Sturzflug und der Notlandung am Ufer unter dem großen Bambusgebüsch
hielt, waren sie im Augenblick der Gefahr entronnen. Dann erst konnten er und Evelyn sich
um Amarin kümmern.

Vorsorglich klappten sie die Rücklehnen der Sitze zurück und betteten die Prinzessin darauf, die immer noch ohnmächtig war. Evelyn legte ihr einen Verband an, aber sie hatte Mühe,
Amarin zum Bewußtsein zurückzubringen.

Warwick, der trotz der Wunde in der Schulter während der Flucht tapfer durchgehalten hatte,
war bleich und erschöpft, und Evelyn sah, daß er einen Schwächeanfall bekam.

Schnell öffnete sie den Vorratsraum unter dem Führersitz und schenkte ihm ein Glas Rotwein
ein. Dann reichte sie es Amarin und stärkte sich selbst.

Die Uhr am Bordbrett stand auf zwei dreißig. Evelyn dachte daran, daß sie erst vor dreieinhalb
Stunden in Bangkok aufgestiegen war. Und wieviel hatte sich seitdem ereignet!

Amarin, die in der Kabine lag, gab sie ein Beruhigungs- und Schlafmittel. Warwick kletterte
auf eine Tragdecke und untersuchte die Einschläge, dann legte er sich dort zur Ruhe, während
Evelyn bei Amarin blieb und Wache hielt.

Als sich nach einigen Stunden nichts weiter ereignet hatte, stiegen sie wieder auf, was in dem
engen Tal große Schwierigkeiten machte und Evelyns ganze Geschicklichkeit erforderte. Sie ließ
es sich diesmal nicht nehmen, den »Meteor« selbst zu steuern.

Schon kurz vor dem Salvenfluß hatte der eine Motor vorübergehend ausgesetzt, und ihre
Lage war bedrohlich, denn in dieser entlegenen Gegend konnten sie auf keine Hilfe rechnen.
Auf dem Weiterflug nach Rangun versagte der rechte Motor vollständig, und Evelyn hatte große
Mühe, weiterzukommen.

Schließlich mußte sie sich in der Nähe des Flugplatzes von Rangun zur Notlandung auf freiem Feld entschließen. In flachem Gleitflug ging sie auf einem halb überschwemmten Reisfeld
nieder, wo das Fahrgestell im Schlamm steckenblieb. Glücklicherweise hatte sie zum Schluß
nur geringe Eigengeschwindigkeit. Außerdem ließ sie den noch brauchbaren Motor rückwärts
laufen und konnte dadurch vermeiden, daß sich das Flugzeug überschlug.

Unter diesen Umständen konnten Sie unmöglich an einen Heimflug von Rangun nach Europa denken. Deshalb nahmen Sie den nächsten Küstendampfer nach Penang und gingen hier an
Bord des großen englischen Postdampfers »Mauretania«, der über Colombo nach Europa fuhr.

Nach England wollten sie, denn nach Bangkok konnten sie nicht zurückkehren. Wohl hatte
Warwick ein vertrauliches Telegramm des englischen Gesandten aus Bangkok erhalten, in dem
er ihn zu absolutem Schweigen verpflichtete und in Aussicht stellte, alles für sie zu tun. Er hatte
erwartet, hier in Penang weitere Nachrichten von ihm vorzufinden, und war enttäuscht, als sie
ausblieben.

Was würde die Zukunft bringen?

Plötzlich legte sich eine leichte Hand auf seine Schulter, und Evelyn sah ihm lachend ins
Gesicht.

»Warum so sorgenvoll? Es droht doch jetzt keine Gefahr mehr.«

Seine Züge hellten sich auf.

»Ich habe noch einmal nachgesehen, ob der ›Meteor‹ auf dem Vorderdeck gut verstaut ist«,
fuhr sie fort. »Dann war ich in der Kabine bei Amarin. Nach dem Zusammenbruch in Rangun
kommt sie jetzt wieder langsam zu sich.«

Sie ließ sich in einem Deckstuhl neben ihm nieder.

»Ich muß sagen, daß sie sich sehr tapfer gehalten hat, obwohl sie als Prinzessin stets vor der rauhen Wirklichkeit behütet worden ist«, erwiderte er nachdenklich.

»Und sie hat einen so rührend unerschütterlichen Glauben an dich, der ihr über alles hinweggeholfen hat. Aber die letzten Ereignisse haben sie vollkommen entwurzelt, und wir dürfen sie jetzt nicht im Stich lassen. Wir haben in der letzten Zeit ja schon oft darüber gesprochen, was nun werden soll, und als ich ihr sagte, daß wir sie nach England mitnehmen wollen, sah sie mich unendlich glücklich an.«

Die schweren Erfahrungen hatten Warwick und Evelyn reifer und vorurteilsloser gemacht. Liebevolles Verstehen leuchtete in ihren Blicken auf, als sie sich ansahen, und sie wußten, daß sie sich wieder ganz gefunden hatten.

Evelyn stand auf, und auch Warwick erhob sich.

Amarin kam gerade an Deck und ging auf sie zu. Sie sah noch angegriffen aus, aber ihre wundervollen, tiefen Augen strahlten, wenn auch unergründlich rätselhaft.

Bewundernd und dankbar schaute sie auf Evelyn. Diese Frau hatte die schweren Ereignisse, an denen sie selbst beinahe zugrunde gegangen wäre, fast spielend überwunden. Amarin hatte sich daran gewöhnt, sich vollkommen ihrer Führung anzuvertrauen.

Die beiden nahmen sie in die Mitte und traten an die Reling.

Im geheimen betrachtete sie Warwick, der gelassen und ruhig neben ihr stand. Wieviel Liebe, Güte und Aufopferung hatte er ihr gegenüber gezeigt! Sie empfand Staunen und Ehrfurcht vor diesem starken, männlichen Charakter, und fast erschrak sie vor seiner stahlharten Energie, die sich bis zuletzt durchgesetzt hatte.

Am liebsten hätte sie seinen Arm gedrückt, aber sie wagte nicht, es zu tun. Als er sich aber zu ihr umwandte, lag alle hingebende Liebe und anbetende Verehrung für ihn in ihrem Blick.

Wie ein Widerschein leuchtete es für eine kurze Sekunde in seinen Augen auf.

Keiner sagte ein Wort. Schweigend schauten sie nach dem Land hinüber.

Die brennende Farbenpracht tropischer Blütenträume versprühte in der golden aufleuchtenden Kraft der sinkenden Sonne, bis die märchenhafte Schönheit sich in bläulichgraue und hauchzarte violette Schleier auflöste. –

»Irrsinnig interessant!« hörten sie plötzlich eine Stimme hinter sich, und als sie sich umwandten, stand Ronnie vor ihnen. Ein Tender hatte inzwischen die Passagiere von dem Expreßzug aus Bangkok gebracht.

»Ich muß sagen: irrsinnig interessant!« wiederholte er. »Wißt ihr schon, daß in den Bangkoker Zeitungen unsere Flucht in großen Artikeln beschrieben worden ist? Fabelhaft haben wir das Ding gedreht! In der ›Bangkok Times‹ habe ich gelesen, daß ihr für heute Passage auf der ›Mauretania‹ belegt habt. Da habe ich selbstverständlich auch gleich meine Zelte in Siam abgebrochen und bin zu euch geeilt, um euch und vor allem Prinzessin Amarin mit Rat und Tat zur Seite zu stehen.« Er sah sie glückstrahlend an, klappte die Hacken zusammen und verneigte sich vor ihr. »Ich habe auch noch eine große Überraschung für Ihre Königliche Hoheit – ich habe die getreue Me Kam mitgebracht.‹

»Nicht so laut«, unterbrach ihn Warwick. »An Bord soll niemand wissen, daß wir eine Prinzessin unter uns haben.«

»Ach so, deshalb stand in der Passagierliste der Zeitung auch ihr Name nicht erwähnt. Jetzt verstehe ich alles.«

Die »Mauretania« stach bald darauf in See, und tiefe Gongschläge mahnten zum Umziehen für die Abendtafel.

Nach dem Essen saßen Evelyn, Warwick und Ronnie in einer Ecke des Rauchsalons. Amarin hatte sich in ihre Kabine zurückgezogen, und Me Kam betreute sie.

Ronnie legte ein dickes Paket Zeitungen auf den Tisch, und Evelyn und Warwick staunten, als sie die Artikel lasen.

Zunächst einmal war alles unterdrückt worden, was nach Skandal hätte aussehen können. Im Hofbericht stand, daß Ihre Königliche Hoheit Prinzessin Amarin auf Rat der Ärzte und mit

Genehmigung Seiner Majestät des Königs zur Festigung ihrer angegriffenen Gesundheit eine Erholungsreise ins Ausland angetreten habe.

Aber noch mehr wunderten sie sich, als Ronnie ihnen mit begeisterter Stimme einen großen Bericht vorlas, wonach Evelyn ihren Verlobten auf die Hochzeitsreise entführt hätte, um ihn endlich allein zu haben. Da die Flucht so geheimnisvoll vor sich ging, glaubte man zuerst an ein Verbrechen und setzte irrtümlicherweise den Luftdienst zur Verfolgung ein.

»Da sieht man wieder, wie fein und geschickt der englische Gesandte und die siamesische Regierung die Nachrichtenzensur ausüben. Brakenhurst ist doch ein glänzender Diplomat! Er versteht es ausgezeichnet, dem Feinde goldene Brücken zum Rückzug zu bauen, und unter seiner Suggestion glaubt der geschlagene Gegner obendrein noch, daß eigentlich er gesiegt habe«, meinte Warwick.

»Wie ihr seht«, sagte Ronnie glücklich, »steht eurer Rückkehr nach Bangkok nichts im Wege. Im Gegenteil, ihr seid die Helden des Tages. Die ganze Stadt freut sich, daß die Entführung Warwicks gelungen ist. Die Nachricht, daß ihr auf der Hochzeitsreise seid, hat Breyford selbst dem Reporter der ›Bangkok Times‹ diktiert.«

Warwick nahm die Zeitung wieder auf und blätterte darin.

»Das ist aber doch das Allertollste – sieh mal her, Evelyn! Die Firma Breyford hat man zum Hoflieferanten ernannt!«

»Wenn ihr nach Bangkok zurückkommt, wird man euch Triumphpforten errichten!« Ronnie war selig, daß mit seiner Hilfe alles so gut ausgegangen war.

Später erzählte er noch, daß er von seinen siamesischen Freunden gehört habe, Surja sei aller seiner Ämter enthoben.

»Aber hier steht doch etwas ganz anderes«, erwiderte Evelyn. »Seine Königliche Hoheit Prinz Surja wird zum Studium der modernen Schiffsbautechnik nach Japan gehen.«

Warwick erhob sich.

»Es ist kaum glaublich, was Sir John wieder fertiggebracht hat. Die Konvention triumphiert – oh, rüttelt nicht an dem Schlaf der Welt!«

»Warwick, du mußt nicht denken, daß Sir John alles allein gemacht hat«, entgegnete Ronnie mit leisem Vorwurf. »Zur Aufklärung habe ich am meisten beigetragen, denn ich habe Pra Upatet nach langen Auseinandersetzungen davon überzeugt, daß du vollkommen unschuldig bist.«

Evelyn und Warwick sahen sich lächelnd an. Es war Ronnies rührend tragisches Geschick, daß er zwar alles erlebte, aber mit einer wahren Virtuosität trotzdem daran vorbeilebte, ohne den wahren Sinn zu erkennen.

Eintönig und einschläfernd rauschte Welle auf Welle an die Bordwand. Das leise, tiefe Summen der Schiffsmaschinen gab den Grundton an, und ganz wenig, kaum wahrnehmbar, zitterte der große Koloß bei dem dumpfen Stampfen der schweren Kolben.

43

An einem Strahlend schönen Nachmittag führte ein Auto Evelyn und Warwich durch die herrliche Landschaft von Peradenya auf Ceylon. Schon am frühen Morgen war ihr Dampfer in Colombo angekommen, und Amarin hatte den Wunsch geäußert, ihren Vater wiederzusehen. Sie waren deshalb mit ihr zusammen am Morgen zum Tempel der heiligen Zahnreliquie gefahren und wollten sie jetzt wieder in Kandy abholen.

Ronnie begleitete sie am Vormittag. Er wollte den kurzen Aufenthalt in Ceylon zu einem Ausflug nach den berühmten Tempelruinen von Anuradhapura benützen. Wie gewöhnlich hatte er sich dabei verspätet und war nicht rechtzeitig zu dem verabredeten Treffpunkt gekommen.

Evelyn spielte mit einer prachtvollen rotgelben Blüte, die eine fröhlich lachende Singalesin unterwegs in den Wagen geworfen hatte. Herden von weißen, dunkeläugigen Zeburindern mit eigenartig geformten Höckern begegneten ihnen. Überall jubelten die Kinder und warfen ihnen Blumen zu. Warwick und Evelyn, die Colombo und Ceylon kannten, hatten genügend kleine Münzen eingewechselt, um sich dafür erkenntlich zu zeigen.

Die Abfahrt der »Mauretania« aus dem Hafen war erst auf Mitternacht festgesetzt. Es blieb ihnen also genügend Zeit, alle Schönheiten dieser paradiesischen Gegend zu genießen. Von der Höhe aus hatten sie einen wunderbaren Ausblick auf den berühmten Tempel und den See, in dessen Mitte sich die ummauerte, rechteckige Insel mit ihren hochaufstrebenden Palmen und dem halbverfallenen Portal wie ein Märchen aus versunkenen Zeiten spiegelte.

Langsam und in großen Kurven senkte sich die Autostraße, von malerischen Baumgruppen beschattet, allmählich zum Tal. Dann kamen sie an langen Säulengängen vorbei, die zum Kloster gehörten, und schließlich hielt der Wagen vor dem in überreichen Schmuckformen erbauten Tor.

Man schien sie dort zu erwarten, denn sauber gekleidete Tempeldiener führten sie sofort in eine offene Pfeilerhalle und brachten ihnen duftenden, goldfarbenen Tee in reichbemalten Porzellanschalen.

Von hier aus sahen sie auf die lieblichen, gutgepflegten Klostergärten und durch ein großes Portal hindurch auf die ausgedehnte Wohnstadt der Mönche, deren Straßen ruhig und verlassen lagen.

Nach einiger Zeit hörten Sie leise Tritte nackter Sohlen auf dem Steinboden, und gleich darauf erschien Nen Vinai in seinem gelben Gewand. Er hielt den Blick bescheiden zu Boden gesenkt.

Warwick und Evelyn waren über diesen Empfang etwas erstaunt, denn sie hatten bestimmt angenommen, daß Amarin bereit sein würde, sofort die Rückfahrt mit ihnen anzutreten. Sie hatten geplant, den Abend in der kühlen Brise gemeinsam auf Mount Lavinia zuzubringen und die herrliche Aussicht auf das Meer und den Hafen mit den vielen Lichtern zu genießen.

»Kommt die Prinzessin bald?« fragte Warwick verwundert.

»Das kann ich Ihnen nicht sagen, aber ich habe den Auftrag, sie zu dem Oberpriester zu führen«, antwortete Nen Vinai in seiner ruhigen, freundlichen Art, ohne die Augen zu erheben.

Durch schattige Säulengange und über weite Höfe folgten sie dem Nen und stiegen den langen, gewundenen Weg zum Berge hinauf.

Oben an der Treppe machten sie unwillkürlich halt, denn es bot sich ihnen ein ungewöhnlicher Anblick, der sie sofort fesselte.

Auf einem kleinen, runden Platz vor ihnen saß Prinz Akani auf dem thronartig erhöhten Sitz unter dem siebenfachen weißen Ehrenschirm.

Geheimnisvoll flüsterte der Wind in der mächtigen Tamarinde über ihnen und bewegte leise den leichten Stoff des Schirmes und die feuerroten Blüten der Hibiskussträucher, die sich in scharfem Kontrast von dem dunklen Braungrün der dichten, großen Blätter trennten. Die Blütenwand leuchtete wie eine flammende Gloriole hinter dem Sitz des ehrwürdigen Mönches.

Feierlicher Friede und harmonische Ruhe herrschten hier, als ob die Meditationen des Ober-priesters einen Zauberkreis geschaffen hätten, aus dem alle Unrast und Mühsal gebannt waren. Evelyn hatte plötzlich das Gefühl, in die weihevolle Stille eines Domes einzutreten.

Akani legte bei ihrem Erscheinen den Palmblattfächer mit dem Elfenbeingriff beiseite. Das war eine außergewöhnliche Handlung, denn wenn Mönche mit Laien sprechen, sollen Sie nach der heiligen Vorschrift einen Palmblattfächer vor sich halten, damit sie durch den Anblick der Fremden nicht zu sehr in ihren Gedanken gestört werden. Evelyn und Warwick grüßten ihn scheu und ehrfürchtig.

Der Prinz neigte den Kopf und lud sie durch eine Handbewegung ein, auf zwei einfachen Feldstühlen Platz zu nehmen.

Unverwandt sah Evelyn auf den Oberpriester, zu dem sie sich wie mit magischer Gewalt hin-gezogen fühlte. Auch glaubte sie, ihn schon lange zu kennen. Erst später wurde sie sich darüber klar, daß die Ähnlichkeit mit Amarin sie so stark fesselte, und daß nur die Mönchstracht sie zuerst am Erkennen hinderte.

»Amarin hat mir alles anvertraut«, begann Akani mit wohlklingender Stimme, »und ich danke Ihnen, daß Sie ihr in allen Gefahren und Widerwärtigkeiten der letzten Zeit so treu zur Seite geblieben sind.«

Er betrachtete Warwicks Züge, als ob er dessen Charakter werten und prüfen wollte. Das Bild, das er sich nach den Erzählungen seiner Tochter von diesem Mann gemacht hatte, stimmte mit der Wirklichkeit überein, und er verstand sie und ihr Tun.

Ihre Blicke begegneten sich. Warwick empfand eine ihm sonst fremde Scheu vor der Gewalt dieser Augen. Nach kurzer Zeit senkte er bedrückt den Kopf und schaute auf den Kranz weißer Maliblüten, den Nen Vinai als Zeichen seiner Verehrung zu Füßen des Throns niedergelegt hatte.

»Wo ist Amarin?« unterbrach Evelyn das kurze Schweigen.

»Da es ihr zu schwer gefallen wäre, hat sie mich gebeten, mit Ihnen zu sprechen. Ich tue es nicht als Mönch und Oberpriester, sondern als Mensch zu Menschen. Ich weiß, wie sehr sie durch Liebe und Freundschaft mit Ihnen beiden verbunden ist, und ich weiß, daß Sie meine Tochter nach England mitnehmen wollen. Amarin ist von diesem größten Beweis Ihrer Zunei-gung tief ergriffen und erschüttert. Sie wollte aber trotz ihrer Dankbarkeit und Freude über Ihre Güte nicht einwilligen, bevor sie mit mir gesprochen hatte.«

Im Tal riefen die Tempelglocken die Mönche zur Abendandacht. Klar und eindringlich klan-gen die Töne bis zur Spitze des Berges herauf.

Wohlwollend betrachtete Akani die beiden, aber es kamen ihm auch Zweifel, ob Amarin in der Nähe dieser Herrenmenschen, die das tätige Leben unbedingt meisterten, glücklich und friedlich leben könnte. Er kannte den romantischen Charakter seiner Tochter; gerade weil sie in der Welt der Widersprüche leben mußte, hatte sie sich eine eigene Welt märchenhafter Schön-heit aufgebaut, die sie als unsichtbares Königreich in sich trug. Hier berührten sich schärfste Gegensätze; aber vielleicht hatte eine Naturgewalt sie zueinander gezwungen.

»Da Sie zur Nonne bestimmt war«, fuhr Akani nach einer kleinen Pause fort, »glaubte sie, es wäre Flucht aus Buddhas Gesetz, wenn sie mit ihnen ginge. Von dieser quälenden Vorstel-lung habe ich sie befreien können, denn erzwungener Eintritt in den Orden wird nicht zu dem ersehnten Ziel, dem Eingehen ins Nirwana, führen.

Wer mit seinen Wünschen an diese Welt gebunden ist, soll nicht die Ordensgelübde ablegen und den unmöglichen Kampf aufnehmen. Erst wenn er Wunsch und Begierde nach irdischem Glück hinter sich lassen kann, soll er diesen Schritt tun.«

»Will Amarin denn ins Kloster gehen?« fragte Evelyn betroffen.

»Als ich ihr heute die Grundwahrheiten des Buddhismus, die Lehre vom Leiden und dem Gesetz von Ursache und Wirkung umfassend erklärte, wollte sie vollkommen auf die Welt ver-zichten. Sie kam zu diesem Entschluß, weil sie jugendlich vorschnell handelt und ihre Gedanken sich noch in Gegensätzen bewegen.

Sie bat mich, ihr einen Rat zu geben, und ich mußte ihr sagen, daß sie nach den letzten schweren Erlebnissen im Augenblick nicht fähig sei, eine endgültige Entscheidung über ihre Zukunft zu treffen. Da sie nun aber einmal den Wunsch hatte, Nonne zu werden, so halte ich es für gut, daß Sie zunächst ihren Vorsatz ausführt. In der Ruhe und dem Frieden des Klosters wird Sie zu klarer Erkenntnis kommen.«

Vom auffrischenden Winde getragen klang das Läuten der Glocken stärker aus dem Tale herauf.

»Wird Amarin für immer Nonne bleiben?« fragte Warwick leise und traurig.

»Die buddhistische Ordensregel zwingt die Menschen nicht, ein unwiderrufliches Gelübde abzulegen. Sobald sie fühlen, daß sie noch mit den Wünschen dieser Welt verkettet sind, können sie das Kloster verlassen und ohne Vorwurf und Tadel ins Leben zurückkehren.«

Die schrägfallenden Sonnenstrahlen trafen jetzt den Oberpriester von der Seite, und sein Gewand leuchtete golden auf. Sein milder, gütiger Blick ruhte auf Warwick und Evelyn.

Bezwungen von der Größe und Macht seiner Persönlichkeit lauschten sie seinen Worten wie einer Offenbarung, und er erschien ihnen in diesem Augenblick wie der erhabene Buddha selbst.

»Wie alles Irdische nach Blüte und Vollendung drängt, um dann im ewigen Wandel der Erscheinungen zu vergehen, so ist auch die Liebe zwischen Menschen wie eine Blume von paradiesischer Schönheit. Aber auch Sie welkt dahin, um so schneller vielleicht, je herrlicher und vollkommener sie sich zu Anfang erschloß.

Wie die Herzen der Menschen sich dauernd wandeln, und wie es nichts Beständiges in dieser Welt gibt, so gibt es auch keine ewigen Wahrheiten – nur ewige Gesetze, nach denen sich die Kreise unseres Lebens schließen.«

Ende

Autobiographische Notiz

Die schönste Zeit meines Lebens verbrachte ich in Siam, wo ich vor dem Kriege lange Regierungsbeamter war. Nach einem Studium in mehreren Fakultäten wurde ich auf mein Gesuch hin nach Bangkok gerufen. Zuerst war ich bei der Eisenbahn tätig, später im Ministerium des Innern, und schließlich wurde ich Architekt des Königs. Unter der Regierung der Herrscher Chulalongkorn und Vajiravudh baute ich mehrere Palais für den König und für die Prinzen des Königlichen Hauses, und während meines Aufenthaltes in diesem letzten unabhängigen buddhistischen Königreich lernte ich die hohe, verfeinerte Kultur des siamesischen Hofes kennen. Unvergeßlich bleiben mir die märchenhaften Feste in der Hauptstadt, die unbeschreibliche Pracht, die bei den Umzügen und gewaltigen Prozessionen zu Wasser und zu Lande entfaltet wurde, die buddhistischen Feiern in den goldstrahlenden, kostbaren Tempeln, die prunkvollen Theateraufführungen in mondhellen Nächten, die formvollendeten Tanze schöner Frauen, die dämonischen Schattenspiele mit den lebensgroßen, kunstvoll aus Büffelleder geschnittenen Figuren.

All diele zauberhafte Schönheit verging und verrann. Im Weltkrieg stellte sich schließlich auch Siam auf die Seite unserer Gegner. Ich nahm bis zum Ende an unseren Kämpfen der Westfront teil. Nachher beschäftigte ich mich mit Kunstgeschichte und Archäologie und schrieb mehrere Werke und Bücher über buddhistische Tempelarchitektur, Kunst und Volksleben in Siam, Indien und anderen Ländern des indischen Kulturkreises. Wie in meinen anderen Büchern versuchte ich auch in diesem Roman, etwas von der Schönheit und Eigenart Siams mitzuteilen.

Zur Zeit Mobile/Alabama, Dezember 1936.